馥林文化

馥林文化

紅暈
梁曉聲

黃色臉上的紅色淤泥

關於臺灣版《一個紅衛兵的自白》和《紅暈》的自序

在我的長篇小說中，這兩部書可以被看成是姊妹篇。

今年，他們能在臺灣出版，我倍感欣慰。

屈指算來，大陸發生「文革」，已四十年矣。

有大陸的出版社要再版這兩部長篇，但是想來恐怕不太可能。雖然這兩部長篇中，其實並沒有什麼特別禁忌的內容。而且，都曾是完全合法地正式出版過的書。

《一個紅衛兵的自白》出版於一九八五年至一九八六年。

它是一部自述性的書。

在當年，這書名是非常使有關機構敏感的。凡是認為有責任對它的內容進行審查的機構，皆對它進行過了審查。當年指不出它違反了什麼出版禁令，於是一直合法著。導演謝飛，還曾想將它拍成電影。那企圖，自然是不能讓他實現的。

四川文藝出版社的出版扉頁上，曾印有我的題記——「我曾是一個紅衛兵，我不懺悔」。

許多人當年困惑：梁曉聲為什麼要在書的扉頁加上這麼一句話？

原因是這樣的，經過了「清除精神污染」和「反對資產階級自由化」以後，文化思想界一時沉寂，對「文革」的反思也不能繼續深入下去。不能繼續深入下去，則就彷彿「文革」的全部災難，只不過都是由紅衛兵們造成的。

而這麼看待「文革」當然是太膚淺了。我的那一句話，是針對此種情況而寫下的。我性固善，自幼喜讀。文學的書籍，對我之人性有極大的教益。故雖也戴過紅衛兵袖標，但絕沒做過什麼壞事、惡事。非但沒有，還以一個十七、八歲的青年的善良，在邪獰年代，深切地同情過也暗中幫助過受迫害的人。所以儘管初版書的扉頁上印了那麼一句話，其實並沒受到什麼指責。勢力紛華，吾不近也；智械機巧，吾不為也。換了某些曾在「文革」中大顯「革命」身手的人，同樣的一句話，人們是不依的。

我又一向認為，「文革」雖是光怪陸離的政治的大戲，但卻折射出了某種文化背景的特質，反映在紅衛兵們身上，尤其具有青春期心理學方面的分析價值和意義。《一個紅衛兵的自白》，提供了那樣一種分析。

我想這是它與眾不同的一點。至於《紅暈》，它是二〇〇二年出版的。具有顯明荒誕色彩的一部長篇。在書中我使四名紅衛兵活轉來了。

我想，以他們的眼來看現今之大陸；以他們當年的那一種思想來碰撞現今之大陸的人欲狀態，文學的效果肯定是特別有意思的。用現今時興的說法是：「好玩」。

我覺得，它確實是我寫的一部「好玩」的小說。若結合《一個紅衛兵的自白》來讀它，那麼對於目前大陸諸種深層社會矛盾，定會產生另一印象，即文化視角的認識。

兩部長篇的姊妹篇關係如此密切，此序便作為它們的臺灣版的共同的序吧。

但願臺灣的小說讀者，對我的這兩部長篇小說也感到興趣。

最後我想說的是，我至今還沒去過臺灣。不是並不想去，也不是沒有機會。我是太想去了，機會也是太多了。但由於我至今是一個筆耕者，對電腦打字一直難以親近，所以頸椎病就越來越重了。倘若坐三個小時以上的飛機，對我如刑。

然而，將頸椎病治療得略輕一點兒的時候，我是一定要去臺灣觀光的。而且，最想到台大去，聽一堂台大的中文課是怎麼講授的。

祝臺灣同胞家家戶戶狗年吉祥，福至財發！

梁曉聲　二〇〇六年三月五日於北京

序幕

日落的情景其實在任何地方都不是優美的，而是憂美的。

人心感受抑或依戀那美的時分，往往會不禁而平靜地漸生出一縷又一縷惆悵。人心依戀日落的情景，如牧羊犬於傍晚依戀主人帳篷裡泄出的光。那一種惆悵呵！彷彿一雙無形的手將人心合捂著了，使人心溫暖而又愀然。

此刻，它的一半已無可奈何地墜下去了，另一半疲憊地偎著岷山白雪皚皚的峰頂，表演著它最後的堅持。好像被戟叉舉著的半個蘋果，紅得不能再紅了呵！寧肯那樣子永遠地祭什麼也不甘願完全消失似的。

表演輝煌乃是最最吃力之事。

二〇〇一年的這一輪落日，是多少地顯出一些它的疲憊了。

自從盤古開天地，它一天一次地，一直那麼堅持著的呵！

廣闊的一片瀑布般的「鮮血」，從山坡向峰頂緩緩倒流——那是由於它的堅持並沒有什麼實際的意義。它仍在無可奈何地墜下去。它最後的如血般的彤耀，也無可奈何地縮斂著。

大壑深處，霧鎖雲橫；冰崖摩天，氣象萬千。它竟真的完全墜下去了。在那一瞬間它們努力向上躍了一次，接著就僅剩下月牙兒似的一段弧。只不過不是銀白色的，而是更加的血紅了。那情景望去也就不但憂美，幾乎淒美了。

剎那間赤霞噴現，「血」濺一空。彷彿它的墜落是以自爆結束的。

一分鐘後連霞的殘骸碎片也從岷山的峰頂消失得一乾二淨了。

自天穹向岷山降下夜的大幕，同時以無形的力鎮壓下了無邊的寂靜。

在那無邊的寂靜中，在岷山的半山腰，在皚皚的雪坡上，有幾個表情肅然的人環立著，他們的目光從不同的角度望向一處——他們所望是四具擁抱作一團的凍屍。「它們」已被凍僵三十四年了。確切地說，那是四名一九六七年的紅衛兵……

紅軍不怕遠征難，
萬水千山只等閒……

當年，四名紅衛兵要向全世界證明，紅衛兵也是英雄好漢！

被政治狂熱冶煉過的躁動不安的本欲，像青春期的痤瘡一樣凍結在他們化石般的臉上……

他們眸中凝固著對死亡的恐懼……

也許，三十四年前，由他們口中哈出過的最後的熱氣，仍在岷山的大氣成分中迴圈著吧？

也許，他們將被雪崩覆蓋之際，呼喊過什麼口號吧？

那年齡最小的女紅衛兵，仰著她的臉，她在望替他們抻開著軍大衣的那位紅衛兵——他的頭髮齊刷刷地向一個方向飛揚起來。他的帽子哪裡去了呢？她的嘴張開著，分明的曾在狂風中喊過一句話。那是一句什麼話呢？

而他也在低頭俯視著她——他臉上凝固著一種罪過的表情——她看去才十五、六歲，也許剛剛上初中……

他的罪過感是由於自己的英雄主義將她那樣單純可愛的小妹妹牽連進了死神的陷阱麼？

他們的衣著並不一致。

但他們身上有相當一致的東西——草綠色的軍挎包。它裡面也有相當一致的東西——野菜窩窩、毛主席語錄、林副統帥語錄……

一致的還有他們胸前的毛主席像章和他們臂上的紅衛兵袖標。

幾位地質考察者已經驚愕又肅然地圍觀了他們許久。

誰也沒貿然上前觸碰他們。

誰也沒留意到天色黑下來了……

一束強光刺破黑夜，直射這裡——於是他們聽到了直升機的引擎聲……

科學是人類發現荒誕的眼。

科學也是複製荒誕的魔杖。

當荒誕成功地被複製了，科學獲得與發現荒誕一樣的滿足和光榮。

斯時已晚上九點多鐘，步行街上的人流仍像稠粥一樣。兩旁餐飲店裡的食客和飲客，出去了一撥，又進去了一撥。在步行街的中段，有一幢經過翻修的俄式二層樓房。它原是一家書店，前年改成飯店了。經營的自然也是俄式套餐。如果五十元可美美地享受一頓俄式套餐，那麼誰還肯花二十幾元買一本書讀呢？在中國，在二〇〇一年，幾乎什麼都降價了，唯獨書價更貴了。書店從步行街上的消亡又是那麼的合情合理。

在俄式小樓的左側，有一個拱形門洞。「文革」前，它挺美觀的，周邊鑲砌著枝葉浮雕。拱形弧的正中，展翅著胖胖的小丘比特搭箭開弓，覓「靶」欲射。它的門本身也是挺美觀的。歐式的鐵柵欄門，當年刷著墨綠色的油漆。所有歐式的鐵柵欄門其實都是差不多的，正如當今的防盜門樣式並沒有太大的區別。而此門的不同之處在於，它的每一根欄杆上都刻著一句詩。八根不疏不密的欄杆上正好完整地刻下了拜倫的一首詩。其詩情調傷感又真摯：

正如一塊冰冷的墓石
死者的名字使過客驚心
當你翻到這一頁，我的名字
會吸引你那深沉的眼睛
說不定有一天，披覽這名冊

你會把我的姓名默讀
請懷念我吧！像懷念死者
相信我的心就葬在此處……

據說，在這門的一處機關沒有毀壞之前，若誰能以標準發音的俄語流利地讀完這一首詩，再按一下最後一根欄杆上的按鈕，門鈴裝置就會發出一陣美妙動聽的音樂。但這只是據說而已。「文革」中，拱形門樓周邊的浮雕被砸得慘不忍睹。飛停在拱形弧正中的丘比特，僅剩下了一條腿和半邊翅膀。兩扇美觀的鐵柵欄門也不知去向。

現在，門洞又被裝修了一下，但已非原貌，洞壁也貼上了瓷磚。步行街上寸土寸金，樓院裡的一戶人家，以每年八萬元的價格租下了門洞，購置了幾具電烤箱，雇幾個農村的女孩兒賣各種肉串燒烤，每天效益相當可觀。

樓院裡仍住著幾十戶人家。畢竟是老院子了，從前家家戶戶燒煤取暖，院內臨街主樓的背面，以及左右兩幢小小賓樓的樓體，早已被煙火熏得黑幽幽的。院子裡這兒那兒，胡亂堆放著東家西家的雜物。總之無論誰，站在這樣一個樓院裡，便會覺得自己回到了三、四十年前。

步行街上是不允許有居民出出入入的院落之門的。所以那門洞被作為公產地皮的一部分出租，不但合乎步行街法規，簡直是必然的事。此門洞不得出入了，有關部門就為院子裡的居民開了寬敞的後門。自從步行街剪綵那一天起，居民們就開始出入後門了。出了後門的一條街，可算是步行街的後街了。這一條街與步行街的熱鬧、繁華、晝夜喧囂、人流如織的情形是沒法比的。行人很少走這一條窄窄的小街，車輛也很少從這麼一條小街上駛過。它是那麼的清靜，又是那麼的自甘清靜。院子裡的居民們倒是不太經常繞到步行街上去逛，他們更喜歡趴在自家的窗臺上，或站在陽臺上，居高臨下地俯視步行街上的情形。

此時，院子裡停著一輛小型的封閉貨車。它的主人是個體司機，每天開著他的車給各處送半加工過的食品。

他正在家裡吃飯。已喝了幾盅酒，臉紅紅的。

他忽然指著電視機大聲對他老婆說：「關掉！關掉！我有更新鮮的事兒講給你聽！比電視新聞裡報導的事兒更是新聞！」

於是他老婆就將電視關掉了。

「坐過來！坐過來！坐我對面來嘛！」

於是她順從地坐到了飯桌對面。這女人喜歡聽她丈夫講他每天開車在外邊遇到的種種事兒。她也承認，有時他遇到的事兒，確實比電視新聞裡報導的事兒更是新聞。比如有一天他送貨，跟上車一男一女兩個青年。女的是會計，男的是推銷員，他們要雙雙跟到某個單位的食堂去結賬。等他將車停在食堂門口，開了車廂後門，不禁大吃一驚——卻見那男的褲子褪至腳腕，赤裸著下體，口吐白沫，分明的是躺在車廂裡抽風；而那女的，則裸著上身，懷裡抱著捲成一團的上衣，蹲在男的旁邊已哭得一把鼻涕一把淚！見此情形的不只他一個人呀！他身後站著幾個準備搬東西的食堂男女職工啊！不唯他大吃一驚，他們也都大吃一驚啊！而車廂裡那裸著上身的三十多歲的女人則哭哭啼啼地衝著他們解釋：「我們沒幹什麼事兒，我們真的沒幹什麼事兒……他還沒來得及……他就這樣子啦！跟我一點兒關係都沒有的！」

他將車門複又一關，接著開向了醫院。

這樣的事兒電視新聞裡當然是不便報導的啦，也沒有任何值得在電視裡報導的新聞價值呀！但他的女人特別愛聽他講這一類「新聞」，並且特別喜歡將這一類「新聞」傳播開去。彷彿他是專向她供送獨家新聞的「新聞發佈中心」，而她是此類「新聞」播講員。

「你猜我今天去到了一個什麼地方？」那做丈夫的低頭吱地一聲吸乾一盅酒，醉眼乜斜地望著妻子就說開了，「那地方在郊區，多年前我去過一次的，記得原先是軍營。今天一去，咦，不是軍營了。掛著一塊牌子，變成療養院啦！」

那做妻子的豎耳聆聽地要求道：「少喝兩盅吧！一會兒醉了你還怎麼講得明白？再說你撿那重要的情節講就是了，不重要的你就給我略去了行不行？」

做丈夫的瞪了妻子幾秒鐘，晃了晃頭。彷彿他真的自感有些醉了，彷彿已醉得看不清妻子的面容了，彷彿那麼晃了晃頭，頭腦就又會變得格外清醒了似的。他將身體隔著桌子朝妻俯過去，語調神神秘秘地又說：「你有點耐心嘛，現在就開始講重要的了！你猜怎麼著？我把車開進院子裡，但見……」

做丈夫的戛然而止。

「但見什麼？」

為妻的迫不及待。

「但見滿眼都是標語！院牆上是，房牆上是，幾根電線桿子上也是！『堅決將無產階級文化大革命進行到底！』、『誓死捍衛毛主席的革命路線！』、『打倒黨內外一切走資派！』、『肅清劉鄧反動路線！』、『造反有理！』、『保皇有罪！』、『誰要不革命，就罷他娘的官！就滾他媽的蛋！』……總之『文革』中最時髦的口號，幾乎全都有！」

這兩口子是四十多歲的人，「文革」時期當過「紅小兵」的那一代。做丈夫的以為，自己感到熟悉又震驚的事，妻子肯定也那樣。

妻子卻撇了撇嘴。

她說：「難道你還沒見過呀？『文革』中刷上的唄！」

丈夫說：「不可能！不可能！那地方『文革』時還是菜地，八十年代以來才有院子，才有房子！」

「那就是你記錯啦！」

「我記錯了？不可能！不可能！」做丈夫的又一迭聲地說「不可能」，並將頭搖得撥浪鼓似的，「那地方我開車經過何止十次二十次了呀！再說那些標語都不像是老早刷上的，一看就知道才刷上一個來月！院子正中還有毛主席塑像吶！兩米多高的一尊！舉著他老人家的巨手！不是改成療養院了麼？我也看見幾位醫生護士走過院子，穿著白大褂……」

「廢話！醫生護士當然穿白大褂！」

「還戴著白帽子……」

「更廢話了！你不撿重要的講，我可不老老實實聽了啊！」

「衣袖上還戴著紅衛兵袖標！」

妻子卻已手拿遙控器開了電視。

丈夫奪過遙控器將電視關了……

「你不認真聽我可不講了！」

「那就別講！我還不稀罕聽呢。明明什麼新鮮事兒也沒遇到，喝了兩盅酒，就編沒意思的瞎話騙人！」

「我沒騙你！哎，我騙你幹什麼呀？不一會兒，我又看見從一排病房裡走出四名紅衛兵，二男二女！年齡大的是個男的，大也大不到哪兒去，二十來歲的樣子。年齡最小的是個女的，看去也就十五、六歲，可能剛上初一吧？你猜怎麼著？他們走到毛主席塑像前，齊刷刷地揮著紅寶書敬祝起來！接著都唱『抬頭望見北斗星，心中想念毛澤東！』再接著就念毛主席語錄，念了一段又一段。我好奇呀！我就打開駕駛室的門，先不下車，聽著，看著，心想這是怎麼回事呢？我不是在做夢吧？我在自己臉上狠狠擰了一把，疼！又想明明不是夢啊！可眼前算怎麼回事兒呀？難道我開著自己的車回到了『文革』年代不成？你猜他們一段又一段地念毛主席語錄為哪般？原來他們是為了『鬥私批修』，互相指責，互相批評，都說天天吃帶肉的菜，還喝雞湯，自己卻不主動提出降低伙食標準，簡直是在吃人民的肉，喝人民的血！你聽這都哪兒跟哪兒呀？挨得上邊兒麼？後來又商議著給領導和員工貼大字報，認為領導對三敬三祝以及學習毛主席著作抓得不緊，認為有的女護士眉毛是修過的，是資產階級臭美思想！而有的男員工集體念語錄時，只動嘴唇，不發聲，顯然是在裝念，濫竽充數！而這是對毛主席最大的不忠不敬！食堂裡的人出來搬東西了，我好心好意幫著搬，不小心掉了幾個柿子椒，被我一腳踩了一個。有個人彎腰去揀，我見踩爛了，隨口說了一句：『別要了。』沒想到那人抬起頭，瞪著我語調凶巴巴的來了一句：『貪污和浪費是極大的犯罪！』嚇得我這麼大男人一哆嗦！」

「你可算講完了吧？」

「沒完！」

「還有得可講的？那快講完！講完了我再告訴你怎麼回事兒！」

「最可疑之處是，院門口有持槍的軍人站崗！穿『文革』年代的軍裝。那個年代軍人的夏裝是什麼做的來著？」

「的確涼！」

「對！穿的是的確涼軍裝！」

「你傻兮兮地瞧著我幹什麼？沒講完快接著講啊！」

「食堂裡還拉著十幾條繩子，繩子上像晾床單似的垂著大字報！有的一垂到地，像一片大字報的森林！」

「快講完快講完！」

妻子聳眉催促。

「完了！」

丈夫向妻子攤開著雙手，彷彿將什麼看不見的物件捧送給了妻子，意思是——你比我明白，那麼就請你解釋解釋怎麼回事吧！

妻子用指頭戳點丈夫汗油並冒的腦門兒，譏笑道：「你呀！虧你還是個整天開著車在外邊闖蕩的大老爺們兒！比我這下崗在家的女人見識更少！那是在拍電影，或者在拍電視劇！劇情需要表現『文革』年代，那就圈一處地方，一切一切都搞的和『文革』年代差不多，演員們統統在那種『文革』環境裡體驗『文革』狀態，一言一行跟著『文革』年代的感覺走！要不能演得像麼？那叫『封閉拍攝』！懂了麼？」

「你怎麼知道？」

「看電視記者們在電視裡現場採訪知道的唄！」

「這麼說我不值得大驚小怪了？」

「一點兒都不值得！你除了跟我，再別跟外人講！講了外人準笑話你連起碼的常識都不知道！」

做妻子的一腔掃興，正這麼教誨著丈夫，他們的兒子風風火火地跑了回來。那十一歲正讀小學五年級的男孩子一進家門，就煞為緊張地衝著他爸大聲說：「爸，爸，有情況！有情況！你車廂裡有人！」

那兩口子同時一愣，一時的你看我，我看你。

當爸的問：「真的？」

兒子急紅了臉：「真的！我騙你是小狗！人在你車廂裡拍車門！我悄悄走過去將耳朵貼在車門上

聽，聽到一個女的說：『悶死我啦，悶死我啦！』還聽到一個男的說：「趴下，臉湊著這兒！這兒有道通氣的縫！」

當媽的忽然笑將起來。

當爸的已在穿鞋，聽到她笑，一邊提鞋跟一邊沒好氣地說：「你笑什麼？有什麼好笑的？」

當媽的說：「我猜，你一開車門，別又是你講過的那種情形！怎麼這些個男女專愛在你車廂裡幹那種丟人現眼的事兒呢？」

當爸的已站了起來，氣呼呼地說：「你別總往那方面想！說不定是倆歹徒，趁我不注意『貓入』（躲入）我的車廂，打算在半路找機會謀害我！還不快去叫幾個鄰居給我壯膽兒！」

他說著，旋轉身子尋找防身的傢伙。一時什麼可操在手裡的傢伙也沒見著，衝入廚房，握起菜刀離家而去。

那兒子也滿屋尋找可以打擊別人的東西，最後拎起了炒菜的大勺追隨在爸爸身後。臨邁出家門回頭衝著媽嚷：「媽你還愣著幹什麼呀？該幹嘛去幹嘛去啊！」

那當媽的終於省過神兒來，一想，兒子不像騙大人玩兒，是得找幾個鄰居給丈夫給兒子壯膽兒。

於是她也出了家門，扯開嗓子高叫：「不好啦！有歹徒啦！左鄰右舍的男人們，快操上傢伙出來呀！」

這院裡的人家彼此處得都不錯，相互也都挺關照，老院落有老院落那一種又陳舊又寶貴的溫馨啊！她那麼一嚷叫，幾乎家家戶戶都有人出來了。有男人在家的男人出來了。男人不在家的女人出來了，大人不在家的些個上了中學上了高中的男孩女孩出來了，都問歹徒在哪兒？她站在露天梯上，指著丈夫的車說——在車裡！眾人望向那輛車，見她丈夫舉著菜刀，她那十一歲的兒子舉著炒勺，站在離車門兩步遠處，同聲喝吼：「出來！出來！」車廂門上著鎖呢，裡邊的人怎麼出得來呢？

鄰居們家裡出來的男人女人，中學生高中生們一見，就全都精神為之一振，並且全都亢奮起來。一個個摩拳擦掌擁下露天梯，走過去將那輛廂式貨車圍了個水泄不通。這個說：「好！甕中捉鱉！」那個說：「得有一個人去通知派出所！」還有的說：「通知派出所幹什麼呀？我們這麼多人都是草包飯桶啊！擒住了，捆牢了，押到派出所去不就得了嘛！」

司機的女人提醒道：「歹徒畢竟是歹徒，都是拼個魚死網破玩命不在乎的主兒！說不定他們手裡有兇器，大家也不能赤手空拳哇！」

經她一提醒，眾人又滿院裡尋了些棍啦棒啦鐘啦的，雙手緊握，或高高舉過頭頂，或矛似的挺向前去，仗著人多勢眾，重又將車團團圍住，直叫司機只管打開車門——仨倆歹徒，抑或三頭六臂怕他們個什麼！卻沒人在那一時刻冷靜想想，既是歹徒，怎麼竟會被鎖在車裡？這不明擺著是很蹊蹺的事麼？更沒人向那司機發問。而在那一時刻，其實車廂內悄無聲息，彷彿裡邊任何活物都不存在似的。

司機一手仍舉著菜刀，一手從腰間摘下鑰匙，抖抖地開了鎖，抽掉了鎖鏈，於是那大鎖被沉甸甸的鎖鏈一墜，就從他手中落在地上了。

隨即有人用棍子撥開了車廂門。幾道手電筒的光束交叉著同時射入車廂，將小小的車廂裡的情形照亮得一清二楚。內中碼著些大大小小的紙箱、木箱，除此而外，不見其他。

眾人你看我，我看你，繃緊的神經頓時鬆懈。各自手中準備打擊窮兇極惡的歹徒的「武器」，也都紛紛的垂下。

大家都覺得很索然。

甚至，還都覺得很失望。

於是司機兩口子，對視一眼，就都將惱怒的目光瞪向了兒子。當爸的剛欲開口斥罵，十一歲的少年已搶先開口。

只有那孩子的神經沒鬆懈絲毫，仍高舉著炒勺時刻準備進擊。

他衝車廂高聲喝道：「歹徒聽著，你們都給我滾下來！我明明聽見你們在車廂裡說話來著！」

看警匪影碟看得太多了，早就巴望有這麼一次機會自己也能一逞英雄本色呀。

喝聲落定，片刻的肅靜之後，一摞紙箱晃動，眾人的神經剎那間又緊張起來，皆防範地後退一步，手中的「武器」又都同時挺向前或高舉著了。

終於從紙箱後閃現出了一個婀娜的身影，但見此人在刺眼的手電筒光中雙手捂臉，一小步一小步地走到車廂邊沿，輕盈地蹦下了車。

那少年又喝：「把手放下！」

雙臂緩垂，臉兒現出，卻是個紮齊肩短辮的少女！

多麼清麗的一張臉啊！

它使人立刻聯想到一個美好的詞是「清純」。

她穿著一套原本是黃色的，但已洗得泛白了的衣褲。令人一般都會想當然地以為，那肯定是一套從前年代的女軍裝。其實並不是的。其實那只不過是一套普普通通的，斜紋布的，從前年代的女裝。與女軍裝的區別在領口和腰衩兒。女軍裝的翻領小些，並且剪裁得見棱見角。腰衩也收得緊一些，為的是使女軍人們看去身材健美。而普通女裝，翻領大些，剪裁弧度也圓些。兩類翻領，前類如竹葉，後類如楓葉。

至於普通女裝，具體說從前的女學生裝，腰衩是不作興往瘦了收的。甚至像男上裝一樣，幾乎沒有所謂的腰衩兒剪裁可言。從前的年代認為，年齡上既是女學生，那麼就尤其應該將自己們身體發育過程中的優美之點和曲線，用寬的衣肥的褲徹底掩飾起來。從前的年代認為，女學生不自覺地掩飾自己身材的美點和曲線，那麼很可能是心思不良的壞女學生了。從前的一名女學生，倘穿緊胸的上衣，倘穿短過膝部的裙子或胯部剪裁得較瘦的褲子，是一定會遭到指點和非議的。不久老師就要找她談話了。

從前年代的「中國特色」，體現在服裝方面是「六原色」。黃、綠、藍、白、灰、黑。少女們對紅色的喜歡，只能通過紅領巾紅頭繩和紅襪子去追求。而中國對紅色的好感，只能通過紅旗和後來「文革」中的「紅色海洋」來表達，外加以黑色的鉛字印出的或黑色的墨字寫出的紅色的革命的口號和詩句來證明。如「紅心」、「紅色山河」、「紅色司令部」、「紅色路線」、「紅色接班人」、「紅色政權」、「紅色思想」、「紅寶書」、乃至「紅天地」、「紅宇宙」、「紅色理想」、「紅色歷史」、「紅色未來」等等……

那從車上蹦下來的，紮齊肩短辮的少女，穿的就是一套對她的嬌小身材而言未免過於肥大的衣褲。她的兩袖綰在肘彎那兒。她的兩條褲腿捲了一折。不捲就會垂及地面了。她赤足穿一雙黑色的、膠底的扣絆布鞋，是她那個年代的普遍的女孩子們所穿的那類鞋。她那個年代的？這麼寫有多可笑！它不是她的，而她卻當然是屬於它的，是屬於它的千千萬萬個中的一個。她的鞋的黑色布幫也刷洗得泛白了。

集中在她臉上的幾束手電光，現在已經集中在她的腳上了。她的鞋那麼小，看去只有三十四、五碼。可以想像得到她的腳兒也是多麼纖秀。在手電筒光的照耀之下，她的腳背白皙如玉。包圍著她的眾人，當然還不知道她打算沿著紅軍長征的路線在三十四年前也走一遭。如果知道，定會十分可惜她那雙纖秀的腳兒吧？今天，在夏季，女孩子們才不願將那麼一雙纖秀的腳兒穿在一雙老樣式的舊鞋裡吶！倘不再受校規的管束了，她們往往也會迫不及待地將十個腳趾甲塗上自己所偏愛的某種顏色的指甲油……

她全身有三樣東西是紅色的——紮短辮的頭繩、胸前的毛主席像章、臂上的紅衛兵袖標。當然，像章上的毛主席頭像和袖標上「紅衛兵」三個字是金黃色的。

畢竟的，天早已黑了。這院子裡也挺黑的，不像步行街上那麼燈火通明。而大人們的眼，不知為什麼，那一時刻都忽視了她臂上的紅衛兵袖標。但躋身在大人們之間的那些男女中學生，目光卻似乎對紅色極為敏感。他們差不多同時在手電筒光中發現她臂上戴著紅衛兵袖標了。

青春期的眼睛對於紅色的反應，往往像鬥牛場上的牛對於鬥牛士的紅斗篷一樣亢奮啊！

「哇賽！她戴著紅衛兵袖標！」

「她……她是一個紅衛兵！」

「哎，你是真紅衛兵還是……假的呀？」

他們驚奇萬分。

接著，就都手一鬆丟棄了「武器」，紛舉雙臂，口中發出「噢」、「噢」的土著人般的叫聲。在觀看球賽和歌星演唱時，他們常通過那麼一種叫聲達到情緒的宣洩。

她是四名三十四年前的紅衛兵中年齡最小的那一個。她叫肖冬梅。她長到十五、六歲，第一次聽到中國人口中叫出「哇賽」兩個字。明白那表示著激動，卻不明白為什麼也是可以用來表示激動的兩個字，更不明白別人為什麼見她戴著紅衛兵袖標驚奇萬分。在一九六七年，紅衛兵袖標就像邦迪創可貼（OK繃）在今天一樣人人視為尋常的呀！她也不明白他們的話。紅衛兵還有什麼真的假的呀？紅衛兵只分造反派的還是保皇派的。而保皇派的紅衛兵也不能說是假紅衛兵啊！只不過一時受了劉鄧資產階級反動路線的蒙蔽了嘛！一旦擦亮了眼睛，回到毛主席的革命路線上來了，依舊是文化大革命的闖將嘛！

剛才在封閉式車廂裡說快悶得窒息了的就是她。現在終於可以舒暢地呼吸到充足的空氣了。她那蹦下車時還很蒼白的臉上，開始漸漸地變得緋紅了。那麼多人圍著她看她，她困惑極了，也不好意思極了。她一覺得不好意思，她那羞澀的模樣就顯得尤其可愛了。

她往車廂旁閃開了身子之後說：「我當然是真的紅衛兵呀！難道你們都沒看這幾天的報也沒聽過

這幾天北京電視臺的廣播麼？我就是那四名在岷山遇險的紅衛兵之一呀！江青媽媽不是代表中央文革小組宣佈——我們是首都北京，是毛主席他老人家的客人了麼？你們革命群眾這樣不友好地對待我們算怎麼回事兒呀？」

這時候大人們才注意到了她臂上的紅衛兵袖標。

紅衛兵？

大人們，也就是那些五十來歲的父親母親們，當然是都親眼見過紅衛兵的。不但見過，他們中的大多數還戴過紅衛兵袖標當過紅衛兵吶！

儘管如此，他們也困惑極了。

「文革」已經結束二十餘年了！眼前這個女紅衛兵是打哪方土地下冒出來的呢？雖然，二十餘年間，紅衛兵在中國已經幾乎成了妖魔鬼怪的代名詞，他們自己也因在「文革」中的「暴烈」行為在不同的場合多次以不同的方式懺悔過，但他們對她還是產生了一種同類對同類久違了的感覺。那種感覺反而使他們不知所措了。他們認為自己心裡竟產生了那種感覺是非常之不正確的，甚至是非常罪過的。而她的話，十倍地加強了他們的困惑。江青？多少年沒聽人提到過這個當年只消輕輕一跺腳，便會使全中國哆嗦的名字了！還敬愛的！還「媽媽」！這可都是哪兒跟哪兒呢？

那十一歲的少年卻不管她是什麼紅衛兵不紅衛兵的。他認定了她是壞人。不是壞人，為什麼要藏進封閉式的車廂裡呢？即使不是女歹徒，那麼也一定是女賊或女騙子吧？

他又喝道：「還有一個同夥，滾下來！」

於是車廂裡的紙箱木箱又是一陣晃動，接著蹦下了第二個紅衛兵。再接著蹦下了第三個第四個……

二男二女四個紅衛兵，一字排開地橫站在眾人面前。手電筒交叉的光束，從他們臉上依次照過，再從他們的頭照到他們的腳。

中學生們開始放膽走到四名紅衛兵跟前，有的就著手電光仔細端詳他們戴的毛主席像章，有的伸手摸他們的紅衛兵袖標。彷彿懷疑那不是布的，而是紙的。

「我抗議！我代表我的三名紅衛兵戰友向你們提出最強烈的抗議！」

說此話的是兩名男紅衛兵之一。顯然，他是他們中年齡最大的。其實大也大不到哪兒去。比那年齡最小的女紅衛兵大四歲，而只比他的另外兩名紅衛兵戰友大兩歲。他原名趙家興，「文革」開始後改名趙衛東，高二學生，四人「紅衛兵長征小分隊」的發起者。

他一抗議，眾人呆望著他們就更加的不知所措了。

這時那十一歲的少年的爸爸開口了，他指著他們說：「我認識他們！我認識他們！」

他望著自己老婆又說：「怎麼樣？我沒編瞎話騙你吧？」

他甚至有點兒得意起來了。

他兒子的手，舉著那大炒勺本已舉累，聽老爸說認識對方，手一鬆，炒勺嘡啷落地。

這少年最最掃興了！

明擺著，英雄本色是沒機會表現了呀！

眾人的目光又一齊望向了那司機。其中一個男人撓撓腦門兒，不由得開口問他了：「哎，你既然是認識他們的，那你先給我們一個明確的答覆——他們究竟是好人啊還是壞人啊？」

他遲豫良久，憋紅了臉，才吭吭哧哧地說：「他們……他們不是……」

他覺得自己的處境，簡直就有點兒像「威虎山百雞宴」上的欒平了！

「不是壞人？」

他搖了搖頭。

他不得不搖頭。因為他也沒有任何一點兒理由指證四名紅衛兵是壞人啊！如今不是「文革」年代了呀！隨便說別人是壞人，那是要犯誹謗罪的嘛！感謝中國近二十年的普法教育，他的頭腦中已經裝進了一點兒法律常識。

「更不是歹徒？」

他又搖了搖頭。

「爸！」

當兒子的感到被出賣了。

「住口！都是你一驚一乍搞的大誤會！」

兒子眨眨眼睛分辯道：「可我也沒說他們是歹徒呀！我只不過跑回家告訴你車廂裡有人說話！是我媽滿院子喊有歹徒的！」

那當媽的也立時感到被出賣了！

她幾步跨到兒子跟前，扭著兒子的耳朵訓道：「你這孩子！你這孩子！你怎麼當著滿院兒人反咬你媽一口呢？不是你臨出家門時大驚小怪地叫我喊人的麼？」

兒子被她扭住耳朵扯往家裡去了。

「那我也不傻站在這兒了，今晚電視裡還轉播足球賽呢！」

一個男人自說自話地拍拍司機的肩，也轉身走了。

眾人你望我，我望你，沉默一陣，都一個個嘟嘟噥噥地回家去了。

既然他已承認四名紅衛兵不是壞人更非歹徒，他們便皆和他兒子一樣，感到特別的沒意思了。卻誰都不想一想——在二〇〇一年，在他們眼面前，為什麼會出現四名紅衛兵呢？那種沒意思的感覺，當時完全將他們的好奇心壓住了。

於是，一時間的，院子裡只剩下了司機自己，和他白天曾見過的四名紅衛兵，以及他那輛封閉式貨車。

他默默地、尷尬地望著紅衛兵們。

他們也默默地望著他。他從他們的樣子看得出，他們心裡都很生他氣。

他乾咳一聲，撓撓頭，搭訕地問：「你們……你們怎麼不待在那個……那個地方了？」

趙衛東朗聲道：「『金猴奮起千鈞棒，玉宇澄清萬里埃！』我們紅衛兵小將既然被江青媽媽和『中央文革』接到了北京，豈能對首都的文化大革命運動作壁上觀？我們要投身到首都文化大革命的紅色潮流中去！」

另一名比他年齡小的男紅衛兵也用慷慨激昂的語調說：「對！『今日歡呼孫大聖，只緣妖霧又重來！』天下者，我們的天下！國家者，我們的國家！我們不說誰說？我們不幹誰幹？我們不造反誰造反？『一萬年太久，只爭朝夕！』我們今天晚上就要到首都的各大院校去看大字報，去聽大辯論！去向首都大專院校的紅衛兵學習！取經！」

這紅衛兵叫李建國，創立於一九四九年十月一日的同齡人。他是初三學生。是肖冬梅的姐姐肖冬雲的同班同學。

於是肖冬梅肖冬雲姐妹二人各自將左臂往胸前一橫，齊聲高叫：「要是革命，我們熱烈歡迎！要是不革命，就滾他媽的蛋！造反有理！一反到底！不獲全勝，絕不收兵！」

儘管是大夏天的，司機還是不禁連打了幾陣寒顫。「文革」中，他家因他父親曾是小業主被抄過，他父親也被游鬥過。當年他是「黑五類」、「狗崽子」，最怕的就是紅衛兵，見了紅衛兵心裡就發毛。

他懷疑自己是在夢境中，猛晃了幾下頭。之後瞪大雙眼再看眼前的四名紅衛兵，一個個神氣活現的，分明不是夢境中人。

他心裡便又有些發毛。

自從粉碎「四人幫」，掐指算來，「文革」已過去二十多年了嘛！中國已進入二十一世紀了嘛！虧他的頭腦還保持著起碼的清醒，還知道「文革」已過去二十多年了。既知道著這一點，他的膽子又漸漸壯了起來。

他冷笑道：「我說紅衛兵先生們，紅衛兵女士們，請允許我鄭重地告訴列位，這座城市並不是北京……」

趙衛東厲喝：「住口！你說北京不是北京，什麼動機？居心何在？」從兜裡抽出一份報，雙手展開，將有報頭的一版朝著他，大聲質問，「難道這不是被無產階級革命派奪權了的首都報紙麼？看清楚，第一版上的大標題是——四名長征紅衛兵來到北京，江青同志代表中央文革予以關懷！報上指的四名紅衛兵就是我們！」

天雖然黑，那兩行大號標題他還是看得清的。他雖然看得清，但還是決定了天不怕、地不怕、不懼鬼、不信邪！

他仍冷笑道：「甭來這一套！這一套唬不了我！我們家在這座城市生活了三輩子了！它是不是北京我還不比你們清楚麼？請允許我再鄭重地告訴列位——你們敬愛的江青媽媽早在二十多年前就被判為禍國殃民的罪魁禍首啦！十多年前已經帶著萬古不復的罪名死啦！她——死——了，你們聽明白了麼？你們敬愛的林副統帥也早就死啦！他企圖乘機叛國摔死在蒙古境內一個叫溫都爾汗的地方啦！」

他說得有幾分幸災樂禍。望著四名紅衛兵一個個瞠目結舌的樣子，他心裡特有快感。他接著想告訴他們如今已經是二〇〇一年了！他還想大聲說，倘他們果真是三十幾年前的紅衛兵轉世，那麼他們不過是歷史的活化石，說得難聽點兒是歷史的活殭屍！根本不值得被保護性地軟禁在某一個地方好吃好喝地供養著，而應送到歷史博物館去展出，並且收很貴的門票為博物館創收，為博物館的員工們發獎金！總之這男人打算把他和他的家在「文革」中所受的窩囊氣，以及他對紅衛兵們那一種歷史性的憎惡，一古腦兒都向眼前的四名不知是妖是魔的紅衛兵噴泄過去……

但他接著想說的話還沒來得及說出口，四名紅衛兵已經一個個雙眉倒豎，雙目圓睜，怒不可遏了！

「他反動透頂！」

「揍他！」

於是他們一擁而上，對他拳打腳踢起來！打得他哀叫連聲。

肖冬梅畢竟是十五、六歲的少女，心中雖然也同樣充滿了無產階級義憤，但少女的心又是無論在多麼憤怒的情況之下都容易產生惻隱的呀！

她見趙衛東朝他面門狠狠一拳打過之後，他鼻中流出血來，頓時心軟了，一邊以身護著他一邊高叫：「別打啦！別打啦！我看他準是個瘋子！咱們跟瘋子認真個什麼勁兒呢？」

「就算是瘋子，也肯定是個反動透頂的瘋子！要不他怎麼不咒劉少奇死了不咒鄧小平死了，專咒我們敬愛的江青媽媽和林副統帥死了？」

李建國狠狠朝他肚子踹了一腳。挨過這一腳，他可就雙手捂著肚子唉唉喲喲地蹲下了。此時他的意識發生了很奇異的轉變，彷彿連他自己也搞不大清自己究竟是在二〇〇一年還是在三十幾年前的「文革」之中了。似乎不是四名紅衛兵不明不白地穿越歷史來到了當代，而是自己又被一雙看不見的大手猛地推回到了過去。他對紅衛兵的歷史性的憎恨，也隨之被對紅衛兵心有餘悸的歷史性的恐懼所取代了。他似乎又是三十幾年前的他了……

他雙手捂著肚子蹲著，連聲卑賤地求饒：「我反動，我該死！紅衛兵小將們，寬大了我吧寬大了我吧！」

肖冬雲本已和妹妹一樣，在他雙手捂著肚子唉唉喲喲地蹲下那一刻心生側隱了，但聽了他求饒的話，反而又騰地火冒三丈了！

「聽，他自己也承認自己反動了吧？我看他是裝瘋賣傻行惡毒詛咒之實！」

她從地上抓起那只大炒勺，朝他頭上狠狠拍了一下。硬碰硬，發出噹的一聲響──於是他身子晃了幾晃，捂著肚子的雙手又捂住了頭，緩緩地倒在地上了……

肖冬梅不禁朝姐姐跺了下腳：「姐你這是幹什麼呀！下這麼狠的手！別忘了咱們是首都的客人！是毛主席他老人家的紅衛兵！鬧出人命來丟誰的臉你想過麼？」

瞧了一眼躺在地上的男人，她覺得問題嚴重，都快哭了。

四名紅衛兵一時的不安起來，面面相覷。

李建國見肖冬雲神情緊張不安，自告奮勇地說：「冬雲你別怕，他要真死了，追究起責任來，我替你承擔！」

肖冬雲心裡當然也害怕自己一炒勺將他拍死了，但嘴上還挺硬，理直氣壯似地嘟噥：「我才用不著你替我承擔呢！紅衛兵小將一人做事一人擔！誰叫他惡毒詛咒江青媽媽和林副統帥來著！江青媽媽說過的──好人打好人誤會，好人打壞人活該！像他這種反動透頂的傢伙，打死一個少一個！統統打死了，就全國山河一片紅了！」

趙衛東終究年長二、三歲，雖然心中也惴惴地暗慌了片刻，但隨即就要求自己鎮定了。那是一種陡然升起的責任感使然的鎮定。因為他是他們的長征隊長呀！是他們在嚴峻時刻的「頭腦」哇！他默默地從肖冬雲手中奪過炒勺，掂了掂，覺得挺輕，顯然是鋁的，不是生鐵的。於是心中一塊石頭落地，有了數。

他長輩似的摸了肖冬雲的頭一下，低聲說：「炒勺這麼輕，要不了他的命，我看他只不過是昏過去了。」

聽了他的話，肖冬雲暗舒一口氣。她不禁向他投去親愛的一瞥。

這時，躺在地上的男人動了一下，呻吟了一聲。

這時，他的兒子從窗口探出頭望向這裡——他大叫：「媽！媽！不好啦！我爸爸躺在地上啦！」

他老婆的身影也隨即出現在窗口——那女人又嚷了起來：「全院鄰居都快出來呀！出人命啦！我家小賓他爸躺倒在血泊裡啦！生死不保了呀！」

她這一嚷，幾乎每家每戶的窗口都出現了身影，緊接著又有人從露天木梯上奔下來。

趙衛東當機立斷地說：「我們趕快離開這個院子！」

肖冬梅左右扭頭望了望，見此院的後門所臨的是一條幽靜的街，本能地拔腿就要跑過去。

趙衛東一把抓住她手，指著通向步行街那個門洞命令道：「都要服從我的指揮！我看跑出那個門洞準是長安街！不是長安街不會那麼燈火通明的！」

他說罷，緊緊抓住肖冬梅的手，率先朝那門洞跑去。李建國肖冬雲自然緊隨其後。李建國也一邊跑一邊抓住了肖冬雲的一隻手。而她一甩胳膊掙脫了，倉皇之中仍不失紅衛兵尊嚴地說：「別抓著我手，我又不是小孩子！」

門洞那兒，電箱燒烤賣得正火。老闆娘和幾名雇來的鄉下姑娘，都正忙於打點生意，誰也沒注意到院子裡發生了什麼事兒。

露天木梯上的幾個人卻已奔到院子裡了。見他們的鄰居果然躺在地上呻吟不止，便都衝著四名紅衛兵的背影高喊：「堵住他們！門洞那兒的人堵住他們！不要放他們跑了！」

其中二人追了幾步，收腳站定，不知四名紅衛兵身攜何等傷人利器，沒充足的膽量和勇氣一味兒地窮追不捨。

即使他們那麼的大喊大叫，門洞裡的老闆娘和幾名雇來的姑娘也沒聽見。她們皆背對院子，面向步行街——而步行街上實在是太繁華了，從一些店裡傳出的音樂聲通俗歌唱聲，將發出於她們背後的喊叫掩蓋住了。何況生意那麼的火，她們的聽力那一時刻似乎都下降，只集中著視力於鈔票於烤箱了。

趙衛東扯著肖冬梅跑到門洞跟前時，恰巧有一個姑娘轉身擦汗。

她發現趙衛東們，頓時呆愣住了。圍裙角托在手上，舉起在臉那兒，一時忘了擦，兩眼一眨不眨地瞪著他們，如同被施了定身法——這可是些幹什麼的人呢？穿著像軍裝又不是軍裝的黃綠衣褲，臂上還戴著紅箍箍……是什麼部門的稽查人員？可看他們的臉又分明學生氣十足呀！覺得在什麼地方見過這一類人，一時又想不起來究竟在哪兒見過。

趙衛東和肖冬梅也雙雙地急收住腳呆愣住了。隨後趕上來的李建國和肖冬雲同樣急收住腳呆愣住了。他們呆愣的程度，不亞於對方，也如同被施了定身法似的。

他們從小長到大，也是沒見過對方那樣一個人的——她那是戴的一頂什麼帽子呢？兩隻尖尖的耳朵，向前探出的尖尖的嘴巴，嘴巴左右還有數根長長的纖細又漆黑的鬍鬚。那不是用紅色紙板做的狐狸的頭麼？只有兒童劇團在舞臺上演童話劇才會戴那樣的帽子呀！可這個燈火通明的門洞並非舞臺啊！對方也分明不是兒童啊！看去至少十八、九歲了，也許二十二、三歲了吧？那樣的一頂帽子底下又是一張什麼樣的臉哇！的的確確，那是他們出生以來在現實生活中從沒見面的臉。甚至在畫刊上也沒見過的臉。

說到畫刊，其實他們之中只有趙衛東當學校圖書館的義務管理員時，才在專供老師們借閱的書架上翻看過兩種畫刊——《人民畫報》和《大眾電影》。即使在那兩種畫刊中，女人化了妝的臉也不是對面那樣子的呀！除了趙衛東，李建國和肖冬雲姐妹倆出生以來是連一冊真正的畫刊都沒見過的。他們在小學時各自看過的，或可算是畫刊類的讀物，只不過是《小朋友》和《兒童時代》。那兩類「畫刊」中可沒有對面那樣子的臉！

但那樣子的臉，自九十年代以來，卻是一張中國人在大城小市屢見不鮮、見慣不怪的臉。甚至，在許多鄉村，誰都可能不期然地發現那麼一張女子的臉。那只不過是一張剃掉了眉毛又紋出了另一種眉的臉。在趙衛東們看來，那一種假眉的人工效果特別顯明，彷彿是用印刷機印在眼上方的。以他們對人臉的審美習慣，是根本無法覺得那樣的一雙眉有什麼好看的。相反，他們覺得簡直醜死了。沒有眉毛的眉，那還能算是眉麼？

眉下的那一雙眼睛，本是一雙黑白分明的大眼睛，一雙單眼皮的杏眼，上下兩排襯托著那雙眼睛的睫毛很長。它們被睫毛夾子夾過了。顯然，夾得太狠了，於是它們向上向下也都翻捲得過分了。似乎被車輪碾過的兩行禾苗似的，彷彿永難恢復自然而然的原狀了。那兩排睫毛，又被刷過了睫油（睫毛膏），並且刷得水準不夠高，於是如同被車輪碾過的禾苗又被噴了一遍瀝青。

那雙眼睛勾了眼線，但眼線未免勾得太粗了點兒。那雙眼睛也塗了眼影，但淺藍色的眼影未免塗得太重了點兒。還有那張臉上的那雙唇，那是一雙抹了猩紅唇膏的唇。那本是一雙嬌小的唇，唇廓卻被唇膏擴大了開來。因而在那張不大的臉兒上，便有著一張蘇菲亞·羅蘭般的性感大嘴了。臉兒本不大如銀盤大如滿月，五官化妝過於誇張，化妝品用得也過於鋪張，則就使五官在那張臉上顯得特別的擁擠了。彷彿都不安於自己天生的位置，都想侵略到別處似的……

倘對於當代女性們的自我化妝技藝太挑剔，從步行街這頭走到那頭，留意觀察的話，不難發現一兩張同樣的臉。而即使看見了，人們也只不過會在心裡暗想——這小姐，正式化妝前勾勾「草圖」呀，瞧把自己的臉兒弄成什麼樣了呀！

但是對於趙衛東們情況則不同了。

他們不是覺得那張臉化妝化得太濃豔了，而是覺得那是一張非人的臉，恐怖的臉。尤其那張臉上的大紅嘴，使他們覺得像是剛剛吃過什麼活物染著鮮血似的。

在對方朝他們轉過身，抬起頭，她那樣子的一張臉被肖冬梅驀地一眼望見時，那十五、六歲的少女本能地一步躲閃於趙衛東背後，幾乎嚇得失聲尖叫起來。

再看對方的穿著吧——她穿上衣了麼？她當然不會不穿上衣的。只不過她穿的上衣無領亦無袖，而且瘦，而且小，而且短，僅靠兩副吊帶懸在肩上。這就使她的雙臂，她的兩肩，她頸下的小半部分酥胸裸露無遮掩了。酷暑之際，不唯這一個姑娘，步行街上有不少年輕的女性都穿她穿的那一種僅靠兩副吊帶懸在肩上的小衫。為了圖涼爽，本也算不上有失什麼體統。但由於她紮的是那種連胸圍裙，便使她看去彷彿只紮著條圍裙而沒穿上衣了！她下身穿什麼了麼？當然也穿了！步行街又不是供人們裸泳的海灘，她怎麼可能下身什麼都不穿呢！只不過她穿的是那種極短的制服短褲，而且是那種男式的，前邊拉鏈開口的。

二〇〇一年的這一個夏季，不知受什麼服裝文化的影響和哪一種時尚潮流的引導，在預先完全沒有任何商業宣傳的鋪墊之下，這一座城市二十來歲二十多歲的姑娘們，忽然都開始穿起那種極短的男式制服短褲來。而且褲腿在比賽其短的過程中越比越短，短到已經不大好用膝上幾寸來說明，只能用腰下幾寸才講得清楚了。遠遠望去那幾乎就是寬腰帶，近看方能看出原來還有褲腿，還算是褲。報上評論，女性穿那一種男式制服短褲，不僅不會喪失女性的柔美，而且是更徹底地展示著女性美腿的性魅力了，而且增添了陽剛之氣。報上還評論道——時代不同了，陽剛之氣再也不是男性的專利了。女性理所當然地可以採取「拿來主義」，「穿上主義」，急我所需，襯柔之美……等等，不一而足。

推波助瀾，天花亂墜，竟一度使那種極短的男士的制服短褲被本市的些個趕時髦的年輕女子們搶購一空。三天內她們以幾近於瘋狂的熱忱對本市的大小服裝店和各條街道上的服裝攤進行了輪番的掃蕩式的「掠奪」。店家商人和小販們無不眉開眼笑，驚呼供不應求。當然，報界也從他們的利潤中明裡暗裡分得可觀的宣傳費、廣告費。

那受雇賣燒烤的農村姑娘穿的即是那一種短褲，所紮圍裙又肥了點兒，長了點兒，在紅衛兵趙衛東們看來，自然便像下身什麼都沒穿的樣子了。他們以為若從後邊看她肯定是一絲不掛的，以為圍裙一旦落地，眼前肯定是一個赤身裸體的女人無疑了！

他們的驚愕是多麼的可以理解呀！

而對方穿的又是那一種底高二寸的「拖鞋」。這種似鞋非鞋似拖鞋其實又絕非拖鞋的鞋頗值得時尚專家們研究。不知它靠了什麼大受女郎們青睞的迷你魅力，居然能從去年走俏至二〇〇一年方興未艾。那雙「拖鞋」上趴著一雙白白的胖腳。那雙胖腳的十個趾甲塗得鮮紅。猶如被殘忍地釘了十個洞孔，並從十個洞孔滲出十顆大大的血珠兒來。

雙方正那麼驚愕地彼此呆呆地互瞪著，守著錢箱頻頻接款的老闆娘發火了，她猝然轉身一吼：

「你幹什麼哪？沒見……」

她本想說的是——沒見這會兒多忙麼？你擦把汗也需要那麼長的時間麼？但是她這句話沒說完，她自己也半張著嘴驚愕地呆住了——望見四名紅衛兵使她沒法兒不驚愕。

她臉上堆起了習慣性企圖討好取悅的笑容。因為片刻的驚愕之後，她頭腦中迅速做出了反應，也將四名紅衛兵當成工商稅務或市場管理部門的人員了。但隨即又做出了否定——不對呀，工商稅務不穿黃制服呀！看去他們也太年輕呀，分明還是些半大孩子呀！即使做市場管理人員也太嫩了呀！待她發現了他們臂上的紅袖標，看清了紅袖標上是金黃的「紅衛兵」三字，她臉上堆起來的笑容朝兩腮一擴，頓時均於臉腮不見了。就如雲朵被無聲的雷炸散了似的。那一時刻，她半張著的嘴實際上是大大地咧開著了。

這徐娘半老的老闆娘的臉也濃妝豔抹。

另外幾名她所雇的農村姑娘也意識到背後發生了什麼事，一齊轉過身來——不消說，在趙衛東們看來，她們彷彿也都除了前身一條圍裙而外，從上到下並沒穿什麼！一樣的帽子，一樣的鞋，一樣彩印也似的臉，一樣紅的唇，一樣紅的手指甲和腳趾甲……

四名紅衛兵不但驚愕，而且真的有些驚恐了！的的確確，自他們出生以來，他們絕對地沒見過眼面前那麼一排不知應該說是美麗亦或應該說是嚇人的「牛鬼蛇神」。

他們又驚恐又困惑，各自懷疑在夢中。

而門洞外邊，那一排「牛鬼蛇神」以及烤箱櫃案之後，是步行街上等著買燒烤的男女們。他們和她們將門洞的前口圍得水泄不通。他們和她們也都看見了趙衛東們，其中也有人發現了他們臂上的紅衛兵袖標，指著議論紛紛：

「紅衛兵！他們是紅衛兵哎！」

「這些孩崽子，又想瞎鬧騰什麼？」

「歷史的經驗值得注意啊，可千萬別再鬧騰啦！」

趙衛東們耳聽著那些議論，驚恐、困惑又憤怒——媽的些個穿得比電影裡的、比他們想像之中的資產階級還資產階級的狗男女究竟是什麼人等，怎麼就居然敢在首都北京穿得怪裡怪氣一個個如此暴露不成體統？怎麼就居然敢在無產階級文化大革命正風起雲湧的關頭，肆無忌憚地攻擊紅衛兵是「孩崽子」？攻擊毛主席他老人家親自發動的史無前例的無產階級文化大革命是「瞎鬧騰」呢？階級鬥爭路線鬥爭真尖銳呀，真複雜呀，真劇烈呀！這要是不造反不革命行麼？連首都北京都有許多人資產階級化到如此地步了，還不造反還不革命還不重新奪權，無產階級的紅色江山還能千秋萬代永永遠遠地彤紅下去麼？難道以毛主席他老人家為首的無產階級司令部在首都北京遭到了……

他們一個個不敢暗想下去，更不敢深想下去……

院子裡的人們圍上來了。

那司機的老婆首當其衝，率先發難。她一手叉腰，一手指著趙衛東問罪：「說！憑什麼把我丈夫打昏了？啊？你們以為中國還是『文革』那年月呀？告訴你們，老娘當年也是造反派，而且是一呼百應的頭頭！老娘造反那陣子，你們四個小崽子還沒形成胎團呢！戴上紅衛兵袖標你們以為就又可以無法無天啦？你們今天不當眾向老娘賠禮認錯休想走人！這條街上可就有派出所！」

她的話使趙衛東們困惑上又加困惑，狐疑上又加狐疑，他們簡直搞不明白自己究竟是在中國還是在外國了！自從他們離開家鄉小鎮踏上當年紅軍走過的長征路，經過哪兒受到的不是沿途人們的歡迎、關懷、熱情接待呀？他們聽到過多少真誠讚揚的話語啊！有多少依依惜別的難忘情形記憶猶新地深印在他們頭腦中了呀！怎麼偏偏的恰恰的在首都北京，在他們成了敬愛的江青媽媽以及「中央文革」的尊貴客人以後，反而處處成了被猜疑被以奇異的目光所觀賞的不受歡迎的人了呢？

「文革」那年月……這他媽的算什麼話？

老娘當年也是造反派……當年？這又他媽的又算什麼話？

難道首都北京不再和全中國按同樣的年曆計年啦？

連姐姐肖冬雲也開始悄移腳步往趙衛東身後躲閃了。李建國看在眼裡，心中頓生一股大無畏英雄氣概，和幾許唯有自個兒心知肚明對趙衛東的暗忌——他跨前一步，以自己的身體擋在肖冬雲身前，緊握雙拳擺出掩護又防範的架勢，並說：「冬雲別怕，有我呢！」

趙衛東卻想——三十六計，還是走為上計吧！

他仍抓著肖冬梅一隻小手未放呢！

於是他當機立斷大喊一聲：「戰友們跟我闖過去！」

於是四名紅衛兵彷彿古代的俠客闖關似的，齊發嘯叫，一齊衝向門洞。

當時那情形使人聯想到「不成功便成仁」這句古話。

於是一時間的，老闆娘及她的雇員們一個個被撞得東倒西歪，長案也被撞翻了，砸了門洞外三、四個男女的腳。電烤箱從長案上轟然落地，油星四濺，燙得更多的男女捂臉捂胸捂胳膊捂腿。

於是一時間的吱哇亂叫，皆作猢猻散……

四名紅衛兵趁機奪路而去……

他們起初只不過在步行街上往前猛跑狂奔，根本顧不上朝兩旁看一眼。趙衛東既已抓住妹妹肖冬梅的手，李建國就不管姐姐肖冬雲情願不情願，於奔跑之中也瞅個機會捉住她一隻手，不管她心裡是否會認為他趁人之危。

四個人分成兩雙，倆倆手拉手在步行街上狂奔猛跑，是那條步行街自從成為步行街以後不曾有過之事。他們撞了不少人。被他們撞了的人自會衝著他們的背影罵一句。旁觀者中就有人指著他們的背影想當然地說：「看！小偷！小偷！這不是作妖嘛，在步行街上偷竊還跑得了麼？」但是卻不見有人追趕，也不聞有人喊捉賊，於是大惑不解。

除了被他們撞著的人，除了將他們當成扒手或賊的人，他們並未引起太多人的注意，他們只顧跑，也未注意周圍儘是些怎樣的人。

「放開我手！我鞋跑掉了一隻！」

妹妹肖冬梅使勁兒掙她的手。

於是趙衛東放開了她的手，見並無人追趕，定下一顆心來，衝著緊隨其後跑來的李建國和肖冬雲說：「別跑了，沒人追咱們！」

於是那倆也站住不跑了。

肖冬梅赤著一隻腳一邊往回走，一邊低頭尋找她跑掉的那只鞋。一時沒找到，急了。一急又快哭了，衝著姐姐嚷：「姐我的鞋不見了，你倒是幫我找哇！」

而姐姐肖冬雲彷彿根本沒聽到，她在望著一幅幾乎貼滿了櫥窗的廣告招貼畫發呆。

李建國則表現出了可敬的自覺性，也無須隊長趙衛東吩咐，默默地走向肖冬梅幫她找。終於發現了，原來那只鞋被別人踢到人行道邊兒去了。他拎著鞋走回到肖冬梅跟前，以抱歉的口吻說：「鞋扣帶斷了，你只有將就著穿了！」彷彿那是由於他的過錯造成的。

但是肖冬梅彷彿根本沒聽到，她和趙衛東的目光，也望著她姐姐肖冬雲所望的方向，三個人都望得發呆。

李建國的目光自然也就奇怪地朝那兒望過去了——其實呢，那幅廣告招貼畫絕無任何一點新穎的創意可言。甚至可以說根本就沒有任何構思任何創意。那不過是在中國並且早在世界各地幾乎隨處可見的表現方式、最直接最簡明的一幅攝影廣告而已——女人「斬」去了頭、「削」去了雙足的身體，穿著一種叫蕾絲的絲質鏤花乳罩，和同樣小得不能再小的三角短褲。

就那女人的身體而言，不能不說窈窕優美。姿態也很優美。上身前探，臀部後拱，呈S形。雖然神龍不見首尾，卻顯得胸峰更加高聳了，顯得叉立的雙腿更加修長了。就廣告而言，其實也並不能說完全的沒有創意。因為最直接最簡明的方式，恰便是主題最突出的廣告，其主題便是那一種絲質的鏤花的乳罩和鏤花的三角褲。

一句粗俗和詩意相結合的廣告語是——「在暑熱難耐的夏季，穿比不穿還爽。」恐那女郎的芳容和秀足喧賓奪主，故「斬」之「削」之。這樣的廣告，誰又敢武斷地說它就完全的沒有什麼構思沒有什麼創意呢？那是一家門面裝潢得相當古典的私營店，裡邊卻專為具有較高消費實力的女性提供最時髦的昂貴商品。別看這一座城市的經濟發展現狀不振，但由十幾萬先富起來的人們所支撐的高消費氣象，卻仍能使步行街上呈現著真實又似乎有些虛假的繁榮。

林語堂先生半個世紀前初到美國時，曾向美國人做過一番頗為精彩的演講。在演講中他十分驚詫於美國人，尤其美國的女人們，何以能那麼態度寬大地容忍美國的商業充分利用女人的身體大作廣告大賺其錢的現象。

美國的商業並沒因語堂先生溫文爾雅亦莊亦諧的批評而慚愧而收斂或改變其商業行徑。而半個世紀以來，全世界都已青出於藍欲勝於藍地學習著美國了。一個事實是那麼的顯明那麼的無可爭議——離開了女人身體的實際需求和女人身體天生的無可取代的、永遠具翹楚地位的特殊廣告魅力，不要說全世界的商業早已跌入深淵不可救藥，全世界的廣告業也很可能滅絕八九成啊！

在二〇〇一年，在中國，無論電視裡電臺裡、書刊裡、街頭巨幅看板或商店櫥窗裡，利用女性的身體和女性身體的局部所做的廣告，更是多到無以復加的程度。女人的髮、女人的眉、女人的眼、女人的唇、女人的齒、女人的頸、女人的乳、女人的腰、女人的臀、女人的腿、女人的腳、女人的手、女人的指甲和趾甲……男人們早已通過廣告對這些司空見慣如視常物了，而女人們也早就不無自豪地從觀念上理解這種商業現象、接受這種商業現象了。對男人們所帶來的普遍的負面影響是性衝動的減弱，是性能力的降低，而對商業所帶來的另一種益處是一系列神乎其神的壯陽藥品的面世。

紅衛兵李建國望著那幅招貼廣告也呆住了。彷彿它是具有無比強大的磁力的東西，彷彿他的目光是物質性的，被那招貼廣告所牢牢吸住，休想再轉移開去了。實際上他頭腦中也根本沒有想將自己的目光轉移開去的念頭產生。確切地說，實際上他頭腦中一片空白。明明眼望著那廣告，意識卻處於頓失狀態。只覺得那廣告上的女人身體變得越來越高大，並且越來越接近他，而廣告周圍的一切，包括他周圍的人，皆都虛無了……

他，以及趙衛國和肖冬雲姐妹倆——對於他們四名三十四年前的紅衛兵，那廣告尤其是他們在最荒誕不經的或青春期最色情的夢境之中，都不可能夢得見那麼具體又那麼具有視覺衝擊力、具有生理震撼力的。清楚原子彈爆炸後必有蘑菇雲騰空升起的常識，而又真的望見了蘑菇雲的人會呆成什麼樣，他們當時也就呆成什麼樣。

這時，只有這時，他們周圍的人，才紛紛注意到他們是四個多麼奇特多麼與眾不同的人。但是人們不明所以，對他們的出現感到又驚異又暗自亢奮。紅衛兵啊！久違了三十餘年的紅衛兵啊！而那些在「文革」中聞紅衛兵三字而心驚肉跳的人，則本能地往後退，遠遠地避開他們，站立在自認為安全的地方猜測著他們將會有什麼行為。

在那些人的眼看來，分明的，趙衛東們確乎是真的紅衛兵。因為他們是太熟悉當年的紅衛兵們臉上那一種精神面貌了。那一種精神面貌用一句話就可以形容。而那一句話應該是——「我們是僅次於上帝的人，我們怕誰？」那一種精神面貌也可以說是在「文革」中經過短時期的強化實習而「培養」起來的一種「革命氣質」。儘管四名紅衛兵都眼望一個方向呆住了，但是他們臉上那一種精神面貌卻並沒有因而嬗變。在那些當年曾領教過紅衛兵造反脾氣的人們看來，他們隨時會從呆狀中猛醒，一轉身一齊舉拳高呼：「打倒！打倒！打倒！」

熟悉紅衛兵的和對紅衛兵感到陌生的，驚異的和心有餘悸的，巴望著接下來趕快發生什麼刺激的事件，或膽小怕事躲得遠遠的唯恐發生什麼突然事件殃及自身的人，那一時刻懷著各種各樣不同的心態，全都默默地注視著出現在步行街上的四名紅衛兵。

那一時刻，在步行街的那一街段，嘈雜聲叫賣聲停止了，氛圍肅靜起來。

一種「於無聲處聽驚雷」似的肅靜。

在那肅靜之中，一個小女孩兒嫩嫩的充滿稚氣的聲音問她的媽媽：「媽媽，媽媽，紅衛兵是什麼兵呀？」

小女孩兒才四、五歲，雖然還沒入學，卻已認識了一些字。

她媽媽三十來歲，是在「文革」中出生但「文革」結束才十歲左右的人，頭腦中對「紅衛兵」保留了一點兒印象，但印象卻實在不是很深。

她一時不知該如何回答女兒的話才好，將女兒抱起來，想要不看熱鬧了離開此處。她是為女兒的安全著想。她本能地覺得那一種肅靜有點兒不祥似的。

女孩兒的聲音雖然很小，因為她離李建國近，又因為周圍是那麼的靜，故而他聽到了。

李建國的頭，緩緩地緩緩地轉動，轉動，他在尋找那張說話的小嘴兒。他當然聽出了那是一個小女孩兒的聲音。

「紅衛兵是什麼兵呀？」這樣的詢問使他非常驚詫。

依他想來，在首都北京，即使小孩兒也應該知道紅衛兵是毛主席他老人家最最信任的，誓將無產階級文化大革命進行到底的紅色闖將啊！

在他的頭緩緩轉動的過程中，他開始看清周圍的人們了。女人們衣著鮮豔，或長或短甚至別出心裁的髮式，以及她們化了妝的臉，以及她們裸露唯恐不徹底的頸子、上胸、臂和腿，使他的視覺進一步受到刺激。那種刺激如同西班牙鬥牛場上的公牛由於鬥牛士的紅斗篷所引起的暴烈反應。尤其人們臉上那一種觀看稀有動物似的表情，使他感到受辱，使他大為惱怒。那一種表情不僅呈現在女人們臉上，也呈現在男人們臉上。而且，呈現在男人們臉上，比呈現在女人們臉上更具有譏諷不敬的意味兒。因而也就更加使他感到受辱，更加使他惱怒……

他凜然的目光終於盯在那母女二人臉上了。

當母親的趕緊謹慎地抱著孩子走開。

而那小女孩兒卻扭回頭又大聲對他說了一句：「我不怕你！我爸爸是軍官！」

李建國不禁吼了一句：「解放軍也要支持紅衛兵的造反行動！」

「你瞪我，我也不怕你！你凶我也不怕你！」

小女孩兒毫不示弱。顯然，那是一個被寵慣了的小女孩兒。

李建國張張嘴，不知說什麼好了。

三十四年前橫空出世桀驁不馴的紅衛兵，遭遇了二〇〇一年中國獨生子女家庭不懂敬畏二字何為的小公主，只有乾生氣的份兒。

步行街上沒什麼新奇事兒發生時還人流如織呢，此處既有新奇事兒發生了，如織的人流「流」到這兒也就不應當往前「流」了，淤阻住了。

「拍電影呢，拍電影呢！」

「瞧那四名紅衛兵！正表演著呢！」

「還拍『文革』那點兒破事兒，如今誰會到電影院去看『文革』題材的電影啊！」

「那就是拍電視劇！如今中國電影業算是希望不大了，在國際電影節上得幾項獎走不出低谷，電影導演們差不多都放下老大的架子拍電視劇了！」

「怎麼四個都是陌生面孔啊？沒一個星沒一個腕兒，就是拍了播了，誰看呀？」

「導演在哪兒？怎麼也不見攝影機呢？」

「外行了吧？這叫偷拍！偷拍的畫面絲毫也沒有場面組織過的痕跡，更真實！攝影機肯定就在附近什麼隱蔽的地方架著……」

後至者們指指點點，交頭接耳。

於是有人仰首朝街兩旁的樓頂上看，企圖有所發現。

被圍觀的李建國那一時刻的受辱感和惱怒早已達到了難以遏止的程度，他再側轉了臉看自己的三名紅衛兵戰友們，見他們仍呆呆地被定身法定住了似的，目不轉睛地，睫毛也不眨一下地望著那幅在他看來不堪入目淫穢下流的廣告，不由得胸中如火上澆油，一股怒焰升騰，直燎腦門……

羞恥呀！羞恥呀！

把紅衛兵小將的臉丟光丟盡了啊！

他以霹靂之聲朝三名紅衛兵戰友大喝：「你們還看！那究竟有什麼可看的？」

經他一喝，趙衛東們也如夢初醒。他們見周圍那麼多男女老少的那麼多目光都在注視著自己，一個個臉上發燒，羞愧得無地自容，真真是無地自容啊！

趙衛東囁嚅地語無倫次地向李建國解釋：「其實……其實我並沒看那個……我怎麼會看那個看得發呆呢？我只不過……我向毛主席他老人家鄭重發誓，反正我看的不是那個……」

同時他心中暗想，這下完了，這下自己隊長的權威是徹底動搖了！起碼在李建國這一名紅衛兵戰友的心目中是徹底動搖了吧？被淫穢下流的東西所久久吸引，是比政治上站錯了隊還可恥的呀！以後還有什麼資格在政治思想方面教導李建國這名紅衛兵戰友呢？

在他之後做出本能而又迅速的反應的是肖冬雲姐妹倆。因為她們是三十四年前的女中學生，嚴格地講妹妹肖冬梅還只不過是少女，姐姐的身體雖然已明顯的比她發育成熟了，但心理卻依然和妹妹一樣停止在三十四年前家教很嚴的少女們最容易害羞的階段。聽到別人互罵了一句髒話，她們也會立刻臉色緋紅，男同學們對她們的一個親暱的舉動，哪怕是無意識的，往往也會使她們覺得受了褻瀆淚眼汪汪起來。總之，她們好比是兩株含羞草兒。

她們的反應不但那麼迅速而且那麼的一致，她們幾乎像暗喊著一、二似的同時猛轉過身，彷彿站立在曠野上忽聽背後有人喊救命。她們一轉過身，她們的目光又不期然地看到了正對面街上的一幅廣告。那是一家專賣健身器械的店，其廣告比久久吸引住她們目光的那幅更大。廣告上是美國健美小姐黛爾·湯米塔，和一九九三年的世界業餘健美大賽男子組冠軍，黎巴嫩漢子阿馬德。中東漢子僅著三角短褲，而黛爾全身比他僅僅多穿了一件象徵性的東西。如果那東西算是一件女式挎肩背心的話，那麼它可能是世界上最善於省料的裁縫做的了。

不，它肯定不是出於裁縫之手，顯然是出自一位編織師傅或編織女之手。因為它並非布料的，而是以綠色的繩結成的。就如同魚網一樣，其網眼大得可任憑三、四寸長的魚兒自由穿游。黛爾小姐和那肌肉發達得人猿泰山似的中東漢子都像被仔細擦亮了的古舊銅器般的膚色，被她身上那一件翠綠色的網狀小「衣」襯托著，色彩對比有多惹眼就不必形容了。而黛爾小姐的上身究竟又能被那麼一件網狀小「衣」遮住百分之幾更是不難想像的事了。他的一隻粗壯的手臂摟著她的纖腰，她的一條秀腿抬著，像鉗子的一半似的鉗在他的胯那兒。而他們的上身貼得那麼緊，以至於她的一隻豐乳受到他那寬闊胸膛的擠壓，幾乎要撐斷「網」繩，從破綻了的「網」孔裡膨脹出來似的……

不消說，即使在二〇〇一年的中國乃至全世界的人看來，那也確乎是一幅「性力四射」的廣告。但是步行街上的管理部門，一次也沒勒令那家健身器械專賣店揭去，也沒有任何一位市民對它持有異議。因為健身器械專賣店的櫥窗裡張貼上有兩位世界健美明星形象的廣告，是多麼理所當然又自然而然的事呢！而健美明星們如果不儘量在廣告中展現他們健美的身體，以及由此顯示的旺盛的生命力和超人般的性感魅力，誰還會更有資格呢？何況，那兩位世界級健美明星的彩照合影，幾年前便在全世界至少千種以上的報刊登載著了，幾年前在中國起碼也有幾十種報刊登載過了，而且往往登載於印製考究的畫刊和發行量很高的報上……

他們早已是中國人的「老相識」了！

他們在廣告中那樣子的合影，也早已被普遍的中國中青年男女們懷著羨慕的、著迷的好感所接受著了。

連衛道士類型的、觀念傳統守舊的中國老年人，十之八九也寬宏大量地認為他們在廣告形式中，是既可以那樣子而且完全應該那樣子了！

二〇〇一年，在中國，性的觀念是更加開化了。實事求是地說，早已開化得與世界上一切性觀念最為開化的國家沒有什麼程度上的差別了。二〇〇一年，在中國，人們對於性魅力的崇拜，超過了對一切明星本人們的崇拜。或者反過來說，對一切明星們本人的崇拜，首先的出發點包含著對其性感魅力的賞識了。

但對於從三十四年前活轉來的肖冬雲姐妹倆，黛爾和阿馬德簡直是妖魔鬼怪啊！他們那麼一種男女間親暱的樣子，簡直是世界上最最醜陋的行徑了啊！連看到了那幅廣告的自己的眼睛，也彷彿成了不幸被世界上最最骯髒之物污染了，而且用任何一種眼藥水兒也永遠不會再沖洗乾淨了的眼睛！

她們的頭腦之中竟產生了一種古怪的想法——那就是自己的眼睛在看到兩幅廣告以後，也無疑的已經變得醜陋了，目光邪獰了。

可憐的姐妹倆，她們在她們所處的那一個時代，在她們那一種年齡，對男女關係，對性的全部本能的理解，無非是親暱的目光、親暱的話語，以及彼此暗中輕輕握一下手罷了。

而擁抱和接吻，在她們的頭腦中是何等了不得的事啊！

她們認為女人與男人擁抱了、接吻了，哪怕僅僅一次，必定就會懷孕，就會生孩子！

在她們出生、長大、上學的那個小縣城，關於愛的關於性的常識，被以文明的名義和根本上是反文明的、愚昧的、宗教禁欲條例般的嚴肅告誡所替代。就這一點而言，就人性的真實人性的自然人性的自由狀態而言，甚至比解放前的中國人，甚至比擁有五千餘年文明史的中國任何一個歷史時期的尋常人們還不如……

在幾秒鐘的呆視之後，肖冬雲姐妹倆的反應又是那麼的一致而又強烈——她們幾乎同時用雙手捂住了她們的臉。她們不是以雙手並捂因而各自捂著整張臉，是雙手相疊，一隻手緊緊壓在另一隻手上，橫著雙手僅僅捂住眼睛。如同她們的眼睛被強熾的光突然射傷了，或同時遭到了硝酸的潑灑。區別是，僅僅是她們沒有發出痛苦的尖叫。隨之她們幾乎又同時猛轉了一下身。再接著，她們同時蹲下了。

妹妹肖冬梅哇地哭了。

就那麼捂著臉哭。不敢稍微放鬆一下雙手。

妹妹一哭，姐姐肖冬雲也忍不住哭了。也就那麼捂著臉哭，也不敢稍微放鬆一下雙手。

離開了那個將她們作為江青媽媽的尊貴客人關懷著照顧著的地方，確切地說是離開了那輛封閉式貨車車廂以後所遭遇的一切，所見到的一切，所聽到的一切對無產階級文化大革命運動，對紅衛兵以及對她們本身的言論，使她們保留在三十四年前的意識受到了摧毀性的衝擊。她們實在是想不明白猜測不到中國究竟怎麼了？首都北京究竟怎麼了？

她們的哭聲中流露著巨大的惶恐不安。

因為她們的頭腦中已經開始想——如果恰恰是她們自己已變得非常荒唐非常可笑，變得像什麼怪物似的了，那她們以後可拿自己怎麼辦呢？

為什麼周圍的人們尤其是女人們，不對自己的衣著，不對自己的髮式，不對自己化了妝的臉感到差恥？為什麼男人們都似乎看慣了女人們那樣子而且似乎還特別欣賞她們那樣子？為什麼應該砸碎的櫥窗沒人去砸碎還擦得那麼的明亮？明亮得如同鏡子似的？為什麼應該撕得粉碎的那麼腐蝕人靈魂的東西居然沒人去撕？為什麼還可以在那兩個櫥窗前擺了桌椅，一些男人女人還可以大模大樣地坐在那兒吃著什麼、飲著什麼說說笑笑顯得特別輕鬆愉快？誰允許他們和她們那樣了？她們和他們又是憑什麼特殊的資格獲得到可以那樣的權力的？

如許多不該存在的現象存在著，中國還算是中華人民共和國麼？還算是社會主義國家麼？

為什麼沒有人對中國負責任地掃蕩這一切醜陋現象？

為什麼沒有人造反呢？

姐姐肖冬雲心裡還想——如果自己的眼睛所見到的醜陋無比的現象不消失，那麼她寧肯自己的眼睛從此瞎了吧！

妹妹肖冬梅的心裡，同時也產生著一樣的想法。

在她們蹲下去的時候，周圍發出了一片喝彩聲——「好！」「好！」「到家！」

那是以為在拍電影或電視劇的男人女人口中發出的。

依那些人看來，她們的表演確乎是值得鼓勵值得喝彩的——表演得多麼投入多麼符合角色呀！那雙手一捂眼一轉身一蹲下，「身體語言」所表達的內容是多麼的豐富哇！

「安靜！不要出聲！別忘了這是偷拍！偷拍可一般都是同步錄音！」

立刻有人不失時機地證明自己的懂行，精神可嘉地對別人小聲提醒。

肖冬雲姐妹倆一蹲下哭，李建國的造反情緒頓然高漲。他分開人群衝向對面的櫥窗，衝到跟前，伸出雙手便撕扯那一張宣傳廣告。它是貼在玻璃裡邊的，哪裡又是他撕扯得下來的呢？只不過指甲將玻璃撓得發出幾陣刺耳的聲響罷了。

「好！」

又是一陣喝彩。

「真他媽討厭！你們怎麼還喊？」

「嗨，你小子罵誰呢？你算老幾？在這兒充的什麼大瓣蒜？人家攝製組裡都沒誰出面管，你他媽替人家激歪個什麼勁兒？那倆女的裡有一個是你小情人兒呀？」

於是兩個小夥子往一塊兒湊，你一拳我一腳打了起來。

二〇〇一年，中國人之間仍缺少相互的忍讓，語言文明程度也不見有什麼明顯的提高。這一點，與三十四年前相比，倒是倒退了。因為三十四年前人們在語言方面的自由是相當有限的。相互之間的攻擊性也主要表現於政治話語體系。

「好！」

有些男女以為那兩個小夥子也是在「表演」戲的一部分。

從那家店裡跨出了一名穿制服握警棍的警衛——他用警棍直指著李建國高喝：「你幹什麼你？」

李建國撕扯不下那廣告，由於急而更惱更怒。

他大聲說：「造反有理！」言罷，舉起了一把椅子。

周圍的人一見他將椅子舉過頭頂，知道他接下來要幹什麼了，全都往後躲閃。坐在櫥窗前吃著喝著說著笑著喜聞樂見地看著李建國「表演」的些個男女，預感不妙，也都起身明智地跑了開去。

一位女郎一邊跑開一邊生氣地說：「戲裡有這情節怎麼也沒個人告訴一聲？這麼大塊玻璃被一椅子砸碎了那是鬧著玩的麼？多危險呀！」

陪伴著她剛才淺啜慢飲著啤酒的男朋友說：「放心吧寶貝兒！他只管砸他的，那我還能眼看著你被傷著？再說，這塊大玻璃肯定是用糖漿掛成的。」

他一邊說，一邊回頭看了一下，捨不得留在桌上的半杯啤酒，又返身回去打算端走。

說時遲，那時快——李建國高高舉過頭頂的那把椅子，狠狠地狠狠地砸將下去了……

但聽嘩啦一聲，偌大的，有十餘平方米的一塊鏡子般明亮的櫥窗玻璃，剎那間不復存在。幸而，這條步行街的管理部門規定，臨街櫥窗禁止鑲裝一般的玻璃，而必須是品質合格的強化玻璃。隨著嘩啦一聲響，巨大的玻璃變作千千萬萬指甲般大小的晶體粒塊，紛落遍地。由於那一把椅子的砸擊力甚是猝猛，致使無數粒塊向店內外爆豆般四射，些個反應遲緩來不及躲避的男女身上這兒那兒挨中了，頓時的大呼小叫亂成一片。雖都未傷得怎樣重，但已有人皮破血流了……

李建國高舉起椅子時，肖冬雲姐妹倆正捂眼蹲著，沒看見他想要幹什麼。若看見了，興許會趕緊制止他惹是生非。待她們猝然間聽到嘩啦之聲，反將雙眼捂得更緊了。並且，都嚇得本能地用胳膊夾住著上身，就那麼蹲著移動腳步往一塊兒湊，彷彿永遠也不敢站起，不敢睜開眼睛了似的……

接下來的事情大約發生在半分鐘內——那個捨不得半杯啤酒的小夥子，已然被鋼化玻璃的碎屑擊傷了臉面，雖只不過是皮肉輕傷，卻已流血不止了。在男人女人驚恐的尖叫聲中，店裡奔出了三名手持電棍的警衛。他們以為李建國是瘋子，或是醉鬼，或是對社會充滿敵意的破壞分子。

為首的警衛話還沒出口，電棍已指向著李建國了。

那一時刻，紅衛兵李建國的內心裡，確確實實是充滿著對他眼見的「醜陋」社會現象的莫大敵意。他餘怒未消，自恃猛勇地雙手去抓電棍。這他可真是自討苦吃了。電棍是好用雙手去抓的麼？他的雙手立刻被電住了。想放開都不可能了。反而下意識地抓得更緊，同時被電得渾身亂顫，齜牙咧嘴，哇哇怪叫，那樣子就十分的可怕……

人們越發驚恐地往兩邊人行道上躲閃。

被抓住電棍的警衛，打算從李建國手中抽出電棍，卻同樣的不可能。

另一名警衛見狀搶前一步，舉起電棍，朝李建國頭上狠狠一記，李建國身子晃了晃，暈倒在遍是強化玻璃碎屑的方磚人行道上。

椅子砸向玻璃那一瞬間，趙衛東張開著嘴呆住了。在那大約半分鐘內，他呆看著眼前發生的突然事件，呆看著紅衛兵戰友李建國被一電棍擊倒於地。

那臉上流血的小夥子，此時一隻手捂著臉竄到了仰躺地上的李建國身旁，飛起一腳又一腳，狠踢李建國，邊踢邊罵……

趙衛東這會兒才省過神來，他大叫：「要文鬥！不要武鬥！」

他正欲衝過去護著李建國，雙臂卻已被人朝後使勁兒擰了過去——同時一個男人的聲音很低也很嚴厲地警告：「老實點兒，否則對你不客氣。我們是便衣員警！」

他立刻想到了肖冬雲和肖冬梅。

他扭頭望向她們，一邊拼命掙扎，一邊大喊：「冬雲、冬梅你們快跑呀！快跑呀！」

而肖冬雲和肖冬梅姐妹倆，直至聽到趙衛東的喊聲，才一齊將雙手從眼上放下去。於是她們看到了這樣的情形——兩名警衛，一名抬著李建國的頭，一名抬著李建國的腿，正往店裡弄他。在她們的眼看來，她們的紅衛兵戰友李建國已經是死了，或者是半死不活的了。她們還看見那臉上流血的小夥子一隻手攥著一隻啤酒瓶子，張牙舞爪地要撲將過去，而第三名警衛阻止地從後死抱住其腰不放。當然，也看見趙衛東的手臂被一左一右兩個男人朝後扭著，扭得趙衛東俯下了身去。

她們緩緩站起來了，內心裡驚悸萬分。

趙衛東則再次側轉頭望向她們大喊：「跑哇！快跑哇！」

許多旁觀者隨著趙衛東的喊聲也紛紛將目光望向她們，其中幾個也突然指著她們憤憤地說：

「她們是一夥的！」

「抓住她們！」

「別叫她們跑了！」

一知識份子模樣的中年男人像在「文革」中參加批鬥會似的，舉起拳頭，憋紅了臉，張了幾次嘴，終於喊出一句口號是：「打倒紅衛兵！不許『文革』鬧劇重演！」

這兩句口號使肖冬雲肖冬梅姐妹倆的心猛烈地哆嗦了一陣——這是要被關進監獄甚而要被槍斃的一級反動口號哇！怎麼的居然有人就敢公開的喊？怎麼並沒有誰去抓那傢伙？反而有人把自己的兩名紅衛兵戰友當成了反動分子對待？

但當時的局面已不容她們多思多想——設身處地從心理上理解她們一下，她們的反應除了是拔腿便跑還會是別的麼？

於是她們那麼做了。

冬雲抓住妹妹冬梅一隻手，頭腦之中除了驚悸一片空白地順著步行街朝前猛跑……

倒也沒誰攔截她們，更沒誰想抓住她們——大多數人們已經確信不是在拍電影了，因而對「文革」結束三十四年後又有四名「貨真價實」的紅衛兵出現在現實生活中更加百思不得其解了。

步行街上的人們自動退向人行道上，閃開著路讓她們跑。

而且有善良的人們之善良的聲音傳達著一份兒善良：「別攔她們！千萬別嚇壞了兩個精神不好的女孩兒！」

1

後夜卯時，乃城市最靜謐的時分。

普通的城裡人們，這會兒睡得特香。形形色色的提供宵夜的場所，已經少有逗留者了。侍員們大抵在一邊打著哈欠一邊掃地了。末班公共汽車兩小時前就歸回車場了。頭班公共汽車兩小時後才會行駛在馬路上。而馬路上是很難看見一個人影的。偶有計程車駛過，內坐著相互摟摟抱抱耳鬢廝磨、關係親狎而又曖昧的男女。

連步行街上也不見步行者了。

後夜卯時的天空，顏色淺得不能再淺，如微微泛藍的錫紙。

月亮卻仍眷戀著那時的天空。由於天空的顏色變淺了，月亮也就不能被襯托得非常潔白了。它變成了粉皮兒那一種顏色。而且，看去像是被多次沖洗後疊印在錫紙般的天空上似的。

啟明星已經迫不及待地出現在鍋紙般的天空上了，如同從天空的背面透顯著。

一輛銀灰色的「別克」從寬闊的馬路拐人一條很窄也很短的小街。街兩旁高樓林立。它們都很新，都在三個月前也就是四月份才竣工。而且，樓體都貼著咖啡色的釉面磚。彷彿列隊的身材高大又窈窕的著咖啡長裙的女郎——這是本市最新上市銷售的一處名人社區。鬧中取靜，在黃金地段。由於房價昂貴，非一般人所敢問津。三個月以來也只不過售出十之三、四的單元。已經住此處的人，青年戶主多於中年戶主；中年戶主多於老年戶主；女戶主多於男戶主。青年女戶主多於中年女戶主；青年單身女戶主又多於青年已婚女戶主。

二〇〇一年，在中國，在城市，「傍大款」當然還是，不，更是許許多多青年女性的人生拐點，也是人生——理想。倘她們本身確有某些「傍」的先決條件的話。時代對她們的女性人生觀，也幾乎抱著完全可以接受的態度，能夠心平氣和地看待之了。

那輛「別克」轎車停穩在屬於它的車位以後，車門即開，踏下一位長髮女郎。是位高個子女郎，大約一米七左右。加之穿的是高跟鞋，身材就更顯得苗條而修長了。下穿短裙，上著無袖無領小衫，都是黑色的。肩披一條紅色的絲巾。在樓區小路兩旁路燈的照耀下，紅色和黑色襯得她的手臂和腿那麼的白皙。這也是位豐乳女郎。假如從她的前額作一條垂線，那麼她的胸部看去至少要向前凸挺出六、七釐米那麼多。它們似乎會將她的小衫鼓破似的。人沒法兒立刻判斷出她的年齡，因為她臉上化著濃妝。她一手習慣地叉在腰際，另一隻手舉在胸前，揪住披巾的兩角，邁著無人欣賞的貓步，一步一擺胯地向一幢樓走去。

忽然她站住了。她側轉身體，向一根水泥電線杆望去。那是離她只有四、五米遠的一根水泥電線杆。紅衛兵肖冬梅正站在那兒，雙手掩面嚶嚶哭泣著。在逃跑中，她那只斷了扣絆的鞋又一次跑掉了。當她將自己的手從姐姐的手中掙脫出來，赤著一隻腳往後跑去找鞋時，一支老年秧歌隊熱熱鬧鬧地橫扭過步行街頭。待秧歌隊終於過去了，她的目光已尋找不到姐姐的身影了。連她自己也不清楚怎麼會來到這處樓區的。總之躲避著人多的地方，左拐右繞不停地跑就是了。本能告訴她，這處僻靜無人的地方是比較安全的。本能又告訴她，即使在這處比較安全的地方，她也還是明智點兒站在路燈的光照之下的好。想到親眼所見的趙衛東紅衛兵大哥和李建國紅衛兵戰友的下場，想到跑散了的姐姐凶吉難料，想到自己孤獨無助的境況，她的眼淚可就真像斷了線的珠子似的不停地往下掉了，沒法兒不哭出聲來……

儘管她戴著一頂三十四年前大批量生產的黃色單帽，女郎還是從她那兩條不能掖入帽沿兒的粗而短的齊肩小辮兒，以及她那開始顯出發育期少女優美曲線的身材，一眼就看出了她是女的。

女郎好奇地腳步輕輕地走到了肖冬梅跟前。

肖冬梅沒發覺已有人走到了自己跟前。她處在替戰友們和替自己極度的擔驚受怕之中，仍雙手掩面嚶嚶地哭著。

肖冬梅臂上的紅衛兵袖標，使女郎對她所產生的好奇心頓增十倍。紅衛兵她是見過的，在電影裡和電視劇裡。而在現實生活中，她可是第一次親眼見到一名紅衛兵，而且還是名女的！她的第一個想法是紅衛兵看來也不怎麼可怕呀。眼前這名小女紅衛兵不是就哭得怪招人可憐的麼？什麼事兒使這名小女紅衛兵如此傷心呢？又是什麼原因使這名小女紅衛兵出現在這兒的吶？他媽的，不大對勁兒呀！二〇〇一年怎麼會又有紅衛兵了呢？

像一切看見了肖冬梅她們的人一樣，女郎也不可能不心生愕疑和困惑。只不過她並沒猜想肖冬梅是在演戲。凌晨兩三點鐘，一個小女子孤孤零零地跑到這兒來演的什麼戲呢？

她從挎包裡取出煙，吸著一支，興趣濃厚地、靜靜地望著肖冬梅。

肖冬梅卻還沒覺察，還在哭。

女郎將那支煙吸到半截，不吸了，一彈，半截煙被準確地彈入了肖冬梅旁邊的垃圾筒的塞口。之後，她將吸在她嘴裡的一大口煙，緩緩地徐徐地向肖冬梅的臉吹過去。

肖冬梅聞到煙味兒，不哭了。但是雙手並沒從臉上放下來。她對煙味兒是熟悉的，也是敏感的，一向討厭的。她的父親就是一個煙癮很大的男人。而且，在她的經驗中，煙味兒又一向是和男人連在一起的。於是她暗想，肯定是有一個男人正站在自己對面了！她是心理緊張得不敢再哭了，也不敢將雙手從臉上放下來。那一時刻她全身緊張得紋絲不動……

女郎說：「既然不哭了，就把雙手從臉上放下吧。」

肖冬梅聽出了是女性的聲音，而且覺得那女性的聲音聽來挺溫和的。

在人類的一切關係中，女人對女人最容易傳遞安全感。即使她們互不信任，她們一般也不會彼此太害怕，因為這一種安全感建立在同一性別的基礎之上。而且，只有女人對女人才最容易傳遞建立在同一性別基礎之上的安全感。無論在任何情況下，一個單獨的女人傷害得了另一個女人的事畢竟是極少發生的。而男人和男人之間則太經常發生了。

由於女郎的聲音的溫和，由於那一種安全感的作用，肖冬梅慢慢地將雙手從臉上放下了——她呆望著對面的女郎，女郎也呆望著她。如同兩個不同世紀的女性彼此呆望著，在由於對方與自己是那麼的不同而引起的愕疑與困惑之中，彼此猜度著對方對自己可能所抱的態度。

雖然她們之間只不過間隔了並不算太漫長的三十四年。

女郎終於又開口說：「你……是真的……還是假的？」

語調不僅溫和，而且聽來相當友好了。

肖冬梅搖了搖頭，表示不明白對方的話。她是真不明白。在不明不白的情況之下，她不敢貿然開口回答，更不敢反問什麼。

但女郎誤會了，以為她是啞巴，或者又聾又啞。於是試探地又問：「你是真紅衛兵呀，還是假紅衛兵呀？」

此時女郎對她發生的興趣，已經有了喜歡的成分。那一種喜歡，如同對小貓小狗以外的另一類稀罕的寵物的好奇加喜歡。

肖冬梅當然聽明白了，卻更不敢回答了。因為她最知道自己明明是真紅衛兵；因為她早已經意識到，在這一座使她覺得萬分怪誕的城市裡，在那些同樣怪誕的男人、女人和孩子眼裡，她又只不過是一個假紅衛兵似的。紅衛兵怎麼還會有假的呢？莫非這座城市是假的首都北京？莫非自己所見每一個男人女人和孩子，都是假的中國人？就像《西遊記》裡關於「假西天」的故事一樣？怪誕呀怪誕呀！她內心裡如此這般地思想著，就更加不知該怎樣回答是好了。否認自己是紅衛兵是不行的，戴著紅衛兵袖標哪！那麼若開口，只有回答是真的，或者是假的了。而在這兩種回答中，她卻又根本無法判斷哪一種回答對自己可能有利，哪一種回答可能使自己更加處於孤立無助的境地……

所以她又搖了搖頭。

女郎就真的以為她是個啞巴了。再問：「那麼，你並不聾吧？」

肖冬梅點了點頭。

「你從哪兒來？」

肖冬梅搖頭。

「你叫什麼名字？」

還搖頭。

「你不怕我吧？」

點頭。

肖冬梅真的不怕她。或者，更確切地說，就自己目前的處境而言，認為對方也許是對自己最懷有善意的一個女人了。她極想獲得一種呵護。她希望呵護來自於眼前這一個對自己說話溫和又友好的女人——雖然這一個女人也是自打她出生以後不曾見過的，美麗得妖冶而又怪誕的女人。

「不怕我就好。不怕我就跟我來吧！」

女郎說罷，轉身逕自而去。

肖冬梅站在原地，望著女郎的背影猶豫不決。

女郎走了幾步停住了，扭回頭見她並沒跟隨著，衝著她招手道：「你不是不怕我麼？來呀！」

肖冬梅仍猶豫。

「一會兒巡邏的警衛發現了你，可會把你帶走的！」

此話立刻生效，肖冬梅便向女郎跑去。

女郎待她跑至跟前，則牽著她的一隻手，將她領進了樓。

樓內亮著燈。肖冬梅自從長那麼大，第一次進入到如此高級的居住樓內。保留在她記憶中的，是她家鄉的那個三十四年前的小縣城，全縣也沒有這麼漂亮的一幢樓，更不要說十幾幢連在一起的這麼一大片樓群了。樓梯鋪著褐色的光潔的地磚。顯然有人每天清掃，盡職地用拖把拖過。樓梯兩側的牆壁是那麼的白。樓梯扶手一塵不染。

紅衛兵肖冬梅於是想到了她自己的家。她的記憶告訴她，她只不過才離開家兩個多月。關於家的記憶非常清晰，關於家鄉的記憶卻模糊極了。她的父親乃是縣重點中學的校長，是縣裡很著名的知識份子。全縣的文化人士和知識份子們，都挺樂於聚在她家裡道古說今，高談闊論。母親在她父親的直接領導之下，是縣重點中學的語文教師，也是一位在縣裡頗有詩名的女性，並且是無可指責的家庭女主人。她家住的那幢樓房，有著比她的年齡還長半個多世紀的歷史。是解放前縣長和縣裡的幾位實權官吏合住的公寓。解放後分配給了她父親們，並被全縣人習慣地叫作「文化樓」，她家所住的三間房屋，則要算是最窗明几淨的人家了。但那「文化樓」若與自己已然進入的這幢樓相比，簡直就該被叫做「窮人樓」了！她想她家裡的任何一個房間，任何一個角落，也沒有這麼白的牆，這麼好看又光潔的地啊！

她又想到了李建國的家。李建國的父親是縣長。他自然擁有一個全縣人都深羡不已的家。那是一幢在建國十周年才蓋起來的樓，是全縣最新的一幢樓。但李建國的家也不過只比她的家多一個房間，李建國的家裡也沒鋪著這麼好看這麼光潔的有色方磚呀！縣長家裡只不過是水泥地罷了。全縣大多數老百姓的家是不知曾被幾代人的腳踩過的坑坑凹凹的老磚地。有些人家，比如趙衛東的家，乾脆便是泥土地，和鄉下人家沒什麼區別。可自己腳下正踏著的，一塊塊這麼好看這麼光潔的有色方磚，卻是鋪在一戶戶人家門外的樓梯上和樓梯拐角處！每一拐角處還立著花盆架，上邊還擺著一盆盆花！紅衛兵肖冬梅的雙腳，自打出生後就沒踏著過這麼好看這麼光潔的有色方磚！甚而，也根本沒見到過！

唉，唉，何等浪費的現象呀！這麼好看這麼光潔的有色方磚的用處，多麼的使人心疼呀！對中國革命有什麼樣特殊貢獻的些個人，才有革命的資格和革命的資本住在這樣高級的一幢樓裡呢？或者是中華人民共和國專給解放前幫助過中國共產黨人的資本家們蓋的吧？為了體現統戰的政策？比如毛主席在〈為人民服務〉這一篇光輝的著作中提到的延安民主人士李鼎銘先生，是否就配被請到北京住進這麼高級的樓裡呢？直到那一時刻，紅衛兵肖冬梅仍認為自己是在首都北京。由於仍這麼認為，覺得所見街道行人和現象，不僅怪誕，而且簡直詭譎……

女郎在她那個單元的門前站定時，紅衛兵肖冬梅以欣賞藝術的目光呆望著防盜門，內心裡不禁地又是一陣感歎——多麼高級的一扇門呀！那是讚美式的感歎。她長那麼大，就沒在現實生活中見過如此高級的一扇門！她發現了門上那顆鈕扣般大小的水晶似的東西，忍不住伸出手去摸——門上居然還鑲著一顆珠子！她想——也未免太貴族化了吧！毛主席他老人家可不會高興有中國人這麼做的！全中國的廣大人民群眾也不會高興的！不革命行麼？她一時忘了自己的處境，胸中不由得澎湃著一股革命的衝動……

女郎看她一眼，笑道：「連貓眼也沒見過呀？」

「貓眼」當然是紅衛兵肖冬梅根本沒見過的東西。她理解成別的了——她母親指上就戴過一枚鑲有「貓眼玉石」的戒指，是她的祖母傳給她母親的。她聽她母親講過，「貓眼玉石」是玉石中最名貴的一類。「文革」開始不久，她母親的戒指被本校的一些紅衛兵充公，變賣後買刷寫標語口號的大紅紙和糨糊了。

一聽說門上那東西是「貓眼」，紅衛兵肖冬梅趕緊肅然地縮回了手——唯恐它鑲得不夠牢，被自己一摸掉在地上，那要是摔碎了自己賠得起麼？

其實，那只不過是一扇普普通通的防盜門。在二〇〇一年，在這一座城市，算上安裝費也不過四百來元。不僅那扇防盜門普普通通，這一片開發在黃金地段的樓群，也不過是價位中檔的商品樓社區罷了。在二〇〇一年，除了北京，全中國的商品住宅不但越蓋品質越好，而且價格也越來越合理了。房地產的暴利時代基本過去了。

女郎從挎包掏出鑰匙開門鎖時，紅衛兵肖冬梅蹲下身，用手摸了一下方磚地。

女郎奇怪地問：「你摸地幹什麼呀？」

她說：「我覺得這磚怎麼有些軟呢？」

女郎已將兩重門都打開了，一邊往屋裡邁一邊說：「泡沫磚嘛，新建築材料，踩著當然軟啦！」她說完此話，人已進了屋，忽覺不對，站住了。她一站住，就將門口擋住了。肖冬梅不能跟入，只得站在門外，一時不知女郎是怎麼了，一時也不知自己究竟該如何是好。

女郎站住了幾秒鐘，猛轉身語調很是嚴厲地說：「你騙了我！」

「我……我騙你什麼了呀？」

肖冬梅還沒意識到自己所犯的「錯誤」。

「我還當你是個小啞巴呢，原來你會說話！」

當然會說話的紅衛兵肖冬梅，半張著嘴，一時不知自己該說什麼好。

女郎在門裡換上了拖鞋，不再理會她，逕自往室內走去。

站在門外的肖冬梅，那會兒悔之莫及。她覺得羞愧。人家對自己友好，自己剛才卻騙了人家。她又覺得委屈，因為自己剛才實在不是出於狡猾才裝聾作啞騙對方的呀！她想奔下樓去索性逃離，但是雙腳卻像生了根似的，不肯受大腦的支配往樓梯下邁。一整夜沒合眼啊！一整夜都在東躲西藏地奔逃哇！那一時刻的她是疲憊極了，又饑又渴，又睏又乏，但願能一身子撲倒在一張床上呼呼大睡。這一願望幾乎就要實現了，不料卻被自己所犯的「錯誤」破壞了！唉，唉，逃離倒是容易的，可別處哪兒還能有一張能允許自己一身子撲倒呼呼大睡的床呢？再者天已快亮了，自己這名紅衛兵不是明擺著一出現在街上便會遭到圍觀麼？僅僅遭到圍觀還是好的呀，趙衛東和李建國兩名紅衛兵的下場自己不是親眼看見了麼？她想替自己向對方辯解幾句，卻又覺得在自己和對方之間存在的並非什麼常人所說的誤會，而是比誤會嚴重得多的一場似夢非夢的魔境……

於是她就不知所措地呆立在門外默默地流起淚來。

隔著半開半掩的防盜門，她見女郎從一個小桶似的玻璃器皿裡接出一杯水，在服藥。

女郎服完藥，扭頭朝門看了一眼，大聲說：「哎，你怎麼不進來呀？」

肖冬梅不敢相信自己的耳朵，低聲又怯怯地反問：「你還允許我進你的家麼？」

「你這是什麼話！」女郎放了杯，雙手交抱胸前，隔著防盜門研究地望著她，「如果我不許你進我的家，我把你帶到家門口幹什麼？」

肖冬梅不禁破涕為笑，趕緊進了門。但是她站在門旁，不敢貿然再往裡走。她想，唉，唉，允許我蹲在門口睡上一兩個小時也行啊！在首都北京，在文化大革命運動之中，一名在當年紅軍長征過的路上長征了一半的紅衛兵，竟落如此這般可憐下場，誰能向我解釋清楚為什麼呢？

她這麼想著，身子已然蹲了下去……

「起來！不許蹲在門口！」

她不由自主往一塊兒粘的眼皮立刻強睜開來，惴惴不安地望著女郎。

「把門關上！」

她便關門。然而兩重門的防盜暗鎖對於紅衛兵肖冬梅而言，都是新事物。並且，都是挺複雜的事物。鼓搗了半天，也沒能完成女郎下達給她的「任務」。

「你可真夠笨的！」

女郎幾步跨了過去，以女教師指導一名笨學生做手工般的口吻說：「看著，這麼弄，再這麼弄一下，明白了沒有？」

女郎示範了兩次，之後讓她照做了兩遍，直至確信她已經學會了開門插門，才又命令道：「換上拖鞋！」

那一時刻紅衛兵肖冬梅感覺自己像一隻很令訓練師失望的猩猩。

她噙著淚剛欲穿上拖鞋（那是一種漂亮的緞面絨底的軟拖鞋），女郎急又阻止道：「哎，先別！你那隻光著的腳難道不髒麼？」

肖冬梅低頭呆立，又不知如何是好了。

女郎從門後的掛鉤上摘下條半濕不乾的毛巾塞在她手裡：「我這拖鞋是一百多元一雙買的，知道麼？」女郎看著她擦過了腳，換上了拖鞋，聲音才又變得溫和了，「進屋吧！」

肖冬梅在前，女郎在後，一隻手搭在她肩上，輕輕推著她往屋裡走。

女郎住的是一套三室兩廳的單元，大約一百三十幾平米，一年前，花了五萬多元裝修過。按當時的裝修價格而言，僅是比較簡單的中檔裝修。但對紅衛兵肖冬梅來說，宛如身在一位公主的奢華宮房。那一套舒適又大的真皮沙發、玻璃鋼茶几、玻璃鋼餐桌、電視櫃上的大螢幕彩電、電視櫃下面的VCD機、電腦桌上的電腦、純淨水器、落地音箱，以及地上鋪的一塊圖案美觀的純毛地毯，吊過的頂棚、美觀的燈盞，都使肖冬梅產生一種強烈的資產階級生活的印象。而像那樣的家居水準，在二〇〇一年，在這一座人口二百餘萬的城市，少說也有十分之一。尤其是，客廳那面迎門的牆上，鑲了一面巨大的鏡子。鏡子使房門多了一倍。使空間似乎更寬敞了。當然也使紅衛兵肖冬梅產生了視覺上的錯誤，搞不清究竟有多少門多少房間了……

女郎款款朝沙發上一坐，接著身子一傾斜，雙腿一舉，從腳上抖掉脫鞋，連腿也蜷上了沙發。女郎一手拄腮，側臥於沙發，複又以研究的目光將肖冬梅從頭到腳打量了一番。

「你在門口又哭了？」

肖冬梅便用手背擦臉上的淚痕。

「為什麼又哭了？」

「怕你……怕你剛才不許我進你家的門了……」

那一天，紅衛兵肖冬梅所感受到的驚恐和恥辱，是她此前連想都沒想到過的。她覺得自己真正領會了「孤立無助」四個字是什麼意思。她進而想到了那些被遊鬥、被抄家、被戴高帽剃鬼頭用墨抹黑了臉，並且徹底被剝奪了替自己辯護的權利的人們——她這一名中學女紅衛兵，那一時刻，在別人的家裡，不知所措地站在氣使頤指的別人面前，懷著希望獲得別人恩賜予自己的哪怕一點點呵護的乞憐心理，對那些「文革」中也受過羞辱的人們，終於由同命相憐而覺醒了一種違背紅衛兵六親不認的革命原則的同情。是的，她覺得，雖然女主人對她的態度已夠溫和已夠友好已夠善良的了，卻分明的，仍不免時時流露著身分優越的女主人的居高臨下和氣使頤指。她也想到了自己的父母。她的父親被宣佈為「走資派」不久，母親由於每被評為優秀教師，也便同理可證地是「資產階級教育路線」之「黑走卒」了。父母同樣難逃被戴高帽掛牌子剃鬼頭抹黑臉之厄運。而在那些父母最感屈辱的「紅色」日子裡，她和姐姐聲明與父母脫離了家庭關係，住在學校不再回家了。甚至，她和姐姐連自己們的「長征」行動，都不屑於通知父母。

想到這裡，紅衛兵肖冬梅又淚如泉湧起來，擦也擦不盡。

「別哭！我討厭別人在我面前抽抽泣泣地哭！非要哭你就給我來個嚎啕大哭，那也算你哭出了檔次。」

女郎皺著眉，微欠身，伸長手臂從茶几上拿起了煙盒。

肖冬梅從小長那麼大從沒嚎啕大哭過。既然明知自己哭不出檔次，既然對方不能容忍她那種抽抽泣泣的哭，她也就只有強忍咽聲，默默地流淚不止。肅垂著雙臂，連用手擦淚也不敢了。

「過來。」

她半點兒也不敢遲豫地走到了女郎跟前。

「坐下。」

女郎縮了自己雙腿，拍拍沙發。

她乖乖地坐下了。女郎的雙腳就交叉在她身旁。那是一雙白而秀美的腳，十個趾甲經過細心的修剪，染了紅色，似對兒一模一樣的象牙雕的鑲珠工藝品。

「你覺得我欺負你了麼？」

肖冬梅搖頭。

「那你在我面前哭什麼？」

「我想家……想爸爸媽媽……」

「你家在哪兒？」

肖冬梅就努力想她的家鄉在哪一個省份。想了半天也沒想起來。關於這一點，她和另外三名紅衛兵全都失憶了。

「又裝模作樣是吧？」

「不是裝的。」她又流淚了。

「想不起來算了。別想了。我怎麼一時慈悲，把你這麼一個神經有毛病的小破妞帶回家來了！」

女郎說罷，從裙兜裡掏出手絹，塞在肖冬梅手裡。

肖冬梅一邊擦臉上的淚，一邊鼓足勇氣問：「大姐，這兒真的不是北京麼？」

「北京？你為什麼會覺得這兒是北京呢？」

於是肖冬梅將自己離開家鄉那小縣城，怎麼樣怎麼樣與自己的姐姐和另外兩名紅衛兵戰友開始長征，怎麼樣怎麼樣遭遇了雪崩，以及被救後怎麼樣怎麼樣成為首都北京的客人，並受到敬愛的江青媽媽親切關懷之事，一五一十地講述給女郎聽……

女郎自然如聽癡人說夢。

「等等，等等！」女郎不由坐起，收攏雙腿，手兒環抱膝蓋，瞪著她問：「你說的那是哪輩子的事兒？」

肖冬梅一愣，吶吶地嘟噥：「就是今年的事兒呀！」

「你知道今年是哪一年麼？」

「今年是一九六七年呀，是無產階級文化大革命的第二年唄！」

「錯！今年是二〇〇一年。前年咱們中國剛歡慶了建國五十周年！」

「二〇〇一年？」

肖冬梅自然也如聽癡人說夢，也呆呆地瞪著女郎，彷彿對方神經有毛病似的。

「你別他媽這麼瞪著我。我神經沒毛病！」

女郎驀地站起，離開沙發，滿屋裡東翻西找——終於找到一冊畫報，往沙發上一扔，指著說：

「自己看！」

肖冬梅拿起畫報，首先映人眼中的是一行大紅字——「歡慶建國五十周年專刊」！

她不禁狐疑滿腹地抬頭看女郎。

女郎又一指：「看我幹什麼？我臉上又沒印著歷史，讓你看那畫報！」

肖冬梅不敢不看，也確想看個明白，不料一翻，偏巧翻到的一頁上，印著首都各界群眾歡慶粉碎「四人幫」的情形——王、張、江、姚的漫畫頭像畫在人們手中高舉著的牌子上，且都用紅色劃了重重的「X」。「四人幫」這個特定之詞，她是根本不知因而根本不解的。但除了王洪文，另外三個的照片都是當年經常見報的，也是她只消掃一眼就立刻認得出來的。而此頁的對頁上，印著北大師生擎舉寫有「小平您好」四字條幅的情形。

肖冬梅立刻將畫報合了，往地上一扔，語調堅決地說出一句話是：「我不看！」

「為什麼？」

「反動！反動透頂！」

「胡說！」

「……」

「撿起來！」

「……」

「我命令你撿起來你聽到了麼？」

肖冬梅只得又乖乖地將畫報撿起。

女郎一步跨到沙發跟前，劈手奪下畫報，坐在肖冬梅身旁，翻開第一頁後，表現出極大耐心地說：「看來不給你上一堂必要的歷史課是不行了！我講，你要認真聽！認真看！」

於是女郎一頁頁講，一頁頁翻——那一本專刊，通過生動典型的圖文，概括了中國從一九四九年到一九九九年五十年內的歷史。當刊中出現偉人毛澤東及共和國的傑出總理周恩來，紅衛兵肖冬梅就頓覺親切，俯頭細看；出現毛澤東臂戴紅衛兵袖標在天安門城樓上檢閱到北京大串聯的紅衛兵的情形，她眼裡就熠熠閃光，彷彿自己也曾在成千上萬的紅衛兵之中似的。而當畫頁上是粉碎「四人幫」的狂歡場面，是建國三十五周年「黨內第二號走資本主義道路的當權派」鄧小平檢閱三軍，以及鄧小平在改革開放時期各地視察的情形，她就高昂起頭，坐端正了，閉上了雙眼。女郎見她那模樣，不免的又來氣，一次次命令她睜開眼睛，命令她看。

終於，女郎講得沒耐心了，合上翻了一半的畫冊，拿起了桌上那支一直想吸而一直沒吸成的煙往嘴上一叼，並把打火機朝肖冬梅手中塞：「給我點煙！」

「你打算把我變成你的奴婢？」

肖冬梅的語調和表情都顯得大為桀驁不馴起來。

「叫你替我點支煙，你就覺得咱倆不平等了？這是我家，你坐在我家的沙發上！我是主人，你是無家可歸的個小破妞兒！剛才你還生怕我不收留你在門外哭，怎麼轉眼就想和我平起平坐了？今天你非給我點煙不可！」

女郎將夾在手中的煙朝她伸過去——紅衛兵肖冬梅倍感屈辱，但是臉上卻只得裝出無條件地服從的乖順模樣兒。她從未見過那麼美觀的一個打火機——「它」是一個戴著小丑帽子的西方雜耍藝人。紅衛兵肖冬梅不知怎麼才能將「它」按出火苗兒來。事實上她只見過一種打火機，就是那種需要灌注汽油，有棉花撚兒的老式打火機。她的父親就有一支那樣的打火機。在她家鄉那個小縣城，除了李建國家縣長的父親，以及她自己的父親等極少數有身分的吸煙男人，大多數吸煙男人和煙盒揣在一起的是火柴盒。

「你又裝模作樣地要我是不？」

女郎等得不耐煩了。

「我……我不會弄……」

肖冬梅老老實實地承認。怕對方不相信，又補充了一句：「我不敢耍你。我真的不會。」

「諒你也不敢！」

女郎從她手中奪過打火機，自己燃著了那支煙——原來開關是小丑的帽子，火苗兒是從小丑的口中吐出的。

「門鎖也不會插，打火機也不會使，這倒使我有點兒相信你是一九六七年的一名紅衛兵了！」

「我本來就是一九六七年的一名紅衛兵。」

「豈有此理！你今年究竟多大了？」

「差幾個月不到十六歲。」

「那你一九八四年才出生！」

「不對。我是一九五二年出生的。」

「那你現在就應該是四十九歲，而不是十六歲！」

「那你看我像是四十九歲的人麼？」

紅衛兵肖冬梅將自己的臉湊向了女郎。

女郎用手掌抵住她的頭，將她的臉推開了。

「所以你不是一九五二年出生的！這他媽是一個明擺著的事實。不許再跟我強嘴。否則我可真要生氣了！」

「所以今年肯定不是二〇〇一年。因為今年我明明才十五歲多。我不是偏要跟你強嘴，我是糊塗極了！」

「你他媽也把我搞的糊塗極了！」

女郎又站了起來，並且也將肖冬梅扯了起來，抓住她的手滿屋這兒那兒走，指著大大小小一件件有商標的東西給她看。那些東西的商標上無一不印著二〇〇一年。

最後女郎將形形色色幾十冊雜誌攤開在茶几上。顯然的，女郎認為那些雜誌最具有說服力，因為每一冊上都醒目地印著二〇〇一年某期。

女郎深吸一口煙後將煙按滅在煙灰缸裡，拿起一冊二〇〇一年首期的雜誌，翻開封面，朝肖冬梅一遞，命令道：「給我大聲念！」

肖冬梅只得念：「親愛的讀者朋友們，我們終於和全世界六十億人共同迎來了二〇〇一年這一千禧之年……」

「停！」

肖冬梅眼盯著那一行字不能移開。

「不只中國，全世界都進入了二〇〇一年！哎我說你是不是神經真有毛病呀？」

肖冬梅默默將雜誌放在茶几上，默默將一隻手從兩顆衣扣之間插入上衣內，表情極其莊重地往外掏什麼……

她緩緩地掏出的是紅塑膠皮兒的「紅衛兵證」。

她向女郎雙手呈遞。

女郎說：「今天我可真開了眼了！」

女郎第一次見識到「紅衛兵證」——她接在手裡，打開來一看，不禁地又嘟噥了一句：「還他媽是鋼印！」

肖冬梅卻斗膽批評道：「你滿嘴他媽的，語言很不文明。女性這樣，尤其不文明。」

女郎朝她瞪起了眼睛：「你別他媽教訓我！你們當年那些所謂的『革命』行徑就文明了麼？」

於是紅衛兵肖冬梅識趣地低下了頭，保持著近乎高貴的革命者姿態，一副不與對方一般見識的模樣。

肖冬梅的「紅衛兵證」上，清清楚楚地填寫著出生於一九五二年八月十五日。沒有任何一筆塗改過的筆劃。被鋼印壓過了一角的照片上的肖冬梅，當然也和女郎眼前的肖冬梅一模一樣，彷彿只要把她的臉縮小了，往照片上一按，就會五官吻合甚至纖發不差地複疊在一起。

女郎像格外認真的海關檢查員似的，仔細地看一會兒照片，又仔細地看一會兒肖冬梅，如此數次。

三十四年前的紅衛兵肖冬梅特別經得起端詳地問：「大姐，您看出我的紅衛兵證有什麼破綻了麼？」

這回輪到女郎只有一聲不吭地搖頭的份兒了。

「我叫您大姐，您不會覺得我是在巴結您吧？」

「你當然可以叫我大姐，不過別『您』、『您』的。我不喜歡別人在我家裡對我『您』、『您』的！」

「那麼大姐，你認為我的紅衛兵證是假的麼？」

女郎再看一眼紅衛兵證，又搖頭。

「我有沒有可能是在冒充紅衛兵證上那個叫肖冬梅的中學生呢？」

女郎依然搖頭。

「那麼大姐，我現在倒要請教於你了——紅衛兵證是真的，而我正是照片上的人。上面清清楚楚地寫著我出生於一九五二年，而我現在十五歲，那麼今年怎麼會不是一九六七年，而是二〇〇一年了呢？」

肖冬梅一副洗耳恭聽的模樣。

「這……」

女郎一時被問得愣怔。

「我不想像你說我一樣，說你神經是不是有毛病那種話……」

「可你他媽的已經這麼說了！」

肖冬梅特有教養地微微一笑：「你又說『他媽的』了，不過我想，如果你已經習慣了，我也會慢慢習慣的。」

「他媽的他媽的他媽的！真他媽的見鬼！」

「反正我可以肯定我自己的神經一點兒毛病也沒有。」

「我的神經也一點兒毛病沒有！」

女郎最後看了一眼肖冬梅的紅衛兵證，生氣而又不知究竟該對誰生氣，遷怒地將它使勁兒摔在茶几上。

肖冬梅緩緩伸出一隻手拿起她寶貴的紅衛兵證，用另一隻手輕輕地、反覆地撫著彤紅的塑膠皮兒，如同那是有生命的東西，如同它被摔疼了，如同她是在憐愛它似的。她剛想重新將它揣入上衣內兜，卻被女郎又一把奪了過去。

肖冬梅不禁有點兒不安地瞧著女郎，彷彿對方會把她寶貴的紅衛兵證毀了似的；彷彿只要對方敢那麼做，她則必須一躍而起與對方拼命似的。

女郎轉身將紅衛兵證放在了桌上。

她自我解嘲地說：「如果我認為咱倆的神經都很正常，顯然是不怎麼符合實際情況的。如果我堅持認為你的神經有毛病，明擺著你已經出示了有力的證據，證明自己的神經並無毛病。如果我反過來這麼認為我自己，我又不情願……」

她掌心向上劃了一段弧，接著說：「證明我神經正常的東西更多。這屋裡各處的一切的東西都能證明。不過咱們不必繼續爭論今年究竟是一九六七年還是二〇〇一年了，我看這一點無論對我還是對你都不太重要……」

肖冬梅低聲說：「不，對我太重要了。」

儘管她是低聲說的，畢竟已打斷了女郎的話。

女郎又生氣地瞪她。

她趕緊討好地一笑，寧願服從地又說：「大姐，但我完全同意你的話，不再與你爭論了。」

女郎由衷地笑了，摸了摸她的臉頰。

「現在，你給我站起來。」

肖冬梅表現很乖地站了起來。

「把你的帽子摘了。把你的上衣脫了。你用這麼一身行頭包裝自己，神經沒毛病，在別人看來你也是個神經有毛病的女孩兒了！」

紅衛兵肖冬梅默默地摘下了頭上那頂三十四年前女孩子們時興戴的黃單帽，接著緩緩脫下上衣，一齊丟在沙發上。這麼一來，她胸前僅罩著一件白底兒藍花兒的小布兜兜了。

「褲子也脫了！」

「……」

「我叫你把褲子也脫了！我又不是男人，你臉紅個什麼勁兒！」

紅衛兵肖冬梅一聲不響地將她那條三十四年前的洗得發白的黃褲子也脫了，丟在沙發上。在二〇〇一年，要湊齊那樣的一件上衣一條褲子一頂單帽，連電影廠的服裝員也會犯愁的。

於是紅衛兵肖冬梅身上，就只剩白底兒藍花兒的小布兜兜和同一種花布的三角內褲了。三十四年前，在她家鄉那座小縣城的重點中學，有一名紅衛兵以大字報的形式向人們嚴肅提出：不得再以紅布做褲衩，因為國旗、黨旗、軍旗、團旗、隊旗和紅衛兵的戰旗、袖標，都是紅布做的；也不得再穿黃布褲衩，因為人民解放軍的軍裝是黃布做的。所以一時間小縣城裡素花布脫銷——幾乎一切年齡的女子，只有穿素花布做的褲衩了。在三十四年前，紅衛兵的一張大字報，差不多也等於是一條新頒佈的法令，誰吃了熊心豹膽居然敢不服從呢？

而那一名紅衛兵正是她的姐姐肖冬雲。

「我說你可真是白！白得讓我嫉妒。簡直稱得上是冰肌玉膚了……」

女郎以欣賞的目光望著她，情不自禁地大加讚美。

紅衛兵肖冬梅窘極了。自從她上了小學五年級以後，從未穿得那麼少地站在別人面前過，包括母親，甚至也包括姐姐。她和姐姐住一個房間，姐姐睡下鋪，她睡上鋪。無論冬夏，往往是她一旦脫得僅剩小胸兜兜和褲衩，便立刻爬到上鋪，躺下看書了。與班級裡與全校乃至全縣的中學生們相比她們姐妹是特別幸運的。因為她們家裡有那麼多那麼多古今中外的文學著作，可供她們姐妹倆讀幾年的。現在，那些帶給過她們美好時光的書，絕大部分全被她們姐妹倆親手堆在街上燒了。但她知道姐姐保留下了《西廂記》、《牡丹亭》和《紅樓夢》，藏在只有姐姐自己才知道的地方了。與喜讀中國古典愛情小說的姐姐相比，她則更喜歡西方愛情小說。她也偷偷為自己保留下了《簡愛》、《茶花女》、《飄》等幾本名著，也藏在只有自己才知道的地方了。姐妹倆心照不宣，都沒問過對方為自己保留下了幾本什麼書，更不問對方將書藏在什麼地方了。

是的，她也沒僅穿著小胸兜兜和褲衩站在姐姐面前過，姐姐當然也從沒以女郎那麼一種欣賞的目光，在一兩分鐘內長久地望過她，更沒說過在她聽來那麼「肉麻」的「讚美」的話。在她聽來，那不是讚美，而是庸俗的話語。事實上她曾很羞恥於自己身體的白皙。姐姐的身體也和她一樣天生的白皙。她清楚地知道那也是姐姐所暗自羞恥的。因為在她們想來，無產階級紅色接班人的膚色，絕不應該是像她們那麼白的。當然她們也不至希望自己連皮膚都是紅的。她們更願意自己的臉龐、自己的胳膊、腿是紅裡透黑的，更願自己的雙手不這麼十指尖尖纖纖秀秀細皮嫩肉的，而應該更大些，骨節更明顯些，再粗糙點兒，最好手心有繭子。

紅衛兵肖冬梅只在公共浴池洗過兩次澡，是上中學以後，和姐姐一塊兒去的。在公共浴池那種只能一絲不掛的地方，形形色色的和她們同齡的，或她們該叫姐姐，叫「嫂」、叫「嬸」的女人，都不由自主地，紛紛地將羨慕的目光投注在她們身上，使她們覺得那麼望著她們的女人，肯定是些「思想意識」很不良的女人，她們的目光也不僅僅是羨慕似的……從此她們不再去公共浴池洗澡，寧可各自插了門用大盆在她們的房間裡洗。而且，即使在炎熱的夏季，她們也都不太願穿裙子穿短袖的上衣裸胳膊裸腿地到家以外的地方去，更不願穿那樣的衣裙去上學。

「文革」開始後，學校裡有學生給一位教政治的女老師貼了一張大字報——有句話是「我們不能再容忍皮膚嫩白的資產階級的老小姐站在我們無產階級的紅色課堂上講解我們無產階級的政治！資產階級即使在膚色上也是三代都改變不了的，所以對他們的改造才是長期的！」

從此姐妹倆也不太願在炎熱的夏季挽起衣袖和褲筒了。如果二人之中誰竟挽了起來，暴露了白皙的胳膊白皙的腿，另一個定會暗示其放下為好。

肖冬梅不但被女郎看得窘極了，而且真的竟羞得扭捏起來了——她從沙發上扯了上衣複又披在身，蹲將下去以很是屈辱的語調小聲說：「大姐，你要是成心欺負我，那還……還……」

「還怎麼樣？」

女郎忍住著笑，低頭仍看定她，故意板住臉冷冷地問。

「那還莫如乾脆趕我走算了……」

「起來！」

紅衛兵肖冬梅就犯了拗，雙手交叉揪緊衣襟罩住身子，蹲著不動。

女郎毫不客氣地動手將她的上衣從她身上扯過去，就手一掄，捲成一團，扔在地上。接著，抓住她一隻手，將她拽了起來。

「誰成心欺負你了！」

女郎的手輕輕在她裸著的肩上拍了一下，推著她朝門廳那兒走。

肖冬梅急了，抗議地大聲說：「你也不可以把我這個樣子趕出去呀！」

女郎噗哧笑了：「我能把你這個樣子趕出去麼？當我是虐待狂呀！」

她將肖冬梅推進了衛生間。

「你要把我這個樣子關在廁所裡？」

「胡思亂想！」女郎的手又在她裸著的肩上輕拍了一下，「我是要讓你痛痛快快地洗個熱水澡！看清楚，一擰這個開關，噴頭就出水了。水溫如何，你自己調。香皂在這兒。這個瓶裡是洗髮液……」

女郎交待完就離開衛生間了。她又拿起肖冬梅的紅衛兵證坐在沙發上細看。聽著衛生間傳出了嘩水聲，她覺得整件事兒荒唐可笑而忍俊不禁地笑了。她已經開始喜歡紅衛兵肖冬梅了。她放下紅衛兵證，又從沙發上拿起紅衛兵袖標稀罕地看——她早就打算替自己物色一個可以完全信得過的「小阿姨」，或曰小管家了。朋友向她介紹了幾個外地姑娘，她覺得她們太精明了，對她本人也太好奇了，所以既信不過，又怕被對方知道了太多的隱私，都沒雇長久。她思忖著，這個自己一時發善心「撿」回家來的女孩兒倒是可以試用一段看看。雖然這個女孩兒的身分被女孩兒自己搞得不明不白神神秘秘的，但她那種女人的直覺告訴她，女孩兒本質上肯定是個中規中矩的好女孩兒，只不過有點兒見識太少，也多少有點兒傻似的，但見識是可以由少而多的嘛！有點兒傻正是她這方面感到可以托底的前提……

她正如此這般打著個人算盤，衛生間裡傳出了肖冬梅一陣接一陣的啊嚏聲，不禁奇怪地高聲問：「嗨，你怎麼啦？」

「大姐……我……我……啊嚏……我洗好了！」

「這麼快就洗好了？不行！再洗一會兒！至少再洗十五分鐘！」

「大姐……求求你……別逼我非洗那麼長時間了，我……我冷死啦……」

肖冬梅的話聲抖抖的……

女郎起身闖入衛生間，將赤身裸體雙臂緊抱胸前冷得牙齒相磕的肖冬梅輕輕推開，伸手試了試水，竟是涼的。

「嗨，你怎麼不調成熱水？」

「我沒見過那玩藝兒，不敢碰，怕弄壞了你訓我……」

女郎哭笑不得，替肖冬梅調成熱水，見她手裡正拿著香皂往頭髮上擦，又問：「幹嘛不用洗髮液，偏用香皂？」

「我沒用過那個。」

肖冬梅回答得倒也乾脆。

「你不識字呀?上邊不是明明寫著怎麼用來洗頭髮的麼?難道我會用一瓶預先擺那兒的毒液害你不成?」

「大姐你可千萬別誤會。我心裡絕沒那麼猜疑你!我也想用來著,擰不開那瓶子的蓋兒……」

女郎一時的又哭笑不得。

「這瓶蓋兒本來就是擰不開的嘛。也不必擰開。瞧著,這麼一按,洗髮液就出來了……」

女郎邊說邊替她往頭髮上按出了些洗髮液,見她站在噴頭下被熱水淋得舒服,眉開眼笑了,才放心地離開……

紅衛兵肖冬梅這回一洗可就洗得沒夠了——十五分鐘後並不出來,又過了十五分鐘還不出來,直至女郎第二次闖入衛生間,關了熱水器禁止她再洗下去。

肖冬梅白皙的身子白皙的臉龐已洗得白裡透紅,紅裡透粉。整個人除了頭髮和眉眼,哪兒都像捏面人兒的師傅用摻了胭脂的江米麵兒捏的。她洗得痛快,自覺渾身輕盈,穿上了她的花布兜兜和褲衩,滿身帶著一股香皂和洗髮液的混合香氣,用毛巾包了濕頭髮,悄沒聲兒地躡足而出……

她一眼看見女郎,不由得一愣——女郎頭上已戴了她那頂三十四年前的黃單帽,身上已穿了她的半黃半白的上衣,連紅衛兵袖標也在袖子上,正對著鏡子凝睇自己。那上衣肖冬梅穿著本肥大,穿在女郎身上,看去彷彿就是量體而做的那麼合適。如果不是臉上還沒卸妝,那就簡直比紅衛兵還紅衛兵了……

女郎從鏡中發現了她,以大人對孩子說話那一種口氣問:「幹嘛赤著腳不穿上拖鞋?」

肖冬梅望著女郎笑道：「怕把拖鞋弄濕了。」

「那就不怕把地毯弄濕了？」

肖冬梅趕緊回到衛生間去用洗澡巾擦乾腳，在門口換上了那雙繡花面兒的漂亮的拖鞋。這會兒，她已經不太怕那女郎了。也對這套在她看來分明是貴族小姐住的房間產生了種近乎於自己歸宿之所的感覺。而且，她竟暫時地忘了她的姐姐，忘了她的另兩名紅衛兵戰友……

女郎邁前一步，前腿弓，後腿绷，一手叉腰，一手高舉著紅衛兵證，回頭問肖冬梅：「紅衛兵當年是不是經常這樣子？」

肖冬梅抿嘴笑道：「才不是你那樣子呢！」

她走到女郎身旁像教練似的認真予以糾正：「就當我這紅衛兵證是毛主席語錄吧，右手往胸前拐，語錄本兒緊貼胸口，胳膊肘儘量朝前送——這不就有種百折不撓一往無前的氣概了麼？頭要昂正，胸要挺起來，臉上的表情嚴肅點兒！紅衛兵都要給人一種特別嚴肅的印象……」

女郎便如言將臉上的表情嚴肅起來……

「我們紅衛兵也不總這樣兒。總這樣兒誰不累呀！我們只是在演革命文藝節目或唱『鬼見愁』時才這樣的……」

「『鬼見愁』是什麼歌兒？教我唱！」

老子革命兒接班，

老子反動兒混蛋，
要是革命你就站過來，
要是不革命就滾你媽的蛋！

於是紅衛兵肖冬梅低聲唱一句，女郎跟著大聲學一句。

「唱時要不停地踮腳，身體要上下不停地動，就這樣兒！」

女郎學得情緒很投人。也學得很有意思，很開心。肖冬梅見她開心，自己也覺得開心起來，便又主動教她跳「忠字舞」。

女郎回到家裡所做的第一件事是開了空調，斯時室內溫度已涼，肖冬梅剛洗完澡，穿的也太少了點兒，忽然就又打了一陣噴嚏，接著全身一陣冷顫。

「寶貝兒，你可千萬別感冒了，那我明天可得成護士啦！」

女郎的話裡，已不禁對紅衛兵肖冬梅流露出了一份兒溫柔的愛心。她急拉開衣櫥，取出一件睡衣披在肖冬梅身上。肖冬梅見那紫色的睡衣是絲綢的，看去特高級，不肯披在身上。說是怕弄髒了。她請求女郎脫下她自己的衣服褲子，還要接著穿。

女郎雙手習慣地往腰裡一叉，呆呆地瞪她。

「大姐，我又說錯話啦？如果我真又說錯話惹你生氣了，那你打我幾下好了！」

紅衛兵肖冬梅顯出惴惴不安的樣子。三分真，七分假。寄人籬下，她不得不裝得乖點兒，為的是進一步獲得對方的好感。

人的明智和取悅於別人的技巧，在落難後僥倖被別人收容並和善對待時，是根本無須誰傳授的。那幾乎是一種人性的本能。

紅衛兵肖冬梅三分真七分假的惴惴不安的樣子，在女郎看來，越發地使人憐愛了。她分明地看出了肖冬梅那七分佯裝中，有一種狡黠的成分在內。她喜歡該狡黠的時候就狡黠點兒的女孩兒，並不喜歡在任何情況之下都一味兒傻訥到底的女孩兒。

然而她的一隻手還是高高地舉了起來——肖冬梅也就甘願挨打似的將臉湊了過去。

四目相對，彼此睇視了幾秒鐘，女郎先自笑了。她那隻高舉著的手緩緩落下，輕柔地撫摸在肖冬梅臉頰上。

她拍了拍肖冬梅的臉頰說：「沒想到你還這麼會作戲！但是你現在別跟我裝樣兒。什麼弄髒不弄髒的！難道剛才是別人洗澡了呀？這件睡衣歸你了。你穿著長是長了點兒，你別嫌棄就行……」

肖冬梅小聲說：「大姐我不嫌棄。這麼高級的睡衣我怎麼會嫌棄呢？可我不能要啊！」

「那你還是嫌棄了？」

「不，不，大姐我真的不嫌棄！」

「那又為什麼不能要？」

「我父母從小教育我，不許輕易接受別人的東西。」

「原來如此……」

女郎又撫摸了她的臉頰一下，接著親手替她繫上了睡衣帶。然後拉住她一隻手，將她帶到了床邊。

「上床！」

肖冬梅眼望著女郎，一聲不吭，乖乖地甩了拖鞋上了床。

「躺下！」

紅衛兵肖冬梅彷彿幼稚園裡一個最聽阿姨話的小女孩似的，乖乖地仰面躺下了。

「蓋上毛巾被！」

肖冬梅默默將毛巾被蓋在身上，只露著頭。

女郎說：「聽著。忘掉你父母從小對你的教育。正因為他們對你的教育太多了，你才半精不傻的。今後，我要對你進行再教育。我有責任把你變成一個很現代很前衛的女孩兒！明白我的話麼？」

肖冬梅小聲說：「不明白。」

女郎的雙手又往腰際一叉，又咄咄地瞪她：「有什麼不明白的？我說的不是中國話呀？」

「現代的意思我懂。但這個詞是形容科學的，不是形容人的。用來形容人就是用詞不當……」

「聽來你語文學得還不錯！」

「是不錯嘛。我是班裡的語文課代表。大姐，現代的女孩兒該是什麼樣的女孩兒呀？」

女郎一怔。

「前衛的女孩兒又是什麼樣的女孩兒呢？」

「……」

「大姐你究竟打算把我變成什麼樣的女孩呢？」

「這……這一點我一時也不能向你解釋明白。總之，是特別開放的女孩兒……」

「大姐，你又用詞不當了。『開放』這個詞是可以用來形容女孩兒的麼？」

「聽著！我說話時你不許打斷我！沒大沒小沒禮貌！全中國，不，全世界中學以上文化程度的人，都知道『開放』這個詞是可以用來形容女孩兒的！也都明白一個現代的女孩兒前衛的女孩兒是什麼樣的女孩兒！你當自己是什麼人了？當自己是中文教授哇？」

女郎揮著一隻手臂說時，肖冬梅困惑地不停眨眼。她是真的又困惑多多了。

女郎又說：「以後，我怎麼教育你，你他媽都要無條件地接受！而且要絕對地相信我是不會教你學壞的！我自己都不是壞女人，我他媽能把你教成一個壞女孩麼？現而今，做一個徹底的壞女孩兒那是非常不容易的！比做好女孩兒難多了。就是我想把你教成一個徹底的壞女孩兒，也沒那麼高的水準！明白麼？」

「……」

「說話！明白就說明白，不明白就說不明白！」

「大姐，我……我不明白……」

「寶貝兒，這就對了。這才乖。我也沒指望我一說你立刻就明白了呀！以後你會漸漸明白的。你明白的多了，咱倆對話就更貼心了。你覺得那樣好不好？」

「好……」

「以後，我教導你十句，你起碼要接受五句。」

「不，大姐，我會十句全都接受的。」

「真話？」

「真話。對大姐的話，我理解的要執行，不理解的也要執行。在執行中加深理解。」

紅衛兵肖冬梅模樣極為虔誠。

輪到女郎困惑地眨眼睛了。她不但相信了紅衛兵肖冬梅的虔誠，而且深深地感動於肖冬梅的虔誠了。同時，暗暗吃驚於那可愛的少女竟能張口就說出使自己聽了感覺格外的好，又有著似乎相當深刻地哲學意味兒的話。

她要求道：「寶貝兒，把你剛才的話再重說一遍。」

「理解的要執行，不理解的也要執行。在執行中加深理解。」

「多好的話呀！這話誰說的？」

紅衛兵肖冬梅本想如實相告，不是她自己的話，是林副統帥的話。但見女郎似乎真的從未從第二個人口中聽說過，於是改變了初衷。

「大姐，我說的是我這會兒的心裡話呀！」

於是女郎在床邊緩緩坐下了，於是女郎俯下了身子，於是女郎雙手捧住紅衛兵肖冬梅的臉，在她眉心正中親了一下。

「寶貝兒！你可真會說話！現在要是有人打算把你從我這兒領走，那我是堅決不答應的！以後多對大姐說些剛才那種話，大姐愛聽死了！」

女郎的表情也極為虔誠。

「大姐，忠不忠，你今後看我的行動好啦！我的每一個行動都會落實在忠字上的。」

「呀，呀，」女郎雙手一拍，「多好的話，多好的話呀！寶貝你把大姐的心都快說化了！像你這麼會說話的女孩兒不招人喜歡不惹人憐愛才怪了呢！」

女郎一躍而起，幾步奔到壁櫥前，嘩地拉開了壁櫥。

「這件衣服也歸你啦！我穿著顯小，你穿著肯定很合身！」

女郎從衣架上取下一件款式時興的夏衣，朝床上一拋。

「這條裙子也歸你啦！我不喜歡那顏色……」

「還有這件！」

「這件！」

「這件！」

「這件我還有點兒喜歡……算啦，也歸你啦！」

一件件春天的、夏天的、秋天的、冬天的各式各樣的衣服、褲子、裙子被從衣架上飛快地扯下，一件緊接一件拋到了床上。頃刻之間，肖冬梅被埋在形形色色的呢子、料子、毛紡織品和細軟綢緞中。只有臉沒被埋住，如長有奇怪葉子的一盤最美的向日葵的葵盤。

「那些全給你啦！我都不要啦！寶貝兒你看，衣櫥都快空了不是嗎？我這把年紀的女人了，還要那麼多花裡胡哨的衣服幹什麼呢？」

她說「寶貝兒」三個字時，就像少婦在對自己三、四歲的獨生子女說話似的，流露出一種發自內心的愛意，和一種彷彿做了母親的新鮮愉悅。

「寶貝兒，你枕頭底下有幾本雜誌，乖乖地躺著看吧！現在，我也該去洗澡了……」

她說罷，脫掉紅衛兵「行頭」，接著脫得一絲不掛，轉身便去。

當她快要脫得一絲不掛時，紅衛兵肖冬梅替她羞紅了臉，想要閉上雙眼不看她，但不知為什麼，心中波動起一股奇異的欲念，這欲念使她又那麼的希望看見這位素昧生平卻又對自己實在是太好了的女人一絲不掛是什麼樣子。她覺得這欲念從自己頭腦中產生出來是罪過的，但是它產生得太突然，以至於她來不及在頭腦中調遣足夠強大的意識對抗它，而只有由之任之。

實際上她只不過是羞紅了臉，微微瞇上了眼睛而已。她的目光完全被那個女人的身體吸引住了。

「大姐……」

當女郎推開衛生間的門時，肖冬梅叫了她一聲。

女郎朝她扭回了頭。

「大姐……你……你身材真美極了……」

女郎紅唇一綻，笑了。

「大姐……我……我也喜歡你……」

「寶貝兒，我看出來了。」

「大姐，我……我也可以叫你寶貝兒麼？」

「這嘛……這可不行……只能我叫你寶貝兒，你是不能也叫我寶貝兒的。你也叫我寶貝兒，就把我們的關係變得可笑了！」

「為什麼？」

「別問這麼多為什麼了！我一時說不清楚，反正我覺得可笑就是了……」

她向肖冬梅拋送了一個飛吻後，進入衛生間去了。

紅衛兵肖冬梅望著關上了的衛生間的門，發了會兒呆，也徒自無聲地微笑了。她清楚自己的臉肯定是紅極了。她從線毯下舉上來一隻胳膊，摸了摸自己的臉頰，感覺到自己的臉頰熱乎乎的。

她在內心裡對自己說：「噢，我的老天爺！肖冬梅呀肖冬梅，你可是怎麼回事兒了呢？你怎麼可以不知羞恥地望著一個一絲不掛的女人呢？你為什麼不命令自己閉上眼睛呢？你還好意思誇人家身材真美極了！你居然還對人家說你也喜歡人家！居然還想也叫人家寶貝兒！你呀你呀你呀！你究竟是怎麼回事兒怎麼回事兒了呢？你怎麼會突然變得這麼下流這麼不要臉了呢？」

儘管，她在內心裡如此這般嚴厲地譴責著自己，但心情卻是那麼的愉快。在整整一天裡，這會兒難道不是自己心情最好的時刻麼？沒有相互之間那些親暱的話語，自己和這個一小時前還完全陌生的女人的關係，又怎麼會變得如此友好甚至彼此友愛起來了呢？

多麼富貴堂皇的一個家呀！多麼舒適的一張床呀！洗得多麼痛快的一次澡呀！多麼漂亮的拖鞋多

麼高級的睡衣呀！身材多麼美對自己多麼好的一個女人呀！

現在，舒舒服服躺在床上的自己又是多麼的心安理得呢？彷彿自己也是名正言順的主人了似的！她不再怕這座一直以為是首都北京其實並不是首都北京的城市了！不再怕這座城市裡的任何人了！一想到自己曾被誤視為什麼從動物博物館裡跑出來的活標本，她仍不免心裡緊張。

是的，她現在可以不怕了。

起碼，她是可以待在這個「家」裡不出門的呀！

起碼，她有了一位承擔起保護她的責任的「大姐」了呀！

而她和她之間這麼快就建立了的友愛關係，居然不是階級的友愛關係！難道「大姐」會是一位無產階級的「大姐」麼？肯定不是！肯定是一位資產階級的「大姐」無疑啊！奇怪呀奇怪，這位資產階級的「大姐」何以竟沒被抄家呢？何以竟敢公然地特別資產階級地繼續存在呢？得多麼大的一個權威人物才能保護得了她這種特別資產階級生活方式的存在呢？是敬愛的周總理？還是江青媽媽？還是林副統帥呢？而自己居然一點兒都沒進行鬥爭就順順從從地做了一位資產階級「大姐」的資產階級生活方式的俘虜！並且，已經和她非常緊密地「團結」在一起了！毛主席著作中不是說，無產階級和某些資產階級人士之間的團結，是經過一次次鬥爭鬥出來的麼？不是說以鬥爭求團結則團結存；以妥協求團結則團結亡麼？眼前的事兒怎麼反過來了呢？難道自己和這一位資產階級氣味十足的「大姐」之間的團結，不是自己一步步以最終的徹底的妥協換取來的麼？

但自己和這一位資產階級氣味十足的「大姐」之間的良好的「團結」局面，對自己不是絕對重要的麼？這局面難道不良好麼？沒有這一種良好的「團結」的局面，自己又有什麼資格心安理得地睡在「大姐」家這一張無比舒適的床上？沒有這一種良好的「團結」的局面，自己今天夜裡會睡在哪兒呢？

「大姐」在一邊洗澡一邊唱歌：

今夜我好冷好冷，
誰來安慰我？
誰來擁抱我？
誰來吻我？
誰來暖我的心？

這「大姐」，真不害臊，多「黃」的歌曲呀！多下流的歌詞呀，也好意思那麼大聲地唱！

紅衛兵肖冬梅從線毯下抽出了另一隻胳膊，用雙手捂上了兩耳。

縱然不鬥爭，也不應該讓那麼綿軟的歌曲讓那麼下流的歌詞灌入自己一名紅衛兵的耳朵啊！

當「大姐」從衛生間走出來時，肖冬梅已經酣酣地睡了。她穿上睡衣，輕輕走到床邊，俯下身細看肖冬梅的臉，覺得她的「寶貝兒」的面容，在睡著了的時候，是尤其的清秀嫵媚了。

「大姐」替肖冬梅將她的兩隻胳膊放進了線毯裡。之後，她懷著對她的「寶貝兒」的滿心的愛意，在紅衛兵肖冬梅嫩白的臉頰上親了一下……

2

「你在往哪兒開?」

肖冬雲朝車窗外又看了一眼，但見一片黑暗，連點兒燈光都沒有。

她心裡害怕起來，暗暗將書包帶兒緊繞在一隻手上。

「小姐，我還能往哪兒開呢?在按照你的要求，往你想去的地方開唄!」

三十來歲的計程車司機是個胖子。他回答她的話時，一隻手離開了方向盤，在她腿上拍了一下。

肖冬雲嫌惡地將雙腿向車門那邊偏過去。那是一輛計程車。儘管她一上車便貼近她那一邊的車門坐著，但司機的手還是略微一伸就可以拍在她腿上。一路他的手已在她腿上拍了多次了，這使肖冬雲意識到了他對自己居心叵測。

「我來時，車可沒開這麼久。」

「那你來時坐的什麼車?」

肖冬雲不說話了。她當然不願告訴他，自己是和自己的妹妹以及另外兩名紅衛兵戰友預先藏在一輛車廂封閉的小卡車裡才到達市區的。

「你來時，車也走的這條路麼?」

在封閉的車廂裡，她怎麼能知道車走的哪條路呢？這是她根本沒法回答的問題，只有緘口不言。

「哎，問你話呢，啞巴了？」

司機的一隻手又一次離開了方向盤，又一次朝她的腿拍過來——這一次她有所防，抬臂擋了一下。

「你還高貴得碰不得呀？」

司機無恥地嘿嘿笑了。

肖冬雲非常後悔上車時沒坐在後座。

她警告道：「你別惹我生氣啊！」

「你生氣又會怎麼樣，打開車門從車上跳下去？」

司機的手再次伸過來，又被她的手臂擋回。

一股涼風灌入車內——因為肖冬雲已經打開了車門。

她凜凜地說：「你以為我不敢往下跳麼？」

「哎，別別，千萬別！快關上車門，我膽小，鬧出人命可不是好玩兒的！」

司機慌手慌腳了，車在並不平坦的馬路上扭起「8」字來。

肖冬雲關上車門，又警告道：「你膽小，我可膽大。什麼人我都見過，所以你還是別惹我生氣為好！」

聽她的口氣，就像她是一位江湖女俠似的。

肖冬雲把妹妹肖冬梅丟了以後，貓在江橋的橋墩下哭了一陣。畢竟比妹妹大兩歲，畢竟從初一到初三一直是班長，並從初二起就擔任全校的團支部副書記，頭腦中多多少少積累了點兒處變應急的冷靜和經驗。哭了一陣，懵了片刻，也就自然而然地開始尋思該怎麼辦了。

她想自己得儘快回到他們來的那個地方。那兒有特別關懷特別愛護自己們的「軍宣隊」啊！雖然只在那兒住了一個多星期，但她已與那兒的每一個人都很熟了。尤其那位六十多歲的老院長，對自己可以說是像對兒女們一樣親的。

是的，得儘快回到那個地方！

看來，只有在那個地方，自己這四名紅衛兵，才被當成正常的人！

只有在那個地方，觸目可見的任何一面牆壁上，才用標準的隸書體或楷體，寫著一段段大紅字的毛主席語錄。

只有在那個地方，樓內或磚瓦平房的走廊裡，兩側才用繩子懸貼著大字報。

只有在那個地方，所有的人們，包括打掃衛生的女工，胸前才別著各式各樣或大或小的毛主席像章。

只有在那個地方，不論男女，不分年齡，才人人袖子上都佩戴著「紅衛兵」袖標，證明他們和自己們一樣，都在以堅定不移的政治態度參與著史無前例的「無產階級文化大革命」。而且，都是無比忠誠於毛主席的無產階級革命司令部和無產階級革命路線的。

只有在那個地方，人們才每天「三敬三祝」；才每天「早請示晚彙報」；才相互的開展批評和自我批評；才非常自覺地「鬥私批修」。

那個地方的氛圍，乃是自己們從「文化大革命」開始以後所熟悉的，所習慣的，所能置身其中而會產生良好的革命感覺的。在那個地方，自己們才是倍受尊敬的「革命小將」；自己們的一言一行，才特別有意義，才受到特別的重視；在那個地方，沒有誰敢對自己們放肆無禮！更沒有誰敢把自己們當成小瘋子似的！

對，儘快回到那個地方去！儘快回到那個地方去！看來，只有依靠了那個地方的人們，才能找回妹妹，才能找回紅衛兵戰友趙衛東和李建國啊！

可那個地方，究竟是什麼地方呢？她只知道它在郊區。只知道它被那兒的人們叫做「療養院」。攀上它的後牆，可以望見一片菜地，菜地的遠處是大片的已經開始變黃的麥田，麥田的遠處是天邊，有幾處村落依稀分佈在麥田和天邊之間。從它的大門望出去，門外是一條不寬的柏油路。路的對面是一排高高的楊樹。楊樹的後面，大約百米遠的地方，矗立著什麼高高的圓柱形的建築物。分明的，矗立在那兒已經有很多很多年了。老院長曾告訴過她，那是日本人佔領時期的水塔。水塔下曾有過日本的軍列鐵道專線……

那麼，水塔不就是那個郊區所在的標誌麼？

但如果要儘快回到那個地方去，靠兩條腿走，是不行的呀！倘在走的途中，碰到幾個壞男人，遭劫持了呢？這是明擺著不可以不防的呀！紅衛兵肖冬雲已經開始覺得，這座城市肯定不是首都北京了。進一步說，她已經開始面對這座城市並非首都北京這樣一個事實了。那老院長為什麼還多次地對自己們講：「你們是在毛主席他老人家身邊，是在首都北京呢？」雖然她心中存此疑惑，她的信任感，還是寧願傾向於老院長們。在這一座城市裡，倘連老院長們也不信任了，那麼還有誰們值得信任呢？她還能去向誰們求助呢？

她也開始後悔了。悔不該不聽老院長一再的忠告——千萬別離開那個院子。她和妹妹和趙衛東李建國，曾多次要求到天安門廣場去看天安門城樓，去向烈士紀念碑獻花圈，去到各大院校去看大字報，聽大辯論。但老院長總是耐心地說服他們不要急。保證在適當的時候，一定會親自帶他們去的。老院長還嚴肅地說，他和他的同志們，對他們四名紅衛兵小將，向毛主席他老人家，向「中央文革」負著份大責任。說無產階級文化大革命的局面雖然是大好的，雖然會越來越好，但階級陣線畢竟模糊著，敵我友我畢竟還不怎麼分明，這裡那裡，經常發生武鬥……總之一句話，不經他允許，他們四名紅衛兵小將還是不要離開院子擅自行動的好。如果他們出了意外，他可怎麼向毛主席他老人家向「中央文革」交待呢？

現在卻不幸被老院長言中，果然出了意外！丟了妹妹，李建國生死不明，趙衛東被抓走，難道還不算是出了意外麼？

本來，她是不主張偷偷離開的。四個人中，數李建國偷偷離開一次的念頭最強烈。他像剛從林子裡被逮住送進動物園的一隻野獸，療養一天之後就嘟囔悶得慌了。她曾對他說：「如果實在悶得慌，就背毛主席語錄！」他卻說他已經一條條背得滾瓜爛熟了。她不信，他就讓她考他。果然，一本二百七十頁的《毛主席語錄》，無論她翻哪一頁，指哪一行，他都能隻字不差地張口背出。後來他就轉而去說服她的妹妹冬梅。冬梅其實也早有偷偷離開一次的潛念。儘管妹妹一次也沒流露，她作為姐姐卻是完全看得出來的。兩人一樣的心思，當然一拍即合，於是又雙雙去說服趙衛東。

趙衛東那幾天裡正在從早到晚孜孜不倦地學習《資本論》，並認真地記筆記，彷彿決心要將自己的馬克思主義思想水準，在幾天裡就提高到一位馬克思主義思想理論家的程度。只要見老院長一閒著，他就捧著《資本論》和筆記本，去到老院長的辦公室裡，坐在老院長對面，和老院長討論艱深的剩餘價值理論。幸而老院長總是非常耐心地傾聽他一大套一大套的學習心得，總是特別謙虛地和他進行思想交流。他還主動要求老院長同意他向全院的革命同志們彙報一次學習心得，實際上是希望能有機會給眾多的別人上一堂馬克思主義理論課。老院長倒特別能理解他願望的迫切和自信，滿口答應了。

所以當肖冬梅和李建國對他進行遊說，爭取他的支持時，他起初也是聽不入耳的。因為他的全部心思都用在備課方面了。但肖冬梅和李建國則不達目的不甘休，終日的軟磨硬泡。二人中肖冬梅對他的影響力遠勝過李建國。她知道高二的紅衛兵大哥哥是多麼一往情深地愛著她的姐姐，也知道姐姐同樣一往情深地愛著他，故話裡話外的，抬出姐姐來壓這位四人紅衛兵長征小分隊的隊長。說姐姐也有偷偷離開一次的念頭。既然自己愛著的人也有此念，紅衛兵長征小分隊隊長的紀律原則動搖了。當他帶著肖冬梅李建國與肖冬雲商議具體的行動方案時，肖冬雲表示了極大的詫異。

「怎麼？他倆預先並沒和你通氣兒？」

趙衛東不免有上當受騙之感，看樣子立刻就要對兩名紅衛兵部下發作了。而肖冬雲明白，他真的發作起來，也絕然不會衝著自己的妹妹肖冬梅，一定是單只衝著李建國去的。她暗替李建國感到委屈。雖然他是主謀，妹妹是同盟，但在抬出自己騙他們的隊長這一點上，獻計獻策的分明是妹妹呀！而妹妹卻在一旁有益無害地笑著瞧著她，還向她頻頻使眼色吶！她若搖頭，妹妹定惱於她。妹妹一惱，妹妹那張嘴可是不饒人的，興許會當著紅衛兵戰友李建國的面，不管不顧地說出什麼使她和他都臉紅起來的話。那會叫她多難為情呢！也會使他這位隊長多尷尬呢！又多損害他的隊長形象呢！

「肖冬雲，你為什麼不回答我的話？」

當著第三個人的面，包括當著她妹妹的面，他一向叫她「肖冬雲」。而且一向表情嚴肅，不苟言笑。只有沒第三個人在跟前的時候，他才叫她「冬雲」，他的語調裡才有溫柔。

那會兒，妹妹在他背後撇了下嘴。

「他倆向我透露過他倆的念頭，我也表示同意了。」

她說了違心話。

現在，她回想起來，真是後悔死了！

如果自己不說那句違心話多好哇。在四個人之間，無論什麼事，只要她不明確表態，隊長趙衛東一般是絕不會輕易做出什麼決定的。如果她表示反對，那就夠他猶豫幾天的了！

肖冬雲呀肖冬雲，你當時為什麼不表示反對呢？

你心裡可明明是不贊成的呀！

她不僅後悔，而且非常恨自己了……

她從胸前摘下了毛主席像章，從袖子上摘下了紅衛兵袖標，用袖標捲裹起像章，放入了帆布書包裡。隨後她離開那個隱身的橋墩，踏下江堤臺階，雙手掬起江水洗臉。在她腳旁，有三塊整磚。那可能是在江邊釣魚的人壓住魚竿用的。她撩起衣袖擦臉時，一扭頭發現了那三塊磚。她瞅著它們想了片刻，便脫下上衣，將一塊磚用上衣包起，也放入書包裡了。脫下上衣，她穿的便是一件短袖小布衫了。花色和她妹妹的罩胸兜兜一樣。這樣，她就不至因自己那件黃上衣招人目光了。而書包內有了一整塊磚的沉甸甸書包，足可以用來防身。往誰頭上掄一傢伙，誰要是不雙手抱頭暈半天才怪呢！

她對自己一舉兩得的英明想法感到滿意。

於是她踏上臺階，儘量邁著從容不迫的步子向前走去……

褲兜裡有錢，她打算問明瞭路線乘到郊區去的公車。她沒乘過公車。甚至，也沒在現實生活中見過一輛公車。只在電影裡見過。她家鄉那個小縣城太小了，只有三條主要街道，最長的一條街道才一里多地那麼長。她的學校就在那一條街道上。聽見過世面的大人們說，也就夠大城市裡的公車開一站的。她想，這一座繁華的大城市裡，肯定會有公車的。她沒敢再經過那條步行街，怕又發生自己被圍觀的情況。

雖然她認為，自己看去似乎沒有什麼與眾不同的地方了。但她心裡還是有些惴惴不安。彷彿自己依然行跡十分可疑似的。事實上也確乎還有錯身而過的人回頭看她，看得她一陣陣心裡緊張。她明白，她所穿的那條半新不舊的黃褲子，和她腳上那雙黑色卻快刷白了的扣絆布鞋，顯然也是在這座城市的夏季，在這座城市裡的女人們身上少見的。

她眼睛所見的每一個年輕女性，尤其是十八、九歲二十多歲的姑娘們，穿的無不是短裙或短褲。她終於意識到，人們回頭看她，不僅是由於她的褲子她的鞋，和她肩上那個帆布書包，還由於她頭上仍戴著她那頂黃帽子。意識到了這一點以後，走到一個街角，見沒人注意自己，她趕緊一把從頭上抓下帽子塞入書包。

「姑娘，這麼晚了，一個人瞎逛街多沒意思呀，想找個地方玩玩不？」

她猛抬起頭，見幾個流裡流氣的青年，各自指間夾著煙，一齊色瞇瞇地望著她，一個個饞涎欲滴的樣子。

「流氓！」

她心裡罵了一聲，抬起的頭立刻低下去，加快了腳步繼續往前走。

「這小妮胳膊真他媽的白，簡直像石膏！」

「想必身上更白！」

「看樣子是個鄉下妮！」

「管她是不是鄉下妮，別眼睜睜地讓她就這麼走掉了哇！」

聽到他們的議論，她拔腿便跑。

幸而那時街上行人還多，他們沒敢追她。

她跑出很遠才收足站定，氣喘吁吁，他們的狎笑之聲猶在耳畔。

剛才，她雖然在心裡暗罵他們流氓，其實她並沒見過真正的流氓。家鄉那座縣城委實太小了，人與人之間過分緊密的公共關係容不得他們的存在。誰家的小子如果拉了一下誰家的姑娘的手，而她並不樂意他對自己的親愛舉動，那麼他差不多就已經是一個「流氓」了。「流氓」一詞是愛看小說的中學女生們從小說中看來的，而且是從描寫解放前社會生活的小說中看來的。一經在她們中相互傳開，便成了她們指責男生們的利器，使他們只有更加地對她們敬而遠之。唯恐對她們的言語不慎舉止隨便，而被她們戴上「流氓」的帽子，從此一生一世摘不掉。

她盲目地走過了幾條街道，並未發現一處公車站。卻看到了許多輛計程車。也看到了人們「打的」的情形。於是她就站在人行道邊上留心多看幾次那情形，於是也就看明白了——只要車前窗裡有個茶杯口那麼大的，圓圓的，閃著紅色螢光的東西立著，那就是車上沒乘客了。只要車上沒乘客，誰一衝著它招手，它就會停在誰跟前。而只要它停下了，就可以拉開車門坐進去。然後呢，可想而知，自然是告訴司機自己去哪兒了。

她想，我何不坐這一種小車呢？這一種小車不是要快得多麼？

於是她再望見一輛空計程車遠遠駛來，也學別人的樣，舉手衝著它招了幾下——它緩緩地停在她跟前了，就是胖子司機開的那輛計程車。

但她卻不知怎麼從外邊打開車門。

他探身舒臂，從裡邊替她打開了車門，並話裡有話地說：「我這車的車門沒毛病。」

她也不管他說什麼了，趕緊坐進車去。彷彿終於得以坐上的是諾亞方舟似的。同時告訴自己：既坐上來了，那麼就絕不下來了！除非他的車將自己送到了郊區自己要去的那個地方，否則哪怕他往下推自己，自己也不下來！為了妹妹，為了紅衛兵戰友趙衛東和李建國，她是決心豁出去一次姑娘的臉面和紅衛兵的尊嚴了！

「你關車門啊！」

他衝著她嚷了一句。

關車門她當然是會的，便禮貌地將車門輕輕關上了。之後衝著他友好又歉意地一笑。

「沒關嚴！」

他顯出不耐煩的樣子。

沒關嚴，也還是關上了。關嚴得打開車門從裡邊再使勁兒關一次。

她也同樣不知怎麼從裡邊打開車門。使勁兒推，自然是徒勞無益的了。

「哎，你怎麼這麼笨啊！」

他第二次探身，有意無意地將他的胖身子壓在她雙腿上，不成體統地偎在她懷裡，打開車門重關了一次。

她覺得他也是流氓一個。但他同時也是司機啊！而且，是由於自己笨才給了他的流氓行為以可乘之機啊！她心裡嫌惡，卻無話可說。

那是紅衛兵肖冬雲出生以來第一次坐小車。在四名紅衛兵戰友中，只有李建國一人坐過幾次他爸爸縣長的老式吉普。它被縣裡的居民們視為「官車」，而且是縣委唯一的「官車」，如同從前縣官老爺的官轎。它一從縣裡駛過，大人孩子都知道，他們的父母官出行了。

「去哪兒？」

胖子司機壓倒駕駛臺上那個圓牌兒後，頭不動，只將目光從眼角乜斜向她，以聽來並不歡迎的口吻問她。彷彿她已然給他惹了不少麻煩似的，彷彿他已然料定，她接著會給他惹更多的麻煩似的。

「郊區。」

她的頭也不動，目光透過車前窗，望向前邊的人行道。那兒，街樹下有一對青年在擁抱親吻。她早就發現他們在那兒擁抱著親吻著了。直至此時，十幾分鐘過去了，他們的姿態一動未動，使她竟無法得出確切的結論——究竟是街頭雕塑還是真人？

「郊區？東西南北中，從哪一個方向開到市外都是郊區！你說具體點兒行不行？」

「療養院。」

「療養院？那是什麼鬼地方？你不說清楚我往哪兒開？」

「我……一個有軍宣隊的療養院。」

「軍宣隊？」

胖子司機的臉終於向她轉過來了：「哎，你神經正常吧？」

「不對不對……我剛才心裡想別的事兒來著，說錯了，是一個有舊水塔的地方……水塔下邊原先有鐵道……」

「是……那兒啊！明白了！」

於是計程車向前開去。

一對兒擁抱著親吻著的人兒的姿態，在紅衛兵肖冬雲的注視之下，終於改變了一次。那穿短褲的女孩兒的一條腿朝後翹了起來。她比擁抱著她的小夥子矮半頭。並且，她不是踮足用自己的唇向上去湊小夥子的唇，而是將頭向後仰著。彷彿，小夥子攬住她纖腰的手臂一旦放鬆，她的身子就會朝後倒下去。這使那吻她的小夥子的頭，不得不動物飲泉似的低俯著。紅衛兵肖冬雲看得不免一陣陣心裡熱潮湧動。她曾在小說裡讀到過情愛描寫的片斷，但她長到如今這麼大，還是第一次親眼看到兩個年輕人擁抱親吻，而且互相擁抱得那麼緊，而且彼此親吻得那麼久，而且是公然地旁若無人地在人行道邊兒上！難道男女擁抱的感覺親吻的感覺真的是像小說裡描寫的那麼甜蜜那麼令人陶醉麼？那究竟會是一種怎樣的令人神情迷幻的滋味兒呢？如果小說裡的描寫是誇張的，那麼他們為什麼許久不分開甚至連姿態都顧不上改變呢？紅衛兵肖冬雲想入非非，一時忘了尋找妹妹拯救兩名紅衛兵戰友的義不容辭的責任。當計程車駛過，將那一對忘情的人兒的身影拋後了，她忍不住仍回頭從後車窗望他們。

胖子司機瞟了她一眼，以一種近乎助人為樂的語調說：「姑娘，要不要我停了車，讓你看個夠？你耽誤的時間我不收錢。」

肖冬雲立刻將頭扭了回來。她羞紅了臉無濟於事地說：「不，我不是……我沒有……」

「得啦！甭解釋。哪個少年不熱戀？哪個姑娘不思春？」

肖冬雲從小說裡讀到過「思春」一詞。並且曾偷偷地查詞典，明白了其實就是姑娘想與男人親愛在一塊兒的意思。同時，認為那是一個姑娘最下賤的心思。儘管詞典上可沒這麼注解。她感到受了極大的侮辱，轉臉瞪著司機抗議地大聲說：「我不是姑娘！」

她原本的意思是想強調她是一名女紅衛兵，而且是一名「萬水千山只等閒」的長征隊的女紅衛兵。但話說了一半，驀地想到自己的紅衛兵身分是絕不可向這個司機暴露的，於是將後半句話及時吞嚥回去了……

「不是姑娘？那你年紀這麼小就嫁人了？」

胖子司機成心挑逗她多說話，三十來歲的他其實頂喜歡自己車上坐的是三十歲以下的女乘客。他認為一路上和她們言來語去地逗逗悶子，是計價器顯示以外的另一種「收入」。

「你胡說！」

紅衛兵肖冬雲臉上又一陣發燒。

「那你說你不是姑娘是什麼意思？是你不是處女的意思？」

「你……」

「處女」一詞，也是她從小說裡讀到的，也是偷偷查詞典才明白了意思的。對方竟敢朝不是處女方面想她，不僅使她感到受辱，而且使她大為惱怒了。唉，唉，肖冬雲啊肖冬雲，你怎麼這麼倒楣呢？怎麼上了這麼一個不要臉的流氓開的車呢？她很想命他停了車，自己下車一走了之。可就在那會兒，忽然的又想到了妹妹想到了兩名紅衛兵戰友。不能下車呀！小不忍則亂大謀呀！但她真是倍感屈辱啊！堂堂紅衛兵，被一個流氓一句又一句地言語調戲，是可忍，孰不可忍？但自己卻只有敢怒而不敢言的份兒！要是在家鄉縣城裡，要是在別的城市裡，而不是在這座哪兒哪兒都不對勁的城市裡的話，不一頓皮帶抽得他跪地求饒，磕頭如搗蒜那才算便宜了他呢！

紅衛兵肖冬雲由於倍感屈辱，由於自己所落的敢怒而不敢言的境地，默默地流下了兩行英雄氣短之淚。

胖子司機又瞟了她一眼。車外的路燈光一閃一閃地晃入車內，晃在紅衛兵肖冬雲臉上，將她臉上的淚行晃得亮瑩瑩的，他只瞟了她一眼就看出了那是眼淚無疑。

女性的眼淚有時是會使某些個男人大為快感的，因為眼淚似乎一向被他們認為是證明女性乃弱者的東西，也似乎最能由女性臉上的淚光證明自己們的心理優勢。

他噗哧樂出了聲兒，以一種替自己辯護的絕對無辜的口吻說：「嗨，你哭什麼勁兒呀小妹子？我說哪個姑娘不思春嘛！你立刻就激頭掰臉地聲明你不是姑娘，好像你早已和一百個以上男人做愛過一百多次了似的，好像我說你是姑娘反倒污蔑了你似的。你青春年少的自己個兒激頭掰臉地聲明自己不是姑娘，我可不就只好想你不是處女了麼！那麼你仍是處女了？」

紅衛兵肖冬雲聽著他的話，流淚的臉上一陣陣發燒不止。在中國，三十四年前如果一個男人敢問一名中學女生是不是處女，那麼調戲女學生的罪名就毫無疑義地成立了。僅憑此一句問話，不被判刑勞教才怪了呢！而且，他也確乎是在一種依他想來根本構不成任何罪名的調戲意識的支配之下才那麼說那麼問的。三十四年前的中學女生肖冬雲，也當然沒有聽說過「做愛」這一個詞。那時的她們和今天的她們都一樣地難免允許早戀的事實在自己們的內心裡作為不知所措又相當愉快的事件發生，卻斷不會像今天的某些中學女生那麼坦率又無所謂地承認那一事實。三十四年後的今天，她以她優秀的語文方面的理解力，聽明白了「做愛」兩個字專指男女間的什麼勾當。

她覺得「做愛」兩個字是她長那麼大所聽到的最最下流最最不堪入耳的髒話。而且這種髒話竟然被用來侮辱她了！可她卻鼓不起絲毫的勇氣哪怕是小小地發作一下。她不敢由自己這方面搞得太僵。斯時斯刻的她，是多麼的需要對方這一輛出租汽車啊！

此點她是十分清楚的。

她在內心裡暗暗對自己說：肖冬雲，肖冬雲，為了妹妹，為了你的紅衛兵戰友趙衛東和李建國，你可要千萬千萬的，特別特別的善於忍啊！你所面臨的情況，明明白白地擺著，是不允許你發紅衛兵那一種脾氣的呀！

於是她決定，無論對方口中再說出什麼更下流更無恥的話，自己這方面都要保持難能可貴的沉默，一言不發為好。

但胖子司機卻又把車停在路邊了。

他乾脆熄了火，雙手離開方向盤，燃著一支煙，嘬腮猛吸一大口，悠悠地吐出一縷青霧，將整個身子轉向她瞪著她問：「哎，你身上究竟有沒有『打的』的錢？」

他那樣子，似乎已然看出她其實一文不名。

她小聲說：「有。」

「有?掏出來我看看！」

她的一隻手下意識地捂在了自己褲兜那兒。

「你怕什麼?就你,身上還會帶著鉅款不成?只有歹徒裝作乘客上了計程車搶司機錢的事兒,哪兒有司機反過來搶乘客錢的事兒!掏出來看看,掏出來看看,不確定你真有足夠付我車費的錢,我是不會只聽你一句話就把車開到郊區去的。你騙了我,我又能拿你怎麼辦?」

肖冬雲想了想,覺得他的要求也不算過分。自己褲兜裡的錢,大概是只夠付車費的,實在不值得他動一搶的念頭呀!

她就將自己捂住褲兜那隻手緩緩地伸入了褲兜裡,緩緩地掏出了一個手絹兒包。

「打開打開。多少錢啊?還值當用手絹兒包著!一小卷兒手紙也可以用手絹兒包著的……」

他說著,還開了車內的燈。

紅衛兵肖冬雲慢慢地,有幾分不情願地打開了手絹兒包——現出一只用牛皮紙疊著的多層錢包來。三十四年前,中國的中學生們,有錢沒錢的,都喜歡用牛皮紙疊一只錢包,體驗擁有錢包的心情。

「紙的?小妹子,你今天可真讓我大開眼界了!不過你的錢包只能證明你手巧,還不能證明你錢包裡有足夠的錢付我車費。我要看到的是你究竟有多少錢!」

肖冬雲無奈,又將幾張三十四年前的紙鈔從錢包裡抽出給他看。一張貳元的,一張壹元的,還有一張貳角的,三張壹角的,都是三十四年前的嶄新鈔。是一九六六年的元旦,父親的幾位好友到家裡拜年時給她的壓歲錢。對於一名中學生,三元伍角多錢在當年是一筆數目很可觀的錢。

「就這些？」

「還有……」

「還有你就都他媽掏出來讓我看呀！」

於是肖冬雲用手指將紙錢包的夾層撐開，又往手絹兒上倒出了數枚三十四年前的硬幣。

「總共就這些？」

肖冬雲點頭。

胖子司機大吼：「你給老子滾下去！」

肖冬雲端坐不動。

「你他媽的聾啦？滾下去！」

肖冬雲仍端坐不動，理直氣壯地質問：「你的工作是為人民服務，我是人民中的一員。我明明有錢，你想看到也讓你看到了，你憑什麼讓我滾下去？」

「你……你當我是三歲兒童啊？半夜三更的，才三元多錢你就想讓我為你把車開到郊區去？當我是你親兄乃弟呀！」

「那……那你說得多少錢？」

「往最少了說也得這個數！」

他五指叉開的一隻手伸到了她鼻子底下。

「五元？」

「五十元！」

「你敲詐！」

紅衛兵肖冬雲真的火冒三丈了。爸爸是縣裡的高級知識份子，一個月的工資不過才八十幾元！這王八蛋坐他一次車他就敢一張口要五十元！不是敲詐又是什麼行為呢？自己的班主任韓老師一個月的工資才四十八元多一點點啊！而且韓老師教了快一輩子學了！

肖冬雲又大聲說了一遍：「你敲詐！」

「我？敲詐你？」司機那張餅鐺般圓胖的臉逼近了肖冬雲那張清秀的臉，他口中呼出的煙味兒有很濃的難聞氣息，使肖冬雲迫不得已地將頭朝後仰，他那樣子像是要將她活活地啃吃了：「三元多錢我就非得為你把車開到郊區去一次？天底下哪兒有這個道理！究竟是我敲詐你還是你在敲詐我？」

肖冬雲看得出來，他是真的生氣極了。

她妥協了：「那好，你說五十就五十吧。只要你肯把我送到地方，我保證給你五十還不行麼？」

他吼道：「我不信你！」

她低聲下氣地又說：「大哥，算我不對得了吧？我伯伯是療養院的院長，只要我見到了他，該付你多少車錢，他一定會替我付給你的……」

「下去！」

「大哥，行行好，求求您啦！」

「還得讓我親自替你開車門是不是？」

他從司機座那邊兒下了車，繞過車頭來到肖冬雲坐的這一邊，自外打開車門，抓住她一隻手，往車下拖她。

她哪肯輕易被他拖下車去？她用另一隻手使勁兒扳住車座的邊沿。

漸漸的圍攏了不少夜行人觀看這一幕。不一會兒觀看者們就都聽明白怎麼回事兒了，於是就有人挺身而出仗義執言地呵斥胖子司機了：「哎，你住手！你對人家姑娘拉拉扯扯的幹什麼？人家姑娘不是直勁兒說，見到了她伯伯，會給你車錢的麼？」

「就是！這司機，簡直掉錢眼兒裡了，連點兒助人為樂的精神都不講！」

「我看人家姑娘不會騙他的。半夜三更，如果郊區沒有一家親戚，哪個姑娘編瞎話往郊區跑？瘋啦？」

「他這是嚴重的拒載行為啊！誰有筆？記下他車牌號，記下他車牌號！」

「我有筆！」

「沒紙啊……」

「你往手心上記嘛……」

圍觀者們的紛紛議論，對胖子司機的心理產生了巨大影響。他瞅瞅這個，瞧瞧那個，忽然嘻皮笑臉地打躬作揖起來：「諸位老少爺們兒，老少爺們兒，別記，千萬別記我車牌號！我虛心接受大家的批評——就照那位說的，我今天一分錢不收她的了，我學雷鋒了！」

其實他是改變了想法，打算把車開到一處沒人的地方，二次成功地將肖冬雲拖下車。

他才一轉身，一隻手搭在了他肩上。回頭看，見是一位三十多歲的長髮男子。

長髮男子冷冷地對他說：「不就是伍拾元車錢麼？人，除了知道錢重要，也應該知道還有別的也挺重要吧？你也別學雷鋒，幹你們這行也不容易的。伍拾元我替她付了。乾脆給你一百吧！免得你回來跑空車，心裡不平衡……」

長髮男子說罷，從兜裡掏出錢包，當眾抽出一張百元鈔便往司機手裡塞。

「這……這多不好意思，這多不好意思……」

司機嘴上如此說著，一隻胖手卻早已將那張百元鈔掠在自己手裡，厚著臉皮當眾便往兜裡揣。

圍觀者們又是一陣議論紛紛。有人恥笑胖子司機的貪婪；有人讚揚長髮男子的高尚。

「姑娘，別哭了。矛盾不是已經解決了麼？」

在嘖嘖的讚揚聲中，長髮男子俯身安慰肖冬雲。

淚流滿面的肖冬雲，內心裡自是感激不盡的。但她卻已感激得不知該當眾對他說什麼好了，只不過用一雙淚眼望定他那張瘦削的臉連連點頭而已……

此時，胖子司機已繞過車頭走到了車那邊，坐在駕駛座上了。

長髮男子直起身，卻並不同時替紅衛兵肖冬雲關上前車門。他一手扶著那車門，一手插在西服兜裡，低著頭，分明的在思忖著什麼。胖子司機得了他的一百元錢，不好意思催他關上車門，極有耐性地等待著。圍觀者們皆感動於他的高尚，也就都想聽他再說幾句高尚的話，並不散去。

他終於抬起頭，環視著眾人說：「我怎麼還是有點兒不放心呢？半夜三更的，如果這姑娘記不清路線了可怎麼辦呢？」

他彷彿是在自言自語。

大家覺得是在問大家。

他又自己個兒想通了似的說：「反正我今晚回家的時間已經夠遲的了。乾脆，我好事做到底，陪這姑娘郊區走一趟算了！」

那話還是像自言自語。

眾人尤其感動了，有一個帶頭，就都鼓起掌來，彷彿不鼓掌不足以表達每人心中受感動的程度。於是他衝著眾人笑笑，在掌聲中，關上前車門，打開後車門，坐進了車裡。

計程車在掌聲中重又向前開去。有位老者望著遠去的計程車，不禁大發感慨：「好青年，好青年，人間自有真情在，人間自有真情在啊！」

車中坐著那長髮男子了，紅衛兵肖冬雲覺得自己安全多了。長髮男子在車裡也不說話，頭往後座一靠，雙手疊放於腹部，閉著雙眼似睡非睡。他不說話，胖子司機更沒什麼話可說了。他幾次想搭訕著再與肖冬雲說些閒扯淡的話，瞟見她一臉的凜然不可侵犯，張了張嘴，每次都把話嚥了回去。因為方才往車下拖拽過肖冬雲，他難免有點兒羞慚。

紅衛兵肖冬雲更懶得開口說話了。從偷偷鑽入封閉式貨車廂裡那一刻算起，已然七、八個小時過去了。這七、八個小時裡，發生了太多她萬料不到的事，她的神經始終處在緊張狀態，像一張被扯開的弓繃得緊緊的。終於覺得獲得了一份安全感的她，神經也終於鬆弛了。她雙眼閉上才一會兒，竟睡著了過去……

她也沒做夢。

「到了！」

她是被胖子司機吼醒的。

渾身一機靈，猛睜雙眼，見胖子司機的頭正從她耳邊「撤」回去。她的第一個反應，是向後座扭回自己的頭看她的保護神，後座上卻已不見了那個長髮男人。再下意識地望向窗外，四野漆黑，哪裡是她要回到的地方！

她的神經不由又高度緊張起來。

司機嘲諷地說：「那不男不女的傢伙在那兒吶！他不是不陪著你來就不放心麼？現在，你領他找你的院長伯伯去吧，沒我什麼事了。」

黑暗中，煙頭一紅一紅，是那個長髮男子在吸煙。

「可……可這並不是我要去的地方呀！」

「你不是要到郊區一個有舊水塔，舊水塔下有鐵軌的地方嗎？」

「可……可舊水塔在哪兒呢？」

「好，我就讓你看舊水塔在哪兒！」

胖子司機自己先下了車，也不繞過車頭替她來打開她這邊的車門了——他抓住她一隻手，硬是將她從司機座那邊拖下了車。

天不知從什麼時候起開始陰了，月亮也不知藏到哪裡去了，看樣子就要下雨了。不，已經稀稀落落地掉起雨點兒來了……

不待她站穩，胖子司機便甩開她手，指著說：「那不是你的舊水塔是什麼？」

果然，一、二百米遠處，依稀可見有座「水塔」聳立著。

但它並非她所眼熟的水塔。

「我說的水塔，下邊有……」

「有鐵軌，是吧？好，再讓你親眼看見你的鐵軌！」

胖子司機又抓住她一隻手，扯拽著她大步騰騰就往「水塔」那邊走。她被動地跟在他身後，深一腳淺一腳地穿過了一片蒿草地……

她扭回頭求援地望向她的保護神——他的身影佇立原地一動也沒動。叼在他嘴上的煙一紅，又一紅。顯然，他正冷眼地，事不關已地望著她被扯拽而去。

她對他的當眾承諾頓時大覺失望起來。

天邊響起了雷聲。聽來彷彿是從地下響起的。沉悶，但是那麼的令她感到不安，感到悸怕。彷彿驟然間，就會攜帶著一個巨大的火球，猝滾至她跟前，頃刻驚心動魄地將如墨的夜空炸裂……

她的腳踝被蒿刺刮得一陣陣疼。

她踩進一片水窪裡去了。她覺得那窪裡被曬了一白天的水溫溫的，卻又粘糊糊的。她的頭腦中立刻憑著想像浮現出一片令人作嘔的污穢骯髒的水。她腳踝上被蒿刺刮過的地方更疼了……

她尖叫道：「你放開我手！」

「你當我喜歡抓著你手哇？」胖子司機放開了她手，指著前邊十幾米處又說，「看清楚了，那不是鐵軌是什麼？」

雷聲不斷。雨點兒大了，而且，起風了。無障無擋的郊風，刮得特別肆虐。刮亂了她的頭髮。

她瞪眼看時，但見胖子司機所指處，果然橫著兩條鐵軌，宛如兩條黑色的大蛇臥在那兒，似乎隨時會從蒿草叢中高高地竄昂起蛇頭，向她吐射出有毒的猩紅的信子……

她調轉身就往回跑，雙腳又啪噠啪噠地踩進那片溫溫的、粘糊糊的水窪裡，連兩條褲腿也濺濕了。不知有什麼髒東西，粘糊糊地漿掛在腿上了。她一路往回跑一路噁心，乾嘔了幾次，卻並沒從口中吐出什麼。

「他媽的，這是什麼鬼地方！」

胖子司機在她背後大聲罵著。顯然的，他也踩進水窪裡去了。

她跑到停車的地方，猶豫了一下，往她的保護神跟前走了兩步，萬分慌亂地說：「大哥，我……這真不是我要到的地方……我要到這種地方來幹什麼呢？」

遠處的悶雷變成了近處的霹靂。

一道閃電撕裂了半個夜空。

在閃電耀亮的那一瞬間，她看清了對方的臉。對方也正看著她。他臉上的表情陰冷陰冷的。他的眼神兒眈眈的，目光裡分明地在積蓄著股邪惡之念。

她渾身不禁又是一激靈，還想說的話不說了，下意識地用一隻手捂住了嘴，一隻不慎走到了野獸跟前的小貓似的，提心吊膽地，悄沒聲兒地往後退，退……

胖子司機也走過來了。

他從兜裡掏出煙盒，用兩根指頭從扁扁的煙盒裡鉗出一支，卻沒能再從兜裡掏出打火機來。

他向長髮男子伸出了一隻手。長髮男子便將指間的小半截煙遞給了他。他對著煙，猛吸一大口，還那小半截煙時，長髮男子朝他搖頭。

他二指一彈，將那小半截煙彈出去老遠，又猛吸了一大口煙後惱怒地說：「她怪我把她送錯了地方，可她上車前明明告訴我……」

「告訴你她要到的地方有一座舊水塔，水塔下有鐵軌，是吧？」

「本市郊區就這麼一處地方有水塔……」

「但那不是水塔。那是磚窨的高煙囪。那兩條鐵軌是當初為了往窨裡窨外運磚才鋪的。我對這兒很熟悉。這兒原來是磚場。我在這兒幹過臨時工……」

紅衛兵肖冬雲見兩個男人聊了起來，非常擔心他們一聊就聊成一夥兒的了。如果他們居然成了一夥的，那麼她該怎麼辦呢？

她打算拔腿就跑。四下裡望望，荒郊野外的，往哪兒跑哇！

她眼盯著他們，暗暗叫苦不迭。她悄悄退到車旁，從車內將自己的書包拎了出來。她想，現在自己究竟能不能保護得了自己，全靠書包裡一塊磚了。

她將書包帶在手上繞了一匝，又繞一匝……

她清清楚楚地聽到那長髮男子這麼說：「哥們兒，你車越往這一帶開，我心裡越明白，你根本不能把那傻妞兒送到她想去的地方。這一帶根本就沒什麼療養院……」

又一道閃電。

閃電中她見他向自己扭頭一望，並且，笑著……

她由他那種邪獰的笑明白，對於自己，那一個誤被她當成保護神的男人，是比胖子司機更難對付的一個壞男人無疑。好比一個是條見軟就欺的狗，而另一個是條隨時準備張牙舞爪咬死人的狼。

「那你為什麼路上不說？」

胖子司機的手將煙送至嘴邊，手臂卻僵住著了。

「為什麼要說？水塔不是那座水塔，鐵軌不是那兩條鐵軌，地方也不是她要去的那個地方……」他向肖冬雲扭頭望著，嘴裡卻繼續對胖子司機說，「這多好嘛，簡直好極了……」

「好個屁！我他媽看出來了，你不是學雷鋒，你心思不地道！」

胖子司機朝他的車轉過了身。

「哥們兒別急著走，」長髮男子的手搭在了胖子司機的肩上，放低了聲音說，「既然你看出來了，我也就當真人不說假話了。我的心思在那傻妞身上，要不我幹嘛白給你一百元錢？可惜她已經坐在了前座，如果她和我一塊兒坐在了後座，半路上我就把她給弄了，諒你這種人也不會停下車來干涉的……」

「你怎麼知道我不會？」

胖子司機也不禁放低了聲音。

「你這種人比我強不到哪兒去！」長髮男子又向肖冬雲望了一眼，扯著胖子司機的袖子往前走了幾步，聲音更低地說，「哥們兒你看這麼辦好不好？乾脆咱倆輪著把她給弄了，然後把她撇這兒，咱倆一道回市里。一個外地傻妞兒，她還不乾吃啞巴虧呀？即使她好意思報案，公安局肯為她認真當成件案子破麼？」

「你怎麼知道不會？」

「如今大要案多，流氓案掛不上號哇！抓流氓那只能是派出所的事兒。而且，事兒發生在郊區，也只能是郊區派出所的事兒。」

「為什麼非拉上我一道幹？」

「我不拉上你，你一舉報，一指證，判我罪不就容易多了麼？」

「你考慮的可真全面。說完了？」

「說完了。該你考慮考慮了。」他再次向肖冬雲望去，顯得有些迫不及待了。

「呸！」胖子司機朝他臉上啐了一口，大聲罵道，「你他媽王八蛋！看你人模人樣的，我起先還當你是個搞藝術的，沒想到你他媽是個流氓！我雖然比你強不到哪兒去，但還不是流氓！」

胖子司機罵罷，大步朝他的車走去。

那流氓也不抹臉上的唾沫，站在那兒發呆。

因為除了胖子司機所罵的話，他們前邊的一段對話是小聲進行的，所以肖冬雲一句沒聽清。雖沒聽清，她也知道肯定是在說她。胖子司機一開罵，肖冬雲更加沒了主張。相比起來，究竟誰個好點兒，誰個更壞，誰個是兇惡的敵人，誰個是裝出不很壞的樣子，她完全失去了判斷。

她也站在那兒發呆。

胖子司機一眼都不看她，鑽入計程車，轉瞬間將車調頭開走了。

計程車一開走，紅衛兵肖冬雲才急起來。

她追著車喊：「停下！停下！大哥求求你別把我扔在這兒呀！」

回答她的是一道閃電，接著是一聲霹靂……

密集的雨點自天而降，頃刻將她的短袖衫淋濕了。一陣冷風刮來，她猛打了個寒顫。她覺背後有喘息之聲，由輕微而粗重，漸漸逼近著自己——是那個被自己誤視為保護神的男人要來傷害自己了，她這麼想。即使在那一時刻，她也努力鎮定著。她明白，這會兒除了鎮定能拯救自己，別無它法。來吧，來吧，王八蛋，紅衛兵肖冬雲今天和你拼了！

她猝轉身，用力將書包一掄——卻掄了個空。裝著一塊整磚的書包在空中飛快地劃了一道弧，擊在自己邁出的一條腿的膝部，疼得她那條腿一屈，幾乎跪倒在地……

她聽到的，其實是她自己由輕微而粗重的喘息。

一雙男人的有力的手臂，從她身後將她緊緊摟抱住了。她的手臂被男人的手臂箍住著，於是她徹底失去了反抗的能力……

男人的臉從後貼向她的臉。

她感到男人的兩片濕唇銜住了她的耳垂，像是上火的人將她的耳垂當成了一片敗火的薄荷葉子……

「別怕，乖點兒。陪我到磚棚底下玩玩去，雨淋不著，風吹不著，是很美妙的事兒呢！」

男人喁喁的話語，傳達著他強烈的欲望，真實又無恥，像是在哄勸……

「來人啊！救命呀！」

她大聲喊起來。

其實她並沒有喊叫出聲音。從未喊過「救命」的人，即使在危急之刻，往往也是不能像自己所想的那樣，一張口就大聲喊出「救命」二字的……

閃電點燃驚雷。

傾盆大雨自天潑下……

3

肖冬梅一夜酣眠。

在酣眠中，她的夢境一個情節接著一個情節。

她夢到她和姐姐和趙衛東、李建國回到了家鄉。小縣城裡的人們敲鑼打鼓，夾道歡迎。

母親摟抱住她哭了，而父親撫摸著姐姐的頭在欣慰地笑……

人們將他們四名長征歸來的英雄紅衛兵簇擁到了一座露天會臺上。李建國的父親李縣長開始講話。他一說起來就沒完沒了……

李建國和她並肩坐在臺上。他將一個紙條暗暗塞在她手心裡。她低了頭，偷偷打開紙條看，見上邊寫的是——「我愛你！我真是愛死你了！」

於是她就側了臉，用小手指輕刮自己的腮，羞他那份兒不害臊……

然而她卻在笑著，用笑表明那張紙條給予了她的甜蜜。

但是另外一些紅衛兵躍到了臺上，有她的同班同學，也有她不認識的，完全陌生的面孔。其中一名紅衛兵奪去了她手中的紙條，將一直在慷慨激昂地說著說著的李縣長推倒在地，口對麥克風大聲念李建國寫在紙條上那句不害臊的話，念了一遍又一遍，念了一遍又一遍……

「不！不……」

她抗議地大聲阻止著，結果就把自己從夢中喊醒了。

她睜開雙眼，首先看到的是一幅大相框。它有三分之二的門那麼大，豎掛在牆上。框有二寸多寬，是金黃色的，四角刻出好看的花形來。框中鑲著一個全裸女人的彩照。是的，確乎是一絲不掛全裸著的。她的長髮自然地披在左右兩肩上。她凝視著肖冬梅，彷彿在問：你是誰？她一隻手輕輕捂在同側的乳房上，另一隻手下垂著，手指微微掐著一枝無葉的紅豔豔的玫瑰，它擋在女人最羞於暴露的那處地方。

肖冬梅立刻將雙眼又緊閉上了。

昨晚她一進這間臥室就上床了。由於當時這間臥室只亮著床頭櫃上的檯燈，由於檯燈帶穗兒的罩子很大，將燈光徹底向下籠住了，她竟沒發現它的存在。現在，天亮了，窗簾沒拉嚴，一道明媚的陽光從外面照耀進來，完全地投射在相框中那女人的身體上。在明媚陽光的照耀下，女人的裸體是越發地顯得優美，顯得栩栩如生了，兩片紅唇彷彿隨時會綻開說話似的。那是白皙如玉的女人的俏臉和女人的裸體。襯得兩片紅唇和一朵玫瑰紅豔欲滴，紅得使紅衛兵肖冬梅一望之下便怦然心跳。儘管是紅衛兵的她早已見慣了紅色……

但是她沒見過彩色照片。確切地說，她只見過印在〈人民畫報〉、〈解放軍畫報〉兩種畫報上的彩印。故她以為那工藝古典的大相框裡所鑲的，只不過是從什麼畫報上剪下的彩印封面罷了。可世界上又哪兒有如許大的畫報呢？可在社會主義紅色中國，又怎麼能發生將裸體的女人印在什麼畫報的封面上的事呢？

三十四年前，在她是中學女生的那小縣城裡，唯一一家照像館的照像師傅，曾為結婚的新人們將放大為二寸、四寸的黑白紀念照著色出彩照的效果。那師傅有一種據說是從上海那座最容易滋生資產階級事物的大城市裡托人買回的顏色。一種專為黑白照片著色的顏色。不是像畫畫的顏色一樣裝在長方形的盒子裡，而是裝訂成冊的。每色一頁。十二種顏色十二頁。用潤濕了的細毛筆尖兒在某頁上蘸幾下，硬紙頁上的顏色就蘸到毛筆尖兒上了。然後，再細心地往黑白照片上塗。那過程如畫彩色工筆畫，彷彿是將黑白照片當成了著色前的鉛筆底稿。著色後的效果在當年看來往往是令人驚喜的。但是若以三十四年後的今人的眼光看來，則就很像用民間古老方法套色印刷的年畫了。但是當年的中學女生肖冬梅們，多麼希望能在自己做了妻子之前便擁有一張那樣的彩照，以作少女青春的永遠留念啊！然而老照相師傅不為女中學生們的黑白照著色。因為校方向他打過招呼——如果他也為女學生們的黑白照著色了，那麼將以用資產階級的臭美思想腐蝕女中學生們心靈的政治罪名而論。

那時還是在「文革」前，老照相師傅既然特別的具有政治原則性，尚美之心不死的女中學生們，便暗中請求於他二十多歲的徒弟。他是孤兒，是老照像師傅把他從六、七歲帶大的。師徒二人感情深篤，相依為命。那徒弟眉清目秀的，又由於職業的原因，在女中學生們中間頗有人緣兒。當年若是有機會讓她們實話實說，她們中準有許多人承認，自己畢業後是高興嫁他為妻的。他不像他的師傅那麼對「政治」二字謹小慎微，他背著師傅為縣中女學生們的黑白照著色。肖冬梅和姐姐肖冬雲也請求過他，並且各自也都有過二寸的單人「彩照」。據她所知，有的女生為了能有一張自己中學時代或高中時代的「彩照」作終生留念而又沒錢，不惜回報他一兩個親吻代替一角錢明碼標價的著色費。或讓他握握她們的手。這一點千真萬確都是她們過意不去的主動，而非他的無禮要求。

後來老照相師傅也是知道了的，但是他似乎寧願採取睜一隻眼閉一隻眼的曖昧態度，從未予以干涉。再後來「文革」開始了，事情首先在學校裡被女學生們之間相互揭發了出來。於是二十多歲的眉清眉秀的小夥子被揪到學校裡批鬥，並在全縣戴著高帽子掛著大牌子剃了鬼頭用黑汁抹了黑臉被遊鬥。書寫在大牌子上的罪名是「傳播資產階級臭美思想的壞分子」……

幾乎所有的女學生們都指斥他為「壞分子」。

她們當眾唾他。甚至，用皮帶抽他。

尤其那些曾主動以親吻代替一角錢著色費的女學生，紛紛的「反戈一擊」，紛紛的將自己們的主動揭發為他「厚顏無恥」的迫使。

於是幾乎全縣每一名女中學生的家長，都對自己的女兒們進行過聲色俱厲的審問：拿自己的黑白照片去著色過沒有？

有的家長甚至懷疑自己的女兒們已經失身於那可惡的「壞分子」了。

拒不交待的女兒們，或被家長們認為拒不交待的女兒們挨父母打的事便理所當然了。

在一次批鬥中，二十多歲的眉清目秀的小夥子被打斷了一條腿，抽瞎了一隻眼……

人們都罵他罪有應得，活該。

肖冬梅姐妹倆卻既沒揭發過別的女生，也僥倖沒被別的女生揭發過。當然也沒揭發過他，沒被父母審問過。

那是只有她們姐妹之間彼此知道的一個秘密。

她們當時要求他千萬替她們保密，讓他發誓不告訴任何人。

他當她們的面鄭重發誓了。

當時肖冬梅被他發得過分嚴重的大誓深深感動了，她交給他著色費的同時情不自禁地也在他眉清目秀的臉上親了一下。

離開照像館後，姐姐並未因此而嗔怪她，也沒有羞她。

她記得姐姐當時說的話是——「他是個完全值得相信的大人。」

在她和姐姐的眼裡，不，在全縣所有女中學生的眼裡，二十歲以上的人，不論男女，都是「大人」。

他被批鬥被百般羞辱被抽被打時，也被聲聲怒喝迫令老實交待——還為哪些沒被揭發檢舉出來的女學生的黑白照片著過色。

他沒出賣她們姐妹倆，也沒出賣任何一名女學生。

許多男紅衛兵都一致地認為，將自己的黑白照片背地裡送給他請求他著色的女生不少，絕不止僅僅相互揭發的幾十名。男紅衛兵們對仍沒有勇氣站出來主動承認並揭發別人的女紅衛兵們究竟是誰們，發生著極大的近於病態的興趣……

事實上也不僅僅幾十名，但他就是不肯交待以減輕自己的罪狀。

他被打斷了一條腿抽瞎了一隻眼後，接著便被縣公安局正式逮捕了。

逮捕令是李建國的父親李縣長親筆批准的。

他是全縣在「文革」中被正式逮捕的第一人。

前一天紅衛兵戰友李建國曾在她家裡以第一新聞發佈人那種口吻向她和姐姐公佈消息，並說：「難道咱們學校的革命同學們還不該相信，我爸爸是非常非常支持紅衛兵小將的造反行動的麼？」

而她們的父親聽到了這話，板起臉嚴肅之極地說：「回去告訴你爸爸，我認為他的做法不僅證明他有政治私心，而且很蠢。那小夥子真那麼可惡麼？為什麼小題大作？為什麼把人的腿打斷了眼抽瞎了，還要以莫須有的罪名逮捕人家？公理何在？法理何在？太不人道了！」

她們明白，敢像她們的父親那樣表示同情的人，在全縣是不多的。

當然，她們內心裡也有著與父親與母親一樣的同情。

但是她們不敢表示出來。

因為她們是紅衛兵。

因為她們同時明白，自己是紅衛兵這一點，決定了在許多時候，在許多情況下，自己與父親與母親應有不同的看法、不同的觀點、不同的態度、不同的立場……

否則，還配臂戴紅衛兵袖標麼？

徒弟被逮捕的第二天夜裡，小小的唯一的照相館失火了。待人們將大火撲滅，才發現那被燒焦了的老照相師傅的身子懸吊樑上……

又過了幾天，從省城裡闖來了一批大學的紅衛兵。他們根本不屑於與縣中的紅衛兵發生任何革命聯繫，當天就奪了縣委和縣政府的大權，也捎帶著奪了縣中的權，並宣佈了一批該被打倒的人的名單，其中便有紅衛兵戰友李建國的父親李縣長以及她們自己的父親。

由那一幅鑲在工藝古典的大相框裡的女人裸體彩照，紅衛兵肖冬梅的思想，如電影倒片機在飛快地倒片一樣，迅速倒回到了她的記憶的昨天。是的，那些三十四年前發生在中國偏遠小縣城裡的「文革」往事，對於中國以及大多數中國人雖已成為歷史，但對於她卻仍是不久以前的經歷。

為什麼同樣是在中國，在她的家鄉那座小縣城裡，一些縣中的女學生只不過將自己的黑白照著上了顏色以作學生時代的有色彩的留念，就成為一條集體的罪過，就使一個眉清目秀的好青年被定為「壞分子」，而且在被打斷了一條腿抽瞎了一隻眼後又戴上手銬押去服刑了，並使他的師傅因莫大的羞恥感和悲憤無可訴處而自縊了；在此城市，人們竟可以隨心所欲地當藝術品似的，將一個一絲不掛的容貌化妝得近乎妖冶的女人的裸體彩印鑲在那麼高級的框子裡，掛在臥室的牆上呢？

可這又是誰家的臥室呢？多白的四壁呀！多麼新又多麼漂亮的臥室傢俱呀！自己又是睡在誰家的臥室的床上呢？多麼軟躺著多麼舒適的一張大床呀！

一夜多夢的酣睡，竟使她一時忘了自己是怎麼來到別人家怎麼睡在了別人床上的。她極想睜開眼睛再看那個鑲在相框中的裸體女人。因為她那優美的裸體優美的姿態以及她臉上那種裸得極為坦然的表情，對她有著太大太大的吸引力了。這會兒的她，與昨晚在步行街上的她相比，其心理有著極為不同的差別。昨晚，在步行街上，望見那些雖非一絲不掛，但也幾近於裸體的男女人體廣告時，周圍全都是人呀！她覺得周圍的人全都在盯住她看著她呀！即使她那麼覺得，她最初的反應也並不是閉上眼睛，而是瞪大了眼睛，目光被吸引住了難以移開。對於女人全裸或半裸的優美的身體，不但是男人們的目光註定了要被吸引的，也是女人們的目光要欣賞著久望的。

是在聽到李建國的大聲吼叫之後，她才下意識地閉上雙眼並用雙手捂上雙眼的。如果不是聽到了紅衛兵戰友李建國的大聲吼叫，她不知會愕異地目不轉睛地呆望多半天呢！紅衛兵戰友李建國的吼叫當時對她的心理起到著這樣一種作用——喚醒她的羞恥意識和罪過意識。但是此刻的情況卻不同。此刻她周圍沒有許許多多的別人，甚至沒有第二雙眼睛在看著自己，更沒有一名紅衛兵戰友李建國在發出憤怒的吼叫。只要她願意睜開眼睛望那大相框裡的一絲不掛的女人，她就可以無所顧慮無所忌諱地睜開眼睛望著「她」。願意望多久，就可以任意地望多久……

她卻未再睜眼一望。

她的頭腦中還在思想著「昨天」的記憶所引起的大困惑，試圖自己對自己解釋個明白。而閉著眼睛思想是她一向的習慣。既想先看個夠，又想先明白，結果斯時斯刻她是既想不明白，也耽誤著沒顧上久看。何況還有另一個疑問「第三者插足」，那就是——這究竟是誰的家？

一夜多夢的酣睡不僅使她醒來後竟一時的忘了昨晚是怎麼到這兒的，而且徹底忘了昨晚她和姐姐和另兩名紅衛兵戰友在步行街上的遭遇。我們這裡將她斯時斯刻的心理與她昨晚在步行街上的心理區別加以比較，實在只不過是我們的瞎分析，並非是她自己對自己的分析。

誰說這兒沒有別人？一條手臂伸進了她蓋著的毛巾被下，摟住了她腰那兒。接著，一個身體也鑽了進來。那身體的前胸緊貼她的後背。

她剎那間吃驚得屏息斂氣，全身僵住，動彈不得。

噢，老天啊！我……我怎麼會和一個男人睡在一張床上？

是的，和一個男人睡在同一張床上——這的的確確是中國偏遠小縣城縣中的初中女紅衛兵三十四年後頭腦中閃過的第一道驚恐電火。

為什麼一想，就先自想到了是和一個男人，而非一個女人呢？

是一切女人一覺醒來發覺自己原來和別人睡在同一張床上都會這麼想呢，還是只有三十四年前的紅衛兵肖冬梅那種年齡的女孩兒們才會這麼想呢？抑或單單是紅衛兵肖冬梅自己才本能地這麼想？

如果只有她自己才本能地這麼想，那本能對於她——一名三十四年前的初一女孩兒究竟意味著意識中的一些什麼青春期的內容呢？

如果三十四年前的肖冬梅們，是紅衛兵的也罷，不是紅衛兵的也罷，斯時斯刻都難免會這麼想，對於她們總體的青春期意識又意味著些什麼內容呢？

三十四年後的今天，肖冬梅的同齡女孩兒們也會這麼想麼？

抑或一切女人都難免地會本能地這麼想？

倘確乎是她們的本能意識；她們又為什麼會有這樣的一種本能意識呢？

我……我怎麼會和一個男人睡在同一張床上？總之紅衛兵肖冬梅是先自萬分驚恐地這麼想的。

總之她斯時斯刻不是這麼想的——我和哪一個女人睡在同一張床上？

如果這麼想，不是就大可不必萬分驚恐了麼？

也不是這麼想的——我和誰睡在同一張床上？

這樣想太是孩子的想法。孩子只要覺得一覺睡得好，不在乎究竟是和男人同床還是和女人同床。也太是男人的想法。男人無非和男人睡在同一張床上，或者和女人睡在同一張床上，無論熟悉的或陌生的，兩種情況都不至於使男人萬分驚恐。

但是紅衛兵肖冬梅很快就憑自己的身體感覺到——摟在自己腰那兒的手臂，以及侵犯人自己棉線被之下的身體，似乎不太像一個男人的手臂男人的身體。那手臂分明的對她自己的身體並無任何企圖，而且絲毫也沒有攻擊性。它是多麼的溫柔啊！它只不過輕輕摟在她腰那兒。除了證明著一種親密的甚至可以形容為親愛的關係，根本不再值得作另外的懷疑。那緊貼著自己後背的胸脯和身體也是多麼的溫柔啊！那胸脯多麼的富有彈性啊！那高聳的肌膚之下所蘊生著的彈性，難道不是一對豐滿的乳房才有的麼？

那麼，我不是和一個男人同睡在一張床上，而是和一個女人同睡在一張床上了？她對此點一經確定無疑，心中的萬分驚恐頓時一掃而光。全身彷彿凝固了的血液，也似乎刷地恢復了正常迴圈。

這個女人是誰呢？

她的頭在枕上緩緩地緩緩地朝後側轉，同時睜開了雙眼。她看到的那張既陌生又眼熟的女人的臉，一下子啟動了她的記憶，昨晚是怎樣來到這裡的以及在步行街上的遭遇，全都清清楚楚地想起來了。多麼值得慶幸的昨晚呵！多麼好心的「大姐」呵！慶幸加感激，使身旁這個昨晚以前還根本不曾見過的女人的臉，在她看來不但是那麼的眼熟，而且那麼的可親。

「大姐」也微微睜開了眼睛。手臂卻仍摟在她腰那兒，身體仍緊貼著她的身體。她非但心內驚恐一掃而過，而且覺得，被「大姐」的手臂那麼溫柔地摟著，與「大姐」身體緊貼著身體的那種感覺，竟是非常受用非常愜意的了。

「大姐」小聲說：「嗨哎……」

那是她從未聽過的一種表達親熱的中國語言。她只聽到過人們互相說「嗨」或者「哎」，真的從未聽過有人將這兩個字連起來說，並且將「哎」字拖成若有若無的滑音。

「大姐」將「嗨哎」兩個字小聲說得很好聽，很悅耳。

肖冬梅便也學著說：「嗨哎……」

說得也很好聽，也很悅耳。

「寶貝兒，昨晚都忘問你了，你叫什麼名字？」

「肖冬梅。小月肖，冬天的冬，梅花的梅。」

「很有性格的名字！」

「大姐，你呢？」

「胡雪玫。古月胡，霜雪的雪，玫瑰的玫。」

「還是大姐的名字好，有詩意。」

「你可真會討人喜歡！」

胡雪玫摟在她腰那兒的手臂朝上一移，放在了她肩頭，接著輕輕一扳——肖冬梅領會了她的意思，順勢翻身，於是她們胸貼胸，面對面了。

胡雪玫放在她肩頭那隻手，像一隻蚌的柔軟而細潤的「舌」，滑過她的頸子，將她耳邊的頭髮朝後攏了攏，隨後撫摸在她臉頰上了。

「寶貝兒，你知道麼？你很漂亮呢！」

「大姐，你更是個美人兒！」

胡雪玫微笑了：「說你會討人喜歡，你就越是專撿我愛聽的話說，誰教會你這些小伎倆的？」

「大姐，我可不是想故意討好你！」

肖冬梅臉紅了。

「得了，別解釋了。你臉紅什麼呢？我收留了你，還把你當成一個小妹妹對待，你用話討好我幾句也是應該的。何況我這人愛聽別人說討好我的話兒……」胡雪玫親了她一下，又說，「從姓名看，咱倆可能還真有點兒姐妹緣。我的姓字有個月，你的姓字也有個月；我的名裡有雪字，你的名裡有冬字；梅花嘛，又是我特別喜歡的花兒……」

肖冬梅很乖地用自己的臉頰偎著胡雪玫的手，眨著眼問：「那你當初起名時為什麼不選用梅花的梅呢？」

「名字是一生下來父母給起的，我有什麼辦法！」

「那大姐就把玫瑰的玫也改成梅花的梅吧！雪梅，冬梅，聽來不更是姐妹了麼？」

紅衛兵肖冬梅，的確是在有意識地討好著身旁這個叫胡雪玫的美麗女人。因為她的確有此動機，所以胡雪玫說她故意討好時，她才倏地臉紅了。但是她的動機並不怎麼卑鄙，無非是企圖為了她和姐姐和兩名紅衛兵，依靠住一個可以信賴的人的幫助。

「寶貝兒，那是件挺麻煩的事兒呀！」

胡雪玫又親了她一下。

「大姐，我對你有個請求。」

「說。」

「別再叫我寶貝兒了行麼？我不是已經告訴你我的名字了麼！」

「行，寶貝兒！」

肖冬梅就佯裝生氣，一翻身，背對著胡雪玫了。

胡雪玫自然看出她並沒真生氣，卻也懶得再說什麼，一隻手臂又摟在她腰那兒，片刻，接著睡著了。

肖冬梅輕輕將她的手臂從自己腰那兒放下去，打算先起床。不料弄醒了胡雪玫。

她睡意朦朧地說：「起那麼早幹嘛？陪我接著睡。記住，睡回籠覺是美容妙法。」

並且，她的手臂再次摟在了肖冬梅的腰那兒。同時，胸脯更緊地貼著肖冬梅的背，將她的尖下頦兒也托在肖冬梅的肩窩兒那兒了。

肖冬梅不僅不敢擅自起床，甚至也不敢改變身姿了。

她的目光又望向那被鑲在大相框裡的一絲不掛的裸女子。她忽然覺得她對那女子也是十分稔熟的。奇怪呀，怎麼竟會有此印象呢？她……老天爺！她不正是大姐胡雪玫麼！

不錯，那正是胡雪玫的裸體彩照。

這是一個多麼……多麼……多麼……紅衛兵肖冬梅一遍遍在頭腦中搜尋語文課堂上學到的，以及自己全部課外閱讀所獲得的辭彙，竟然找不到一個字句能用來恰當地形容睡在她身邊的女人。

三十三年前，「現代」這個詞，在她這名初中女生的語文理解力的範圍內，是一個只有和「化」字連在一起才有專指意義的詞。

三十四年前，「前衛」兩個字，還根本沒在中國的任何印刷品中出現過，因而是普遍的中國人所根本不明所言的兩個字。

最後，紅衛兵肖冬梅只有作如是想：這個叫胡雪玫的大姐，八成是個患有精神病的女人吧？但她患的又是一種多麼高級的精神病啊！以至於表面正常得無可懷疑，以至於自己若懷疑她患有精神病是一種非常罪過的懷疑似的！

怎麼會有表面看起來像她這麼正常的精神病患者呢？

而一個不是精神病患者的女人，難道會把自己一絲不掛的樣子彩印到那麼大的一張紙上，鑲在那麼大的一幅框子裡，並公然地掛在自己家的牆上麼？

這要是來個男人發現了，張揚出去，她還有臉出門麼？

不是精神病患者的女人，斷不會做如此發瘋之事的呀！

又是誰替她搞的呢？是男人還是女人呢？想來斷不會是女人吧？女人何以會支持女人做如此發瘋之事呢？那麼必是男人啦？是怎樣的男人呢？和她又是什麼關係呢？一個男人不僅支持而且幫助一個女人做如此發瘋之事，那男人肯定不是什麼好東西呀！而且大姐胡雪玫若和他的關係不深，她也不會接受他的幫助的呀！明擺著，沒有男人的幫助，她是做不成如此發瘋之事的呀！大姐這麼善良的女人，怎麼會和不是好東西的男人攪在一起了呢？紅衛兵肖冬梅一想到她的好大姐在不是好東西的男人面前脫得一絲不掛的情形，臉上便一陣陣替她的好大姐發燒……唉唉，可憐的女人，她是因為有精神病了才不知羞恥了呀！

這麼一想，紅衛兵肖冬梅又非常地憐憫收留了她的胡雪玫了。

她繼而想，我肖冬梅應該以德報德，以恩報恩啊！

此時她的心理發生了變化，彷彿自己已不再是一個渴望理解和同情的小女子，反倒是一個有資格有義務理解別人同情別人的人了似的，反倒對於別人是一個該充當起善良的大姐身分的人了似的。那一種善良漸漸濡開，片刻充滿在她心靈裡。

她用自己的一隻手，輕輕撫摸著大姐胡雪玫摟在她腰那兒的手，也學大姐跟她說話那種親愛的口吻在心裡暗暗對大姐說：「寶貝兒，寶貝兒，現在好了，現在你有我肖冬梅在你身旁了，我肖冬梅會好好地負起照顧你的責任的！再也不會讓你做出任何應該感到羞恥的事了……」

但是那相框中的大姐，真是美極了呢！女人裸體的全部美點，被她那種看去似乎隨隨便便自自然然的姿態展現得多麼令人銷魂啊！

那相框中的一絲不掛的大姐，使紅衛兵肖冬梅望著得出了這樣的結論——如果一個女人的容貌和身體確實是美的，那麼也許無論多麼美的華服麗裳，都比不上她裸體的時候更美吧？

這結論一經在她頭腦中形成，把她自己嚇了一跳，因為這結論是與她自幼接受的全部女性的羞恥觀念相違背的。

我——紅衛兵肖冬梅的頭腦裡怎麼會產生這種荒唐的思想？

在家鄉那座小縣城裡，「文革」以來，上了中學的女生們，不是都不敢穿短過膝蓋的裙子麼？不是連衣袖短了點兒，手臂裸得長了點兒，都被視為羞恥之事麼？

然而紅衛兵肖冬梅還是忍不住呆呆地望著那相框中的大姐。並且，越望竟越覺得美。漸漸的，她意識之中產生了一種欣賞的態度。甚至，也還產生了幾分羨慕其美的心理了。

快到十點鐘時，胡雪玫才第二次醒過來。

胡雪玫稍一動，肖冬梅趕緊閉上了雙眼。胡雪玫輕輕推了推她，她才裝出睡眼惺忪的樣子「醒」來。

「寶貝兒，你也又接著睡過去了？」

「嗯。大姐，你不記得我對你的要求了？」

「什麼要求？」

胡雪玫臂肘支在枕上，一手托腮，俯視著她若有所思地問。

「想想。」

「想不起來。」

「使勁兒想。」

胡雪玫一邊用手指撥弄著她的鬢髮玩兒，一邊認真地想。想了一會兒，搖頭道：「使勁兒想也想不起來。」

「我不是要求你別再叫我寶貝兒麼？」

「你指這個要求哇！瞧你嚴肅樣兒的。叫你冬梅我還真有點兒叫不慣呢！」

「那也得叫我名。」

胡雪玫笑道：「是抗議麼？」

肖冬梅繃著臉說：「就算是吧。」

胡雪玫故作沉吟，以一種近乎談判的口吻說：「這是正當的要求。那麼，尊敬的冬梅小姐，如果您也睡足了，躺夠了的話，我們是不是可以考慮起床了呢？」

趁胡雪玫在洗漱，肖冬梅迅速穿上了她自己的衣服。那身衣服已在「逃亡」中髒了，她本是想洗的。但她從胡雪玫昨晚給她的衣服中，竟沒選出一件適合自己穿的。不是因為那些衣服她穿著太過肥大，而是她嫌那些衣服穿上了裸臂裸腿的，身體暴露的部分未免太多了。

她迅速地疊起了線被，疊得見棱見角的，與一名女兵疊得一樣整齊。自幼和姐姐比賽，看誰疊得更好。而且正是以兵們的內務標準做標準的。七、八年後，成了她能做得最出色的一件事。

接著她拉開窗簾，用自己的手絹將這兒那兒都擦了一遍。

待胡雪玫洗漱罷從衛生間出來，見她端端正正地坐在沙發上，閉著雙眼，口中念念有詞。

胡雪玫問：「哎，你那是幹什麼呢？」

她口中仍念念有詞，不回答。

胡雪玫走到她跟前，又問：「幹什麼呢？」

她還是不回答。

胡雪玫無奈，聳聳肩，一邊扶著椅背做健美操，一邊看著她奇怪。

她終於睜開了眼睛，期待表揚地問：「還有什麼需要我做的嗎？」

胡雪玫說：「看到了！線被疊得很整齊，哪兒也都被你擦過了。但是請問小姐，你剛才那是在幹什麼呢？」

她莊重地說：「我在背毛主席語錄。」

胡雪玫高高踢起一條腿說：「那我問你話，你也得回答一句呀！」

她更加莊重地說：「一個人背毛主席語錄的時候，別人是不應該打斷他的。他也不應該停止了回答別人的話。」

「這難道是一條法律麼？」

胡雪玫的口吻很是不以為然。

「不是法律，但是常識。」

肖冬梅眨了幾下眼睛，那種表情的意思是——難道你連這樣的常識都不知道麼？

胡雪玫從她臉上讀明白了她的表情語言，一時不知再說什麼好，也自歎弗如地眨起眼睛來。

肖冬梅卻笑了，有意扭轉似乎過於嚴肅的話題，三娘教子般地說：「大姐你快穿上點什麼吧，多難看呀！」

話一出口，自知失言，唯恐胡雪玫生氣，一時表情又變得極不自然，扭捏不安。

「難看？我真難看麼？」

胡雪玫起床後並未穿衣服，身上只有乳罩和三角褲。而且都是絲織的，接近著透明。

肖冬梅趕緊又說：「大姐你千萬別生氣啊……我不會說話，我的意思是，萬一住對面樓的哪個壞男人正朝咱們窗戶望著呢？」

胡雪玫踱到鏡前，左右側轉著身體，自我欣賞地說：「對面樓離那麼遠，誰的眼睛也望不到咱們屋裡。在自己家，大夏天的，我想什麼時候穿衣服，就什麼時候穿衣服。以往就我一個人，我還喜歡光著身子呢！你在家裡沒自由自在地光著過身子吧？」

她問時，回頭看肖冬梅。

肖冬梅的目光卻不知該往哪兒看才好，用極細小的聲音說：「我要是也那樣兒，那就是我瘋了。」

胡雪玫說：「放心吧小姐，我不是精神病。」湊近鏡子細照了片刻，憂鬱地嘟囔，「媽的，眼邊出了一條皺紋。」說罷轉身指著肖冬梅命令，「把你那身衣服脫了！」

肖冬梅慌了，連連搖頭：「不，不，好大姐求求你了，我可不習慣像你那樣！」

胡雪玫又笑了：「我不是要強迫你和我一樣！我是讓你穿上我給你的衣服，把你那身髒衣服換下來。即使你偏喜歡穿你那身衣服，也得洗洗再穿呀！」

肖冬梅望著被自己疊好、放在床上的那些衣服，裝出犯愁的模樣解釋：「你那些衣服我穿著都不合身。」

「胡說！」胡雪玫走到床邊，將那些衣服又翻亂了，選出一件淺紫色的，拋向肖冬梅，再次命令道：「哪件兒都合你身，這件也不例外，今天就穿這件！」

那是一件連衣裙。但是在肖冬梅看來，是一件沒完工的連衣裙，因為只一邊有肩。她茫然地望著胡雪玫。

「小姐，那麼看著我幹嘛呀！我能給你件半成品的衣服穿嘛！別不識貨，那是件正宗的法國晚禮服裙！是我上初二時愛上的一位法國小夥子去年從巴黎寄給我的！他沒想到十幾年間我的身材差不多竄高了一尺！」

胡雪玫說罷，走過來，督促著肖冬梅脫下她那身衣服，幫她穿上了那條裙子。然後將她推到鏡前，自己往沙發上一坐，疊起腿，修長的手臂往沙發背上左右一展，看一盆從花市買回家裡的花似的看著肖冬梅，以推銷員那麼一種口吻說：「小姐，難道你穿著不迷人麼？」

肖冬梅望著鏡中的自己，覺得自己怪怪的，什麼地方有點兒不對勁兒似的，又不願掃胡雪玫的興，所以也就只有悶聲不響。

「真不喜歡？不至於的吧？我的審美眼光就那麼離譜兒？」

胡雪玫說著從沙發上站起，繞著肖冬梅前看後看，終於發現了問題——那裙子無雙肩，右邊的前後兩部分，上裙片縮窄為兩條帶子，可在右肩頭結成任意的花樣。而左肩，則是無遮無掩一無所有地完全裸露著。但她幫肖冬梅穿上時，並沒讓肖冬梅把小花胸兜脫下，結果小花胸兜的一角不倫不類地顯現在左邊了，所以使肖冬梅照著鏡子覺得自己模樣彆扭卻又道不出所以然來。

於是胡雪玫又幫她將那條裙子脫下。

「把你那花兜兜也脫了！」

「不嘛！」

「多大了，胸前還吊著個花兜兜！脫了！」

「那……那我胸前也不能什麼都沒有哇……」

「叫你脫了你就脫了！」

胡雪玫轉身去找什麼時，肖冬梅服從而又不怎麼情願地將花胸兜脫下了。胡雪玫從衣物抽屜裡找出的是乳罩，遞給肖冬梅時，見她雙臂交叉胸前，兩隻手護著左右乳部。

胡雪玫在她一隻手臂上狠狠擰了一下，擰得她哎喲叫起來，垂下了手臂。

胡雪玫教訓道：「我說小姐，再別在我面前裝出羞答答的模樣行不？聽著，這也是我對你的正當要求！難道我不是女人？難道我是男人變的？我身上什麼樣兒，你身上就什麼樣兒。你身上沒什麼使我驚奇看起來沒夠的東西！這乳罩我沒戴過，戴上！」

可憐紅衛兵肖冬梅，雖生為女兒身，雖已初中生了，卻並未聽說過乳罩為何物，更沒見過。乳罩戴在胡雪玫胸前，雖使她感到奇異又美觀，但是若也往自己胸前戴，則覺得完全是另外一回事兒。彷彿挑在胡雪玫指上那乳罩被施了魔法，一經戴在胸前，就永遠摘不下來了。且足以使她也著了邪魔，會變得從此像胡雪玫一樣，在家裡不著衣裙而習以為常。

「不，我不……」

肖冬梅有些惶恐地連連搖頭。

「你不什麼？不也不行！」胡雪玫用小手指尖兒朝她一邊的乳房上輕輕點了幾點，調笑道：「小姐，你發育良好！兩隻桃子都這麼成熟了，還用胸兜兜罩著也太委屈它們了。美的東西要用美的東西來襯托，懂不懂？」

胡雪玫不管肖冬梅願意不願意，一邊說一邊已將乳罩替她戴在胸前了。

待她第二次替肖冬梅穿上那條裙子，見肖冬梅眼淚汪汪的，幾乎要哭起來。三十四年前，在中國，在紅衛兵肖冬梅家鄉那座小縣城，即使青年和成年女性，也都按習俗胸前罩兜兜罷了。自打建國後，全縣最大的商店裡，僅進過一次乳罩，在櫃檯裡展示了許多日子，卻一副也沒賣出去。只不過引得些個好奇心強的大姑娘小媳婦，仨一幫倆一夥地結伴兒去商店裡看稀罕。一本正經地看，出了商店門就嘻嘻哈哈地笑作一團。多麼古怪的東西呀！女人將它戴在胸前將是多麼滑稽的事兒呀！何況柒捌角錢呢！柒捌角錢能扯二尺平紋布了！

那時肖冬梅尚小，不知本縣這樁關於乳罩的歷史事件。

胡雪玫見肖冬梅眼淚汪汪的，甚是奇怪。

「哎，我說小姐，又怎麼了？」

肖冬梅不言語，將臉扭向別處。初戴乳罩，她覺得那麼地不舒服，眼淚竟吧嗒吧嗒地掉下來了。

「你這孩子，倒被我慣出嬌毛病來了！你當我口口聲聲叫你寶貝兒，稱你小姐，就得每時每刻拿你當寶貝兒哄著，拿你當小姐寵敬著呀！你給我刷牙去！」

胡雪玫板起了臉，在紅衛兵肖冬梅屁股上不輕不重地拍了一下，之後將她從眼前推開。

肖冬梅就乖乖地去到洗漱間刷牙了。她一邊刷牙，一邊想——可也是，大姐明明一片好心，自己怎麼像受欺負了似的掉起淚了呢？是自己不對呀！

她聽到胡雪玫在客廳裡大聲地又說：「先別洗臉，刷完牙就給我出來！」

她又困惑了——不許洗臉了？這是什麼意思？難道是對自己的一種懲罰方式？不許洗臉就不許洗臉吧！懲罰就懲罰吧！誰叫自己不對，惹大姐生氣的呢？

她走出洗漱間，見大姐已坐在了餐桌旁，仍未著衣。而桌上，已擺好了兩份早餐。

「過來，坐下吃飯！」

在胡雪玫的注視之下，肖冬梅乖乖地走過去坐在胡雪玫對面。

早餐很簡單，無非牛奶、麵包、一人一個攤雞蛋，還有一盤兩人共用的糖拌番茄，一盤水煮花生，一小碟榨菜。另外兩個小碟裡，是紅的和黃的兩種糊狀的東西。肖冬梅猜不出是什麼，也不想吃。

胡雪玫卻已拿起一片麵包，朝上遍抹了些那紅的東西，又遍抹了些那黃的東西，之後用另一片麵包一夾，默默遞給肖冬梅。

肖冬梅一聲不響地接過，因為不知那紅的黃的究竟是什麼，不敢下嘴。

「吃呀！」

胡雪玫見她那猶猶豫豫的樣兒，彷彿不知該怎麼侍候她這位「小姐」才好，又皺眉道：「我沒往麵包上抹毒藥！抹的是果醬和奶油！我還敢藥死你呀？」

果醬和奶油，肖冬梅雖未見過，卻是知道的。在她所讀過的幾本外國小說裡，西方的資產階級們，吃麵包通常是離不開果醬和奶油的。而西方的無產階級們，之所以爆發革命，通常也無非是為了麵包果醬和奶油。

這個資產階級女人！不但一個人住如此寬敞的房子，不但把家搞得如此資產階級化，連頓早餐也吃得如此資產階級口味兒如此複雜！麵包、牛奶、雞蛋已夠他媽的奢侈了，還要有果醬！還要有奶油！紅衛兵肖冬梅一輩子也沒吃過樣數這麼全這麼「奢侈」的一頓早餐！

儘管紅衛兵肖冬梅對胡雪玫這位大姐的收留之情心懷感激，但還是替自己，進而替家鄉的父老鄉親們，再進而替全中國的廣大革命人民群眾心理很不平衡。

媽的，你能過上這麼好的生活，那錢即使不是你剝削來的，也肯定是你父親你爺爺們解放前剝削來留給你的！不吃你白不吃你！不喝你白不喝你！

媽的，吃！

她張開大口，一口咬下了一大塊。

媽的，喝！

她端起杯子，一口氣兒飲下了大半杯牛奶。

她的吃相把個胡雪玫嚇得目瞪口呆，連說：「慢點兒小姐，慢點兒小姐，別噎著，別嗆著……」

肖冬梅也確實餓極了。她一邊大口大口地吞吃著夾了果醬和奶油的麵包，兩眼一邊盯著胡雪玫的杯子看。

胡雪玫說：「我這杯裡不是什麼更好喝的東西，也是奶，只不過加了咖啡，你也要加點兒咖啡麼？」

肖冬梅費勁兒地嚥下一大口麵包，端起杯，將剩下的小半杯牛奶一飲而盡，接著，不客氣地自己拿起一片麵包往上多多地抹奶油，多多地抹果醬，同時回答了一個字是：「要！」

胡雪玫煮了兩袋奶，分成一杯加咖啡的和一杯沒加咖啡的，聽肖冬梅說「要」，只得起身再去煮。

待她端了兌咖啡的奶回到餐桌旁，但見餐桌上除了那一小碟水煮花生和一小碟榨菜，其他一概凡能吃的，都被肖冬梅吃得一乾二淨。

她不禁「呀」了一聲。

她長到三十三歲，從沒親眼見過誰能以那麼快的速度吃光那麼些東西。儘管每樣都不太多。

肖冬梅口中還嚼著什麼，一隻手卻正捏著最後一小片麵包，在擦盛果醬的小碟。聽到胡雪玫的驚訝之聲，便抬頭看她，一點兒也沒因自己掃蕩式的饕餮而覺得不好意思。她毫不猶豫地將手中那一小片麵包塞入口中，因口中還嚼著，噎得翻起眼白才統統嚥下去。

胡雪玫又坐在她對面，目光一直沒離她臉。她將手伸向兌了咖啡的那杯奶時，胡雪玫打開了她的手，把她當一個三歲小孩兒似地說：「燙！」

於是胡雪玫的眼瞟向盛過糖拌番茄的盤子。番茄是被她吃光了，但還有滿滿一盤底兒糖水。她吃得口乾，急需喝點兒什麼潤潤嗓子。

胡雪玫又說：「你若把那點兒糖水也喝了，就不許再喝這杯裡的了。不是捨不得讓你喝，是為你好，怕你兩樣都喝了鬧肚子。」

肖冬梅的目光從盛番茄的盤子轉向了那滿滿一杯冒著熱氣的咖啡兌奶。她自小就喜歡吃糖拌番茄。但那對她來說，畢竟不是什麼稀罕的東西。而咖啡兌奶，卻是她從沒喝過的，並且從外國小說裡知道，是很「資產階級」的東西。

她立刻指著杯表態：「那我喝這杯子裡的！」

紅衛兵肖冬梅，正是從這一頓早餐開始，對於「資產階級生活方式」所提供的享受來者不拒的。當然，她是這樣想的——吃你們、喝你們、穿你們的、用你們的，但是我紅衛兵的一顆紅心永遠不會屬於你們！正如佛家弟子們破戒時的坦蕩想法：酒肉穿腸過，佛祖心中留。

胡雪玫似乎看透了她的想法，慢條斯理地說：「小姐，你別覺得不好意思。只要你自己不怕變成一個剝殼雞蛋似的白胖小姐，你是無論多麼能吃，也吃不窮我喝不窮我的。我的收入供你這麼吃這麼喝一輩子綽綽有餘。」

肖冬梅遲豫地問：「大姐，你是……」

「說下去。你以為我是什麼人？別吞吞吐吐的！」

「你父親曾是多大的一個資本家？」

「……」

「或者你父親那一代已經不是，你爺爺那一代才是？他們給你留下了多大一宗財產呢？」

「哈！哈！」胡雪玫雙手向左右空中伸展開來，隨後很響地拍在一起，接著將兩肘支在餐桌上，雙手又分開來托著下頦，以研究的目光望著肖冬梅，忍笑道，「你頭腦中為什麼總愛產生一些胡思亂想呢？他們要是給我留下過什麼財產，那我就永遠把他們的像供著，每天燒三遍香了！實話告訴你吧，我是出生後就被父母遺棄的苦命人兒。是養父母把我撫育大的。現在他們也都去世了。我在這個世界上沒有一個親人了……」她的口吻淡淡的，略帶感傷還有那麼幾分無所謂的玩世不恭，目光將四周環視了一遍頗為自豪地又說，「我不隨地吐痰，遵守交通規則，對人義氣，誠實納稅，是大大的良民。這個家以及家裡的一切，都是我當模特兒掙來的！不是用什麼不正當的手段得來的。」

「當什麼？」

肖冬梅沒聽說過「模特兒」一詞，但是這一詞中那個「特」字，使她對胡雪玫頓生戒心。她以為「模特兒」是模範特務的簡說。難道那種兌了咖啡的奶也會使人醉麼？否則她怎麼會連自己不該暴露的特殊身分都暴露了呢？看起來她隨隨便便的並不神神秘秘的，不太可能是美蔣方面的模範特務啊！那麼是我們自己國家的模範特務了？因為是模範特務，國家才允許她以這種非常「資產階級」的生活方式公然存在？她覺得如此推斷才符合邏輯。當胡雪玫正要開口向她解釋什麼是「模特兒」，她豎起一隻手制止道：「大姐你別說了，我不想對你知道得那麼多。」

胡雪玫一怔，睒起了眼睛，一時不明白她的心理又發生了什麼變化。

「現在不燙了，你喝吧。」

胡雪玫的下巴向那杯咖啡兌奶點了點。

肖冬梅緩緩伸手將杯取過，緩緩舉至唇邊，品嘗性地先呷了一小口，覺得苦，也怕醉，眼望著胡雪玫，猶豫不決。

「苦了就加點兒糖。」

在肖冬梅的年代裡，糖是按票供應的。而在她家鄉那個小縣城，憑票也往往一年到頭無處買糖。她自幼視糖為寶貴的東西之一。如果此種寶貴的東西是別人提供的，且又允許自己不限量地享用，那麼當然多多益善了！她五指並抓，將小碟裡的五、六塊白方糖都抓了起來，並且一起放到杯子裡去了。這下，杯裡的咖啡奶便往外溢了。她趕緊端起杯就喝。方糖未化，一塊塊隨奶入口，吐在杯裡又太沒個樣子，索性嚼著吃了下去……

胡雪玫看著又好氣又好笑，收了空盤子空碟乾脆離去。待她手拿抹布回來擦餐桌時，發現那只空盤子裡的糖水，也被肖冬梅喝盡了。

她皺眉道：「小姐，你鬧肚子我可不負責啊！」

肖冬梅卻一笑之後反問：「大姐，是只今天不許我洗臉了，還是連續幾天都不許我洗臉呢？」

胡雪玫又皺眉道：「我不許你洗臉幹什麼呢？我是讓你吃完飯再洗臉。」

「可誰都是先洗臉後吃飯……」

胡雪玫將抹布往桌上一摔：「我自有我的道理！哎，你他媽的煩不煩人？」

肖冬梅識趣而又明智地一聲不吭了。

胡雪玫一指抹布：「你擦！記住，這也是以後你該做的！然後你給我把手臉都洗得乾乾淨淨的！」

「過來，坐這兒！」

待肖冬梅從洗漱間出來，胡雪玫指著化妝鏡前的一隻小凳對她這麼說。

她也不敢再問什麼，乖乖地走過去坐下了。見小凳周圍鋪了報紙，又見胡雪玫將一條綢巾圍在自己頸上，並接著操起了剪刀，才明白胡雪玫究竟要對自己幹什麼。

她用雙手護住了頭：「大姐，求求你……」

「把手放下！要不先把你十個手指剪掉！」

胡雪玫的話十分嚴厲。

她不敢執拗，雙手剛一放下，耳邊但聽「卡嚓」一聲，洗臉時編紮起來的一條短辮已應聲落地，彷彿帶著一部分生命，微微蠕動了一下，散開地「死亡」了。

她雙唇剛一抿，被胡雪玫從鏡中發現，厲色警告：「敢哭！只要你掉一滴眼淚，我就把你剪成個禿頭！」

被人家在走投無路的情況下收留了，吃了人家的，喝了人家的，身上還穿著人家的，正所謂在人屋簷下，怎敢不低頭？罷、罷、罷，一頭烏黑好髮，在「文革」中自覺剪到了符合紅衛兵形象那麼短，現在卻又慘遭毒手，肖冬梅心裡很不是滋味兒。哪個到了愛美年齡的女孩兒不愛惜自己的頭髮呢？轉而又一想——他媽的隨你這位「模範特務」擺佈吧！反正是頭髮而不是頭，剪光了幾個月之後仍可長出……

這麼一想，她就真的忍住了淚。而且，索性閉上了雙眼，聽之任之。

剪髮之聲陣陣，不絕於耳。

接著有一股熱風，呼呼地伴隨著一陣電器飛轉的聲音直往頭上吹……

再接著大姐用手指往她額間、鼻樑和兩腮抹了點兒什麼，之後大姐柔軟的雙手對她的臉進行撫摸。撫摸得她臉上很舒服……

「寶貝兒，你眉毛很秀氣，但是那也得修整修整才更好看……」

於是肖冬梅覺得胡雪玫用什麼東西一根根拔下了她十幾根眉毛，分明的，隨之又為她描了眉……

她又覺得胡雪玫用什麼東西弄她眼睫毛，並為她描眼邊兒。

現在，有滑潤的東西塗在她雙唇上了，那感覺也很舒服。紅衛兵肖冬梅長那麼大第一次塗唇膏，而且是由別人往自己雙唇上塗的。彷彿女性滑潤微涼的手指從她雙唇上輕輕劃過，那一種舒服從她雙唇傳達到她心裡，使她心裡蕩起了從未體驗過的，難以形容和言說的，微妙又溫柔的反應。

「寶貝兒，真乖。濕濕嘴唇……」

於是她伸出舌尖兒，輕輕舔了舔上下唇。

綢巾從她頸上摘下來了。

「寶貝兒，睜開眼睛。」

肖冬梅不敢。她怕一睜眼睛，會從鏡中看到一個稀奇古怪，復原乏術的自己。

「你倒是睜開眼睛呀！」

胡雪玫的嘴湊在她耳旁，愛意綿綿地說，語調中充滿誘惑。顯然，為她忙了半天，是使她能看到一個驚喜。

「睜就睜！」

肖冬梅在心裡恨恨地說，猛睜開了雙眼。與她想像的結果恰恰相反，鏡中的自己並不稀奇古怪，而是變得特別的嫵媚俏麗了——她的頭髮被剪得很短很短，短得像一名初中男生的髮式。在她家鄉那座小縣城裡，普通的初中男生們是留偏分頭的，升入高中以後，才開始留分頭。那似乎是初中男生和高中男生的區別，也似乎是一條不成文的法。倘一名初中男生竟也留起了分頭，他的男同學們和女同學們，一定會一致地認為他心裡產生了某種不可告人的心思了，而老師們則會有根據懷疑他思想意識成問題了。

「才上初中，分的什麼頭？明天去理髮店把你那頭髮理短了！否則別來上學！」他必將受到這樣的警告。

倘他不在乎這樣的警告，那麼他必將被從學校驅逐回家。

沒有人曾解釋得清楚明白——一名初中男生一旦留起了分頭，怎麼就意味著他思想意識成問題了？

但是普遍的初中男生和女生，以及他們的老師和家長，都寧願接受這一共識。「一邊倒」使一切初中男生們看起來仍是些頭腦裡只有分數和貪玩兩件事的男孩子；分頭則似乎標誌著他們已由男孩子成長為青年了。他們憑了已留起分頭這一種資格，可以和他們的高中女生們眉頭傳情了。家長或老師即使發現了這一種隱私，也往往充聾作啞，不予干涉。因為，在那小縣城裡，十之七八的高中生們，畢業後是不打算考大學的。往往畢業後一、二年就工作緊接著就結婚了。而且，夫妻關係又往往是高中的同學關係。故中學男生們企盼著自己早日留起分頭來，也確乎是少年維特式的心思。分頭使高中男生們一個個看去開始有點兒男人味了。那是普遍的初中男生們特別羨慕特別嚮往的。初中畢業考試一結束，一個月至一個半月內，是縣城裡幾家理髮店最冷清的時日。些個初中男生們都迫不及待地留起分頭來，誰還進理髮店呢？

紅衛兵肖冬梅從沒想到過自己這名初中女生的頭髮已會被剪成分頭。當然胡雪玫替她剪的並不是分頭。而是正被中國大城市裡的女孩子們熱衷為時髦的一款青春髮式。這一款青春髮式，在對女性時尚追求有研究的專家學者們那兒叫做「赫本短髮」。因為據說早期世界級電影明星奧黛莉．赫本率先冒天下之大不韙地剪了極短的短髮，並讓她的形象攝影師拍了幾幅麗照登在許多國家的畫刊封面上。那髮式一反女性過分講究髮式的古久傳統，簡單得無須每每顧及，而且使女性增添了幾分少年的英俊氣質。女性的嫵媚與那一種彷彿少年的英俊氣質相結合，俏麗女性的美點便更加顯得天真爛漫生動可愛了……
紅衛兵肖冬梅望著鏡中的自己呆住了——那是我麼？那怎麼可能是我呢？她自幼便意識到自己是一個漂亮的女孩兒。上中學以後，她也曾多次地偷偷照鏡子欣賞自己。後來她就學會儘量地掩蓋自己的漂亮。因為漂亮太容易使別的女生覺得她和她們不一樣，也太容易引起男生們對她理所當然的想入非非。而這兩點加在一起的結果對她將是極為不利的。她會因此失去女生朋友。男生們對她的想入非非，彷彿也不僅僅是他們自身的罪過，也有她的責任似的了。

儘管她自幼便意識到自己是一個漂亮的女孩兒。卻從沒想像得到，自己竟會變得像鏡中那麼俏麗！對女性形象設計很有一套審美經驗的胡雪玫，在自己身上實踐的興趣已經不怎麼高了。確切地說她對在自己身上實踐已經多少有些厭倦了。她試圖從肖冬梅身上重新喚起那一種興趣，她達到了目的。

她使一名三十四年前的女中學生，變成了二〇〇一年人們司空見慣的又酷又俏的靚妹。客觀地說，她對紅衛兵肖冬梅那張原本秀麗的臉兒的化妝濃淡相宜，一點兒也沒過分。她為肖冬梅削剪成的極短髮式，看去的確也特別青春。但是一名三十四年前的女中學生的清純和紅衛兵的心理傲氣，卻是被她徹底地「加工」掉了。幾乎只有肖冬梅眼中那種對自己的新形象所感到的茫然不知所措和羞澀，還證明著她仍是三十四年前的她自己。

「俏麼？」

肖冬梅點點頭。

「滿意麼？」
肖冬梅不太自信，猶豫未答。
「走到街上，準酷倒一大片！」
肖冬梅不明白「酷」是什麼意思，側轉臉困惑地看她。
她也不解釋，將肖冬梅輕輕扯起，推向一旁，如同工藝師將自己完成的一件工藝品擺在一旁似的。接著便彎腰捲地上的報紙。肖冬梅想插手，被她用肩頭阻止住了。
「寶貝兒，別弄髒了手。」
「寶貝兒」的叫法，並未因肖冬梅的鄭重要求而廢止，且又多了「小姐」的叫法。肖冬梅無奈，只有由她愛叫「寶貝兒」便叫「寶貝兒」，愛叫「小姐」便叫「小姐」。她倒想通了，能被人當「寶貝兒」寵著，當「小姐」敬著，感覺上也怪不錯的呢！
胡雪玫用報紙捲走了落髮，回到客廳找了一個小本兒和一支筆遞給肖冬梅，對她說她應該開始學會些起碼的生活常識。
她一一指著電視機、影碟機、音響、電腦、傳真機、空調，以及熱水器、純淨水器、空氣清淨器，不厭其煩地傳授開關和使用的正確方法。肖冬梅邊看邊聽邊記，覺得自己宛如在什麼車間裡。
她想，資產階級這不是自討苦吃麼？把他們所喜歡享受的資產階級的生活方式，搞到了如此複雜的地步，怎麼就不覺得活得累呢？
但是資產階級的電視真他媽的好看！資產階級的影碟機真他媽的奇妙，怎麼塞入一個薄圓盤，電視裡就會出現外國電影呢？資產階級的音樂也真他媽的好聽，雖然聽不懂，但卻直聽得想要跟著叫、喊、蹦、扭！資產階級的電腦真好玩兒！怎麼按幾個鍵螢幕上就會出現一個字呢？他媽的居然還可以一個人和它打撲克牌！

資產階級怎麼就這麼聰明呢？怎麼發明了這麼多古古怪怪莫明其妙的東西呢！難道他們的大腦和無產階級的大腦天生就不一樣？

她暗自替無產階級感到沮喪。

胡雪玫傳授完，她記完時，已經密密麻麻一二三四ＡＢＣＤ記了數頁。僅插頭一項，就記了二十幾個！

在胡雪玫三室兩廳一百三十多平米的空間裡，對紅衛兵肖冬梅來說有著太多太多新事物。她沒見過牙刷頭是三角形的牙刷。她從沒用過洗髮液、洗浴液之類。在六二年她是小學生時，整整半年裡她和姐姐和媽媽甚至捨不得用肥皂洗頭，而用鹼水洗。那半年裡她全家珍惜地使用著一塊香皂，而且香皂是父親的老友從大城市寄來的。

還有冰箱、微波爐——唉，唉，家裡要是也擁有這兩樣資產階級的東西，媽媽將會感到多麼的方便啊！媽媽常因夏天的剩飯菜餿了變味了而心疼，也常因起來晚了全家人都顧不上吃早飯而內疚。

「都記明白了麼？」

「記明白是記明白了，可……」

「又吞吞吐吐的，說！」

「要熟練掌握，就得反覆操作，是不大姐？」

「那當然！」

「我什麼時候想練習著操作都可以麼？」

「這還用問！」

肖冬梅心中暗暗一喜——他媽的，那就可以隨便看資產階級好看的電視和影碟了！不看白不看！她相信憑自己有一顆忠於無產階級的紅心，那是中不了資產階級那點子毒的。即使中毒了也不要緊呀，靈魂深處爆發革命、鬥資批修唄！

胡雪玫從衣架上扯下自己的小包兒，拎著，另一隻手拉著肖冬梅的手，又將她帶到了餐桌那兒。

「坐下。」

肖冬梅乖乖坐在她對面，眼瞥向冰箱。她已經知道，好吃的東西都在冰箱裡，以為胡雪玫又會從冰箱裡取出什麼好吃的東西獎賞她的乖巧。儘管她已經覺得胃脹了。

「眼睛看看我。」

肖冬梅收回目光，卑順地望著胡雪玫。

「現在，咱們談談工錢。」

「大姐，什麼工錢呀？」

「從今天起，我正式雇你做阿姨。」

「雇我？」

「對。」

「做你的……阿姨？」

「對。開個價吧。」

「做你的阿姨……你還要給我錢？不不不，這怎麼行呢？你不是說你把我當妹妹一樣看待了麼？我叫你大姐，你再反過來叫我阿姨，那成了怎麼回事兒了呢？」

肖冬梅糊塗極了。

「我簡直是在對牛彈琴！我是讓你做幫我幹家務的阿姨，不是讓你在輩分上做我的阿姨！有時我也會叫你阿姨，但那不等於我是在把你當一位阿姨！懂不？」

胡雪玫越想簡單明瞭地解釋清楚，卻反而使肖冬梅越聽越糊塗。

她搖著頭誠實地說：「不懂。大姐，幫你幹家務我是非常願意的……但那您也犯不上非得叫我阿姨啊！」

「算啦，不懂就先不懂吧！這並不妨礙咱們談工錢問題。你說你每月要多少錢吧！」

「一分錢也不要。」

肖冬梅這會兒忽又想到了姐姐，想到了李建國和趙衛東。儘管眼前這位資產階級傻大姐對自己可以說是太好了，但親姐姐和戰友們下落不明，凶吉未卜，自己怎麼能給她做什麼「阿姨」呢？一找到了姐姐們，說走就得走哇！報答總歸是要報答的，方式很多嘛！

「別假惺惺。我也不願承擔剝削的罪名！頭一個月先給你四百，行不？」

肖冬梅頓時瞪大了眼睛。

「大姐，你……你……瘋啦……」

父親和母親商商議議，節儉度日，十幾年來也不過存下了四百多元錢！

「我怎麼瘋了？嫌少？好，再加給你一百！五百行了吧？聽明白啊，半年內就給你這個工資了！」

胡雪玫拉開了包，抽出五張百元鈔，一張又一張分散開來放在肖冬梅眼皮底下。

紅衛兵肖冬梅從未見過百元鈔。她懷疑那是假的。但是上面的四位偉人頭像，她卻是一眼就認出來的。毛主席、周總理、朱總司令……多親切的頭像啊！可夾在朱總司令和周總理之間的又是誰的頭像呢？咦？！那不是「黨內頭號走資本主義道路的當權派」劉少奇的頭像麼？

不是假錢可怎麼解釋呢？使用假錢是犯罪的，這一點她明白。大姐她哪兒來的假錢呢？

哦，對了，對了，她不是說過她是「模特兒」也就是「模範特務」麼？工作性質需要吧？

難怪難怪，假錢她當然給的大方啦！但她還是覺得新奇，拿起一張，將劉少奇的頭像用一根手指擋住，以無限崇敬的目光注視著另三位偉人的頭像。

胡雪玫有一個習慣，不論前一天晚上洗過澡沒有，第二天早晨都是要進行冷水淋浴的。她相信那是保持苗條身材和皮膚光潔的好方法。

「你那麼看幹嘛？我會給你假錢麼？」

胡雪玫嘟噥著，便起身淋浴去了……

她從洗漱室出來，見肖冬梅面對電視機，緊閉雙眼坐在沙發上。肖冬梅一感覺到她走近前來，連忙雙手捂臉，同時急切分辯：「不是我偏要看那個，大姐不是我偏要看那個……那個偏……我也沒辦法呀……」

胡雪玫發現她脖子都紅了。甚至，連裸露著的上胸白皙的膚色，也因充血而泛紅了。再看電視，明白她為什麼那樣兒了——原來她趁胡雪玫淋浴時，自己塞入了一盤碟，自己開機觀看。那是一盤美國三級片，片頭一過就是赤裸裸的男人和赤裸裸的女人在椅上做愛的畫面。慌亂中她按錯了鍵，結果那個畫面定住在電視機螢幕上了……

胡雪玫見她羞得可憐，忍不住噗哧笑了。她從「寶貝兒」手中奪下遙控器，關了機，也不說那事兒，轉身坐在肖紅梅坐過的小凳上，開始對自己的臉進行細微的化妝。一改往日習慣，這一天她化的也是淡妝。妝罷，仍穿昨日那件旗袍。接著找出一件綠色的鉤織小衫，命肖冬梅穿上。肖冬梅見她不提那件使自己難堪之極的事，也明智地不再替自己辯白。胡雪玫又找出一隻精巧的小坤包，命肖冬梅搭在肩上。

「寶貝兒，過來。」肖冬梅走到鏡前，小鳥依人地偎站在她身旁。

「是不是更像姐妹倆了？」肖冬梅趕緊取悅地點頭。

的確，鏡中的她們，那麼的像一對姐妹佳麗。

「我帶你出去認識認識我的朋友們，也熟悉熟悉這座城市。」

於是她們就雙雙逛街去了。

4

在胡雪玫的帶領之下，肖冬梅又到了步行街上。依然是一個陽光明媚的好天氣，而且是星期日，在步行街上悠然閒逛的人比昨天更多。「姐妹」倆頻頻招致回望的目光。肖冬梅被望得一路不自在，她覺得某些男人望在自己身上的目光像長著鉤子似的。她一被望，立刻低下頭，同時將胡雪玫的手握得更緊。彷彿一個怕生的小女孩兒，唯恐手一鬆，被大人丟了。接著有可能被壞人拐去。

每當這時，胡雪玫就悄悄嗔怪地對她說：「抬起頭！沒點兒回頭率，我不是白在你身上下工夫了麼！」

胡雪玫看出了「大姐」的自我感覺非常之良好，也不需要「大姐」進一步講解，就明白了「回頭率」這一聞所未聞的新詞兒的意思。她聯想到在家鄉那座小縣城裡，自己和親姐姐冬雲雙雙走在街上時，「回頭率」也是挺高的。既然自己招致回望從來都是一個事實，那麼也就很正常了。

這麼一想，別人回望她，她也就勇於迎視著人家不再低下頭去了。如果是年長於她的女人回望她，她便報以禮貌的稍許有點兒羞澀的微笑；如果是和她年齡差不多的青春女孩兒們回望她，她就學「大姐」早上的語調友好地對人家說：「嗨哎……」，結果呢，她們反而低下了頭去，反而顯出羞澀的樣子。她頗能理解她們為什麼那樣。那是自愧弗如的表現啊！這時她的心理就變得有點兒複雜了，一方面產生一種形象居上的優越感；一方面很體恤對方的自愧弗如，同時暗暗責怪「大姐」，不該將自己改變得如此徹底如此青春勃發魅力四射。這多「脫離群眾」呢？倘回望她的是男人們，尤其是些大男人們時，她就會微微翹起下頦，顯出一副莊重又高傲的模樣，迎視過去一種近乎冷峻的目光。她那種目光裡有「話」。那「話」的意思是——可勁兒看吧。看也白看！只是千萬別耽誤了您的行走……結果，他們無一不趕緊望向別處。

重新出現在步行街上，並且改變了紅衛兵形象，根本不必擔心有人會認出自己來了，還頻頻招致「回頭率」，還無師自通地掌握了一套迎視「回頭率」的技巧，她的感覺也漸漸自信，漸漸良好起來。心情和腳步，漸漸變得悠閒了。

她敢於公然地向街兩邊那些昨晚使她一望之下頓時臉紅心跳的廣告望而又望了。並且，它們似乎不能再使她感到驚恐了。甚至，她有點兒欣賞起來了。廣告上那些男子多英俊啊！那些女子多美麗啊！她們的長腿，她們的秀足，她們的玉手，她們的紅唇，她們的媚眼，她們的豐乳，她們的纖腰，她們的瀑髮，一經放大，多麼的迷人動人啊！昨晚沒看到廣告上那些字，現在她看到了。也就明白了——那些廣告上的女人以及她們的面容或身體之某一部分的特寫的作用了。

胡雪玫見她左看右看，像第一次進動物園的兒童似的，不扯她一下就忘了跟著自己走，終於忍不住板起臉說：「沒見過呀！」

肖冬梅一愣。這紅衛兵迅速在頭腦中進行了一番思考，之後明智地回答：「見過呀。」

「見過？」

肖冬梅臉紅了，彷彿一個人的謊話被懷疑著了。但是她轉而又想，回答見過畢竟比回答沒見過好。倘自己做了後一種回答，那不等於在強調自己不是當代人了麼？何況，從前沒見過，昨天晚上卻是見過的啊。即使大姐一時較真起來，也不能算自己撒謊呀。這麼一想，她臉上的紅暈，瞬間褪了，表情同時恢復了自然。

胡雪玫把她研究地看了幾秒鐘，什麼都沒再說，輕輕抓起了她的手，領著神經有毛病的孩子似的往前走。雖然什麼都沒說，心裡卻不免犯了一陣嘀咕——胡雪玫胡雪玫，現如今的社會究竟複雜到什麼程度你可是一清二楚的，鬼靈精怪的小女子編身世編遭遇把人騙得如墜五里霧中的荒唐事兒還少麼？一個小女子秀秀麗麗，文文靜靜，動輒臉紅，不是簡直可愛到了不真實的程度了麼？究竟是你在家門口「撿」了她，還是她心懷鬼胎接近到你身邊來，你真的像你自以為的那麼胸中有數麼？你呀，你呀，你可以由著你的性子喜歡她，像喜歡一條可愛的小狗或一隻可愛的小貓那樣，但是你絕不可以完全喪失了對她的戒心！難道你沒看出，她是多麼的善於察言觀色揣摩人意啊！現在的她與昨天夜裡相比，甚至與今天早上相比，哪兒還能看出半點兒精神有毛病的樣子喲？如果確乎沒有，那她昨天夜裡和今天早上為什麼要裝？

「大姐，你怎麼不說話了？」

胡雪玫一邊走一邊扭頭看肖冬梅，見她也正一邊走一邊側著臉，翹著下巴看自己。肖冬梅眼中有一絲本能的不安，那本能是在十幾小時內形成的。也確乎如胡雪玫所認為的，在十幾小時內，她還形成了另一種本能，那就是察言觀色揣摩人意的本能。這兩種本能反應在她眼中和臉上，怎麼會是胡雪玫看不出來的呢！只不過胡雪玫當成是她的狡黠罷了。

胡雪玫笑笑，還是不說話。

「大姐，你一不說話，我就以為你不高興了。」

胡雪玫還是不說話，抓著肖冬梅的手走下了過街通道。

二人從通道上來，肖冬梅又說：「姐，你是不是生我什麼氣了？」

三十四年前的小女紅衛兵是太在乎她的「大姐」的情緒了。因為她覺得她對自己的命運已經完全喪失了把握的能動性，只有徹底被動地依附於這個「大姐」了。所以她難免動輒處於惴惴不安，小心翼翼甚至低聲下氣的可憐兮兮的境地。

胡雪玫卻就是不再開口跟她說話。她一刻不放地抓著肖冬梅的手，在比肩接踵的人流中快步前行，彷彿一條魚在魚群中自如無礙地游弋。我們都知道的，無論魚群多麼密集，也無論魚群忽東還是忽西，任何一條魚都是絕然不會撞著另外一條魚的。天空上即使黑壓壓一片飛翔著的鳥群也是這樣。魚和鳥的這一種本領是高超於人類的。胡雪玫正是以那麼一種高超的本領快步前行著。她是步行街上的常客，幾乎每天一次地那樣子走在步行街上，也可以說是「訓練」有素了。但肖冬梅卻是從未經過和她一樣的「訓練」的，肖冬梅不斷撞在別人身上，或被別人迎面撞著。不管是自己撞了別人還是別人撞了自己，她都說對不起對不起。不斷地撞了別人或被別人撞，不停地說著對不起對不起。那情形好比是被胡雪玫用鏈子牽著的一條小狗，由於行人密集，看不見主人的身影，只能跟著感覺走。

在一家門面裝修十分講究的冷飲店前，胡雪玫終於駐足。可憐肖冬梅已是氣喘吁吁，額頭鬢角掛著細小的汗珠了。她掏出手絹正想擦，手背上被胡雪玫的手打了一下。不待她的手臂從眼面前垂下，胡雪玫已從她手中奪去手絹，一邊替她輕輕拭著汗珠，一邊以教訓的口吻說：「記住，化了妝的臉出了汗，是不能把手絹當毛巾那麼擦的。那麼一擦，不變成花臉貓才怪呢！」

胡雪玫將手絹塞在她手裡之後，又嚴肅地說：「一會兒你將見到我的幾位朋友。而我要向他們鄭重地介紹你是我妹妹……」

肖冬梅說：「難道我不是你妹妹麼？」

「別打斷我的話！」

胡雪玫的語調愛恨交織。肖冬梅原本便是聰明伶俐的少女，命運向她開的玩笑，使她的內心反應更加快速而細緻了。她當然聽得出胡雪玫語調中所包含的每一種成分，也當然能從僅僅十幾小時的接觸得出相當接近事實的判斷——對方是因獨身生活的寂寞而忽然需要自己；是因自己幾乎對這個時代一無所知而對自己發生興趣；是因自己惹人憐惜的容貌而喜歡自己；是因自己身無一文舉目無親的處境而同情自己的。這種種因素使對方願意將自己留在對方的家裡，並充當身分優越的保護人的角色。

而對方恨自己，哦，不，那也絕不是恨，只不過是厭煩。對的，正是厭煩。而對方厭煩自己，顯然的，乃因自己的彷彿神神秘秘的來歷。這一種彷彿神神秘秘的來歷，同樣顯然的，給對方的感覺是裝傻充愣，弄虛作假。於是肖冬梅清醒地認識到，自己變成了人家「妹妹」的結果，其實並不比流落街頭舉目無親食宿無依強到哪兒去。因為成了人家「妹妹」便須時時處處取悅於人家的那份兒自己並不情願的賣乖，對她而言，是和向人乞憐乞討同等卑下的。

紅衛兵肖冬梅深隱起內心的屈辱，臉上作出了一種與內心感受相反的天真又愚鈍的笑。她想，也許，裝得愚鈍點兒畢竟要比顯得太聰明對自己有利吧？

不料胡雪玫雙目睜得圓圓地瞪著她低聲說：「別裝傻笑！你以為你傻笑我就會認為你真傻呀？你他媽的要麼是一個天外來客成心戲弄我，要麼是經江湖高師指點的小人精，打算由我這兒得一份詐騙有術的優良考卷自鳴得意也給你高師些欣慰！但不管你屬於哪一種情況，我都將留你在身邊，陪你演戲演到底！總之你這個來歷不明高深莫測的妹妹我是認定了，直至你的真實來歷和企圖徹底暴露為止！」

紅衛兵肖冬梅默默聽著文藝個體戶胡雪玫的話，內心的屈辱漸增十倍。她對此姐也是愛恨參半的。在這一座舉目無親又給她以強烈的光怪陸離印象的城市裡，對方是她唯一可以一愛的人。如果迫不得已的乖順的依賴心理算是一種愛的話。至於恨，內容則相當複雜了。它首先包含對一位「模範特務」所享受的未免太高級了的生活待遇的氣不忿。她家鄉的小縣城裡有一位老紅軍，為革命落下了一級傷殘，每月也不過享受三十幾元的「光榮津貼」。一比就比出了不公平嘛！當然還包含著對一位「模範特務」的優越感的氣不忿。有什麼了不起呀，無非是「模範特務」而已嘛！黨給你這一份不尋常的「工作」，你更應該言行謹慎，身分深藏不露才是啊！何必動輒在人前頤指氣使，大擺不尋常的架子呢？

肖冬梅內心裡對胡雪玫的看法的這一面，胡雪玫是完全猜想不到的。實際上，她對肖冬梅這個撿來的小喪家犬般可憐又可愛的「妹妹」一點兒都不設防。除了防偷，她不認為對肖冬梅另外還該有什麼設防的必要。她判斷人的經驗告訴她，肖冬梅既不是那種想偷東西也不是那種想行騙的女孩兒。

她剛才那番刻薄言語，純粹是她一向的本色。那麼說覺著嘴上一時痛快罷了。她是典型的刀子嘴豆腐心的一類女人。至於優越感，在肖冬梅面前自然是有些的。哪個自願的監護人在被監護者面前沒有幾分心理優越感啊？但架子，她是絲毫也不曾擺過的。買房子和買車差不多花去了她掙的大部分錢。她得趕快再掙錢，否則就坐吃山空了。她已經是一個過氣了的三流歌星了，已經很難獲得參加「走穴幫」的機會了。連在大飯店裡唱唱，都要靠面子了。而作為模特兒，就差幾個月三十四歲的她，已經面臨著將遭淘汰的窘況了。

曾有一位籌備投資拍電視劇的「大款」信誓旦旦地向她承諾，可以讓她在一部二十集的什麼「現代心理恐怖」劇中演女配角，哄她同床共枕了幾次，事情卻不了了之了。「大款」推說「不識大款抬舉的導演」拒絕她。而導演罵「大款」是王八蛋，攝製班子都湊齊了，資金問題竟還沒落實。後來她進一步瞭解的真實情況是──那「大款」根本不是什麼「大款」，而是大大的吹牛皮大王。靠吹牛皮混吃混喝混人緣兒，偶爾得計，也會「混」到二百五女人身上去。瞭解了真實情況，她只有自認倒楣。自認是二百五女人。她是個內心深處越暗暗的憂慮，表面上越要裝出活得瀟灑活得快樂的女人，也是個越掙不到錢的日子裡花錢越大方的女人，總之是個死要面子的女人。正因為死要面子在這座城市裡才維護著最後那一種貶值得薄薄的面子。

胡雪玫扯著肖冬梅的手兒走進那一家冷飲店，立刻有一個四十多歲的禿頂男人發現了她們，起身大聲地旁若無人地打招呼：「嗨，玫玫，我們都在這兒吶！」

在憑窗處，兩張餐桌擺在了一起，已有四個男人一個纖小的女子坐在那兒。胡雪玫繼續扯著肖冬梅的手兒走了過去，先自坐定於兩把椅子中的一把。

肖冬梅卻並沒與「姐姐」同時落坐。她望著那纖小的女子近乎濃妝豔抹的臉一時望得出了神，暗猜對方究竟芳齡幾何。她從對方的臉不能一下子自信地得出結論，於是目光轉移向對方那一雙小手兒上。對方那一雙小手兒的十個指甲也塗得鮮紅。一隻的指間夾著煙，另一隻拿著鋼勺，一勺一勺刮起霜淇淋埋著的半顆同樣鮮紅的櫻桃。而那櫻桃陷在乳白的霜淇淋中，如從對方的某一指上拔下來的鮮紅的指甲。它一時被霜淇淋埋住，一時又因乳白色的霜淇淋的滑淌重現它的誘人的鮮紅。

肖冬梅也自有一種判斷人的年齡的經驗，那就是從人的手得出的結論。對方那雙白皙的小手兒告訴她，對方的年齡與她的年齡不相上下，肯定只有十六、七歲。她暗暗驚訝於一個十六、七歲的女孩兒竟把自己的臉搞到那麼讓人不忍看的地步，也暗暗慶幸「姐姐」沒把她的臉也搞到那種地步。她未留意到，當她望著別人的臉的那會兒，四個男人的目光，也都被她齊刷刷地吸引著了。這一點自然逃不過胡雪玫的眼，她拽了肖冬梅的手一下悄悄說：「給我坐下。」

紅衛兵肖冬梅這才省悟到自己那麼盯著別人的臉是多麼的無禮。她不好意思起來，紅了臉款款地剛一坐下，剛才向她們打招呼的男人便問胡雪玫：「介紹介紹，這位靚妹是誰呀？」

「難道你就看不出來？」胡雪玫從侍者小姐手中接過及時送來的一盤霜淇淋，以考察對方智商的口吻反問著。

「魅力四射，耀花眼了，實在看不出來。」

「我妹妹。」
「你還有一個妹妹？」
「好俏麗的一個妹妹！」
「像你！太像十幾年前的你了！」
四個男人的目光仍膠著在肖冬梅身上，使她感到一種傷害。她只得低下頭，掩飾地開始吃自己面前那一盤霜淇淋。此前她從未有過被四個大男人的目光一起侵犯般地近距離盯著看的體驗。以她的年齡，在她所處的年代，這一種情形是不太容易發生的。她所處那個時代的大男人們，和今天的男人們相比即使在本質上沒什麼區別，表面的正經也還是要裝得過去的。
「你妹妹還在讀中學吧？」
「小瞧人，已經大學了！」
「已經大學了？不像不像！小妹，在哪所大學讀書啊？」
紅衛兵肖冬梅沒想到「大姐」會當著她的面胡說八道，更沒想到會被覺得不安全的男人口中親親暱暱地也叫著小妹那麼問。
「在……」
她一時不知如何回答才好，更加不敢抬頭。
「在電影學院。」
「大姐」隨口代言地就替她回答了。

「電影學院？哪個電影學院？」

「問的奇怪，當然是北京電影學院！」

「大姐」又替她回答了。

於是男人們齊發一聲「呀」，彷彿話語已不足以表達他們對她的刮目相看。

不料坐在她斜對面的小女子不屑地說：「現在想真正學點兒表演的才不上電影學院呢，都熱衷於報中央戲劇學院了！」

「是嗎？」胡雪玫的目光冷冷望向那小女子，接著如數家珍地道出一串在媒體中被炒得兩面兒全焦的影視演員們的名字，然後以記者較真發問那種口吻說：「他們不都畢業於電影學院麼？至於中戲嘛，我妹妹去年也同時被中戲錄取了。是我決定她最好還是進電影學院的。她在大事上一向靠我作主，是吧小妹？」

肖冬梅低聲說：「是……」

她認為自己必須抬起一次頭了。否則，她覺得男人們一定會對「大姐」的話產生懷疑了。於是她抬起頭燦然一笑。她的目光首先接觸到的是斜對面那個妝化得有幾分妖冶的小女子的目光，對方輕輕哼了一聲，將臉轉向了窗子。她看出對方是由於被四個男人的目光和話題冷落而生氣了，便立刻又不知如何是好地低下了頭。

而「大姐」似乎更加信口開河。「大姐」一本正經地說她這位妹妹雖然還沒畢業但已經片約不斷了。說連美國都有一位常駐中國的廣告商對她的形象和氣質極為欣賞，打算在她寒假時，重金聘請她到美國去為福特汽車公司拍廣告。重金之外，還要送她一輛福特汽車……

美國？美帝國主義呀！

多麼可怕的兩個字，豈是可以在公開場合談論的麼？她甚至忐忑不安得屏息了幾秒鐘。但一想到「大姐」的真實身分是「模範特務」，一顆心才又安定下來。

接著那幾個男人就一一向「大姐」獻策——他們的話她聽不大明白，但總的意思還是明白的。都是在替「大姐」出怎樣才能輕鬆容易地賺幾筆大錢的主意。「大姐」一會兒顯出感興趣的樣子盯著對方的臉側耳聆聽，一會兒搖頭淡然否定地說沒意思。紅衛兵肖冬梅聽著心裡直困惑。她暗想「模範特務」還需要自己掙錢麼？活動經費不是要由國家安全部門暗中支付的嗎？生活費不是包括在活動經費裡的麼？

後來四個男人之中有一個男人提議到哪兒去玩玩，於是她隨著「大姐」們離開了冷飲店。「大姐」們將她帶到了一處保齡球場。此前她從未聽說過保齡球這一種球，更沒有親手抓起過。每次擲出的球都撞不倒幾隻瓶。於是四個男人都熱心地來充當她的教練。而「大姐」似乎正樂得自玩自的。「大姐」保齡球打得很出色，姿勢優美，得分也高。那個妝化得近乎妖冶的小女子顯然無法忍受被四個男人一起冷落的滋味兒，撇下一句「今天玩的沒勁」，就索然而去了。

「大姐」分明一切都看在眼裡，一切都正中下懷，卻還要煞有介事地問：「咦，那小破妞兒怎麼說走就走了？」

一個「破」字，道出了「大姐」比十分還多二分的輕蔑，和因那女孩兒遭到顯然的又沒有心理準備的冷落而感到的幸災樂禍。肖冬梅比較的能理解「大姐」對那女孩兒的輕蔑，卻不怎麼理解「大姐」的幸災樂禍。她自己甚至對那女孩兒暗生歉疚。因為她也看得分明，在她和「大姐」沒到來之前，四個男人肯定都是竭力取悅於那個女孩兒的。而此時四個男人卻說：

「隨她去！」

「別談她。談她敗我們的興，我們繼續玩兒我們的！」

「人比人，比死人。有咱們小妹在眼前，她簡直就一點兒氣質也沒有，讓人覺著俗不可耐了！」

「就是。咱們小妹多有氣質，多清純，多超凡脫俗。」

男人們的褒貶，使肖冬梅一陣陣地替那女孩兒難過，也一陣陣地又難為情又彆扭。此前從沒有男人這麼討好她。她不習慣被些個大男人這麼讚美。那些讚美的話語在她聽來不僅肉麻，而且居心不良。她不明白「大姐」為什麼不呵斥他們，反而高興他們那樣似的。在她所處的時代，倘四個大男人一起對一名初中女生甜言蜜語大獻殷勤，那將不但涉及他們的思想意識問題，而且極可能被定成一樁性質嚴重的事件。怎麼這座城市的這四個大男人敢於如此的肆無忌憚呢？他們都是些什麼人呢？那女孩兒又是個怎樣的女孩兒呢？她內心狐疑種種。在四名「教練」的指導之下，她很快也能連獲高分，引起他們的陣陣喝彩了。她剛上癮，「大姐」卻累了。

一個男人看了一眼手錶說：「那咱們就吃飯去吧！」

於是她隨著「大姐」們一行人，又到一個挺高級的飯店吃海鮮。

紅衛兵肖冬梅的家鄉是一個山區小縣，在她所處的年代，只有每年的春節才能吃到幾頓魚，而且

「刀魚」。

是憑票供應，而且一向是「刀魚」。家鄉的人們叫帶魚是「刀魚」。

事實上她只見過兩種魚。一種是「刀魚」，一種是金魚。金魚是她在她所處的年代，比她家鄉的同齡人們多見到過的一種魚。因為全縣養金魚的人家只有幾戶。都是頗有地位的人家。而她家是那幾戶人家之一。她家曾養過的四條金魚，乃是爸爸的老友們從省城給她家帶來的。也是她家曾收到過的一切禮物中最為珍貴的。從沒見過金魚的她的同學們，曾三五成群地要求到她家裡去觀賞金魚。許多同學還將自己第一次看見金魚的新奇感受寫成了作文。生物老師還命她將她家的魚缸捧到學校裡去過，為的是使全班同學都能對魚類知識開開眼界。

如果說在她所處的年代，在她的家鄉，她和她的姐姐以及某些同學們還見過第三種魚，那麼就是鯉魚了。在她所處的年代，鯉魚被特別普遍地印在年畫上，通常的畫法是被一個極白極胖的男娃娃抱在懷裡，取「富富有餘」的吉意。至於蝦，指真的蝦，在她所處的年代，在她家鄉的那個地處山區的小縣城裡，她和姐姐以及所有她的同齡人們，是只聽說過而絕然沒見過的。

她隨姐姐們所去的飯店是「海味齋」。大堂四周一排排巨大的魚缸裡，養著各種各樣的魚、蝦、蟹、鱉、蛤、蜆、貝。對於紅衛兵肖冬梅來說，那情形簡直是歎為觀止的，以至於她忘了自己是隨著「大姐」們前去吃的。她彷彿去到的不是什麼「海味齋」，而是「水族館」。她從緊靠門的第一排魚缸繞著大堂四周看將過去，「大姐」連喚她幾聲她都沒聽見，以至於「大姐」不得不走到她身旁去扯她，同時低聲告誡她：「別露怯！別忘了你是見過世面的，是北京電影學院表演系前途遠大的學生！」

紅衛兵肖冬梅出生於這個世界上十六年以來，第一次品嘗到了那麼多道鮮美的海味兒。唯一使她猶猶豫豫不太敢吃的是「醉蝦」。那些初浸於酒的蝦，更加的活蹦亂跳。四個男人都說，吃的就是眼見著的那一股生猛勁兒，並且邊說邊都下手抓起來剝嚼囁咂。那情形彷彿將硬殼蟲當成香酥糖的非洲土著人似的，直看得個肖冬梅目瞪口呆。她以為「大姐」是斷不會像四個男人們一樣忍心下嘴而且吃得不成體統的，斜眼朝「大姐」一乜，但見「大姐」竟也是爭先恐後雙手齊下地大快朵頤著。

「大姐」發現了她那一乜，嗔道：「別裝斯文，你不是一向最愛吃這一口的嗎？」

於是男人們的目光也都一齊定格，同時奇怪地看她。

紅衛兵肖冬梅的頭腦之中隨即自然而然地出現了一條毛主席語錄是——「想知道梨子的滋味兒嗎？那就要親口嘗一嘗。」

她尋思——不吃，必被四個男人懷疑到底是不是北京電影學院表演系的學生。若是，在北京，「醉蝦」總是吃過的吧？紅衛兵敢上九天攬月，敢下五洋抓鱉，還怕餐桌上的些個小小蝦子麼？何況是醉了也不會蹦到人身上咬人的些個小小蝦子。這麼一尋思，明智加蔑視，便陡生一股英雄主義氣概，臉上可愛地微笑著，伸手抓起了一隻。

一個男人鼓勵地說：「這就對了。大哥們都是你姐的親密朋友，那麼你也就是我們的小妹妹一樣了。你太斯文，我們反而不知如何是好了！」

「大姐」那會兒已剝光了一隻，二指輕輕捏著，正一下反一下，兩面兒都沾了佐料，佯裝出一臉慈母般的愛意，捏著便朝她嘴裡塞，還一邊說：「我這小妹從小嬌慣了，吃包子只掏餡兒吃，吃什麼要剝的東西都是家人替她剝……」

肖冬梅吃下了那一隻醉蝦，頓覺其鮮其嫩妙不可言。而男人們聽了「大姐」的話，一隻接一隻將剝光了兩面兒都沾過了佐料的蝦往她的小盤裡放。她漸漸吃得上癮。男人們看著，不，也可以說是欣賞著她那一種貪饞的吃相，一個個顯得十分高興。一個男人竟召來侍者小姐又專為滿足她的需求添了半斤。

經歷了糧食困難時期，上中學以後口糧定量才二十八斤半，且副食極其匱乏的她那個年代的中學女生，神經系統所遭到的「餓」字的破壞尚未得以恢復，胃口普遍比今天的中學女生們大得多。她吃了不少醉蝦，竟還能津津有味兒地吃別種的海鮮。這也不免使男人們對她有點兒目瞪口呆起來。

「大姐」的手暗在她腿上擰了一下。

「大姐」說：「我妹今年以來又貪長，要不一個女孩兒家哪兒像她能吃這麼多！」

正巧上來了魚肉水晶包兒。「大姐」的話使她意識到了自己的失態，失態就容易又引起懷疑啊！自己得為「大姐」的謊話負責到底啊！於是她趕緊再往回找嬌嬌小妹的那份感覺。那份兒感覺也是她此前沒體會過的，因為她的親姐姐肖冬雲只比她大兩歲，她在親姐姐面前從不嬌，在父母面前也從不嬌。

她用筷子夾起一個水晶包兒，小小地咬了一口，然後放在盤兒裡，然後將筷子伸入「洞」去，將成丸的餡夾碎，再然後一筷子一筷子弄出來吃。那樣兒也就不像是人在吃包子，而像小猴用樹枝從蜂窩裡往外沾蜜了。

「大姐」什麼都不吃了。「大姐」飲了一口啤酒，以讚賞的目光默默望著她進行表演。四個男人，也都看著她那麼吃包子看得饒有興趣。

她終於將一個包子掏空，將小盤往「大姐」面前輕輕一推，低語嬌聲地說：「姐你替我吃皮兒吧。」

「大姐」笑了，笑得那麼高興。「大姐」期待的正是她這最後的表演。

「大姐」重操筷子，一邊夾起那包子皮兒，一邊以數落的口吻說：「唉，小妹呀小妹，你這毛病可什麼時候才能改呢？愁死我啦！」

四個男人便都笑將起來。

其中一個說：「別愁別愁。以後只要有我們中的誰在座，只要小妹又吃的是包子，保證都會樂不得地替小妹吃包子皮兒！」

二十一世紀初年的中國男人，十之八九那是狗嘴吐不出象牙來。每個人肚子裡的「黃段子」，比前兩年更葷。接著他們就喝著酒輪番地向外抖落起來，隱晦些的，肖冬梅自然想聽懂也聽不懂；而那一套一套過分露骨甚至直接涉及男女羞處的，她是想裝得聽不懂也裝不像。她以為「大姐」一定會抗議。不料「大姐」非但不抗議，而且顯然的自己肚子裡也有許多，自己也板著臉往外抖落。彷彿那四個男人也是女人。彷彿她是在和「她們」談廚房裡煎炒烹炸一類的話題。尤其令她暗暗訝然的是，「大姐」講的最露骨最臊人。「大姐」卻絲毫也不覺得害臊，不但板著臉，而且簡直是一臉的嚴肅。倒是四個男人聽得都不大自在了。他們的不自在中，還包含著小巫見大巫，班門弄斧的自愧弗如。起初肖冬梅還能命令自己低了頭面紅耳赤地坐著，後來實在聽不得，起身說了句「姐我看魚去」，走為上策。

她聽到一個男人在她背後說：「我看你妹太純，咱們污染她了吧？」

也聽到「大姐」這麼說：「當我妹妹還在幼稚園啊？她那雙耳朵什麼黃色的段子沒聽過？她肚子裡黃色的段子多著吶！別忘了她是從北京回來看我的！我們講這些，都是人家北京人早幾年講得不願再講的邊角料……」

她暗想「大姐」一定是喝多了，醉了。暗想人怎麼還不如蝦呢？蝦醉了起碼不下流。

她恨不得返身回去，朝「大姐」臉上啐一口，罵她：「真不要臉！我才不像你說的那樣兒呢！也不許你公開誣衊偉大的紅色首都的革命人民！」

卻又情知那麼做是萬萬使不得的。

倘那麼做了，今晚自己睡哪兒？明天吃誰的喝誰的穿誰的呢？

而一排排大魚缸裡是些多麼好看的魚啊！

她看著看著，灌入耳中的污言穢語似乎都消失了，心理和生理也重新歸於純淨。

她在魚缸前呆呆看魚，大堂櫃檯後的兩名侍者小姐呆呆看她——她們交頭接耳地議論，瞧這年頭的新新女孩兒，看去還像初中生，卻已經開始和些個身分可疑的大男人們成熟地廝混在一起了，吃飽了喝足了打情罵俏夠了，卻又跑大堂來裝三、五歲的女孩兒看魚！這兒魚缸裡的魚都是供人吃的，有什麼可看的呀？

不知何時，「大姐」找來了。

當「大姐」說：「喜歡魚好辦，哪天咱們姐倆去買回個大魚缸來。觀賞呢還是要觀賞熱帶魚，這些魚傻頭傻腦黑不溜秋有什麼可看的！」她才發覺「大姐」已站在身旁了。

她問：「姐，咱倆都離開了不好吧？」

「大姐」說：「那些臭男人已經走了。」

「臭男人」三個字，使她頓生滿腹狐疑，愣愣地看了「大姐」片刻，不禁嘟囔：「可他們都一再向我表明是你的親密朋友……」

「大姐」從小包裡取出小鏡和唇膏，將雙唇重新塗紅後不屑地說：「都是我的親密朋友不假，都是臭男人更是事實。」

「大姐」說罷，將小鏡和唇膏遞向她，也讓她重新塗紅她自己的唇。

塗紅嘴唇已是出生以來第一遭，還要在公開場合再塗一次，使她感到自己未免墮落得太快也太過分了。她心虛地左顧右盼，見櫃檯後的兩名站臺小姐正望著她。

她小聲地幾乎是哀求地說：「姐，我就別了吧？」

「大姐」卻命令般地說：「叫你怎麼你就怎麼！出門前臉是化過妝的，現在嘴唇不塗塗成什麼樣子？出門若遇見個熟人，我一介紹你是我妹妹，人家笑話你的同時也會笑話我這當姐姐的！」

肖冬梅無奈，只得接過了小鏡和唇膏。她向魚缸跨一步，裝成是近看魚的樣子用那小鏡照自己的臉，但見自己喝過了一杯啤酒的臉粉若新荷，而雙唇原本塗過的唇膏雖已由於一頓海鮮不存顏色，卻似乎比塗唇膏時還紅潤了。

她又說：「姐你看我還有必要再塗一次麼？」

「大姐」瞇起一雙醉意朦朧的眼，凝視了幾秒鐘，終於一把掠過小鏡和唇膏，開恩地說：「不願意就算了，年輕真他媽好！」

「大姐」一轉身揚長而去。

她又愣了愣，趕緊追出門。

路上，她討好地對「大姐」說：「姐你剛才的話我就不明白了，你也正年輕著呀。」

「大姐」不無沮喪地說：「那要看跟誰比了，跟大媽大嬸們比我是正年輕著，跟你比我已徐娘半老啦！」

她立刻明白這個話題是頂容易使「大姐」心情不好起來的話題，想要岔開話題，一時又不知該往哪方面岔。悶聲不響地隨在「大姐」身旁走了一段路，又覺出二人之間那一種沉默似乎更不對勁兒，於是沒話找話地問：「姐，他們都是些什麼男人啊？」

「大姐」彷彿心不在焉地回答：「有錢的，有權的，在本市有名的，既有錢又有權又有名的。」

「那……那個賭氣走了的女孩兒呢？」

「專傍他們那樣的些個男人的女孩兒。」

「傍……是什麼意思呢？」

「吃他們的喝他們的穿他們的哄他們心甘情願地為自己大把大把花錢的方式。」

「那……就是壞女孩兒的意思了？」

「也不能這麼下結論，一種活法而已。」

「那種活法也太……太不光彩了！」

她原本想說的其實是「可恥」一詞。

「大姐」彷彿猜到了她的話為什麼中間停頓一下。「大姐」看也不看她一眼，直望前方，不緊不慢地邊走邊說：「你知道光彩的活法是什麼樣的活法麼？」

她張口便說：「見先進就學，見後進就幫，見困難就上，見榮譽就讓，生死關頭奮不顧身，平常日子艱苦樸素……」

「還有麼？」

「總而言之是離一切的享樂遠遠的，越遠越好。」

「大姐」不往前走了。「大姐」站住了。「大姐」又一次瞇起雙半醉半清醒的杏眼，定定地將她看了足有半分鐘，看得她心慌意亂，唯恐「大姐」突然的當街大耍酒瘋，使她們大顯其醜。

「大姐」卻冷冷地問：「你打算追求那種光彩的人生麼？」

她不敢再回答什麼話，默默地而且是誠實地點了一下頭。

「大姐」又說：「那是百分之百傻瓜的人生。你達不到那種人生的境界的，因為我看你還沒傻到百分之百的程度。」「大姐」說罷，又大步朝前走。

她以為跟著「大姐」是一路往家走，「大姐」卻將她帶到了一家電影院，也不問她想不想看，就包辦代替地就買了票。電影是她愛看的。她出生以來沒看過幾場電影，因為在她十一歲以前，家鄉的山區小縣城根本就沒電影院。十一歲那年的國慶前才蓋起了電影院。第一場放映的是一部國產的老片子「鋼鐵戰士」。當時的情形可謂盛況空前。縣公安局的警力幾乎全部集中了去維持秩序，但沒買到第一場電影票的人群還是衝破警戒線洪水般湧入了電影院。六〇年到六三年因為是饑荒年，餓得前胸貼後背的人們沒看電影那份心氣了。電影院一年到頭關門不開。六三年到六五年間她看了十來部電影，其中三部是蘇聯電影。「文革」一開始，電影院不是放電影的地方了，而是召開大型批鬥會的場所了。李建國的父親和她自己的父親，就幾次在電影院裡同臺被批鬥。

她跟著「大姐」走入電影院，電影已經開演。借著銀幕的反光，她看出座位幾乎全空著。這裡那裡，隱隱綽綽的有幾對摟抱著親嘴的人影。那是一部關於一艘豪華巨輪在太平洋上觸撞冰山沉沒的電影。銀幕上的災難場面令她驚心動魄，男女主人公的愛情使她淚流不止。驚心動魄之際她不由自主地緊緊抓住了「大姐」的一隻手，「大姐」卻厭煩地訓斥：「你幹什麼呀！」原來她將「大姐」從瞌睡中弄醒了。她左右看看，那一排座位上僅有她和「大姐」。而身後不時傳來親吻的嗚咂之聲。這一點使她好生的困惑——如此吸引人又如此感人的電影怎麼沒幾個人看呢？難道花錢買票的人僅僅是為了一雙雙一對對坐在這兒於黑暗之中摟摟抱抱？

電影結束燈亮時，「大姐」看著她說：「瞧你花臉貓似的，至於流那麼多淚麼？」並掏出手絹親自為她擦拭淚痕。

她由衷地說：「蘇聯電影就是好。儘管他們的國家不好，變修了。」

「大姐」卻說：「別又跟我來瘋話，是美國電影。」

「美國電影？現在中國可以放映美帝國主義的電影了？」

依她想來，一部電影是外國的而且是歐洲的，除了是蘇聯的，還會是哪一國的呢？

「現在咱們中國人幾乎離不開美帝國主義了。」

「大姐」扯了她手便往外走。

到了外邊，「大姐」指著廣告說：「看清楚，別再誤以為是蘇聯電影了！」

果然，廣告上醒目的大字寫的是「美國鉅片」。

「大姐」又說：「記著，你的蘇聯已經解體了，不存在了。」

她不明白「解體」是什麼意思，卻忍住滿心糊塗不問。

「大姐」還不回家。

「大姐」又帶她逛商場。商品豐富得無法形容的商場使她驚異萬分，暗想已是身在共產主義了。

「大姐」不厭其煩地指著一樣樣商品說：「這是美國貨，這是美國貨，這是這是這也是這還是……」

從吃的到喝的到穿的到用的，從電器到藥品到化妝品到玩具，商標上比比皆是地寫著「美國原裝」的字樣。想到「大姐」說「中國人幾乎離不開美帝國主義了」，暗自尋思可也是的……

後來「大姐」又帶她去喝咖啡。

喝咖啡時她鼓起勇氣大膽地問了「大姐」一個問題：「姐你也傍請咱們吃海鮮的那種男人麼？」

於是輪到「大姐」發愣了。

然而「大姐」只不過愣了幾秒鐘，一點兒都沒生氣，還微笑了一下。

「大姐」平靜地說：「從前我當然也傍過他們。不只他們，另外還傍過幾個男人。」

「從前？從前是什麼時候？」

「像你這麼大年齡的時候。沒考上大學，連高中也沒考上，又不心甘情願過一輩子沒出息的生活。父母根本指望不上，你說我不靠傍男人如何才能混出個人樣兒來？」

「大姐」依然微笑著，但那一種微笑在嘴角已變得有了苦澀的意味兒。

「姐……」

「嗯？」

「那……你現在不用再……」

「現在我已經沒有從前那種資本了。但如果遇到為難的事了，請求他們幫點兒錢以外的事兒，他們還是肯給些面子的。現在我也不能認為自己完全不必再靠他們什麼了，所以我還得花時間花精力繼續維持和他們之間的老關係……」

「怎麼維持呢？」

「比如像今天這樣。由我打電話約他們，一起吃頓飯，喝喝酒，扯扯淡。我只消在電話裡說久不見了，想他們了，他們都會挺高興地赴約。還會覺得我有情有義，沒忘了他們。反正照例是由他們中的誰買單，我不搭上什麼，何樂而不為呢？」

「姐，聽你的話，你好像對他們並不反感……」

「他們人都不壞，引不起我太大的反感。」

「大姐」說著，從對面伸過一隻手，輕輕抓起了她的一隻手。紅衛兵肖冬梅一時覺得，吃進胃裡那些鮮嫩的海味兒，每一樣都具有某種骯髒的成分似的，她感到一陣反胃。

「小妹，你剛才看電影時流了不少眼淚，那麼證明你大受感動了是不是？」

「大姐」的手不停地把玩她的手指。

「是。」

她聲音低低的。雖然，對這位「大姐」她內心裡開始產生了一種輕蔑，甚至可算是鄙視。但也恰在此時，除了被容納那一種感激，除了寄人籬下那一種迫不得已又唯恐遭嫌棄的相當矛盾的依賴，確乎的，竟覺這位「大姐」有那麼點兒可親了。因為，終於的，「大姐」自己平靜而坦率地道出了自己人生並不那麼優越的一面。原來，「大姐」的優越只不過是物質方面的。那物質方面的享受與許還是由身體換得的。這使她從兩人的關係中找到了一種似乎的平等。畢竟，我的身體是乾淨的，我的精神也從未墮落過。紅衛兵肖冬梅這麼一想，便認為自己實在也沒太大的必要在這位「大姐」面前過分的自卑了。

「大姐」再問：「告訴我，是什麼感動了你？」

她以肯定的語氣回答：「是愛。」

「說具體點兒。」

「那青年為了他所愛的姑娘，寧肯自己被凍死在海水中。」

「你信？」

「信。」

「你愛過？」

「沒有。」

「那你根據什麼信？」

「相愛的人如果不能做到為救對方死而無憾，那還相愛幹什麼？」

「這一種觀點是從小說中讀來的？」

「我沒讀過幾本純粹寫愛情的小說。」

「那又是怎麼進入到你頭腦中的呢？」

「這……」

紅衛兵肖冬梅不由得聳了一下肩。事實上她回答不了。因為她自己也不知道怎麼進入到頭腦中的。反正據她所知，愛應該是神聖的。哦，對了，不是有這麼兩句詩麼？「生命誠可貴，愛情價更高。」誰的詩呢？想不起詩人的名字了。相對於生命而價更高的愛情，所以才神聖呀！這個道理不是明擺著的麼？總之她雖不曾愛過，卻非常的自信，倘自己愛上一個人，自己是能做到為救對方死而無憾的，並且絲毫不懷疑，愛自己的人同樣能做到。

「聳肩幹什麼？回答我。」

「姐我一時無法對你說明白。」

「那就是不明白。不明白又絕對相信，就是迷信。現在讓我告訴你愛情的真相只不過是怎麼一回事兒……」

肖冬梅胃裡突然一陣翻騰，大張了一下嘴，差點兒嘔吐起來……

她跟隨著「大姐」回到「大姐」的家裡，已經快四點了。「大姐」一進家門就找胃藥，找到後親自替她從純淨水機中接了一杯水，看著她服下去才顯出安心的樣子。「大姐」怪她不該貪吃那麼多隻醉蝦，她抱枕趴在床上說不是因為吃醉蝦才噁心的。

「你有胃病？」

「沒有。」

「那怎麼回事兒？」

她自己認為純粹是由於心理作用——是由於明白了「大姐」與那幾個男人實際上的骯髒關係，才覺得她吃下去的鮮嫩海味也有骯髒的成分。一想到吃了不少他們的手為她剝的醉蝦，尤其感到胃裡不舒服。當然她並沒這麼說出來，怕照直說出來太傷「大姐」的自尊心。何況，究竟是因為貪吃了那麼多隻醉蝦，還是由於純粹的心理作用，她自己也不能肯定。

「可能由於喝了一杯啤酒吧。姐，我出生以來第一次喝酒。」

「都十六歲了，喝了一杯啤酒不算學壞。」

「大姐」翻著了一本書，拋到她身旁說：「這整本書寫的都是愛情現象。我話沒說完，你就要吐了。現在我也懶得給你上什麼愛情課了。你要是不想睡，就自己看吧。我可是特別睏，得睡一覺……」

「大姐」一說完便走入她的臥室，並將臥室的門關上了。

那是一本美國人寫的書。書名是《愛的真相》。

第一章的標題立刻就引起了紅衛兵肖冬梅極其強烈的心理抗議，因為那標題是——「愛的真相之一是交換」。儘管心理抗議著，還是懷著同樣強烈的好奇看了幾頁。那兒頁中居然分析到中國人的愛情觀，說中國人一向特別羨慕的「郎才女貌」說穿了就是二種交換式的愛，所以才演變為中國人今天婚姻觀方面的「郎財女貌」。

她一點兒都不瞭解「文革」三十幾年後普通中國人的愛情觀和婚姻觀的巨大變化，所以看得一頭霧水。雖然心理強烈抗議著，卻又覺得美國佬的道理也有幾分是合乎邏輯的。

第二章的標題更加使她認為是對人類神聖愛情的褻瀆了，因為那標題居然是——「真愛又如何？真愛的『壽命』也只有三十個月」。此章大談愛是人類中的化學反應，那一種化學反應最長維持三十個月雙方陶醉的狀態。三十個月後熾熱降溫，卿卿我我歸於平淡，耳鬢廝磨的纏綿顯得多餘，於是真愛也只不過靠雙方性要求的滿足與否來延續了。

此章文字頗多直接涉及性的常識、經驗和男人女人的性感受，她看一會兒便不得不因臉紅心跳而合上書，然而雙手彷彿不是自己的了，它們不害羞地一再又將書翻開。雖然，她已經因按錯了遙控器的鍵而將一盤錄影帶中男女做愛的情形定格在電視上了，但當時那情形一出現她就捂上了雙眼啊！手中的書使她聯想到了那情形。一行行文字似乎比影像呈現的情形還使她臉紅心跳。她一邊看一邊還在想——哦，天啊天啊，中國怎麼了啊！中國人怎麼了啊！如果中國和中國人連這種事都當成尋常之事看待了，那不是變修了還能得出另外的什麼結論呢？

愛情跟化學可有什麼關係呢？

美國佬的科學研究成果多讓真愛的人們沮喪啊！

究竟從哪一天開始的，美帝國主義對於中國和中國人不再是美帝國主義了呢？

怎麼就沒有人發動第二次文化大革命救救中國呢？

可變修了的中國的這一座城市，是一座多麼繁華的城市啊！那一幢幢雄偉的高樓大廈，顯然是變修了以後才蓋起來的呀！而且人們分明的並沒受著二茬罪呀！人們似乎都在及時行樂地享受著資本主義和修正主義的生活方式嘛！美國雀巢咖啡的滋味也是多麼的濃香啊！

思想是一件既容易使人亢奮又容易使人倦怠的事。當它明晰而順暢之時人就亢奮；當它糾纏不清而疑惑多多之時人就倦怠。對一個人如此，對一個民族一個國家亦如此。一個人求解而不可得就困；一個民族那樣就萎靡不振；一個國家那樣就渙散自卑。

不知何時，紅衛兵肖冬梅不知不覺地伏在枕上也睡著了。睡著了的她，手中仍拿著那一本美國人寫的《愛情的真相》。

她是被「大姐」推醒的。睜開眼睛但見窗外天光已暗了。「大姐」告訴她都快七點了。「大姐」的臉又化過一次妝，髮式變了樣，穿的是一襲袒胸露背的長裙子，還戴著一串黑色的項鍊。項鍊襯得「大姐」的頸和胸更加白皙了。

「大姐」催她快去沖個澡。

「大姐」自己剛沖過不久，熱水器沒關，這使她對於家電的拒絕心理有所免除。輕輕一擰，溫水就噴灑出來了。

舒舒服服地沖過了澡，「大姐」將她按坐在梳粧檯前，命她自己用吹風器吹乾頭髮，命她自己化妝。

「最多給你十五分鐘的時間。」「大姐」坐在沙發上瞧著腕上的手錶，彷彿教練員在嚴格地監督一名運動員的體能訓練。

不一會兒她就從椅子上站起來了，轉身向「大姐」有點兒得意地問：「怎麼樣？」

「大姐」望著她勉勵地說：「提前了三分鐘。不錯，及格。」

下午逛商場時，「大姐」為她買了幾套衣服，都是她隨著自己的喜歡挑選的。「大姐」命她換上一套，於是她換上了一套海魂衫裙，使她看去像少女時期的冬妮婭似的……

「大姐」說：「我帶你刷夜去。」

她沒聽說過「刷夜」一詞，卻以自己的聰明猜到了是什麼意思。現在她已經不怕離開「大姐」的家門了。非但不怕，而且挺高興出去。如同一隻被主人牽著蹭過的小狗，覺得所見的人們對自己並沒什麼惡意了，便希望每天都能被多蹓幾次。

「大姐」是開自己那輛車帶她「刷夜」的。

路上，「大姐」問她翻了那本《愛情的真相》沒有？

她說僅看了幾頁。

「大姐」又問她看了哪幾章的哪幾頁？

她不由得支吾起來，不願被「大姐」繼續問，更不願被「大姐」問得太具體，因為那定會使自己害羞啊！

「說呀！」

「第一章和第二章的幾頁……」

「究竟幾頁？」

「加起來十四、五頁……」

「那也就算接觸到點兒愛情的真相了。有何感想？」

「不喜歡那本書。」

「不喜歡那本書就是不喜歡實實在在的愛情。」

「反對！姐你要是將來愛上一個人，你打算向他交換些什麼呢？」

「我的要求很低。一幢高級別墅、一輛『寶馬』……」

「馬論匹。再說男人們哪兒去替你找寶馬？別忘了寶馬只在神話中才有！」

「你懂什麼？『寶馬』是世界名車。再要二百萬存款，再要每月一萬元零花錢。如此而已，僅此而已。」

「還而已！你們現在的中國人，錢都論百萬百萬地存了麼？」

「聊天嘛！說心裡話嘛！你一驚一乍地幹什麼？還『你們』起來了！你自己不是中國人呀？」

「我……我是和你們現在的中國人不一樣的中國人！」

「這我承認。你是應該被拎著雙腿甩回到『文革』前的中國人。」

「回去就回去！你當我不想回到『文革』前去呀？你當我羨慕你們現在的樣子現在的活法呀？老實說我一點兒都看不慣反感透了！」

「你一個人回去那叫花崗岩腦袋不開竅。一個國家回去那叫歷史的倒退！」

「別批判我。話題是你引起來的，說你自己。你又要高級別墅又要世界名牌汽車又成百萬成百萬地要錢，可你拿自己的什麼與男人交換？」

「拿我自己呀。」

紅衛兵肖冬梅不禁側臉看「大姐」——她並不愕然於「大姐」的話本身。「大姐」的話所表明的一種人生態度，在那一本書中也列舉了，並且分析了。她委實的是很愕然於「大姐」接近著無恥的坦率。是的，依她想來，一個女人嚮往過寄生蟲的生活已夠糟糕，竟還無遮無掩地宣佈給別人聽，豈不是已經思想墮落得不可救藥了麼？在她所經歷的年代裡，誰若持「大姐」那麼一種人生態度，倘不被批判十次以上，是斷不會承認的呀！中國，中國，中國，難道已變得人人頭腦裡願怎麼想就怎麼想，嘴裡願怎麼說就怎麼說的地步了麼？已經沒有專門的一批人負責監控人的思想了麼？

「大姐」朝車前鏡瞥了一眼，從鏡中發現了她那副愕然的樣子，有幾分感到好笑似的問：「你那麼看著我幹什麼？」

「……」

「是不是覺得我的身價開得太高了呀？」

「……」

「大姐」沉默良久，歎口氣又說：「我有自知之明。以我三十大幾的年齡，也許真的開始掉價了。但我可以轉移目標，撇開青年的中年的財郎們，在財大氣粗的老男人們堆兒裡物色啊！只要是財大氣粗的，老光棍我嫁、鰥夫我嫁、做二奶我也幹。總之六十五歲以下的都在我的條件內……」

「姐，你……你已經有人選了麼？」

「正加緊搜索吶！」

「你當真這麼打算的？」

「騙你幹什麼？難得能和誰說說心裡話嘛。和別人，套我的心裡話我還不說呢！和你說我愉快。」

「還放心是吧？」

「大姐」又朝車前鏡瞥了一眼：「什麼意思？」

「和我說我不會出賣你呀？」

「出賣？出賣我什麼？怎麼出賣？」

「比如把你頭腦裡的思想寫封信向有關方面彙報……」

「哈！哈！」

「大姐」笑出了聲。

「你就當真不怕？」

「除了怕歹徒，我怕誰呀我！這年頭，誰還管我一個女人後半生打算怎麼活的問題。誰像你說的那麼做，誰會被當成精神病人的。只不過我懶得和別人說，就是說別人也懶得聽。你聽得認真。我覺得無論我說什麼你都聽得認真，而且我看出你那麼想聽，所以和你說我感到愉快。這年頭有人還能夠像你這麼認真地聽自己說說心裡話，已經是一種奢望一種幸運了……」

「大姐」的一隻手離開方向盤，用手背碰了碰她臉頰，親暱地又說：「我喜歡你認真聽我說話這一點。你又想聽又能認真聽我說話時的模樣特可愛，像小貓啦、小狗啦，鸚鵡啦什麼的聽主人說話時顯得那麼可愛。總之像寵物聽主人說話。我認為大多數情況之下主人的話牠們是聽不大懂的，但牠們那時的神態證明牠們起碼在儘量理解，努力理解，虔誠地爭取理解……」

「姐你好好開車……」

「大姐」的那隻手繞過她的脖子，撫摸她另一邊臉頰。她歪了一下頭，將「大姐」那隻手撥回方向盤。「大姐」以寵物比她使她倍覺受辱，暗生惱火。然而她臉上卻呈現著得寵般的笑……

紅衛兵肖冬梅明智地適應著這一座原以為是北京的城市，尤其明智地適應著「大姐」這位具體的臨時監護人的好惡。也在不到二十四小時內，學會了怎麼樣違心又不動聲色地投其所好，諱其所惡。

「大姐」首先帶她去看了一場時裝表演。那是一支由中外模特兒混雜組成的模特兒隊。紅衛兵肖冬梅自然是出生以來第一次看時裝表演。模特兒們優美的「魔鬼身材」以及她們高傲得彷彿目空一切的氣質，令她看得目不轉睛，著迷極了。不僅僅著迷，還嫉妒，還自卑。因為在那一種浪漫又絢幻的情調和氣氛之中，投有一雙男人或女人的眼睛向她身上投注過目光。人們的目光全都被T形臺上踱過來飄回去的仙女兒的模特兒們所吸引了。她出生以來第一次領略到了女人優美的身體和專為她們所設計的別出心裁的服裝之間，能達到一種抒情詩般和諧美境。

她也直到那時才徹底擺脫了一個頭腦中的大疑惑——原來「大姐」不是什麼「模範特務」，而曾是她們的同行。

「姐，她們是……真的人麼？」

「噓，別犯傻。讓人聽到了多笑話……」

「外國女郎怎麼也能到中國來表演呢？」

「中國人還到外國去謀事業呢，有什麼奇怪的。」

「她們……她們一定掙很多的錢吧？」

「反正不少。挺可觀的。」

「那……究竟多少呢？」

紅衛兵肖冬梅忍不住悄悄的刨根問底。曾經竄紅一時而已紅運霧散的「大姐」不知是根本沒聽到，還是聽到了裝沒聽到，總之未理她。「大姐」用一隻手掩著嘴，而且不是用手心是用手背那樣子。手指呢，微微分開地自然地下垂著，唯小指翹著。「大姐」的一隻小臂斜過胸前。「大姐」的那一種樣子特優雅，也特俏。

肖冬梅專執一念地悄悄地又問：「她們每個月能掙幾萬？」

「大姐」對她的話還是沒反應。「大姐」反而站起來了，反而緩緩地轉身離開座位，低著頭，手背仍掩著嘴，腳步快而輕地朝表演廳外走。

肖冬梅對「大姐」的異乎尋常的表現不明緣由，徒自發了半會兒呆，也離開了座位。

「大姐」剛走到表演廳外，肖冬梅便緊隨到了表演廳外。

她繼續問：「姐你怎麼了？為什麼不回答我的話？」

「大姐」那隻手的手背還掩著嘴，用另一隻手的中指，朝肖冬梅腦門使勁戳了一下，轉身又走。

肖冬梅又愣了半會兒，心裡真是奇怪極了，她一時找不著北地只有再跟著「大姐」。這一跟，就跟入了女洗漱間。

「大姐」一入洗漱間，倏地向肖冬梅轉過身。

肖冬梅吃了一驚，不禁後退一步。

「姐你……我又哪兒不對了呀？你是不是也感到噁心呀？」

「大姐」那隻手終於從嘴上放下了。

「大姐」哈哈大笑起來，直笑得彎下了腰。

肖冬梅竟一時被「大姐」笑得有些發毛……

在「大姐」的笑聲中，一位和「大姐」年齡差不多的女人衝出廁所，神色驚慌地從「大姐」身旁繞過，並一直以看精神病人那種目光看著「大姐」。連洗手時也扭頭看，顧不上關水龍頭，兩手濕淋淋的逃出去了……

「姐你到底怎麼了呀？到底笑什麼呀？姐你別嚇我呀！」

肖冬梅已被「大姐」笑得極度不安，一副可憐兮兮的模樣，快哭了……

「大姐」終於止住了笑。「大姐」直起身，莊重了表情望著肖冬梅說：「你呀你呀，你也開始對錢感興趣了不是嗎？我不笑別的，就是笑這一點。我還以為你傻到了不知錢對一切人意味著什麼的程度呢！既然你也開始對錢感興趣了，這就好，這就好。這就證明你還沒傻到不可救藥！別人問你那種問題我是不會笑的，但你問，我怎麼能不感到可笑？」

聽了「大姐」的一大番解釋，肖冬梅恍然大悟，自己也不禁無聲地笑了。

她在心裡對自己說：肖冬梅呀肖冬梅，你出生以來，何時問過別人掙多少錢？可你現在卻一味兒地追問起和自己完全不相干的人們能掙多少錢了！唉，唉，比比皆是的資產階級的生活現實真是太厲害了，它在我肖冬梅渾然不覺的情況之下，便已經將我頭腦裡的思想改變了！從前的我什麼時候對與錢有關的問題發生過興趣呢？

「大姐」倆剛出洗漱間，在走廊裡迎面碰到了一名年輕的保安。

保安以研究的目光上下打量著「大姐」倆問：「洗漱間裡沒發生什麼事兒吧？」

「大姐」說：「天花板吊著一具血淋淋的女屍！」

保安說：「請嚴肅點兒女士，我是在向您進行公務盤問。」

肖冬梅趕緊賠笑道：「同志，洗漱間裡什麼事兒也沒發生。真的。別聽我姐胡說八道。她跟什麼人都愛開玩笑！」

她一說完，摟抱著「大姐」的一隻手臂將「大姐」帶走了。

那時表演廳雙門大開，時裝表演已經結束，人流湧出……

「大姐」乘興將她引到了一家酒吧。

在幽幽的燭光中，穿超短裙頭戴花環的侍者小姐們用託盤端著各種酒、飲料和小食品梭行不止。各個角落都有她們吳儂軟語的問話聲：

「先生還要添酒麼？」

「飲料呢？」

「小姐來點什麼？」

「願意為您服務……」

酒吧的侍者小姐們，使紅衛兵肖冬梅想起了印象中通向著步行街的那個大門洞，以及在門洞裡賣煎炸香腸的頭戴有兔耳朵的紙帽、裙後有毛絨絨的兔尾巴翹著的姑娘們。於是，又想起了她和親姐姐以及兩名紅衛兵戰友昨天在這座城市的歷險。她由於擔心他們的命運，神情頓時戚然。

「大姐」看出了這一點，低聲問：「寶貝兒，你怎麼不開心了？」

樂臺上，三個長髮兩個禿頭青年組成的一支搖滾樂隊，正手舞足蹈忘乎所以地長嘶短吼。架子鼓配合著輕金屬樂器重金屬樂器，敲擊出一陣陣猛烈的震耳欲聾的混合音響。彷彿是在蓄意地為男人女人們提供充分得不能再充分的耳鬢廝磨貼面吻腮的理由似的。因為在那一陣陣音響中，湊首而語不但是必然的，也的確是與耳鬢廝磨貼面吻腮難以區別了……

肖冬梅懶得回答「大姐」的話，雙手捂耳將頭扭開了。

「大姐」的手背又觸到了她臉上。「大姐」的手潤軟得如貝類的肉體。接著「大姐」的手繞過她的後頸，纏綿不休地撫摸她另一邊的臉頰，就像「大姐」一手把著方向盤時那樣。

「行，姐認個錯兒。不該還叫你寶貝兒。小妹，告訴姐怎麼忽然不開心了？」

「大姐」的唇湊近得緊貼著她的耳朵。分明的，她覺得「大姐」的兩片比手更加潤軟的唇銜住了她的耳垂。

「我擔心我親姐姐她們了……」

「原來是這樣……我不是向你保證過了嗎？我已經求人四處去找了呀！又不是三個孩子，有什麼可擔心的呢？說不定他們這會兒也在哪兒享受人生呢……」

「可他們身上都沒有多少錢……」

「那也許他們都會碰到像我這樣的好心人啊！比如你親姐姐碰到了一位好心的大哥，而你那兩位紅衛兵戰友分別碰到了兩位像我這樣的好心的姐……」

「大姐」的雙唇不銜著她的耳垂兒了。「大姐」輕輕一摟，她的頭便又靠向「大姐」的懷了。「大姐」在她臉上親了一下，又親一下……

「一想到你親姐姐，就好像我這位姐與你毫不相干了似的，多傷我心呀！我再向你保證一次，他們誰都出不了什麼事兒的。也許明後天我求的人就會有確切的消息通告我們的。來，喝一小口酒，興奮興奮心情……」

「大姐」的手摟住著她的頭，不由得她不順從地張開嘴。可剛一張開嘴，壞了，「大姐」趁勢將半杯洋酒全灌入她口中了，而且被她在沒有心理準備的情況下全吞飲了。

「大姐」放下高腳杯，也放開她的頭，又用牙籤扎起瓜片送入她的口中。

幽幽的燭光下，看不清那一種洋酒是什麼顏色的，只覺得從喉到胃一陣灼熱，苦澀麻辣不堪受用，也沒看清「大姐」送入她口中的是什麼瓜片兒。幸而口中有了那一片瓜片，她才沒發出上了一大當的憤怒的尖叫……

「大姐」卻計逞意得地笑著。笑得狡黠又快感，甚至可以說笑得那麼的壞……

在胡雪玫，一直不信肖冬梅這個可愛而又來路不明的女孩兒有什麼親姐姐，當然更不信她還有兩名紅衛兵戰友了。她始終認為肖冬梅神經有點兒毛病。她認為那該是錯亂妄想型一類的毛病。她對精神病人並不嫌棄。她唯一的哥哥就患過二十幾年的錯亂妄想型精神病。清醒時與常人無異。一犯病就說自己是外星人，期待著有飛碟來接他離開地球。他有一天早晨衝著彤紅的旭日縱身迎去，結果掉下六層樓的陽臺摔死了。她很愛她的哥哥。她對一切的精神病人深懷同情。對肖冬梅自然也是。多純多可愛的女孩啊！倘神經沒有毛病，這女孩兒將來的人生中會註定了多少和怎樣的種種幸運及幸福呢？

她也自信有相當豐富的與錯亂妄想型精神病人相處的經驗。她說已經委託人替肖冬梅去尋找親姐姐和兩名紅衛兵戰友了，那完全是搪塞。她很自信的經驗之一便是——無論精神有毛病的人錯亂於哪一方面，都應好言好語地順著他們的病態思維給他們病態的希望。她認為錯亂妄想型精神病人，尤其女性精神病人，尤其肖冬梅這麼溫順可愛的精神病女孩兒，是斷不會強烈地立即地要求自己的妄想兌現了的。正如一切精神病人不可能具有正確地主張自己權力的意識。順水推舟的搪塞話語往往會岔開他們的錯亂妄想，也往往會使他們的錯亂妄想轉移開去……

而在肖冬梅，對胡雪玫這位「大姐」卻是很信賴的。在不到二十四小時裡，不，現在應該說，在二十四小時多一點兒的時間裡，她是越來越信賴此「大姐」了。她當然是一個有頭腦的初中女生。以她的聰明，左思右想，那也還是猜測不到「大姐」有什麼必要既收留了她，還騙她。「大姐」對自己多好多大方啊！那麼，「大姐」反覆地一再地說了已求人替自己去尋找親姐姐和兩名紅衛兵戰友了，幹嘛非不相信非懷疑不可呢？不但不應該懷疑，也不應該太著急呀！著急有什麼用呢？不是著急就能一下子遂了自己願的事兒啊！也許真會像「大姐」說的，自己的親姐姐和兩名紅衛兵戰友，分別都遇到了像「大姐」一樣的好心人，正被帶領著，在這座城市的別的什麼地方「刷夜」吧？凡事為什麼不可以朝好的方面多想想而偏要朝壞的方面想呢？

於是紅衛兵肖冬梅的情緒不那麼黯然了。

「刷夜」多快樂呀！

吃著、喝著、聽著、看著，而且還有一位「大姐」呵護於旁！最主要的，兜裡一分錢都沒有也沒關係。「大姐」付錢呀！

在這一個晚上，在這一個時刻，三十幾年前的這一個中國山區小縣的初中女紅衛兵，吃著的喝著的聽著的看著的，幾乎全是她出生以來根本不曾吃過不曾喝過不曾聽過不曾看過的。尤其不曾聽過不曾看過的，一陣比一陣猛烈地衝擊著她的視聽器官，使她內心裡湧起著一陣陣莫名其妙又難以抑制的衝動。其實整個樂隊在樂臺上反覆不休地只唱短短的三個字：「我愛你！我愛你！我愛你……」唱得熾如焰加聲嘶力竭，使人聽來彷彿惡狠狠似的。若不細聽，極容易將「我愛你」誤聽成「我害你」。留長髮那三個隊員的頭猛烈地前仰後合著，猛烈的程度與猛烈的音響挺合拍的，彷彿三頭伴著打擊樂做頸椎操的雄獅。而那三名「和尚」隊員，一忽兒將海獅般光溜溜的禿頭密議陰謀似地聚在一塊兒，就像三隻打了蠟的鱉殼被攏在一起似的；一忽兒又驟然三分，彷彿被三條看不見的線扯的。而每一次分開，都伴著一通鑼鳴和一通鼓響。

對肖冬梅而言，他們的形體動作比他們的唱比他們近乎瘋狂的擊打所奏出的混合音響更精彩。她看得有意思極了。是的，是看得有意思極了而非聽得有意思極了。因為她對聽重金屬搖滾樂還覺得很不適應。因為她出生以來，還沒接受過此方面的「培養」。

她差不多是喊著問「大姐」：「姐，他們出名麼？」

「大姐」將嘴湊在她耳上，以同樣大的、彷彿要喊醒一個植物人般的高聲回答：「在全國數不上他們，可在本市大名鼎鼎！我認識他們，他們都叫我姐！」

紅衛兵肖冬梅不禁對「大姐」又一次刮目相看起來。

「大姐」用手勢招來了女侍者，對女侍者比劃了幾下。女侍者會意地離去。肖冬梅不懂「大姐」比劃那幾下的意思，也懶得費嗓子問。

她忽然覺得她所看著的情形，自己從前確曾看見過似的。究竟在什麼場合什麼情況之下看見過呢？肯定是看見過的！於是她就努力地回想，想啊，想啊，想啊……

剎那間，歌唱和樂響頓停——酒吧裡一時顯得肅靜極了。只有空氣彷彿還在震顫著。

肅靜中這兒那兒響起了輕輕的掌聲……

掌聲中「大姐」接過女侍者送給她的一束花，起身邁著模特兒那種優雅的步子走上樂臺去，向那些樂隊隊員們獻花。「大姐」並沒虛誇，他們顯然真的認識「大姐」。而且，顯然與「大姐」的關係還很稔熟、很友好。「大姐」什麼話也不說，彷彿首長進行照例的接見似的。區別是，首長接見是一一握手，「大姐」的接見方式是一一擁抱他們，並與他們貼臉。她看出「大姐」的接見方式是他們所歡迎的。因為「大姐」望向誰，誰就迫不及待地伸出雙臂，臉上浮現出愉快的笑……

她聽到她身後有一個女性的聲音低問：「上臺獻花的是何許人？瞧那副君臨天下似的派頭！」一個男人的聲音悄悄回答：「別小瞧了她。曾經是本市文藝圈的『大姐大』。可有過一陣子號召力呢！別人拉不齊全的『走穴』班子，只要她一出頭，都得給點兒面子的。現在是不行了，『過氣』了。只有臺上那幫二十幾歲的小青年還在乎她的捧場，互為利用唄……」

肖冬梅不禁循聲扭頭，以狠狠的目光朝那一對兒私議「大姐」的男女瞪去。她對自己那一瞪特別滿意，認為畢竟可算自己很俠義地小小地報了「大姐」一次恩。經她狠狠的一瞪，那一對男女再沒出聲兒。在這種地方，居然有人分明地懼自己三分，她不唯對自己特別滿意，甚而有些暗自得意了。

但她其實也挺感謝那一對男女的私議——因為通過他們的私議，使她瞭解了「大姐」從前的「歷史」。而這是她暗自希望有所瞭解的。她覺得僅僅知道「大姐」從前也曾是模特兒很不夠，她時時刻刻感到著自己和「大姐」的緣分帶有太大的偶然性，甚至可以說帶有太大的戲劇性。當然也帶有她一直疑惑不解的荒誕性。她明白與「大姐」相處的日子不會太多，離別也許是很快很快就將面臨之事。

一想到這一點她甚至有幾分惆悵。她願在離別以後思念這位「大姐」，並且在對別人，比如對自己的親姐姐談起這位「大姐」時有話可談，而不是一問三不知……

她猜「大姐大」的意思那一定是指一個女人很「牛」；她猜「過氣」的意思那一定是像從前的女人們說一件衣服或一床被單的布質「過性」了一樣；但「走穴」是怎麼一回事兒她就無法猜到了……

二十四個小時多的時間裡，她已從形形色色人們的口中聽到了不少自出生以來從沒聽說過的單詞話語——比如「酷」、比如「秀」、比如「碟」、比如「網」和與「網」有關的系列單詞「網蟲」、「網友」、「網吧」……等等，等等。

她以為「網蟲」是蜘蛛或蠶一類的地球上新發現的，而且像蟑螂一樣寄生於人家的新蟲子；她以為「網友」可能是指經常結伴張網捕魚的人們之間的關係；她以為「網吧」就是「王八」，不解人們談到「王八」為什麼像談到龍風似的一臉神秘兮兮的表情；她以為「偉哥」是本市一位破過世界紀錄的體操全能冠軍；以為「伊妹兒」是什麼連環畫上的學齡前女童，就像她自己所知道的「三毛」和「小虎子」一樣。而大人們也談論「伊妹兒」，純粹是由於他們的孩子或小弟弟小妹妹們的需要而相互郵寄那一冊連環畫，或是連環畫家們好像又另外創造出了一個「三毛」，並且是衝著大人們的喜歡創造的？

「愛之病」又是一種什麼病呢？正如她將「網吧」誤聽成「王八」一樣，她也將「愛滋病」誤聽成「愛之病」，還以為本市的人們普通話的標準發音方面有待進一步提高……

「股」大約是某種「菇」麼？「菇」可以是一道單炒的菜麼？為什麼人們一談起這一道菜，有的眉開眼笑，有的垂頭喪氣呢？難道菜還有論一支一支的麼？難道居家過日子菜炒的不好還罰款麼？否則為什麼談「菇」的時候必談錢呢？心疼錢就別吃「菇」這一口菜算了麼！如今又不是三年「自然災害」的年頭了，怎麼還有炒了「垃圾菇」充饑的可憐人呢？

忽然她大叫：「我回憶起來啦！」

於是，臺上的「姐」和那些長髮的禿頭的小夥子們，以及周圍的男男女女們，一齊將目光投射在她身上了。

她終於回憶起來，她在看電影時看到過和剛才臺上的情形相似的演唱情形。所看的那一部電影是「怒潮」，是為了號召批判「反黨的毒草電影」而看的。前邊加映的是中央新聞電影製片廠的新聞片，內容是赫魯雪夫訪問美國與尼克森擁抱。內容還介紹了美帝國主義社會腐朽的方方面面，包括腐朽的所謂的文化和文藝——其中便有長髮的光頭的或白或黑的男人瘋狂歌舞的鏡頭。

「大姐」那會兒正與最後一名光頭隊員擁抱，欲吻他的光頭。聽到她在臺下叫，「大姐」不由得扭頭呆望她……

她自知失態，難為情地低下了頭。

然而「大姐」還是放開了雙手捧定的那一顆光頭沒顧上吻一下，匆匆踏下臺回到了座位。

「大姐」小聲嗔怪地問她：「你叫什麼？回憶起什麼來了？」

她更加不好意思了，唔唔噥噥地說其實也沒回憶起什麼值得大驚小怪的事兒，只不過興奮得想叫……

「大姐」又問：「真興奮？」

她佯裝誠實地點點頭。

「大姐」繼而說：「在這種地方，興奮了叫一聲也沒什麼難為情的，別這麼不好意思。想唱歌麼？」

「想啊！」

「會唱些什麼歌兒？」

「會唱的多啦！」

在這一點上她倒是特別的誠實，因為她本是紅衛兵宣傳隊的獨唱演員啊！「大姐」灌入她胃腸中那半杯洋酒的酒精，已遍佈於她的血液之中，並開始在她的神經系統中作祟著了。那一點兒微量的酒精，足以使她徹底忘掉了她一向恪守的端莊。雖然她此前已領教了飲出生以來第一杯啤酒那一種飄飄欲仙昏頭昏腦的暈眩……

不料「姐」起身大聲宣佈：「現在，我這一位是電影學院表演系學生的妹妹，要為諸位獻一首歌……」

「大姐」又飲得醉意醺醺了。

躍躍欲試又那麼矜持地，半推半就地，她已被「大姐」牽著手兒領到臺上了。

居然沒人鼓掌。男男女女們以漠然的甚而不屑的目光望著她。

長髮的禿頭的樂隊隊員們早已下了臺，分散地坐在臺下飲著酒和飲料，或吸煙。

人們的漠然和不屑使她好生惱火。於是她引吭高歌唱起了「大海航行靠舵手」，那是她自己認為最能體現她高音的歌。她也的確唱得特別嘹亮。

人們還是無動於衷，都非常奇怪地望著她。這也使她覺得人們的表情都怪怪的。然而「大姐」為她大鼓其掌。在一片似乎充耳未聞的帶有故意的安靜中，「大姐」並不左顧也並不右盼，目光專注地只望向她，旁若無人地鼓掌不止。彷彿是在用自己的掌聲對那種故意的安靜進行高傲的破壞。彷彿她是只唱給「大姐」一個人聽的。「大姐」的樣子彷彿還是在用掌聲證明，唯有自己一個人對歌唱的欣賞是卓爾不群的，也是絕對權威的。

於是長髮的禿頭的二十幾歲的搖滾樂隊隊員們，也相繼鼓起掌來，並紛紛作粗門大嗓的喝彩：

「好！」

「靠舵手！」

「再來一首！」

感到十分尷尬的肖冬梅本欲紅著臉踏下臺的。但「大姐」的掌聲以及「大姐」的支持者們的掌聲和喝彩，將她阻攔在下臺的臺階口了。她明白，如果她不唱了，下臺了，那麼等於是自己擺脫了尷尬，而將「大姐」以及「大姐」的支持者們置於尷尬境地於不顧了。她不僅明白這一點，還明白那些小夥子們的掌聲和喝彩，其實所支持的不是她的歌唱，而是「大姐」的孤單。

她不忍心下臺了。她想，如果自己那樣做了，自己就太不義了。

於是她又開始引吭高歌，唱道：

我們的共產黨和共產黨所領導的八路軍、新四軍，
是革命的隊伍。
我們這個隊伍完全是為著解放人民的，
是徹底地為人民的利益工作的。

此段唱，乃「文革」中最廣為流行的語錄歌之一；也是毛澤東的「老三篇」中〈為人民服務〉的開篇兩句。儘管在場的男女大都是「文革」中才出生，甚至「文革」後才出生的人，卻顯然的都對此段不陌生。

「大姐」以及「大姐」的支持者們用掌聲為她伴唱。然而她唱的不止於那兩句，她仍接著往下唱：

張思德同志就是我們這個隊伍中的一個同志。
村上的人死了，開個追悼會，
用這樣的方法，寄託我們的哀思，
使整個人民團結起來。

她接著唱出來，就分明的是那些在酒吧裡「刷夜」的男女們聞所未聞的了。在她看來，人們的表

情更加怪怪的了。她的唱牽動了人們的回憶——〈為人民服務〉曾是小學語文課本中的一篇課文呀！包括「大姐」在內的人們，十之七八在小學時代是學過的呀！難道臺上這穿海魂衫裙的小妞兒，竟要而且竟能將〈為人民服務〉從頭唱到尾麼？

是的是的，她不但要那樣，而且能那樣！

在「文革」中，毛澤東的〈為人民服務〉一篇，不但被當年天才的作曲家從頭譜到了尾，而且曲子譜的節奏明快，旋律酣暢，宛如行雲流水一般。當年像她一樣能從頭唱到尾的紅衛兵，又何止千千萬萬！

她是越唱越嘹亮越發的情緒飽滿了！

「大姐」以及「大姐」的支持者們，不再用掌聲為她伴唱了。一方面，「大姐」們只顧驚訝地聽著了，已忘記了鼓掌。另一方面，他們完全不清楚後邊的曲子，捕捉不定那曲子特殊的節奏感了，沒法兒繼續用掌聲為她伴唱了。

待她一氣唱罷，掌聲重新響起，鼓掌的可就不僅是「大姐」們了。所有的男女都鼓起了掌。而且那掌聲一旦重新響起，似乎就有點兒要經久不息的意思了。

「好！」

「來勁兒！」

「還聽！還聽！」

樂隊中的一個禿頭小夥子躍上臺，將「大姐」獻給他們的那一束花獻給了她，也不管她樂意不樂意，摟抱住她就在她臉上親出了聲響。

他放開她後，攔在臺階口不許她下臺，並且大聲替她義務報幕：「感謝諸位鼓勵，再露一手！下面接著唱的是……」

他吊胃口賣關子地停頓不說了。

人們紛紛著急地跺腳。

「下面接著唱的是『紀念白求恩』……」

他識趣地剛一蹦下臺，她的歌聲隨即響起：

白求恩同志是加拿大共產黨員，

五十多歲了……

從頭至尾唱罷，人們仍不依不饒，一再要求她唱〈愚公移山〉。而〈老三篇〉的這一篇，到她和她的親姐姐以及兩名紅衛兵戰友開始她們的「長征」那一天，作曲家劫夫還沒來得及通篇譜完曲。在「文革」中業已流行的，僅是此篇的幾段罷了。但「文革」時期的某些紅衛兵，具有一種簡直稱得上傑出的「革命才能」，那就是可以即興地移植和編輯業已流行的一切「革命歌曲」的旋律，將一切文字當成歌詞而大唱特唱——包括「兩報一刊」所發表的洋洋萬言的大塊批判文章和社論。紅衛兵肖冬梅便具有那樣的才能。她起初一愣，隨即鎮定自如了。

她謙虛地說：「還沒有人將〈愚公移山〉一篇從頭至尾譜完曲。所以我恐怕唱不下來。不過我可以試一試。唱不下來時只求大家別笑話我……」言罷又唱：

一座叫做太行山，

一座叫做王屋山……

除了她在臺上唱著，再無任何人口中發聲。人們聽歌星唱流行歌曲早覺不新鮮了。而且經常到那個酒吧刷夜的男女，基本上都能唱得挺中聽。但是從頭至尾地唱文章，在他們聽來簡直堪稱一絕啊！他們對於臺上的肖冬梅都不同程度地有那麼點兒著迷了。這小妮子跟誰學的那一手呢？她唱得特別的莊重。她的莊重是基於本能的崇敬。然而人們，包括「大姐」以及那些三十多歲的搖滾歌手，卻以為她分明的是在以一種「黑色幽默」的風格在唱著。而且她說了，〈愚公移山〉沒人譜完過呀！她是即興地在臺上邊譜邊唱呀！「黑色幽默」那是多麼高境界的演唱風格啊！小小的年齡，她怎麼竟能將「黑色幽默」這一種高境界的演唱風格把握得爐火純青呢？

人們不但開始對她著迷，也開始欣賞她了。

她由氣氛，由人們的表情感受到了這一點。她的虛榮心獲得到空前的滿足。是的，在那一個夜晚，在那一個時刻，在那一個酒吧裡，這初一女紅衛兵的虛榮心高潮到了頂點。而虛榮心是這樣一種心理現象，倘不被關注或反過來遭到嘲笑，它帶給人的是自卑和痛苦；倘有人鼓掌有人喝彩有人欣賞有人為之著迷，則那虛榮便會膨脹為極端的自信和亢奮。它以一種不真實又似乎挺真實的狀態，使人那會兒變得意氣充沛神采飛揚。甚至可以使人那會兒變得漂亮起來……

本就清秀俏麗的她，在膨脹的虛榮心和酒精的混合作用下，字正腔圓地將〈愚公移山〉從頭至尾有板有眼有韻有律地唱完了，其間僅僅換了幾口氣。

她在比前兩番更持久的掌聲和集體的喝彩聲中連連鞠躬致謝。

「大姐」急步匆匆地到臺上來了。

「大姐」揚起雙手替她制止著掌聲和喝彩聲，堅決地說：「不唱了不唱了，到此為止！為你們唱壞了我小妹的嗓子我們太不值得，你們誰又能負得起責任？」

「大姐」摟著她肩陪她回到座位，以心疼般的語調說：「哎呀我的寶貝，哎呀哎呀，你可真行！你也太給姐長臉啦！姐哪兒能想到你還有這一手兒呢？你讓姐服氣死啦！」

「大姐」差兩、三分就醉到十分的地步了。

「大姐」將一隻杯擎送到她唇邊又說：「快喝幾口果汁潤潤嗓子！」

她接過杯一飲而盡。

不料想那杯中不是果汁，是洋酒。

她不由得伸出舌頭，也顧不上斯文不斯文的，趕緊伸手抓了塊冰塞入口中嘎啦嘎啦地大嚼起來。然而冰的沁涼只能舒服她的舌喉，並不能鎮滅她胸中的酒焰。

她覺得心裡在熊熊地燒著一把火似的，看「大姐」的臉一會兒遠一會兒近的直晃。

此時有一位戴眼鏡的中年男人走了過來，彎下腰禮貌之至地說：「小姐貴姓，能否給我個聯絡方法？」

「大姐」醉眼乜斜地瞪著他拒人千里地問：「想幹什麼？」

他說：「我是唱片公司的業務部經理，我認為你妹妹很有歌唱前途，如果能與我們公司合作，經我們包裝後隆重推出，有望成為一顆耀眼的歌星呀！」

「大姐」說：「別囉嗦，拿名片來！」

那人趕緊掏出一張名片雙手呈遞。

「大姐」掠過名片，湊近燭光看了一眼，立刻喜笑顏開地又說：「明明知道我是她姐，有話幹嘛不先跟我說?從現在起，我就是她的經紀人了!咱們開誠佈公談談條件吧！」

那人笑道：「這兒哪是談正經事兒的地方呢？」

「大姐」說：「那你找個清靜的地方，邊吃夜宵邊談。你買單！」

那人巴不得地說：「最好最好，當然當然……」

「大姐」和那人說話時，紅衛兵肖冬梅撐持不住頭腦暈眩，雙臂往桌上一疊，將臉伏在手臂上了。「大姐」和那人說了些什麼，她是一句也沒聽入耳。

紅衛兵肖冬梅在那家酒吧掀起了一場「文革」歌曲大家唱的熱潮。先是搖滾樂隊隊員們以搖滾風格唱了「東方紅」和「三大紀律八項注意」，接著男男女女們或單獨登臺或結伴登臺，你獻唱語錄歌，他獻唱詩詞歌；語錄歌詩詞歌都不會唱的，便唱「革命樣板戲」。人們那麼唱時，似乎是在受一種全體的懷舊心理的左右。其實那根本談不上是什麼懷舊心理的表現，只不過是全體地默認了一種亦莊亦諧的娛樂方式。太莊則就不成其為娛樂；太諧也就接近著鬧騰。而徹底的鬧騰又不是那種場合人人都能接受的。亦莊亦諧彷彿懷舊，正符合著那一些男女們那一時刻所選擇的宣泄分寸。

唱片公司的業務部經理開著門，「大姐」架傷患似的架著肖冬梅剛離開不久，酒吧經理前來視察了——他望著臺上人們的如醉如癡，耳聽著「鬼見愁」之類的「文革」歌曲，納悶兒地自言自語：「今晚我這兒是怎麼了？都抽的哪一種風呢？」

「大姐」醉成那樣兒，居然還能認出自己的車。

唱片公司的業務部經理說：「您就別開車了，請你們姐倆坐我的車吧？」

「大姐」豎眉瞪眼地說：「坐你的車？我看你居心不良！」

他說：「您多心了。不是您要求我先找個清靜的地方初步談談條件的麼？你們姐倆等著，我去把車開過來……」

等他將他的車開到「大姐」的車旁，「大姐」已伏在方向盤上昏然大睡了。而肖冬梅較「大姐」要睡得舒服多了，她蹺腿側躺在後座，嘴裡還一味嘟噥著：「刷夜真好，刷夜真好，姐不回家嘛！還刷嘛還刷嘛……」

車內充滿了「大姐」倆口中呼出的酒氣，那當經理的男人打開「大姐」的車門，剛伸頭進車門說出一個「請」字，立刻被酒氣逼得縮回了他的頭。酒這種東西的氣味兒是這樣的——打開瓶蓋是香的，斟在杯裡是香的，飲在口中也是香的，但若進入胃腸氣味兒再從口中呼出，則就不香了。無論多麼高級的酒都是這樣，它的氣味兒也無論從男人的還是女人的口中呼出都是這樣……

幸而那當經理的男人是位正派男人。他想她們姐倆都這樣了還談什麼呀？又想這姐倆若是沒人管，就這麼昏然大睡在車裡也不是個事呀！他有心將她們送回家，又不知她們住哪兒。車門從外邊是鎖不上的呀，連車門都不鎖她們的情形可太不安全了呀！這個對女人挺講道義感的男人靈機一動，不避嫌疑地翻起「大姐」的挎包來，「大姐」的一個小電話本兒正巧帶在包裡。他就翻著電話本兒，用自己的手機一一按上邊的號碼給別人打起電話來：

「喂，先生，對不起，您不認識我……您認識一位三十多歲的身材高挑的女士嗎？對不起，我也說不上她的名字……但我知道她就是本市從前文藝圈兒裡那位大姐大呀……」

「喂，小姐，對不起，您不認識我……」

幸而他不厭其煩，遭到對方懷疑性的訓斥也不在乎，終於聯繫上了一位古道熱腸的男人。

半小時後那男人乘計程車趕到，兩個男人一見面竟認識，是畢業了就沒見過面的大學同學。後趕來的男人在晚報當文藝部的記者，他坦言他是「大姐」的好友。

當經理的男人心領神會地笑道：「不管你是不是她好友，反正咱倆認識，我就百分之百地放心了。否則，來一個陌生男人，我還真不知究竟該不該把這車的鑰匙交給他。我決定明天上午代表公司與她們談合作問題，到時刻她姐倆出了問題我可向公安局檢舉你！」

當記者的男人伸手接過車鑰匙時，有意無意地看了一眼手錶，那會兒已是夜裡兩點多了。

他一本正經地說：「我和她只是朋友而已。她看重的是我的為人，我們關係很純潔的。」說完，打開駕駛室那一邊的車門，小心翼翼地將過氣的「大姐」橫抱了出來，宛如橫抱出一隻古董花瓶。當經理的男人，已將另一邊的車門替他打開了。他繞過車頭，重新將胡雪玫放入車裡。好在她苗條，醉睡如泥，臂腿軟垂著，怎麼擺佈怎麼是，抱出放入的就格外順利。當記者的男人心特細，見車內有墊，又將一個墊兒塞在她頸後，使她的頭往後靠得舒服些。

當經理的男人也一本正經地說：「我看出來了，你對她是真不錯。我也得心疼這個小的，也許這個小的以後就是敝公司那一片天空上的星了！」於是將另一個墊兒替肖冬梅墊在頭下了。

「哎，你結婚沒有？」

「光棍一條。」

「說清楚，是二茬光棍，還是原始光棍？」

「當然是原始的。想做媒？」

「你這位元大記者，還用我做媒？」

「我這個圈子裡的女性，有幾個真瞧得起我們記者的。她們只不過經常得利用我們罷了。」

「她也沒結婚吧？既然你們是朋友，她又看重你的為人，何不把她套牢？」

當記者的男人苦笑道：「我倒想，可她哪兒容我得逞啊！」

兩個各有動機的惜花憐玉的男人，又聊了幾句男人們之間那種不鹹不淡的話，說分手就分手了。

5

肖冬梅是被「大姐」的叫聲驚醒過來的。

她醒前正做著夢。先夢到自己是模特兒，在絢幻的燈光中，身上不斷地變換著霓裳彩衣般的時裝，邁著優雅如仙女般的步子，在T形臺上走來走去。而T形臺上陣陣地飄著濃霧似的瑞氣，使她看去像是駕雲的人兒。而她自己彷彿分成了兩個人。一個走在T形臺上，一個坐在觀賞座間。而且，觀賞著的自己，竟對表演著的自己心生出無比強烈的嫉妒。

後來T形臺又成歌唱臺了，自己又不是模特兒而是歌星了。為自己伴奏的，正是那些長髮的或禿頭的小夥子……怎麼他們都戴著紅衛兵袖標呢？咦，自己怎麼也戴著紅衛兵袖標了呢？而且，自己穿的是無袖的演出裙。紅衛兵袖標戴在裸臂上多難看呀！她一邊唱著「抬頭望見北斗星，心中想念毛澤東」，一邊想用另一隻手將裸臂上的紅衛兵袖標扯下來。然而無論怎麼扯都扯不下來。奇怪呀奇怪呀！紅衛兵袖標是用什麼別在裸臂上的呢？也沒發現有別針呀！難道是用線縫在裸臂上的麼？看不出針角呀！難道是用膠粘在裸臂上的麼？可袖標和手臂之間竟能伸過另一隻手！手一攥，袖標就皺在手裡了。手一鬆，「紅衛兵」三個字又呈現著了。扯時一點兒都不疼，但卻鮮血流淌。袖標和自己的裸臂，彷彿組成著一種魔環和魔棍之間的關係。別人要想將它們分開簡直是癡心妄想，魔術師卻能眨眼間就輕而易舉地將它們分開，而自己卻不是嫻熟地掌握那奧秘的魔術師……

聽自己唱歌的人真多真多啊！人山人海！千千萬萬條手臂不停地揮舞著。咦，咦，怎麼人們的手臂上也都戴著紅衛兵袖標呢？「大姐」不是始終不相信自己是什麼紅衛兵麼？「大姐」不是說「文革」早成歷史了麼？「大姐」不是說今年已經是二〇〇一年了麼？難道又一場「文化大革命」爆發了？那不是「大姐」麼？「大姐」怎麼也成了剪短髮穿一套綠衣褲的紅衛兵了？她身旁那不是自己的親姐姐肖冬雲麼？親姐姐身旁那不是自己的兩名紅衛兵戰友趙衛東和李建國麼？「大姐」和親姐和他們都在喊什麼呢？他們似乎在喊「萬歲！萬歲！」怎麼聽起來像是在喊「反對！反對！」呢？千千萬萬的人也在一邊揮舞著手臂一邊喊，聲浪此起彼伏，忽遠忽近，忽強忽弱。這一陣聽來像是「萬歲！萬歲！」那一陣聽來像是「反對！反對！」

忽然許多人向臺上衝來。最先躍上臺的是「大姐」、姐和兩名紅衛兵戰友。呀！呀！他們手中明晃晃的都拿的是什麼呀？那不是一把一把的剪刀麼？拿在他們另一隻手中的瓶子裡裝的又是什麼呢？是洋酒麼？他們喝醉了麼？紅衛兵是可以耍酒瘋的麼？天啊天啊，他們怎麼剪起為她伴奏的長髮青年們的長髮來了？她正欲阻止，長髮青年們的長髮已紛紛落地，好像並不全是被他們剪下來的，也有被他們生生扯下來的。他們手中的瓶子裡裝的原來是墨汁呀！他們對著酒瓶飲酒似地含一口墨汁，向她的伴奏者們噴一次，於是她的伴奏者們的臉全都黑了。比她從畫報上從新聞電影中見過的一切黑人的臉更黑。

接著自己的親姐姐和自己的兩名紅衛兵戰友，以及隨後躍上臺的一些人們，團團圍住了自己那位曾是大姐大的「大姐」——姐們圍著她大跳忠字舞。「大姐」害怕極了，驚恐地瞪大雙眼，咧嘴無聲地哭。她想衝過去護「大姐」，但自己彷彿被定身法定在了，站在原地動彈不得。「大姐」被許多手高高地舉起來了，那些手似乎要將「大姐」拋下臺去……「大姐」終於尖叫了一聲：「小妹救我……」

那一聲叫驚神泣鬼……

她就在那一時刻夢醒了——睜開雙眼，四周打量了一遍又打量一遍，才算漸漸憶起自己人在何處。口乾舌燥，頭疼欲裂。掙扎起癱軟的身子，慢慢走到純淨水器那兒接了杯冷水一飲而盡，方覺清醒。坐在沙發上呆呆回憶，繼而回憶起了一夜的荒唐一夜的自我放縱，但那是些不大能連綴得起來的片片斷斷的回憶。至於怎麼回到「大姐」家的，則一片空白了……

她聽到「大姐」的臥室裡傳出「大姐」的聲音，像是夢中的呻吟。知「大姐」也回到家裡了，遂安其心。自作自受！誰叫你喝那麼多酒，這會兒不難受才怪了呢！還用酒灌我，使我也忘乎所以起來，活該受點兒懲罰！她笑了。「大姐」夢中的呻吟使她解恨。但「刷夜」的快活和放縱的快感又使她回味無窮。那是她出生以來最放縱的一個夜晚。

最？此前她根本就沒稍微地放縱過自己啊！中學也罷，小學也罷，學齡前也罷，她可一直都是循規蹈矩，言行謹束的好女孩兒好女生呀！「文革」開始以後她也並未張狂啊！越細細地回憶，越覺昨夜的自我放縱太有墮落的意味兒。但是……但是墮落的感覺多麼來勁兒多麼的好哇！

她想，如果人的身體，尤其青春勃發的人的身體，有時需要劇烈的體育運動來證明它的能量無限的話，那麼「墮落」一番或者也是其所需要的刺激性的「運動」吧？

她這麼想時，深覺自己昨夜確實是「墮落」過一番了。既為自己的「墮落」感到可恥，更為自己的想法感到可恥。甚而，認為自己的頭腦之中竟產生那麼一種可恥的想法，簡直是意識的醜惡了。

但理念的風車一經轉動，所形成的思想的風就不會自行停止了。她越是命令自己懸崖勒馬別再想下去，越是感到繼續想下去的可怕，越是無法勒住她思想的韁繩……

「文化大革命」是不是一場紅衛兵們的精神所需要的刺激性的「運動」呢？否則為什麼整整一代的青年陷入了空前的亢奮？將社會這輛車子的全部車輪瘋狂卸下，當成自己喜歡玩的滾環一樣，是不是也能證明紅衛兵們紅小兵們的精神能量無限？是否更意味著是一件刺激的事，而實際上與「三忠於四無限」並沒什麼內在的關係，革命口號只不過是瘋狂的藉口罷了呢？

她不但因自己的思想感到可恥和可怕，而且也感到萬分的罪過了。

多麼反動的思想啊！

不許再想不許再想不許——她的身子離開了沙發靠背，坐得極為端正，並且緊緊閉上了雙眼，為的是使那理念的風車停止轉動。

而她這樣對自己的頭腦確起到了一點點作用。思想的速度漸緩，嗅覺開始變得靈敏了——什麼味兒？酒味兒！哪兒來的？

她仍閉著眼睛，東聞西聞，覺得酒味兒是自身散發的。不很濃，但無疑是酒味兒。抬起一隻手臂聞了聞，彷彿每一個毛孔都往外透著酒味兒。當然，她昨夜飲那點兒酒，並不足以使她如此。只不過她醉意一過，對酒味兒又恢復了特別靈敏的反應罷了。那也不純粹是酒味兒，恰當地說是包含有微微的酒味兒的汗味兒。房間裡沒開空調，一身一身的熱汗，是被弄回家以後醉睡之中出的。

一名毛主席的紅衛兵，一名初中女生身上竟有酒味兒！墮落呀墮落呀，可恥呀可恥呀！

她一躍而起，衝入了洗漱間——對於刷夜的好回憶，刹那間被破壞了。

正在蓮花頭下沖著沖著，猛聽一聲呼叫：「小妹……」

是「大姐」在呼叫。

「小妹……小……救我……」

「大姐」又呼叫！

她像一隻正在戲水的水獺一樣快速地竄出了洗漱間，衝入了「大姐」的臥室。她看到的情形使她大吃一驚，也使她一時呆住了——「大姐」身上騎壓著一個男人。那男人的一隻手將「大姐」的雙手同時按住在「大姐」的頭上方，另一隻手捂住「大姐」的嘴。「大姐」的身子在那男人的身子下扭動著，「大姐」的兩條修長的腿亂踢亂蹬，但一下也不能踢蹬在那男人身上。那男人完全地赤裸著，「大姐」也是。

他朝她扭頭一看，兇惡地吼：「滾出去！」

她渾身一抖，雙手本能地捂上了眼睛，並不由自主地往外倒退。

「小妹別離開！救我……」

「大姐」趁那男人一分神，終於完整地喊出了兩句話。

紅衛兵肖冬梅頓時變得勇敢無畏，她垂下雙手，睜開眼睛，四下裡尋找可以打擊那男人的東西。

「大姐」的臥室裡沒有任何可打擊人的東西。連只花瓶都沒有，連臺燈也沒有。燈全是鑲在牆裡的，用不著座兒。

但她還是發現了一件「武器」。一經發現，迅速用以實施憤怒的打擊。她將她全身的勁兒都集中在那件「武器」上了。她將它高舉起來，斜砍下去，彷彿它是一柄斧。

那男人呻吟一聲，從「大姐」身上栽倒了。「大姐」補一腳，他滾下床去。他臉朝下趴在地上，死了似的。

紅衛兵肖冬梅還準備進行第二下打擊的手舉著「大姐」的一隻高跟鞋，僵在空中。她手中的高跟鞋已經無跟了，在擊中那男人的後腦的同時，掉在床上了。

「大姐」扯起床單將自己下身圍起，跳下床，推肖冬梅離開了臥室。

「大姐」坐在沙發上猛吸幾口煙，抬頭看著她說：「穿上件衣服！」

她這才意識到自己一絲不掛也像「大姐」剛才一樣赤身裸體著，而且渾身上下水淋淋的。

她趕緊抓起搭在椅上的海魂衫裙穿，由於心慌，將裙當成了衫。

「大姐」又吸一口煙，比較地鎮定了，小聲說：「謝謝你。別慌，慌什麼？慢慢穿。」

她終於穿好。渾身哆嗦，哭了。

「你哭什麼？」

「姐我害怕……他要是死了，我不是成罪犯了麼？」

「別害怕。不管出了多大事兒，由我來頂著。因為你是為了解救我。」

「姐他……他是怎麼進來的?」

「我哪兒知道。我倒是認識他,從前和我關係還不錯……起初我以為我是在做夢……這王八蛋!從前和我關係不錯也不可以對我那樣啊!我要是不反抗我成什麼了我?我一反抗……他卻兇惡起來了……打死他也活該……」

「姐咱們趕快報案吧!」

「案是必定要報的,但不應該是這會兒。」

「那還等什麼呀?」

「我總得沖個澡,穿上衣服吧?」

「大姐」說著站起身,除去床單,裸著走入洗漱間去了。

「大姐」剛洗了沒兩三分鐘,肖冬梅也裸著身子又進了洗漱間。

「你怎麼又進來了?」

「我一個人待在外邊怕……」

「你……」

「我一身肥皂沫兒沒來得及沖掉……」

「大姐」謹慎地將門把手按了一下,反鎖上了門。猶豫一下,又將拖布放在近處以防萬一。

兩個輪著沖洗的當兒,「大姐」囑咐地說:「如果他真死了,我就承認是我打死他的。他要強姦我,我合理自衛。而你可千萬要一問三不知。你就講你看見他時,他已然趴在地上了。我報案前,你只負責一件事兒，把我那只鞋擦幾遍，而後我要搞上我的指紋……」

「大姐」的仁義決定使肖冬梅大受感動。

她也仁義地說：「姐還是由我來承擔後果吧！我年齡小，服十年刑後才二十六、七歲……」

「大姐」同樣大受感動，凝視她片刻，忍不住摟抱著她臉上肩上前胸親了她好幾下。

兩個小心翼翼地出了洗漱間，各自迅速穿好衣服，一個手握一把切瓜刀，一個手提一隻啤酒瓶，輕輕推開臥室門，卻見那男人已不見了。

她說：「姐他沒死！」

「大姐」說：「看來王八蛋是沒死……」

二人放心大膽地進了那臥室，四隻眼睛仔細看，發現那男人的短褲搭在燈罩上。

她指著說：「姐那一定是他的！」

「大姐」說：「不是他的還能是我的麼？」

「他怎麼……把它……搭在燈罩上？」

「怕著急穿時找不到吧？這符合他的性格，想占別人便宜時也是膽怯又心細……」

一姐一妹對視一眼，同時哈哈大笑。笑得都撲倒於床，摟抱在一起翻來滾去的。

笑夠了，肖冬梅問：「那姐咱們現在是不是還得報案啊？」

「大姐」說：「還報案幹什麼呢？」

「要是他去報案了呢？」

「他報案？那不會的！他怎麼說？」
「那……這件事兒就這麼算了？」
「也只能就這麼算了……張揚出去對我有什麼好？」
「可也是……那你們以後不定在哪種場合又見著了，你拿他怎麼辦？」
「我能拿他怎麼辦呢？他如果裝得還是個正人君子似的，我也只有裝得還和他是朋友唄……」
「太便宜他了！」
「他也沒能得逞。再說你那一鞋跟也夠他記住一陣子教訓的。」
「大姐」坐起身說餓了。
肖冬梅說她也餓了。
於是，姐妹倆各自吃了兩片麵包，喝了一杯奶。
之後，「大姐」說她還睏，肖冬梅同樣覺得沒睡夠。發生了剛才的一番驚險，分明的，二人的神經都很需要充分的休息。
「大姐」說她不願還睡自己的床了。說覺得自己那床那臥室以及臥室裡的空氣，已被那王八蛋男人污染了，得徹底消一番毒心理上才不覺得髒。
於是「大姐」也到她的房間去睡。她的房間有兩張單人床，是為了方便客人偶爾留宿才設的。二人重新躺下以後，相互沒說幾句話，又都睡著了。
驚魂甫定後入睡的肖冬梅，竟沒再做什麼噩夢。她睡得很沉，甚至打了幾聲輕微的鼾。

當她再次醒來，已快十一點了。倘不是「大姐」將她弄醒了，她也許會晝夜顛倒地一直睡到下午。「大姐」不知何時到了她的床上。是「大姐」將她擠醒的……

她雖醒了，卻不睜開眼睛，渾身懶倦地問：「姐幾點了？」

「大姐」小聲說：「你既不必上學，也不必上班，問幾點了幹什麼？」

她又問：「姐你不睡了呀？」

「大姐」說：「我睡夠了。」「大姐」的一隻手臂摟在她腰間，還企圖將另一隻手臂從她頸下伸過去。

她說：「姐你別鬧我。我還睏著呢。睡懶覺真好！」

她說著，朝牆那一邊翻過身去。

「大姐」說：「那你就繼續睡……」

但「大姐」的一隻手臂，又從後摟在她腰間了。這一種合睡一床的親暱，乃是她所習慣的。因為自幼她和親姐姐就同睡一個房間。颳風下雨打雷的夜裡，她一旦害怕起來，便會要求姐姐睡到她的床上去。是初中生以後，關了燈，姐妹倆常說一會兒話。無非各自班裡師生之間的關係，或對各自班裡某些男女同學的看法。有時各自都說得欲罷不能，姐姐便會擠到她的床上來。或者，姐姐在自己的床上讀一部什麼小說給她聽，她聽得有興，也會擠到姐姐的床上去。姐妹倆在一張床上合睡至天明不但是常事，而且姐姐的手臂，也每從後摟在她腰間，就像這會兒這一位「大姐」的手臂從後摟在她腰間一樣。

這一種親暱既是她所習慣的，甚至也是她所自幼願意接受的，會使她心底產生被愛的愉快。

是的，她正是懷著這一種被愛的愉快，往又懶倦又舒服的綿綿睡意裡遊。

然而「大姐」的手臂並不像親姐姐的手臂那麼安安分分地摟在她腰間。「大姐」的手開始撫摸她的身子。起初是從她的肩頭順著她的臂撫摸下去。「大姐」的手心那麼細潤，輕輕地一遍一遍地撫摸在她身上，使她覺得自己接近著享受。

她任之由之，又快睡著了。

然而「大姐」的手也不止於應該有限制的撫摸，竟開始冒犯她的腿了。

這在她心底引起了不想明說的反感，因為她那會兒實在是又睏極了。

「姐你別鬧嘛！讓我再好好睡一覺……」

「大姐」一扳她的肩，她由側臥而仰臥著了。「大姐」順勢伏在她身上了……

「大姐」俯視著她的臉說：「寶貝兒，我喜歡你。」

她說：「這我明白。我也喜歡你呀姐。」

「大姐」親她腦門兒，她一動未動，任之由之。

「大姐」又想親她嘴，她的頭在枕上左躲右躲，沒讓「大姐」達到目的。

「大姐」笑了……

她也笑了，但她的眉已同時皺起。

「大姐」說：「你太可愛了。真的。我越來越覺得你可愛……」

她說：「姐，別胡鬧了，行行好讓我睡吧！」她的話已帶著請求的意味兒了。

然而「大姐」卻不肯「行好」。

「大姐」的身子往下一縮，將頭縮到了她胸脯那兒。她胸前戴的是「大姐」給她的乳罩。「大姐」一扯，她的兩隻白白的乳房暴露出來了。乳罩勒在它們下面，使它們看去是更豐滿更聳挺了。

「姐你幹什麼呀？」

她臉紅得都快滲出血了。而她周身的血由於害羞都快沸騰了——她本能地用雙手護她的乳房。

「大姐」的雙手各抓住了她的一隻手。分明的，「大姐」企圖制服她的雙手，就像那王八蛋男人企圖制服「大姐」的雙手。也分明的，「大姐」企圖制服她的雙手，為的是要親吻她的乳房。

這位「大姐」是怎麼了？

接下去這位「大姐」還會對自己如何？

「討厭！」

她由害羞而憤怒了。那是一種被侵犯時的本能。倘對方是男人，那麼它體現為驚恐。倘對方是女人，才體現為憤怒。

她蹺收雙腿，正如武俠小說裡寫的那樣，「兔子蹬鷹」似的，運足氣力，一下子將「大姐」蹬到了地上。

她只聽到了「大姐」落地時發出的跌聲，沒聽到「大姐」叫。這使她的心一提——怎麼沒叫呢？

那王八蛋男人臉朝下趴在地上的情形立刻浮現眼前，可別剛剛虛驚一場，接著又面臨椿嚴峻事件呀！

何必用那麼大的勁兒一蹬呢？於是大大地失悔和不安起來。微微睜開一隻眼朝床下瞥，見「大姐」坐在離床三米遠處，上身後仰，雙臂撐地，一條腿斜伸著，另一條腿高高地蹺著，彷彿才做完不及格的翻滾動作。

「大姐」亦窘亦怔地望著她。

她覺得好氣又好笑，索性不予理睬，複面朝牆側過身去。

突然門鈴響了。響得有節奏，卻持續不斷，響兩秒，停一秒，再響……

「大姐」一聲不吭地起身離開了臥室。

片刻，「大姐」又回到了床邊，捅她：「是公安局的！」

「公安局」三字使她如被電擊，全身一激靈，猛地坐起。

「騙人！」

「不騙你。我從『貓眼』看了，確實是公安局的……」

「你不是說他不會去報案麼？」

「我怎麼知道那麼……反正公安局的已經在門外了，還不快穿衣服！」

說話間，門鈴一直在響。

「大姐」高叫：「等會兒！」也轉身找衣穿去了。

待兩個都穿好衣服，「大姐」表情異常鄭重地說：「別忘了我叮囑過你的話！」

開了門，門外果然站著三名公安人員，為首的一名問「大姐」：「姓胡？叫胡雪玫？」

「大姐」默默點頭。

對方望著肖冬梅又問「大姐」：「她是誰？」

「大姐」低聲回答：「我小妹。」

這時，從三名公安人員背後閃出了紅衛兵肖冬雲。肖冬雲還穿著自己那身草綠衣褲，頭上仍戴著軍帽，臂上紅衛兵袖標猶在。總之紅衛兵肖冬雲看去依然是三十幾年前的紅衛兵。

為首的那名公安人員指著肖冬梅再問肖冬雲：「也許我們的線索錯了，她不可能是你妹妹吧？」

肖冬雲近了一步，一腳門裡一腳門外望著自己的妹妹，失望地搖頭。

肖冬梅卻一眼認出了姐姐，興奮地叫起來：「姐！」

肖冬雲眼一亮，細看肖冬梅，認出了是自己妹妹。然而她張著嘴，一時愣得說不出話——肖冬梅匆忙之間，穿在身上的是「大姐」的紫色睡裙。她穿著太長，胸部也就暴露得甚多。

公安人員們面面相覷，不明白為什麼一個搖頭，另一個不管不顧地叫姐。

肖冬雲卻已幾步跨到了肖冬梅跟前，揮起手臂，狠狠地搧了妹妹一耳光。

胡雪玫抗議道：「你憑什麼打人？」

肖冬雲倏轉身，又狠狠搧了胡雪玫一耳光，振振有理地怒斥：「我妹妹怎麼變成了這副樣子？肯定是你把她給腐蝕了！」當過模特兒的胡雪玫個子高，肖冬雲搧她那一耳光時，雙腳跳起了一下。

胡雪玫自出生以來，從未被誰當眾搧過耳光，她捂著臉一時發懵。

肖冬梅也氣極了，雙手一推，姐姐被推得倒退而出。

她指著姐姐大聲說：「不錯，你是我姐姐；但她也是我姐姐，你憑什麼連她也打？」

「好啊，好啊，腐蝕你的人居然也成了你姐姐！你照照鏡子，你還能認出你自己麼？」

「我把頭髮剪得這麼短是我願意的！我穿這件睡裙是因為我喜歡！實話告訴你姐，我還噴香水了呢，我還塗眼影了呢，我還抹口紅了呢，昨天晚上我還刷夜刷了個通宵呢！怎麼？不配是你妹妹了？你要是覺得不配是你妹妹了那咱們就乾脆脫離姐妹關係！」

肖冬梅氣得淚眼汪汪了……

肖冬雲也氣得淚眼汪汪了……

姐妹倆誰都沒想到，她們分開了三十小時左右再見到時，竟會劍拔弩張。

胡雪玫此刻也不幹了，她衝著公安人員們嚷嚷：「你們敲開我的家門，究竟有何貴幹？她揮手就打人，你們眼看著都不管，你們不是慫恿是什麼意思？今天你們非得給我個說法不可，否則我鬧到你們公安局去！」

為首的公安人員息事寧人地說：「安靜，女士們請安靜！胡女士，我們首先得請您多多原諒。我們鬧開您的家門，實在是因為公務在身啊！她動手打人當然是不對的，可她……這麼著吧，我們替她請罪了，就算打在我們臉上了行不行？」

「明明我挨了一耳光，就算打在你們臉上了？不行！」胡雪玫雙手叉腰，柳眉倒豎。

「胡女士，事情比較的……我也是老公安在執行新任務，缺乏經驗，缺乏經驗。我想，我們必須單獨談一談……」

他說著，將胡雪玫從室內扯到了室外。儘管她不停地抗議著，還是被扯下了樓梯，扯出樓門，推進了停在樓外的公安局的車裡。

「胡女士，事情是這樣的……」他吸了幾口煙，以從頭講一個傳奇故事那種神秘表情開始就他瞭解的情況細說端詳。

當胡雪玫重新回到她的家裡，肖冬梅姐妹倆已經在另兩名公安人員的勸解下和好了。

姐姐肖冬雲重見胡雪玫，不免難為情，滿面愧色地說：「你好心收留了我妹妹，我本該謝你的，反而……我是因為太難以接受我妹妹剛才的樣子了……」

胡雪玫心不在焉地說：「沒什麼。既然已經有人替你解釋清楚了，我不計較。」

儘管嘴上這麼說，心裡卻仍糊塗一片的。三十幾年前的紅衛兵又活過來了——她比肖冬雲難以接受自己妹妹剛才的樣子更難以接受這種事兒。但一位公安局的處長親口講給她聽的，而且是當成重要任務執行著的事兒，又是不容她懷疑的啊。

而肖冬梅則在一旁嘟噥：「我剛才的樣子怎麼了？難道我剛才的樣子嚇人啊？」

她已經在姐姐的命令下，換上了紅衛兵時的衣服。

她對鏡旋轉著身子，繼續嘟噥：「女孩子穿這身衣服究竟有什麼好的呢？我可不願意與眾不同。如果中國真的已經沒有紅衛兵了，那我也不當紅衛兵了……」

肖冬雲板起臉喝道：「住口！說話前要掂掂輕重！」

胡雪玫走到肖冬梅面前，想說什麼，張了幾張嘴，竟一句話也沒說出來。

她轉身茫然地望著公安人員們。

「那我們就別再繼續打擾胡女士了吧！」為首的那位處長率先朝房門轉過了身。

肖冬雲拉起肖冬梅的手小聲說：「快謝謝人家。」

肖冬梅看看胡雪玫，看看姐姐和公安人員們，猶猶豫豫地說：「要是還把我關回到那個大院兒去整天學語錄、鬥私批修、早請示晚彙報的，那我可不幹！那我還不如留在這兒！」

一名公安人員笑道：「那哪兒能呢！當時對你們那樣，完全是為了你們好嘛！保證不會再那樣就是了！」

肖冬梅沉吟半晌，又說：「如果騙了我，那我就再逃跑！」她望著胡雪玫問：「姐我如果再跑回到你這裡，你還會收留我麼？」

胡雪玫倍感欣慰地說：「當然會的呀！」

肖冬梅仍有點兒對胡雪玫這位「大姐」和胡雪玫的家依依不捨，她要求坐胡雪玫的車，由胡雪玫開著親自將她送回到跑出來的那個地方。她的模樣看起來竟有幾分招人可憐了，彷彿被接回家過了些日子的精神病人不情願再回到精神病院去。我們都知道的，精神病人全那樣。

胡雪玫怎麼能不答應她的要求呢？她對肖冬梅也有點兒依依不捨的呀。

公安局的那位老處長也想坐進胡雪玫的車裡，肖冬梅說：「對不起，我還有些不願被別人聽到的話打算在車上對我這位姐說。」

老處長笑了：「理解，理解……」

於是胡雪玫的車在後，公安局的車在前，一路保持著相隔不遠的車距由市內向郊區開去。

路上，胡雪玫說：「小妹，我捨不得你走。」

肖冬梅說：「姐我知道。」

「我已經沒有親人了。父母去世了。哥哥也不在了。不但沒有親人了。而且，連個自己真心喜歡的人也沒發現。總算一不留神撿了你這麼個小妹；總算漸漸的喜歡你了，卻沒法兒留住你……」

「姐，只要我仍在這座城市裡，我一定經常回你家看望你……」

「回咱們的家。」

「對。回咱們的家。咱們的家多好啊！如果我不得不離開這座城市，那麼無論我到了哪裡，都會經常給你寫信的……」

「但願。」

「姐我到了別處，我會想你的……」

「我信……小妹，千萬別因為你把我蹬下床那件事兒瞧不起我……」

「姐，咱們都忘了那件事兒吧！」

兩人說著話的過程，車內一直迴盪一首流行歌曲：

見到你真的不容易

彷彿隔著幾個世紀
我們之間還能擁有的
只是越來越遠的距離
也許分手才是最好的結局
這樣的話我還是我你還是你
有些事我早已不在意
有些事你也該慢慢忘記……

車內迴盪著婉約纏綿的歌唱，如訴如泣，使人聯想到最後一場洗刷秋葉的霏雨，雖細細地下著，雖滴滴滿含著雨對葉子一向的柔情，而那一樹樹的秋葉，卻再也沒心思附麗於斯了，紛紛的無聲無息的飄落，寧肯鋪向濕漉漉的石徑或無路的土地……

音響開關是經肖冬梅的手輕按的。她對「大姐」那輛車本身的興趣遠不及她對車內音響裝置的興趣。至於音響裡傳出什麼內容的歌唱，她倒是不太留意聽的。三十幾年前的這一名初中女紅衛兵，對於三十幾年後演繹少男少女初戀情懷的歌唱，是不怎麼發生共鳴的。設若她也成了一名發燒友或追星族，那是很需要經過一番時代的改造的。她甚至不願認真聽一聽歌唱者究竟是男是女。她的頭隨著那婉約纏綿的歌唱扭來扭去，只不過在辨聽聲音到底是從哪個部位發出的。就情歌而言，她更喜歡聽三十幾年前的「敖包相會」或「在那遙遠的地方」一類。

所以，當她終於發現「大姐」臉上流淌著淚水時，她是多麼的驚訝啊！

「姐你又怎麼了？」

她問得疑惑也問得不安，並用一隻手撫摸了一下「大姐」把握方向盤的手。依她想來，「大姐」應該開心才是。畢竟的，她又和親姐姐在一起了。眼前這一位「大姐」，不但了卻了自己強加給她的一份義務，而且也從此擺脫了自己一籌莫展的依賴啊！

「大姐」任淚水在臉上流淌著，低聲說：「我捨不得讓你離開我。」

她這才明白「大姐」臉上的淚水證明著什麼。本以為「大姐」剛才那番依依不捨的話，是相互有了點兒感情的人們即將分別時照例都要說的，想不到卻是「大姐」如此真心實意的話！

她一時沉默，反不知自己該說些什麼好了。再聽那歌唱，似乎是專為她和「大姐」的即將分別而如訴如泣著了。

及至車開到她所熟悉的那所院子的大門外停住，望著寫滿院牆的紅色標語，以及院中那一尊揮招大手的毛主席塑像，紅衛兵肖冬梅自己臉上，也不知不覺淌下了淚。親姐姐肖冬雲坐的那輛公安局的車在「大姐」的車前停住，親姐姐肖冬雲和三名公安人員已下了車，在等著她倆也下車。

「你就是從這兒逃出來的？」

「嗯。」

「這地方還挺好的。把牆上的標語粉刷了，把毛主席像移走，再把周邊環境好好改造一番，我看值得投資辦一所療養院，或者開發成一處度假村。再不建成封閉式管理的私立中學，也不愁招不到生員……」

「不好………」

紅衛兵肖冬梅想到的卻是在那院子裡度過的數天數夜，半軍事化的生活，聞號作息的嚴格時間制度，要求自己不能這樣不能那樣的實違各自性情的自覺，以及早請示、晚彙報、鬥私批修、政治學習、批評和自我批評……

「不好？我以為只有這種地方才更適合你待……」

「大姐」奇怪地轉臉看她。

「可……可現在我覺得這種地方一點兒也不好了。」

紅衛兵肖冬梅快哭了。離開那所院子還不到兩整天，她已經非常的不願回到那所院子裡了。

從院子裡走出了穿白大褂的「老院長」及兩名「軍宣隊員」，他們和公安人員們說些什麼，公安局的人指了指「大姐」的車。於是，「老院長」朝「大姐」的車走來。

「大姐」的雙手這才離開方向盤。她剛用手絹擦去臉上的淚痕，「老院長」們已走到了車旁。

「大姐」用愛莫能助的目光看著她，低聲說：「下車吧。」

她不得不打開了車門。那一時刻，淚水盈滿了她眼眶。

她剛一下車，「老院長」就將她擁抱住了，親切和藹地說：「孩子，肯定受了不少委屈吧？」

紅衛兵肖冬梅哭了……

「別哭，別哭，你這不回來了麼？這不又和你的紅衛兵戰友們在一起了麼？」

她真的覺得委屈了，哭得更厲害了……

她推開「老院長」，轉身投入「大姐」的懷抱，求助似的小聲說：「姐，我可怎麼辦啊？」

「大姐」什麼都不說，又將她推向了「老院長」那邊。之後，「大姐」一轉身坐入車裡去了——她覺出「大姐」已將什麼東西塞入她的手心。

公安局的那位處長對「老院長」說：「人我們找回來了，移交給你們了。沒我們的事兒，我們該回去了。」

「老院長」說了幾句感謝的話，他們先後上了自己的車。那位處長上公安局的車前，猶豫了一下，走到「大姐」的車旁，彎下腰打開車門對「大姐」說：「怎麼，還不走呀？我看她對你倒比對她親姐姐還親了。透露透露，怎麼和一名紅衛兵的關係搞得如此難捨難分？我對她們可一點兒好感都沒有。三十幾年前我父親是公安局的處長時，沒少被她們折騰……」

「大姐」將臉一扭，未理他。

肖冬梅隨著姐姐肖冬雲及「老院長」們進了那所院子，鐵柵門自動關上了。她落後二步，展開「大姐」塞在她手裡的紙條偷看，見紙條上寫的幾行字是——要是不願待在那地方了就給我打電話，我赴湯蹈火也會趕來把你營救出去的——並清清楚楚地寫著「大姐」的手機號碼。

她轉身隔著鐵柵門朝外望，「大姐」的車仍停在那兒。車窗搖下了，「大姐」正向她招手。

6

四名紅衛兵戰友重新相聚在一起，似乎彼此間都變得很陌生了。話不投機的情況經常發生，每每辯論甚至爭吵得面紅耳赤。

頂數肖冬梅最具有「造反」精神。她堅決地聲明自己永不再早請示、晚彙報，永不再三敬三祝。至於批評和自我批評，那也得看別人究竟錯了沒有，自己究竟錯了沒有。她毫不諱言自己已不能整天不想別的，只一味兒像從前似的在「靈魂深處鬥私批修」了。她甚至坦率又大膽地承認自己的靈魂已墮落了。

對她最有批判權的當然非她的親姐姐肖冬雲莫屬。

肖冬雲問她已經墮落到了什麼程度？

她就大談跟「大姐」在一起的種種開心。

末了說：「反正我不想再待在這種鬼地方了！」

親姐姐肖冬雲就恨不得又搧她耳光。

和妹妹正相反，肖冬雲一再表明自己絲毫不曾墮落。她誠實之極地彙報自己與紅衛兵戰友們分散後的經歷。當她講到那個偽裝好人的男人怎樣企圖侵犯她，以及那個半好半壞的司機怎樣對她心生歹念趁人之危時，紅衛兵戰友趙衛東和李建國一再打斷她，板著臉口吻嚴肅地詢問得很細。似乎不詢問得細，不聽她講得一清二楚，便有可能被她含糊交待蒙混過關。而那些經歷，一則是她不願重新回憶的；一則是她一個女孩兒家極不好意思明明白白地講的。她既不往明白了講，趙衛東和李建國自然就覺她講得有破綻，也自然就對她的絲毫不曾墮落存有幾分正當的懷疑。

肖冬梅從旁聽著他倆對姐姐一句推進一句的；細密不露的，簡直就等於是審問的訊問；看著他倆一忽兒嚴肅得可謂冷峻，一忽兒側目而視，眼神乜斜，分明是在揣度的表情，以及姐姐一心想要交待得清清白白，卻又難免的有所遮掩，不便掰開了揉碎了細說端詳的窘態，早已按捺不住沉默的定力，一迭聲地高叫：「抗議！抗議！我替我姐姐抗議！」

不料姐姐反瞪著她大加訓斥：「你不悄沒聲兒地反省，叫什麼叫？抗的什麼議？我該不該抗議我自己還不知道麼？用不著你替我抗議！滾回宿舍老老實實反省去！」

趙衛東卻說：「別叫她滾回宿舍去。叫她親眼目睹我們之間這一場靈魂和靈魂的短兵相接刺刀見紅，對她有特別的教育意義。興許有助於我們將她已墮落不堪的靈魂拯救過來。」他對肖冬雲這麼說完，倏地一轉臉，猝不及防地問肖冬梅，「那麼我們給你一個機會，談談你抗的什麼議吧！」

肖冬梅就理直氣壯地說：「你倆有何權力監察別人的靈魂？我們四個民主選舉你倆是什麼非常工作組了麼？我們四個離散後，兩天裡各自當然都會有一番經歷的，誰愛講便講，不愛講的也算不上是隱瞞罪過。幹嘛一句句盤問加逼問的？幹嘛非將一件好玩兒的事兒搞得大家都神經兮兮的？心理都有毛病了呀？」

肖冬梅說此番話時，肖冬雲竟沒打斷她。甚至是在靜靜地、全神貫注地聽她說。但一次次的，不由自主地將雙眼瞪得更大，將兩條帥氣青年那種英眉高高揚起，以表明她愕異的和並不被影響的立場。直至妹妹說罷，一分多鐘的集體的沉默中，她還是沒開口。她實在不知該說什麼好。她真的覺得兩天之內妹妹的變化判若兩人。她當然認為妹妹的話是完全錯誤的。究竟錯在什麼地方，究竟該從哪一個角度予以批判，又是她的認識能力和理論水準所達不到的了。對於自己所受的盤問加逼問，她不僅覺得委屈，其實也是反感的。只不過她要求自己認為，委屈是不對的，反感是不對的。要求自己認為，趙衛東和李建國兩名男性紅衛兵戰友，當然是有盤問自己加逼問自己的權力的。至於他倆為什麼有那樣的權力，她心裡又感到說不清道不明的糊塗一片了……

像趙衛東暗戀著肖冬雲一樣，李建國也是暗戀著肖冬梅的。趙衛東暗戀肖冬雲是不徹底的保爾·柯察金式的。而那不徹底的部分，是維特式的。兩種截然不同的方式所複合成的初戀心理，使他對肖冬雲既不可能如保爾·柯察金抗拒冬妮婭迷人的藍眼睛那麼「原則」，亦不可能如維特那般一心幻想著怎麼取悅於夏綠蒂的芳心。前一種不可能乃因他只不過是保爾·柯察金的中國模仿者，模仿者相對於事物的原狀必然是不徹底的。後一種不可能則是時代的文化背景造成的。在三十幾年前的中國，所謂「維特式的煩惱」，是根本不允許公開言說的一個話題，是整整一代人中的「維特」們的集體的隱私。彷彿是一種不存在的事實。儘管這名高中紅衛兵的性格，其實很接近著維特的內向和憂鬱。

李建國之暗戀肖冬梅，就沒趙衛東愛肖冬雲那麼矛盾了；他愛得相當簡單，以不至引起反感的取悅為方式。也愛得不失原則。那原則便是——會使肖冬梅不高興的話不說；會使肖冬梅不高興的事不做；會使自己直接站在肖冬梅對立面去的態度，那是一定不能明確地表達出來的。哪怕肖冬梅所說的話所做的事，是他很想反對的。在這一點上，他往往顯得特別的好脾氣。兩天前他對她的大聲斥責，以及他砸了臨街櫥窗的衝動行為，是由於他受到的刺激超過了他的自制力。那是一次「反常」，他正因而失悔。

所以，聽了肖冬梅那一番抗議的理由，李建國表現得相當平靜。他隨口背了一段毛主席語錄是——「一個正確的認識，往往需要經過由物質到精神，由精神到物質，即由實踐到認識，由認識到實踐這樣多次的反覆，才能夠完成。這就是馬克思主義的認識論，就是辯證唯物論的認識論。」

背完，就鄭重地表過了態似的，不再出聲了。在那樣一種時刻，背那樣一段毛主席語錄，莫說使趙衛東和肖冬雲感到莫明其妙，連肖冬梅也不由地連連眨眼，不解其意。

趙衛東的目光像鐘錶的秒針，將三名紅衛兵戰友的臉當成刻有時間的並列鐘錶盤似的，勻速移動了半分鐘。這使他們都明白，自己們的「思想核心」又要開始長篇大論的教誨了。

果然，趙衛東以從容不迫真理在胸的語調說：「剛才，親密的紅衛兵戰友肖冬梅同志，向我們談到了所謂靈魂問題。並且以強烈的抗議的態度，對我們是否有權關注和過問自己親密戰友的靈魂狀況表示了她的異議。

「我首先聲明三點：一，我認為她的問題提得好。這個問題，本是應該由珍惜自己靈魂之革命純潔性的人提出的，既然我們還沒來得及提，被親密的戰友肖冬梅同志首先提出了，所以好。因為正確的思想以答辯的而非宣戰的方式體現，更有益於證明其正確性和真理性。

「二，我們視她為我們親密的紅衛兵戰友，仍稱她為我們親密的紅衛兵戰友，乃因我認為，在目前的情況下，每一個曾經與我們思想一致的人，對我們都顯得異乎尋常的重要。進一步說，當革命處在低潮時期，每一粒革命的種子都是寶貴的。

「三，親愛的戰友肖冬梅同志這一粒革命的種子，現在而論，顯然的，不如她從前那麼飽滿了。好比一粒麥種或樹種浸水了、受濕了，將會有不茁壯的株苗在不適當的節氣生長出來。這不應當成為一件引起我們憎恨的事情。同志們，同志們啊，這首先是一件值得我們痛心的事情啊！心痛而情真。這個情，是紅色的情，是革命的情，是治病救人的情，而絕不是其他任何庸俗的情。

「以上三點，我認為，應是我們對親密的戰友肖冬梅同志的基本立場、基本態度、基本的繼續所持的友愛原則。當然，如果她諱醫忌治，那就是另外一回事了。但只要她不公開成為我們思想的敵人，我們還是要只痛心，不憎恨，爭取將她重新團結到我們中間來……」

在趙衛東娓娓而談的時候，他的三名紅衛兵戰友，都保持著習慣了的靜默。並且，都注視著他。他們都曾是特別尊敬他的。而肖冬梅對他的尊敬，更是比肖冬雲有過之而無不及。甚至可以說她相當崇拜他這位紅衛兵兄長。只要他一開口，她就彷彿被催眠著了。他剛剛度過男性的變聲階段，嗓音初定，青春期的沙啞已完全被年齡的篩子濾去。唱起歌來像圓潤的嘹亮的小號，說起話來像薩克斯風、像簫。而她聽他唱歌就像欣賞演奏，聽他說話就像聽他唱歌。愛聽得要命，聽不夠。用當今的講法是，他的聲音很性感。起碼對她如此。

但此時此刻，她恨不得雙手嚴嚴實實地捂他的嘴；恨不得扼住他脖子；恨不得揪住他的舌頭；將他的舌頭從口中拽出來，一截截扯斷，並且扔在地上踏扁碾碎。對於她，他說話的聲音已不再悅耳動聽。恰恰相反，如鐵皮一陣陣蹭在玻璃板上，刺激得她腦仁別別地顫疼。以前她認為他口中說出的每一句話都代表著一種無比正確的思想，都在真理的不可懷疑的範圍以內。現在，她則根本聽不明白他究竟在說什麼了。儘管他的話一如既往地說得明明白白，卻越是明明白白越使她不知所云。她很想大發脾氣，因為他將她比作「一粒」種子。「粒」字使她感到他將自己比得輕乎又輕，小而又小。哪怕比作「一顆」種子，她也愛聽點兒。又覺得自己實在沒來由發脾氣。因為他同時還認為她是「寶貴」的，還視她為「親密的戰友」，還對她懷有「紅色的」、「革命的」那個「情」。一方面她從他的話聽出來，他顯然的已將她歸於「另冊」，也就是不珍惜自己靈魂之革命純潔性的人一類；另一方面，他又確確實實在用他的話語表明，他對她仍懷著深深的、聽來令人感動的，無比高尚的友愛。

是的，他的話彷彿是咒語，使她處在一種特別生氣而又特別不能生氣的境地。她知道，顯然的，她一旦發作，她就使自己變得不可理喻了似的。比她聽李建國滾瓜爛熟地背那一段毛主席語錄時還尷尬，嘴上像被貼了封條，只有呆瞪著「思想核心」張口結舌，不停地眨巴眼睛的份兒……

姐姐肖冬雲和李建國都以十分同情近乎可憐的目光瞧著她。彷彿她是一個極端淺薄而又極端不自量力、在老方丈面前鬥法，才三言兩語就懵裡懵懂地徹底被鬥敗了的小和尚。

趙衛東繼續以溫和之至的、誨人不倦的口吻說：「下面，請允許我再粗陋地談一談我對靈魂問題的一貫看法。同志們，親愛的紅衛兵戰友們，我們是馬克思主義的信徒，故我們是無神論者。我們是不承認宗教迷信所宣揚的那一種可以脫離肉體而存在，可以重新轉世投生的所謂靈魂的。在我們馬克思主義的信徒這兒，靈魂即精神。一個人的靈魂狀態即一個人的精神境界。我們整個革命隊伍的精神境界，是由每一個具體的革命者的精神境界組合成的。

「紅衛兵者，何許人也？革命者隊伍的後備軍耳。所以，一名紅衛兵的靈魂狀態的革命純潔性怎樣，絕不僅僅屬於個人問題，而是關係到中國革命和世界革命成敗與否的大事情。這個事情大得非同小可。所以我們每一名紅衛兵，都有著神聖的權力和責任監察另一名以及一切紅衛兵戰友的靈魂狀態。同時自己的靈魂也必須受到任何紅衛兵戰友的密切關注和監察。

「這乃是互為的權力、互為的責任。神聖而又天經地義，責無旁貸。靠著互為的權力和責任；我們足以使我們靈魂的革命性像蒸餾水一樣純潔，像水晶一樣透明，只要有一點點私心雜念，有一點點享樂主義的細菌，有一點點非革命性的七情六欲的存在，都理應受到嚴肅的批判和徹底的消毒。試問，不如此，一個嶄新的理想的世界，又怎麼能由我們去創建？我們紅衛兵為了革命二字連死都不怕，難道還怕袒露我們的靈魂麼？

「我們應該是沒有隱私的人。是的，我們當然有靈魂，但我們需要隱私幹什麼？對革命我們何隱之有？對主義我們何私以懷？我們要響亮地回答，無隱，無私。因而，我們無隱無私的靈魂，實際上應該是共有的，公有的，你的即我的，我的即你的。我關注你的靈魂，也是在關注我自己的靈魂；我監察你的靈魂，也是在監察我自己的靈魂。我這一種特權不是我強加於你的，而應被理解為你賦予我的。故它在這一特殊的意義上尤其神聖。你的靈魂絕不應因為被我關注被我監察而惴惴不安。恰恰相反，倘我不對你的靈魂時時刻刻事事處處履行神聖又高尚的權力和責任，你才應該有惶惶不可終日的表現，彷彿你的靈魂已變成了不值得別人一瞥的東西。因為那意味著我對你已不負絲毫的責任了。就像農夫不再對一粒種子負任何責任一樣。那你就要進行深刻的自我反省了，就要自己問自己一個為什麼了。而且，那時，只有那時你的抗議才是積極的抗議。因為你那時只有經過強烈的抗議，才可能重新爭取到自己的靈魂共有和公有的資格，才可能重新獲得別人關注和監察你自己靈魂的真誠責任。

「同志們，紅衛兵戰友們，靈魂這個東西，倘不屬於革命的性質，那麼，遲早有一天註定了會屬於反革命的性質，遲早有一天會被修正主義、資產階級和反革命所共有和公有，除了這根本對立的二者它別無選擇。而這一點是早就被革命的主義、革命的哲學、革命的辯證法所一次次地證明了的……」

趙衛東的語調溫柔極了。他的溫柔乃是由真情實感產生的，不是偽裝的。因為對於他，肖冬梅不但是一名紅衛兵戰友，還是他所愛的姑娘的親妹妹。當著他所愛的姑娘的面，他一再提醒自己對肖冬梅的批判幫助應該是循循善誘的，和風細雨的。他很自信，一向特別滿意自己分析問題的紅色理論的水準和循循善誘的能力。

他語調溫柔地喋喋不休著的時候，肖冬梅漸漸地瞇起了雙眼，漸漸地由瞇而閉著了。她的腦仁兒也就是中醫所指的「百會」那兒，以及兩邊的太陽穴是更加疼了。那是一種針扎也似的疼。趙衛東的話語宛如一柄長長的帶倒鉤的針。蠍尾也似的，一次次扎穿她的耳膜，扎向她腦神經無形的敏感處。她為了減輕那一種無法形容的疼感，就暗自做深呼吸。不知什麼原因，呼氣反比吸氣少。而這就使她的頭腦開始缺氧。結果她坐的不正了，身子不由自主地輕微地搖晃起來……

姐姐肖冬雲望著趙衛東那雙明澈的大眼睛裡卻異彩呈現，那是由於崇拜的緣故。她覺得他對於靈魂問題的闡述何等的精闢，何等的好啊！什麼問題一旦由他來言說，一下子就變得清清楚楚明明白白了。他頭腦中的思想，怎麼就總能一貫地正確著，總能與革命的思想、紅色的真理那麼的吻合呢？她又一次暗生自卑了。也又一次暗覺幸福著了。而且又千次在內心裡對自己說——被這一位紅衛兵兄長所愛是多麼的幸運，暗暗地也愛著他又是多麼地值得的事！他將來如若不是一位紅色的革命理論家才怪了呢！

見妹妹那種心不在焉的樣子，她嚴厲地問：「你注意聽了沒有？」

肖冬梅以極小極小的聲音回答：「姐，我注意聽了……」

「聽進心裡去沒有？」

「聽進心裡去了……」

「那你複述幾句來證明。」

「假如他不對你的靈魂狀態密切關注和監察，那麼你就要進行深刻的自我反省，就要問自己一個為什麼了……」

「還有！關於靈魂性質那幾句重要的闡述，你一句也沒聽是不是？」

「聽了……」

「說！」

「靈魂這個東西，靈魂這個東西……」

李建國見肖冬梅分明的說不上來，趕緊從旁提示：「靈魂這個東西，倘不屬於革命的性質，那麼，遲早有一天註定了……」

「那麼，遲早有一天註定了……」

肖冬梅雖經提示也還是複述不上來。

趙衛東微笑了一下，以更加溫柔的語調又說：「我的話不是『最高指示』，只不過是我學用革命哲學的一點點心得體會，無保留地暢談出來，他人能聽進心裡去一兩句，對我便是榮幸了。快別逼冬梅複述了。但是我還想強調一點，我所言之『你』，不是專指誰的。即不僅包括我自己在內的咱們四名紅衛兵戰友中的任何一人，也是針對一切對靈魂問題存在各種各樣糊塗觀念的人……」

於是，肖冬雲主動要求重新交待自己兩天裡的經歷。

她說：「聽了衛東關於靈魂問題的闡述，我深受教育。我承認我剛才有些地方交待得不明不白，是由於害羞心理在作怪。現在，讓我的害羞心理見鬼去吧！」

於是，趙衛東為她的態度鼓掌。

於是，李建國也鼓掌。

肖冬梅仍閉著雙眼，相隨鼓了幾下掌。其實，趙衛東和姐姐又說了些什麼話，她一句都沒聽入耳。

她的頭腦昏暈得只想躺倒身子便睡。

肖冬雲既讓自己的害羞心理見鬼去了，那重新交待的過程也就不再受到趙衛東李建國的盤問加逼問了。一個人一旦絲毫也沒有了羞恥感，再要將一件原本很害羞的事講清楚，便容易多了。由於她講得過細，直聽得趙衛東李建國兩個一陣陣臉紅。他們一陣陣臉紅卻又都不能低頭，也都不能轉臉望別處。那樣肯定會被認為聽得不認真，更可能被認為自己們思想意識不良。否則低頭幹嘛？否則臉紅個什麼勁兒？所以他倆互相誰也不看誰，四隻眼睛全目不轉睛地望在肖冬雲臉上。好在一旁的肖冬梅閉著眼睛強撐精神坐在那兒，不知他倆一陣陣地臉紅。肖冬雲自己則望著遠處，邊交待邊告誡自己什麼細節都別繞過去，也沒太注意他倆臉紅不臉紅的。

在肖冬雲方面，邏輯是這樣的——只有交待得甚細才證明袒露靈魂的虔誠；只有態度極其虔誠才不致再被懷疑什麼；只有不被懷疑什麼了，才足以最終證明自己靈魂的絲毫也不曾墮落。兩個二十四小時的離散啊！在如此漫長的一段時間裡，在如此一座處處存在著對人的靈魂的誘惑，簡直可以用聲色犬馬燈紅酒綠來形容的城市裡，靈魂這東西是完全可能接連地墮落多次的呀！不甚細地交待，自己的靈魂又怎麼能真正過得了紅衛兵戰友的監察關呢？

她說，當這座不可思議的城市裡的壞男人打她的壞念頭時，她首先想到的是自己女兒家的處女貞操。她說，首先想到的竟是這一點是多麼慚愧的事呀！相對於自己一名紅衛兵的靈魂的純潔性，她女兒家的處女貞操又算什麼呢？身體不過是一己的，正如趙衛東所闡述的，靈魂卻是具有共有性和公有性的。即使自己被強姦了，那也不過是自己的身子受到了糟蹋。而身子不過是受靈魂附寄的嘛！她說她首先應當勇敢捍衛的，斷不該是什麼女兒家的處女貞操，而該是自己那共有且公有的紅色的靈魂。

李建國聽糊塗了，忍不住要求她將她的意思說得更明白些。

於是她舉例說，好比誰家失火了，自己的孩子被火困在屋裡，自己要冒死衝進火海搶救的。但，在那一刻，倘閃念於頭腦的，竟是孩子的生死以及與之相關聯的養老送終問題，思想境界就未免太低俗了；而如果閃念於頭腦的，乃是中國之革命世界之革命多或少一個接班人的問題，才見境界的高。看起來都是大人救自己的孩子，但支配行為的動機有高低之區別。此例相對於自己而言，雖然自己面對壞男人勇敢無畏了，但將自己的處女貞操放在第一位去捍衛，而對自己靈魂的是否完好卻連想也沒想，也是一種境界的高低之分呀。如果首先想到要捍衛的是靈魂，那麼即使肉體被強姦了，靈魂也等於被捍衛住了。反之，雖然壞男人們的壞念頭並未得逞，但自己將自己的靈魂擺在了肉體之後，甚至根本忽略了靈魂的結果是否完好，也意味著自己降低了自己靈魂的紅色等級……

李建國還是聽不大明白，較起真來，還要問什麼。

趙衛東卻似乎早巳完全理解了肖冬雲的意思，舉手示意李建國別再問，讚賞地點頭道：「冬雲能這麼嚴格地解剖自己，很難能可貴的。革命的哲學有時體現為一種普及的大眾化的哲學，有時則體現為一種特別高級的理論，只有隨之進入特別高級的革命邏輯中去，才能有所領悟。」

李建國便有幾分不悅地嘟噥：「好好，算我理論水準低……」

肖冬雲被他的樣子逗笑了，思考片刻，又解釋道：「其實我想說的是，我太看重自己的處女貞操了。而這也就意味著我太看重自己的女兒身了。如果有一天革命需要我犧牲它，我會不會怕死捨不得呢?我們不是常講自我解剖自我批判要自己和自己刺刀見紅麼?我正是這樣要求自己的呀！」

趙衛東終於轉臉看了一眼李建國，以評論的口吻說：「冬雲講得還不夠明白麼?」

李建國嘟噥：「她早那麼講，我早就明白了！」

肖冬雲是被那個自稱是畫家的男人護送回來的。

趙衛東就這一點又評論道，此點證明著這所院子以外，仍有對紅衛兵心懷好感，可以去進行發動的革命群眾存在著。

肖冬雲說，「老院長」暗中告訴她，那個自稱是畫家的男人其實是精神病患者，而且患的是有暴力傾向那一類精神病。她居然沒遭到嚴重傷害，實在是一大幸事也是一種奇蹟……

趙衛東問：「他何以知道那個男人是精神病患者？」

這高二的紅衛兵，這四人「長征小分隊」的「思想核心」，言談語述之中，每用文言古話。「何以」啦、「試想」啦、「休矣」啦、「然」啦、「否」啦、「哉」啦……等等，等等，不一而足。它們與三十幾年前普遍流行的紅色話語體系相結合，形成一種堪稱獨特的紅衛兵語言風格。誰對此種語言風格駕輕就熟，似乎證明著誰的革命理論之修養的層次便不一般。趙衛東自然是「相結合」得挺有水準的。所以在他們的「長征」過程中，他的三名紅衛兵戰友才唯其馬首是瞻。那能使一名無論男性或女性紅衛兵平添魅力的語言風格，並不包含有什麼真正算得上修養的文化成分，不過是幾分妄自尊大加幾分意欲置人於死地而後快的攻擊性，再加幾分武斷和玄談式的邏輯色彩罷了。

肖冬雲聽趙衛東那麼問，據實相告——這所「囚禁」他們的院子，最先是結核病防治院，後來一個時期內曾是精神病療養院，將她送回到這裡的那個男人，曾在此地住過院。所以他一講這裡的周邊情形，他就明白該往哪兒送她了。

趙衛東追問：「難道你的那位『老院長』，曾和那個男人是精神病患友麼？」

兩天以前，他對「老院長」是心懷敬意的。因為那時對方告訴他們這座城市是北京；他們是以毛主席的遠方客人的身分住在北京郊區；住地是無比關懷他們的「中央文革」的首長們指定的；而對方自己，是受毛主席和「中央文革」的首長們之命，專門為他們服務的……而兩天中的經歷，雖然並未使他明瞭許多，卻起碼清楚了一點，那就是——對方們騙了他們。故他開始認為，以所謂「老院長」為首的對方們，既不但是根本不值得他們信賴和心懷敬意的人，而且都是目的陰險的人了。

肖冬雲被問得一愣。

李建國及時點撥：「衛東他還是在問你，自稱是『老院長』的老頭兒，怎麼知道送你回來那個男人是精神病患者？」

和趙衛東一樣，他對「老院長」們的態度，也發生了根本性的轉變。

肖冬雲對這所院子對「老院長」們的看法卻是與趙衛東和李建國不同的。她兩天中的經歷雖有驚無險，但仍心有餘悸。她覺得，畢竟的，她是回到了一處較為安全的地方，是回到了一些不至於危害她的人中間。「出逃」的經歷，甚至使她一回想就後悔就怕，甚至使她感到這所院子及「老院長」們特別親切了。

她又據實相告——「老院長」乃一位精神病醫學專家。在此地是精神病療養院的幾年中，確曾任過它的院長。

「送我回來那個男人，是過去他的重點病人。」

「你何以對他瞭解得如此之多呢？」

「他親口告訴我的。」
「什麼時候？」
「我第一個回到這裡的時候。」
「你信他的話？」
「我……為什麼偏不呢？」
「信到什麼程度？」
「這……反正我覺得他是個好人。」
「覺得？根據什麼？」
「……」
「動輒覺得覺得，是政治上不成熟的表現。革命的敵人和革命的反對者們，往往將我們革命者和同情我們的人誣為瘋子。這是反革命們的慣技。這個歷史的經驗值得注意。」
李建國附和道：「對，對。」
於是氣氛頓時又變得凝重了。
「戰友肖冬雲同志，讓我們握一下手。」趙衛東伸出了他的手，一臉嚴肅。
肖冬雲如墜霧中地輕輕握了一下他的手。
趙衛東沒容她立刻將她的手縮回去。他的一隻手一經握住了她的一隻手便不放鬆。他向她俯近了身子，與她眼睛注視著眼睛，另一隻手拍著她那隻手的手背，和顏悅色地說：「親愛的戰友哇！剛才我又連續追問了你幾句，但那絕不意味著我又對你不信任了。事實上我非常地信任你。無論怎樣的反革命伎倆都休想將我們的戰友關係離間開。我們的心永遠是相通的，對麼？」

肖冬雲默默點頭。

「我追問你，是因為我有責任更多地瞭解情況，更細地分析形勢，更準確地判斷我們的處境，更及時地擬定我們應採取的對策。你理解我麼？」

肖冬雲默默點頭。她不再試圖縮回她的手了，她不由得也將他的手緊緊握著了。

「現在，我要告訴你，我為什麼要握住你的一隻手呢？這是我祝賀你的意思，也是我感激你的意思。祝賀你什麼呢？感激你什麼呢？祝賀你立了一功，因為你發現了一個可能被我們爭取為同志的人。在這一座周圍充滿了敵意和陰險狡猾的城市裡，他確乎地存在著。而這使我們知道，我們四名紅衛兵戰友並不空前地孤立著。是的，我們並不空前地孤立著。以後我們將要尋找機會去接觸他，用我們紅衛兵的造反精神去影響他……」

自從他暗戀著他的同校初三女生那一天起，他還從沒有機會長時間地握她的手。她的手柔軟極了，潤澤極了，指肚的皮膚滑溜溜的，而手心熱乎乎的。在她不遺細節地講述那兩個壞男人企圖對她怎樣怎樣時，他心底就漸漸產生了想握住她的手的欲望。他竭力抑制它，而它越被抑制則越強烈。他頭腦中一次次閃過了數種握住她手的理由。他覺得這最後一種選擇意味著最正當的最無可指責的理由。他當然明白他的話說得越多，他握她手的時間也就越久。所以他儘量說得慢條斯理，儘量使他的話語不中斷地延續下去……

「那麼我又感激你什麼呢？不，不，用『我』這個詞是不準確的。應該用『我們』一詞。即除了你以外，我和冬梅戰友和建國戰友。因為你是第一個回到這裡來的，因為只有你才能提供我們離散的確切地點，而這是我們分別被找到的前提。儘管他們一定要找到我們必然另有目的，但畢竟使我們四名戰友又重新在一起了。我們重新在一起了，我們的革命豪情就起碼堅定了四倍……」

肖冬雲又有點兒被趙衛國迷住了。他漸漸地開始處於一種近乎忘我的境況了，而她更是。他們互相凝視著，彷彿那時那刻只有他們兩個人存在著了。如果將他們的情形實錄下來，並且抹掉趙衛國的話語，提供給影視演員們去配音，則配音者們肯定會認為，那情形當然是一對熱戀著的人兒在表達海誓山盟的心跡。如果允許配音者們自由配音，則他們也許會替趙衛國不停訴說著的口型配上一首莎士比亞纏綿婉約的十四行愛情詩，或現今周星馳在「大話西遊」中對盤絲洞美麗又癡情的妖女說的那種神經質的情話。

李建國突然咳嗽起來了。相對於他方才替趙衛東問肖冬雲的及時性，他的突然咳嗽是那麼不合時宜。他一咳嗽起來就似乎沒個完了，彷彿患有嚴重哮喘病的人，從溫暖的屋子裡一步邁出，而外邊是一派冰天雪地零下四十度的嚴寒氣候，連嗆了幾口凜冽的寒風。

趙衛東終於不捨地放開了肖冬雲的手，神情一時別提多麼的不自然。

肖冬雲倒是不覺得難為情。因為她當時的「靈魂狀態」是很純潔的。她所著迷的是趙衛東的話語，以及他熱烈的目光。他的話語內容既然是革命的，那麼他熱烈的目光所流露的，自然便是革命的感情。他們兩隻手的緊握，自然也便是純粹的革命性質的握手。頭腦之中有著這樣一種邏輯解釋自己的著迷現象，她甚至感到他們兩隻手緊握著的那一段時間，乃是各自內心裡的革命堅定性和革命豪情得以最充分體現的時間。

趙衛東一放開肖冬雲的手，李建國立刻不咳嗽了。

他對肖冬雲說：「讓我也握著你的一隻手。」

她奇怪地看著他，不將手給予他。

李建國執拗地又說：「讓我也握著你的一隻手。」

於是肖冬雲轉臉望趙衛東，那意思是尋求明白人的一種解答：他怎麼了？

李建國一本正經地說：「親愛的戰友肖冬雲同志啊！我內心裡對你的感激，那是只能通過我自己的手握著你的一隻手才能表達的。別人握著你的手說的那些話，最多只能代表我的感激的一小半兒。另一多半兒不表達出來，我心裡很不舒服。」

趙衛東的神情這時已恢復了自然。

他若無其事地問：「所以你就咳嗽起來了？」

李建國簡明地回答：「對。」

趙衛東向肖冬雲無奈地聳了聳肩，又表示理解地點了點頭。

於是肖冬雲只得不那麼情願地將自己的一隻手朝李建國一伸。

不料李建國得寸進尺：「我要握著你的另一隻手。你這隻手他剛才握過了。」

肖冬雲有些生氣了，蹙眉道：「那又怎麼了？難道衛東的手髒不成？難道我這隻手也被弄髒了不成?你怎麼提無理的要求?到底握不握，不握拉倒。我才不管你心裡舒服不舒服呢！」

李建國卻無比莊重地申述道：「我哪兒會那麼想呢！同一隻手被握久了會麻的呀！我是為你考慮。」

肖冬雲嚴肅之至地說：「你以為我會同意你握住我的手很久麼?」她伸出的手猶猶豫豫地想縮回去。

李建國也嚴肅之至地說：「不要求很久。說多長時間的話，握多長時間的手。我只要求你對待我和對待他是平等的，使我心裡對你那一多半兒感激有個著落就行。」

趙衛東又開口了。

他說：「戰友們，別忘了我們是在開重新聚在一起的第一次會。凡事在枝節問題上糾纏不休，是思想方式狹隘的表現。而思想方式狹隘，那是很容易導致行為的庸俗的。」

他的話顯然是針對李建國進行批評的。但是在肖冬雲聽來，似乎是批評她的話。她雖覺得委屈，卻乖乖地縮回了伸出的那隻手，將另一隻手伸向了李建國。

李建國並未立即握住她的手。他先將自己的一隻手在衣服上揩了揩，然後手心向上，講經的如來那麼水準地舉著；再接著用另一隻手輕輕抓住肖冬雲伸向自己那隻手，將它放在自己的掌心上。他對她的手的抓法很特別。只用拇指和食指，兩指懸鉗似的小心翼翼地卡在她的內腕和外腕。就那麼一「吊」，她的手便到了他的掌心上。彷彿她的手是極薄的玻璃做的……

他握住她的手時，閉了自己的雙眼。

他說：「現在，該我講講我倆的經歷了。」

趙衛東以批准的口吻說：「由你來講也好。我作補充和總結。」

於是李建國就閉著雙眼講起來。

他和趙衛東在兩天內的經歷，那簡直可以說是充滿了大義凜然的鬥爭性的。趙衛東本打算由自己來親口講的，但李建國既然爭這資格，他也不好表示反對。若反對，必有維護特權之嫌，他不願給他的任何一名紅衛兵戰友那種不良好的印象。他繼而一想，由李建國的口來講，效果比由自己親口來講更佳，因為李建國講什麼事兒都是喜歡誇張的。自己講得誇張了，有自吹自擂之嫌。別人講，無論多麼誇張，都是不至於損害自己正面形象的呀。而且，若謙虛幾句，還能獲得到別人對自己意想不到的好感。這麼一想，他也就樂得休息一下自己的唇舌了。

李建國果然講得起伏跌宕，懸念倍出，熱熱鬧鬧。只把肖冬梅聽得驚心動魄，口中不時發出「哎呀」、「哎呀」的駭聲。

李建國和趙衛東被拖入冷飲店後，趙衛東又挨了一頓拳打腳踢。他倒是一下也沒還手，只喊：「要文鬥，不要武鬥。」保安們以為他有精神病，出夠了氣，將他銬在暖氣管上。他就悲壯地唱「抬頭望見北斗星，心中想念毛澤東」。被電棍擊昏過去的李建國，幾分鐘後甦醒過來，見他被銬著，又叫罵起來，撲向一把椅子，還想高舉著砸什麼。保安們制服他比制服趙衛東多費了不少力氣，最終他也被銬在暖氣管上了。他們就一齊唱「抬頭望見北斗星」。唱罷，又背毛主席語錄。你背一段，我背一段，專背那些最能體現革命英雄主義的。

比如「這個軍隊具有一往無前的精神，它要壓倒一切敵人，而決不被敵人所屈服。不論在任何艱難困苦的場合，只要還有一個人，這個人就要繼續戰鬥下去。」

比如「成千成萬的先烈，為著人民的利益，在我們的前頭英勇地犧牲了。讓我們高舉起他們的旗幟，踏著他們的血跡前進吧！」

冷飲店的承包老闆聞訊趕來，見整面牆那麼大的進口櫥窗玻璃變成了一地玻璃顆粒，店內桌倒椅翻，星期六晚上的黃金營業時光，除了兩廂站立迎候自己的服務員及保安員，無一消費者，怒髮衝冠的程度可想而知。正訓罵著服務員及保安員，又聞店堂之後有人朗誦語錄，倍覺火上澆油。幾步踱到店堂之後，瞪眼審視著趙衛東和李建國，連連頓足，一迭聲地說：「倒楣！倒楣……」

一名保安討好道：「老闆，讓他們賠償就是了！若賠不起，就罰他們在店裡做工！」

趙衛東和李建國也不理睬他，口中仍念念有詞不止。

那老闆心知肚明地說：「賠個屁！無論公了還是私了，我跟倆瘋子能有什麼理可講？罰倆瘋子在店裡做工，我這店還開不開啦？給派出所打電話，讓所長親自來！」

那討好不成的保安喏喏而去。

在步行街上有買賣的人，那怎麼也算是黑紅兩道都吃得開的人，與地段派出所的關係當然混得稔熟，處得火熱。不一會兒，派出所所長果然帶著幾名下屬匆匆駕到。雙方見了，少不得拍肩握手，稱兄道弟一番。那種親密的情形，趙衛東李建國睜睜地看在了眼裡。

李建國就說：「中國修了！確實修了！連『老闆』這種稱呼都重新時興了，事實上的奴婢還能不存在麼？衛東你瞧那當老闆的，分頭油光，皮鞋鋥亮，還戴副墨鏡，真像解放前資產階級的買辦！你再瞧那派出所所長，腦滿腸肥，不是民脂民膏撐成那樣才怪了呢！對那老闆點頭哈腰唯命是從的樣子多麼下賤……」

趙衛東未正面回答李建國的話。他低聲背了一首詩。是聞一多的〈紅燭〉：

紅燭啊！
既製了，便燒著！
燒罷！燒罷！
燒破世人的夢，
燒沸世人的血——
也救出他們的靈魂，
也搗破他們的監獄！

派出所所長斜眼望著他倆說：「我看不但是一對兒瘋子，而且是一對兒不滿現實思想反動的瘋子。」

老闆同意地點著頭說：「請你親自來處理，是要當面告訴你——既然明擺著是倆瘋子，我也沒什麼別的打算了，自認倒楣了。但你們得替我出口氣，瘋子撒野，也須給點顏色嘛！」

「對，對。讓瘋子記住點兒擾亂社會治安的教訓，同樣是我們的職責啊。老弟儘管放心，氣我是肯定會替你出的。這條步行街自從剪綵，沒發生過如此公然又惡劣的事。這也等於往我臉上抹黑呀！」

派出所所長說著，轉身衝著趙衛東和李建國吼：「一會兒叫你們吃不了兜著走！」

於是將他們銬住在暖氣管上的銬子打開，兩個被押上了警車。這幾十步的過程裡，呵斥、恐嚇、推搡、三拳兩腳自然是免不了的事。

兩個被押到派出所，又被銬在一間小屋的暖氣管上。此後便沒人「打擾」他們了，也沒人送水喝，沒人送口吃的。喊過叫過背過唱過的他們，早已是口乾舌燥，嗓子冒煙。是夜悶熱，那小屋也沒扇窗，只門上方的鐵條間，有混沌的空氣裡外流通。那是走廊裡的「二窨」空氣，吸入時一點兒新鮮的感覺也沒有。兩個一身身地出汗，汗都將衣服濕透了。他們終於是不喊不叫不背語錄不唱「抬頭望見北斗星」了。抗爭的豪情銳減，肉體和精神都有些疲憊不堪了。從那小黑屋裡只傳出一種聲音，各自的手掌拍在臉上、脖子上和身體上的啪啪聲。小黑屋裡蚊子多極了。啪啪之聲一陣響過一陣，天亮方止。

一隻手拍蚊子，占上風的必是蚊子。當蚊子們不進攻了，隱蔽起來了，兩個臉上，脖子上，身上和那隻用以消滅蚊子的手上，已被叮出了不少紅包，奇癢難耐。那自由著的一隻手撓不到的癢處，便只能靠蹭牆來解癢……

李建國流淚了。

趙衛東以為他懦弱了，便強打精神娓娓地給他講革命志士們的事蹟——說有一位革命志士，在敵人的嚴刑拷打之下寧死不屈。敵人就將他拖入一間小黑屋。那小黑屋是敵人繁殖蚊子和跳蚤的地方。黑暗中伸手一抓能抓一把蚊子，身子一滾能壓死一片跳蚤。革命志士被銬在了床上，結果等於是提供給蚊子和跳蚤的美餐。三天後死時，全身上下沒一寸皮膚沒起包的，但革命志士至死也沒屈服。

李建國說：「你別跟我講這個，我有足夠的革命鬥志，用不著誰鼓勵。」

趙衛東問：「那你為什麼流淚？」

李建國坦率地說：「我想我父親了。咱們離開家鄉時，我父親也正被關在牛棚裡，真正的牛棚。怕他畏罪自殺，反捆了他雙手。你想真正的牛棚裡夜晚蚊子還會少麼？雙手都被反捆了他可怎麼辦呢？我不但想他，這會兒簡直還心疼死他了。他畢竟是我父親呀……」

趙衛東就教育他道：「你應該這麼看問題，你與你父親的關係，首先非是什麼父子關係，而是為毛主席革命路線而戰的紅衛兵小將與頑固『走資派』的關係。『走資派』是社會主義時期中國共產黨和中國人民的頭號敵人。我們不從肉體上乾淨徹底地消滅他們，對他們已經是特別的人道了……」

李建國講到這裡，趙衛東插言道：「不錯，我當時是那麼教育建國的。我要求自己表現得比建國更堅強。因為，我是你們的隊長。在嚴峻的考驗面前，我應該做到威武不能屈，富貴不能淫，美人不能動。」

都道是一心不可二用，此話未必不謬。比如紅衛兵李建國，那會兒便正一心二用著。他嘴上講述著引以為榮的經歷，心裡想的卻是他暗戀的人兒肖冬梅。像趙衛東那一天以前從沒那麼久地握過肖冬雲的手一樣，他那一天以前也從沒握過肖冬梅的手。不，別說握沒握過了，就是連碰也不曾碰過的，但這並不意味著他不想。

事實上這位小縣城縣長的兒子，性意識方面的覺醒是很早的。而且是一名常在被窩裡以手淫自慰的少年。倘他的少年時期非是三十幾年前的火紅年代，而是官僚特權膨脹氾濫的年代，那麼他必是紈褲子弟，偷香竊玉的能手，甚至可能是摧花折蕾的惡少，或者已是少管所經常的「回頭客」。

什麼都可以是一種時髦。「革命」也可以。尤其當一個少年只須戴上袖標便幾乎有了專革他人之命的特權，而自己則不必擔任何「革命」風險的情況下，「革命」不僅是時髦，且是大快樂。它轉移少年對所戀的異性的親近渴望的作用，比任何事的作用都靈。李建國是斷不敢向肖冬梅提出握一握她的小手兒的要求的。他那樣做的結果只能使肖冬梅視他為「流氓」，起碼被斥為有「流氓」之念，於是從此輕蔑他。既然趙衛東堂而皇之地說出了一套「革命」的理由得以久握肖冬雲的手兒不放，肖冬雲還那麼的願意，他當然也要一借那「革命」的理由的光了。不過他感興趣的非是肖冬雲的手，而是她妹妹肖冬梅的手。

他閉著雙眼，嘴裡講述著引以為榮的經歷，一邊想像自己緊握著的是肖冬梅的一隻手，進而通過對那隻手的持握，想像自己正對肖冬梅的整個身體的享有。儘管他的語速是從容不迫的，他誇張性的用詞似乎證明他心無旁騖的全部投入，其實他的每一根神經都由於持握著「肖冬梅」的手兒而激動而顫慄而亢奮……

他繼續講述他和趙衛東天亮後怎樣被派出所移交到了公安分局，在公安分局怎樣受到審問，怎樣被懷疑是一起未遂的爆炸事件的策劃者，以及他倆如何如何表現得一身浩然正氣，如何如何以親眼目睹的事實和親身遭遇批判種種中國變質的現象。
此時在四個人中，有一個人是最被忽視的，明明存在著而又彷彿並不存在似的。
這個被忽視的人就是肖冬梅。
另外三個人誰也沒注意到她臉色越來越蒼白，呼吸越來越短促，已經雙手抱頭一動不動地坐在那兒很久了。
忽然，肖冬梅身子一歪倒下去了。
三個這才慌亂起來。

7

兩小時後，「老院長」在會客室召見他們。陪同「老院長」召見他們的，還有一位三十多歲的，陌生的白面男子。「老院長」介紹說，那陌生男子是去年才從美國留學歸來的人類生命學博士，姓喬。博士學位是由美國紐約大學授予的。目前在中國擔任人類生命學研究所副所長。「老院長」強調說，喬博士是專程從北京趕來的。

「孩子們，現在到了我們不得不，也應該告訴你們真相的時候了……」

趙衛東打斷了「老院長」的話，他認為對方不配稱自己們「孩子們」。

「我們是毛主席的紅衛兵，毛主席和江青媽媽才有資格稱我們『孩子們』，連周總理也要稱我們小將的！」

他抗議的口吻是那麼的明顯。

「老院長」微笑了一下，以特別寬厚的語調說：「好，我就稱你們小將……」

趙衛東第二次打斷了「老院長」的話，說那也不行，說自己們沒法相信對方是「同一戰壕的戰友」；說給他的感覺是，對方倒是與被「美帝國主義」用金錢收買了的人物關係挺親密的。他這麼說時，連看都不看一眼肖冬雲或李建國，自信他的每一種態度，都在資格上絕對地代表著兩名紅衛兵戰友。儘管他的兩名戰友，就緊挨著他坐在他一左一右。

肖冬雲和李建國，用莊嚴的沉默承認他絕對地代表著他們的權力。

「老院長」與喬博士對視一眼，沉吟地說：「沒想到稱呼問題在你們方面也成了一個問題，稱你們『先生』和『女士』如何，總該能夠接受的吧？」

他說更不行。說「先生」和「女士」，那是不折不扣的資產階級之間的稱呼。若稱他們「先生」和「女士」，明擺著是對他們的侮辱。

「這……」

「老院長」一時被難住了。

「請問，你們讀過《紅岩》這一部小說麼？」

喬博士開口說話了，問得彬彬有禮。趙衛東被問得愣住了，他當然是讀過的，卻不知道肖冬雲和李建國是否也讀過。而且，據他從各類紅衛兵戰報上瞭解到的情況是，《紅岩》的兩名作者已被定成了「叛徒」，他估計不到喬博士接下來會就那一部小說再問什麼，更沒法預先在頭腦之中儲備下回答的話。事實上他心裡認為，連那麼激情地宣揚革命精神的小說都被禁了，還有另外的什麼小說配在中國存在呢?但這一種疑問一說出口，便會招來不堪設想的政治禍殃。所以《紅岩》對這一名高二紅衛兵，是一個諱莫如深的話題。

他只有沉默。並且冷笑，以冷笑掩飾他的被動。

喬博士又說：「如果我理解得不錯，那麼你們的沉默，意味著你們都是看過的。在《紅岩》這一部小說中，徐鵬飛稱許雲峰『許先生』，稱江雪琴『江女士』。許雲峰和江姐，那是何等堅貞不屈的革命者！可他們在敵人面前，是並不在稱呼問題上顯示其革命立場的。毛主席和周恩來，也被蔣介石稱過『毛先生』和『周先生』，他們也都當面稱過蔣介石『蔣先生』。故我認為，稱呼問題說明不了誰革命與否的立場問題。何況，我們並非你們的敵人，也不視你們為敵人，我們之間根本不存在什麼你死我活勢不兩立的鬥爭關係。我從北京專程趕來，完全是為著如何想方設法使你們健康地活下去的人道主義責任。這一點一會兒你們就會清楚的。時間對我們相當寶貴。你們的一名戰友的生命正等待著我去參與搶救，我們在這裡浪費時間就是對她的生命的漠不關心。所以我建議三位還是隨便接受一種稱呼，使我們得以趕快切入正題……」

喬博士的話說完，趙衛東更加不知該說什麼好了。他內心裡倏忽間生出一種大的自卑。這名高二的紅衛兵，心嚮往之的其實是懸樑刺骨成名成家的人生道路。「文革」一開始，他就以優異的學習成績被嫉妒他的同學們謗為「走白專道路」的學生典型了。高考制度的宣佈廢止，又完全阻斷了他成名成家的志向追求。所以他只有要求自己的言行特別的革命，以徹底改變自己從前的公開印象，以圖其人生有另外的轉機。真的面對一位博士了，他是沒法兒不暗生自卑的。看去對方才比他年長六、七歲呀，居然是一位博士了！而且居然是一位博士生導師了！自己呢，連大學的門還沒邁進去過。他一向很得意於自己的口才，認為是他的另一天賦。然而對方一番反駁有據的話，鋒芒藏而不露，語調友友善善地就將他置於啞口無言的尷尬之境了。這使他不僅自卑，甚至頭腦裡一片空白，更不知該怎麼好了。

偏偏在這種時候，肖冬雲從左邊悄語：「同意。」李建國從右邊小聲說：「我也同意。」

肖冬雲希望快點兒知道妹妹的情況；李建國則想立刻就明白自己們「健康地活下去」何以似乎存在著危機了。

趙衛東打鼻孔裡哼了一聲，只有繼續沉默。

幸而「老院長」及時打圓場。

他說：「如果幾位已經接受了喬博士的建議，那麼，紅衛兵先生，紅衛兵女士們，我們就首先請喬博士介紹一些與你們的命運相關的科學知識吧。在這方面他是處在前沿的專家，比我有權威性的發言權。」

於是喬博士站起來說：「那我就不謙虛了。」

「老院長」拍了一下手，遮掩著一面牆壁的白色帷幔徐徐分開，顯出來一塊投影屏，同時室內的燈熄了。

投影屏上出現的第一幅畫面，是人體蛋白細胞的顯微圖像。

「紅衛兵先生，紅衛兵女士們，我想，你們在生物課堂的掛圖上見過類似的東西。它們就是構成我們生命的最主要的東西。我們說一個人身體健康，生命旺盛，那就是說一個人體內的蛋白細胞的總數量和總品質是正常的……」

黑暗中，喬博士的話吐字清晰語調平緩，他簡略地從生命的誕生開始講起，三言兩語就轉到了生命的死亡現象，再三言兩語就講到了生命的冷凍事例。

「紅衛兵先生，紅衛兵女士們，據我們所知，三十幾年前，你們四位進行了你們紅衛兵的所謂長征。在你們翻越岷山的途中，你們不幸遭遇了大雪崩。雪崩過後，你們都被埋在了一米多厚的雪下。這一埋，就埋了三十餘年。也可以這樣說，在三十餘年中，你們是死了。是的，按照現代醫學腦死即人死的理論，你們的心臟停止了跳動；你們的呼吸器官中斷了呼吸；你們的腦因供血不足而停止了一切思維活動；你們的血液凝凍在血管裡，就像水結冰在水管中一樣；你們各自的身體凍得梆梆硬，請原諒我打一個很不敬然而很恰當的比喻——就像冷庫裡的肉畜的屍體一樣。諸位，你們千真萬確的曾經是死亡人。而且已死亡了三十餘年。

「你們中某一位的日記告訴我們，你們死亡於一九六七年十一月十二日的下午，具體時間大約是三點多鐘。現存的氣象資料告訴我們，在那個時間，岷山氣候惡劣，三點多鐘起連續發生多起雪崩。紅衛兵先生，紅衛兵女士們，今年是二〇〇一年，我要強調指出，諸位是幸運的。因為不久前你們被一支登山訓練隊發現了。他們發現你們時，覆蓋在你們身上的一米多厚的雪已不存在。三十餘年間，埋住你們的雪每年都被風刮走一部分，每年都蒸發一部分。登山訓練隊發現了你們那一天的上午，岷山地區狂風大作，結果你們就徹底的從雪被底下呈現出來了。當天傍晚你們凍僵了三十餘年的屍體就被抬上了直升機。

「可以這樣認為，從那一時刻起，千方百計使你們活轉來，便成為了我們的由衷願望。『我們』是指每一位在這個院子裡參與此事的人。『我們』主要是由教授、學者、科學家組成的。比我還年輕的，也無一不是責任感特別強，水準特別高的實驗員分析員。『我們』也是一批志願者。我坦率向諸位承認，我們最初的動機中，包含有獲得科學成果的功利思想。但當我們竟奇蹟般地使你們活轉來以後，功利思想便從我們頭腦之中一掃而光了。因為我們太珍惜你們的生命了！因為你們這麼年輕！儘管你們有使我們感到種種不可愛的地方。你們今天活著，不等於你們明天後天會繼續活下去。告訴你們這樣一個事實是很殘酷的，但是為了你們能更主動地配合我們，我們一致決定還是告訴你們為好。死神隨時會再度奪走你們的生命，我們是在盡我們的全力，替你們與死神進行較量。我們有時很有信心，有時又不那麼有信心，甚至會感到沮喪，尤其當你們處處視我們為敵的時候。紅衛兵先生，紅衛兵女士們，我就先將我們共同面對的情況介紹到這裡，下面請諸位發問吧！」

喬博士講時，黑暗的室內靜極了。他插入投影底片時發出的輕微的聲音，在三名紅衛兵聽來，彷彿是故意為了渲染他話語效果的陰風所嘯，令他們的神經一陣陣的悸慄。最後一幅投影畫面是一具黑青的難辨男女的屍體。它皮包著骨頭，那一層皮褶皺得像一件擰死了麻花狀，並且就那麼曬乾了的髒衣服。眼窩深陷，雙眼還在，恐怖地大瞪著，似乎懷著一萬種怨恨和遺憾而不甘心其死亡。

那畫面在投影屏上停止了半分鐘後，燈亮了。

趙衛東和李建國臉色蒼白如紙，而肖冬雲的雙手緊捂在臉上。

沒有了插入底片時發出的輕微的聲音，室內是更靜了。

趙衛東突然失態地大叫：「拉開窗簾！拉開窗簾！」

「老院長」剛一起身，喬博士已走向了窗子。當窗簾嘩啦嘩啦地拉開，傍晚時分有些發黃的陽光開閘潮水般瀉入了室內。

趙衛東又衝著喬博士嚷：「你不能輕點兒嗎？」

他嚷時，一隻手在分衣領搭鉤。他一向總是很注意形象的莊嚴的，不但從來也不會敞著衣領不扣第一顆扣子，而且衣領搭鉤必然是鉤著的。不知為什麼，他不能像睡覺前脫衣服那麼容易地分開搭鉤了。他那隻手使勁兒扯著衣領，兩根手指探入衣領內，試圖將衣領撕掉似的。而他的脖子伸長著，頭一次次後仰。看去他彷彿窒息得快喘不過氣來了……

在那一種令人難耐的靜中，他的呼吸粗重可聞。

喬博士拉開窗簾後，並沒立刻離開窗口，他轉身背對視窗，將一隻臂肘平放窗臺上，站在那兒了。

他從那個角度斜望著趙衛東，抱歉地說：「對不起，我想不到拉窗簾的聲音會使你受驚……」

「誹謗！誣衊！攻擊！我根本沒受驚！」趙衛東霍地站了起來，向喬博士投射出惡狠狠的目光。他衣領的搭鉤還是未分開，他那隻手卻仍扯著衣領。

喬博士臉上的表情基本沒什麼變化，只不過雙眉微蹙了一下。他一聲不吭地將目光向窗外瞥去。

「老院長」低聲說：「諸位，請原諒，我得吸支煙……」

說罷，自己批准自己地掏出了煙盒。

李建國的目光始終在望著投影螢幕。

肖冬雲的手也始終捂臉，冷似的，雙肩一陣陣顫抖。

李建國忽然將目光從投影螢幕上收回，一躍而起。好像投影螢幕上出現了只有他一個人才看得見的文字，對他產生了某種啟發，使他頭腦裡有了什麼高明的想法。他昂首挺胸走到房間正中，橫叉雙腿，擺了一個無懈可擊的騎馬蹲襠式。接著，一路路一套套地打起拳來。一忽兒是猴拳，一忽兒是醉拳，一忽兒是從武打片學的花拳繡腿，並不時從丹田吼出「嗨」、「嗨」之聲。

除了肖冬雲，喬博士、「老院長」和趙衛東，都驚詫不已地看他。

他賣弄得興起，乾脆一邊擊拳掃腿，一邊脫了上衣和背心，裸脊獻藝。亢奮之際，大翻筋斗。他是自幼學過武術的，自忖三位「看家」都沒長著內行的眼，煞是來勁兒，舞舞紮紮的賣弄得還挺唬人，也確實使三位看家眼花繚亂。

他收了拳腳之後，又像一位健美冠軍，一手叉腰，一臂彎曲，凸起了一塊大臂上的肌肉，自己個兒瞧著，高聲問：「博士，看見了麼？」

喬博士不動聲色地回答：「看見了。」

「那是什麼？」

「那是……」

「怎麼樣？」

「挺結實的一塊……」

李建國得意地笑了，垂下手臂，坐到沙發上，也不穿衣服，盯著喬博士繼續問：「博士，您剛才講了那麼半天，在下卻還有不明白處。斗膽向博士討教了——我這麼棒的身子骨，究竟有什麼神秘的東西，明天後天就會索了我命去？唵？」

他一臉的不以為然。尤其最後的一聲「唵」，流露出大的不信任和大的嘲諷。

喬博士和「老院長」對視起來。「老院長」搖頭，喬博士猶猶豫豫地欲言又止。

「博士，您倒是賜教呀，我這廂洗耳恭聽呢！」

趙衛東這時冷冷地說：「我的戰友，代表著我。」

「既然如此，那我也沒什麼必要顧慮重重了。我認為，神秘的東西是存在著的。一切尚未被科學所認知的事物，對人都是具有不同程度的神秘性的。現在，我首先要反問兩位紅衛兵先生一句——你們是否仍懷疑你們確曾是死亡人，而且死亡了三十餘年？如果你們仍懷疑著，我的回答就沒有前提意義了。」喬博士不管「老院長」的眼色和暗作的手勢，決定直言不諱了。

李建國和趙衛東也對視了一眼。對於自己們確曾是死亡人，而且已死亡了三十餘年這一點，他們心裡都不再懷疑了。也可以說不得不暗自承認那分明的是一個事實了。他們能夠這樣，歸功於喬博士。此前他們心理上是特別難以接受這一點的。因為這一點顯然對普遍的人性構成莫大的壓力。誰願意相信自己死亡了三十餘年又活轉來了呢？這太容易使人覺得自己很詭異了。但喬博士剛才在黑暗中的解說，以及這座城市對他們造成的種種認知方面的衝擊，使他們開始循著一種比較合乎邏輯的思路分析和判斷自身了。儘管承認那事實幾乎等於承認自己是「出土文物」，非常的失落、不知所措而又萬般無奈……

趙衛東正襟危坐，目不旁視，尊嚴感特別強烈地說：「我們不懷疑又怎樣？」

喬博士仍不動聲色地說：「你們不懷疑了我很欣慰，證明我剛才沒白白浪費我的和你們的時間。」

現在，我有前提回答你們的問題了——近半個世紀以來，世界各國都有一些科學家，希望成功地進行生命冷凍的試驗。冷凍器官、冷凍細胞、冷凍精子，這些問題科學家們都已解決了。但冷凍活人的試驗，全世界還沒有一位科學家敢進行。雖然有願將生命當試驗品的自告奮勇者，但科學的原則是不能拿生命冒險。人體在冷凍過程中，依然會受到體內體外的細菌的危害。某些危害人體的細菌，具有極強的耐寒力，在零下二百多度的冷凍情況之下，能依然活躍。此情況之下人體的一切免疫力都喪失了，於是人類反而成了那些細菌侵食和繁殖的天堂……」

趙衛東和李建國乜斜著喬博士，兩人都是一副聽歪道邪說的表情，彷彿心不在焉，左耳聽，右耳冒。其實，各自都在全神貫注地聽著，並且反覆咀嚼著喬博士的每一句話。

肖冬雲的手也不知何時從臉上放下了，她目不轉睛地望著喬博士，如同一個在法庭上聆聽法官對自己進行宣判的人。

「紅衛兵先生，女士們，你們的情況尤為不同，尤為特殊，也尤為嚴峻，尤為令我們憂慮不安。對於你們，岷山這個天然大冰庫，不是無菌地帶。你們不是按照科學的步驟和科學的條件被進行了三十餘年無菌冷凍的人。事實是，在你們長眠的三十餘年中，有多種寒冷地域的細菌侵略了你們的身體。我們對你們的醫學檢查和抽血化驗表明，某幾種細菌已經在你們的臟器裡安營紮寨，已經進入了你們的血液，並且存在得異常旺盛和生動。遺憾的是，我們這些科學家目前對它們還所知甚少，有的甚至一無所知。我承認『神秘』，只不過意味著我承認這樣一個事實。紅衛兵先生們，女士們，你們好比是冷凍了三十餘年的果子。這樣的果子一旦處在常溫下，幾小時前還色澤鮮豔，幾小時後可能就會變軟、流水、迅速開始腐爛。冷凍保鮮是有時限的。科學只能使其時限長久一些，但絕不能使其時限成為無限……」

「您的意思是說，我們的命運隨時都會像……冷凍了三十餘年的果子？」

肖冬雲顫聲低問。

「任何比喻都是有缺陷的。正因為你們並非是冷凍了三十餘年的果子，你們的生命得以復活的同時，你們的自身免疫力也幸運地開始了作用。但僅靠這一點，你們的生命是戰勝不了那些無名細菌的。要戰勝它們，你們需要我們的幫助，而我們也在竭盡全力地研製幫助你們戰勝它們的藥物……」

「你們研製成功了麼？」還是肖冬雲在問。

喬博士又一次與「老院長」對視，「老院長」表情嗔怪地直勁搖頭，然而喬博士轉臉望著肖冬雲，誠實地回答：「沒有，到現在為止還沒有。但我們的信心還在。」

「你們……有幾分信心？」

「我們起碼有成功和失敗半對半的信心。」

「才半對半的信心……還……是起碼的？」

肖冬雲的聲音小得幾乎只有她自己才能聽到。

在相望著對話的過程中，喬博士的語調雖然並沒什麼改變，目光卻是漸漸的溫柔了。那是一種發自內心的同情使然。這位七十年代才誕生的博士生導師，這位年輕得令人嫉妒的人類生命科學家，這位中國改革開放新時期的直接受益者和幸運兒，對「紅衛兵」的全部瞭解，無非是從書、報、刊和過來人們的口中間接形成的。在他那間接的認識中，紅衛兵們不但個頂個是兇惡冷酷的，而且其兇惡冷酷是從臉上就看得出來的。

於他而言，紅衛兵又是一概的皆有臉譜的。一種與面皮長在了一起的臉譜。一種京劇臉譜中從沒有過的，然而在特殊年代千千萬萬的中國人，尤其千千萬萬的紅衛兵視為第二生命的。他想那是比清朝人的辮子對人還重要的。他想那臉譜要是果真以油彩而顯示標識意義的話，那麼它應該是紅色的。而且是從鼻樑正中向兩邊的面頰塗開去的，就像京劇小丑的臉譜一樣。在一次各屆精英薈萃的聯誼會上，他曾挺認真地問一位老京劇演員可曾有過紅色的，從鼻樑正中向兩邊的面頰塗開去的臉譜。人家當然回答他沒有，當然也同樣認真並奇怪地反問他為什麼會想像出那麼一種臉譜？他當時笑而未答。

可跟前這一位叫肖冬雲的初二的女紅衛兵，卻是一位看去性情多麼文靜溫良、多麼有教養的姑娘啊！她是那類氣質鮮明的姑娘。對方只要看她一眼就立刻能感覺到她身上所具有的那種特殊的氣質。就像不管是誰只消看一眼文竹，就立刻會聯想到不爭無妒的謙謙君子一樣。而她的氣質，依他看來，是可以用「樸素」、「乾淨」、「心地純正」一類大白話來形容的。他甚至認為她的模樣使人看上去缺心眼似的。

博士和後來的中國男人們在有一點上是完全相同的，那就是既認為二十一世紀的中國姑娘們既風姿可人了，又心眼兒太密太多了。所以他對看去缺心眼兒似的姑娘，會生出一種沒什麼道理的好感。他覺得紅衛兵肖冬雲如同歌曲MTV裡的「小芳」。這麼好的一位姑娘，怎麼竟也會是紅衛兵呢？他不僅同情她，進而有些憐花惜玉起來了。畢竟，在面前的三名紅衛兵中，她是最沒有「唯我獨尊」的討厭氣概的。倘她明朝性命不保，那麼他一定會難過得流淚的。

他從窗口那兒走到沙發前，面對著肖冬雲站住，彎下腰，雙手輕輕按在她肩上，自己的臉湊近她的臉，自己的眼睛凝視著她的眼睛，以希望獲得信任的口吻說：「姑娘，你應該知道……」

他原本想說的話是——「你應該知道，你的信任和配合，對我們意味著多麼重要的成功因素啊！」而肖冬雲也正凝視著他，屏住著呼吸聽他說的話。如果自己要依賴於對方的努力成功才能活下去，那麼在對方以異常鄭重的態度和自己談這個嚴峻問題時，誰又能不屏住著呼吸來聽呢？

趙衛東又霍地站了起來。他猛地將喬博士的一隻手從肖冬雲肩上打落，接著當胸推了喬博士一掌，橫眉豎目地喝吼：「你幹什麼？我看你居心不良！姑娘是你叫的麼？你怎麼敢對她如此放肆？」

喬博士被推得連退數步才站穩。然而他倒也沒感到尷尬。他看也不看趙衛東，彷彿什麼令人不快之事也沒發生，只望著肖冬雲由衷地說：「如果你也覺得我剛才冒犯了你，那麼我願意現在就向你道歉，請求你的原諒……」

在他，稱趙衛東和李建國「紅衛兵先生」，本是念存諷機，語含誚鋒的。這也本是雙方心照不宣的事。將肖冬雲捎帶著也稱為「紅衛兵女士」，卻很違背他的本願，乃不得已的姑且之事。

他其實是想通過「姑娘」這一種叫法，將自己對三名紅衛兵人道主義以外的態度劃開一道線，並且希望她能明白，在他眼裡，她和趙衛東和李建國是不同的。

肖冬雲明白了。

憑她那個年齡的女孩兒們本能的感覺明白的，也挺願意接受他那種不值得猜疑什麼的好意。

所以，她對趙衛東不滿起來，有點生氣地說：「衛東你怎麼這樣？」她的聲音並不大。但在趙衛東聽來，則等於是訓斥了。而且是當眾呀！

他難以容忍地叫嚷起來：「不要叫我衛東！別忘了我是你的長征小分隊隊長！在我們共同的政治敵人面前，你應稱我『隊長同志』！而且，我不那麼樣，又該怎麼樣？難道看著他對你輕佻，我該視而不見？」

「你……」肖冬雲頓時滿眶淚水。

「老院長」啪地一掌拍在茶几上，隔著數步距離，怒色滿面地坐指趙衛東道：「我看你才放肆！時時處處事事地關懷你們，無微不至地體貼你們，希望獲得你們的信任和配合，甚至違心地迎合你們，取悅你們，最終還不是為了救你們的小命！結果還是你們的政治敵人！不可理喻！實在是不可理喻！就你們，連今天的中國和世界發生了什麼樣的變化都一無所知，也配有政治敵人？什麼東西！還莫如就讓你們在岷山上風化成乾屍不弄你們回來！」

「老院長」鬱結胸中的種種不快，噴濺而出。這個在「文革」中因不堪忍受紅衛兵的折磨凌辱而跳樓自殺過的人，對搶救活四名貨真價實的紅衛兵這一件事的心理，本就是挺矛盾的。「老院長」是因為年長被臨時推舉的。

趙衛東一時呆若木雞。

自從他臂上也戴了紅衛兵袖標，沒人敢對待他。他那張臉一直紅到了脖子。他又使勁揪他的衣領了。

喬博士趕緊轉身勸「老院長」：「您何必大動肝火呢，他們不可理喻，也不能完全怪他們呀。再說比起『文革』中那些兇惡冷酷的紅衛兵，他們不是還比較的理性，並沒有動輒往我們臉上潑墨水，剪我們的頭髮，用皮帶抽我們逼我們雙膝下跪承認莫須有的罪名麼？」

喬博士不勸則已，如此一勸，「老院長」更加怒不可遏了。他又拍了一下茶几，連吼：「他們還敢！他們還敢……」

趙衛東仍呆著，臉由紅而白，而青。

李建國也仍沒穿上衣服。他又從沙發上一躍而起，雙腳齊蹦，兩手握拳且高舉，連連大叫：「夠啦！夠啦！都他媽的安靜！老子還有一個問題非問不可！」

不知是他的大叫起了作用，還是他的失常之狀起了作用，總之室內剎時又靜極了。彷彿別人都是無端吵鬧的孩子，彷彿他是被孩子吵煩了而大發脾氣的家長。「孩子們」皆彼此躲避目光，羞愧也似地緘默著。

他卻專盯著喬博士一個人問：「最後那個是什麼意思？」

喬博士聳聳肩：「我不明白你的話。」

「就是幻燈映出的……那個最後的……」

他將投影機視為三十幾年前的幻燈機來說。

博士反問：「你指最後那張投影畫面？」

「對。你為什麼就那個畫面一句都沒作解釋就結束了你的報告？」

博士有意緩和氣氛，微笑了一下回答：「我哪裡作什麼報告了，我只不過受命於我們的科學小組向你們……」

餘怒未消的「老院長」打斷博士的話，大聲說：「對他們你值得表現謙虛麼？那當然等於是一場針對他們作的專題報告！」話鋒一轉又說：「小子，問得好。那麼你就洗耳恭聽，讓我來告訴你——那就是你們可能變成的樣子！如同從地下挖出來的棺材裡的屍體，一旦暴露在陽光之下幾小時就起腐爛反應！」

「你的意思是說，如果你們對我們的命運束手無策了，我們也會死得那麼……醜陋？」

「正是！」

博士制止道：「院長同志，您把話題扯得太遠了！」

「老院長」眼望著三名紅衛兵，連頭都不向博士轉一下，只豎著手掌，將一支胳膊朝博士的方向直伸過去，彷彿以掌推開著一件無形的物體似的。

「別叫我院長！我算什麼院長？此地又算的什麼院？難道不都是為了他們的好感覺此地才叫院，而我才扮演院長的麼？我不過是一個臨時科研小組的組長！窗紙都徹底捅破了我還裝個什麼勁兒？我也根本沒把話題扯遠，難道類似的下場不正逼近著他們麼？」

「但是您不應該……」

「恰恰相反，我認為我應該！」

李建國又大叫：「你倆別他媽的廢話！」

他幾步跨到「老院長」跟前，以審訊般的口吻追問：「你的意思是說，如果那命中註定是我們的下場，還會特別迅速地發生在我們身上？」

「正是！」

「明白了，終於徹底明白了。明白了……」

李建國退一步說一句，直至退回到沙發那兒，頽然地跌坐下去了，口中仍喃喃著「明白了」……他的神情已與「獻藝」顯示健壯時判若兩人，像一個夢遊人似的，彷彿渾然不知身在何處，也彷彿處於似夢非夢似醒非醒的臨界狀態，怕驚怕嚇，一旦被驚嚇了就會精神失常似的。

突然，門開了，一名「護士」探頭進來慌慌張張地說：「院長，博士，那女孩兒的情況嚴重！」

「老院長」一下子站了起來，同時將目光望向喬博士。不待他倆誰說什麼或有什麼進一步的反應，趙衛東也一下子站了起來。

他大叫：「謊言！謊言！一派胡說八道！完全是你們策劃的政治陰謀！是卑鄙無恥的恐嚇！」

他一邊大叫一邊向外衝去，出門時幾乎將門外那名「護士」撞倒。而那名「護士」，其實是從一所名牌醫學院借調來的副教授。

「老院長」和喬博士顯然的都已顧不上理會他怎樣了。博士一邊向「老院長」走去，一邊望著肖冬雲婉言安撫道：「姑娘，千萬別絕望，一定要好好配合我們，一定要充分相信我們啊！」

李建國引吭高歌起來：「下定決心，不怕犧牲，排除萬難去爭取勝利！下定決心，不怕犧牲，排除萬難去爭取勝利！」

在李建國的語錄歌聲中，喬博士挽著「老院長」快步離去。

肖冬雲愣了幾秒鐘，起身追到了走廊上。她緊跑幾步，超在喬博士和「老院長」前邊，一邊倒退著走一邊懇求地說：「我相信！我相信你們的每一句話了！真的啊！如果我們竟使你們覺得那麼的可惡，那麼的可憎，我願代表我的戰友們向你們道歉，向你們請罪！可我也請你們救救我們，我們都不想死，我們都沒活夠啊！我們都是想正常地活下去的呀！」

然而喬博士和「老院長」都不知該對她說什麼，也顧不上對她說什麼。

在走廊盡頭一個房間的門外，他們站住了。

「老院長」低聲對喬博士說：「這姑娘還不可惡，更不可憎。怪可憐的，你替我安慰安慰她吧！」說罷，進了那門。那扇門裡其實是搶救室。四名紅衛兵其實便是在那個房間活轉來的，它等於是他們的「產房」。

此時的肖冬雲早已是淚流滿面。

她雙膝一軟，跪了下去，抱著喬博士的腿，仰望著他泣不成聲地說：「博士，無論救活我妹妹需要我的什麼，我都是肯的。我的血，我的五腑六臟，我五官和四肢，我的皮肉和骨骼！我想開了，我自己怎樣都無所謂了，死活也無所謂了！救活我的妹妹吧！你不知道我有多麼愛她！」

喬博士心為之碎，容為之動。他趕緊扶起她。他情不自禁地擁抱了她一下，並且雙手輕輕捧著她的臉兒在她眉心正中吻了一下。

他無限柔情地說：「姑娘，上帝作證——我發誓，我將盡我的全力。因為能使你和你的妹妹活著，我會覺得我的人生更美好……」

「希望……也包括我的兩名戰友……」

「當然。當然也包括他們。我不會，不，我們全體，其實都不會對三十幾年前的你們今天的言行太計較的。你們被變成那樣不僅是你們的問題……」

他又在她眉心正中吻了一下，之後也匆匆進了那個房間。

在長長的走廊的另一端，有人也為博士兩次吻肖冬雲而心碎而動容——那就是趙衛東。

他將自己的頭在牆上狠狠撞了一下。

肖冬雲雙手捂臉蹲在地上哭……

趙衛東懷著滿腹強烈的妒恨奔下樓梯，奔到樓外去了。

李建國還在獨自不停地唱：「下定決心，不怕犧牲，排除萬難去爭取勝利……」

妒恨的痛苦有時超過於對死亡的恐懼。

趙衛東也流淚了。

夕陽溫情脈脈的餘輝，又一次慷慨地照耀這個不久前才被神秘地命名為「療養院」，並且以接近高於療養般的規格僅服務於四名紅衛兵的地方。毛主席塑像、刷在牆上的語錄、「服務」人員臂上印有「革命造反派」五字的袖標，以及胸前形形色色的毛主席像章，虛假地、戲劇化地延續著過去的一段非常年代。那一切如同一皿盤底片中混有一張三十幾年前的老照片底片，並且被不經意地沖洗在別的照片像紙上了。

8

這個地處郊區的神秘的「療養院」，與二〇〇一年被商業時代的浮華包裝得紙醉金迷的城市，形成著甚是荒誕的對比。之間十幾里公路兩側，有幾大片被水泥栓和粗鐵絲圈起來的，並被高豎的牌子顯示為「經濟開發區」的土地。在那幾大片土地上，處處堆放著建材、磚和沙石；拔地而起的樓房的框架，像種種類類盼望著人為它們製作了皮肉，進而才能獲得生命的巨獸的骨骼；也有一排排門面低矮簡陋的小店鋪，外牆刷成淺粉或米黃的顏色。牆上還寫著醒目的商品廣告。字距和字行之間，按下著完整或不完整的髒手印，以及成心蹭抹得很長的、橫著的或斜著的髒鞋印。紅衛兵趙衛東猜想得到，如果他有機會近看，肯定會發現乾了的痰跡或手指抹鼻涕的證據。

那緣於惡劣的習慣和另一種妒。一排排小店鋪意味著是小家小戶賺錢積財的實體，底層人發洩妒火的傳統方式便是吐痰和抹鼻涕。紅衛兵趙衛東對那一種妒非常瞭解。因為他是全校學習成績特別優異的學生，他的照片總是貼在或名字總是寫在各科考試的狀元榜上，而他的照片和名字也曾被多次吐過痰抹過鼻涕。相對於成人所主宰的社會，中學生高中生們也全是底層人群。他們三十幾年前發洩在校園裡的嫉妒的方式，與成人社會底層人群發洩嫉妒的方式是一樣的。正因為他們也是底層人群，所以他們最容易被號召起來造反，並且最樂於接受「造反有理」的口號。

十幾里的公路兩側，除了「經濟開發區」和一排排小店鋪（它們使人聯想到穿著舊布新染的外衣，但襯衣襯褲沒得換，線縫隱藏蝨子的兒童），還有彷彿連綿不斷的攤床。一有車輛停住，攤主們雇的些個農家姑娘或少女，便蜂擁而上招徠生意。有那成本拮据的攤主，也乾脆鼓勵自己的女兒們濃妝豔抹了去守攤兒。

十幾里公路兩側，也像城市的步行街兩側一樣，湧動著商機和欲望。只不過與城市的步行街相比，十幾里公路兩側，湧動著的是原始的商機和人初級的欲望。

城市日漸旺盛日漸亢奮的生命力，通過公路向郊區野心勃勃地膨脹，刺激著公路兩側原始的商機和初級的欲望別出心裁不擇手段地共生共存又激烈競爭。

趙衛東站立在「療養院」中那尊毛主席像下，望著城市的方向，自哀自憐的程度，猶如冤魂站立在通往陰曹地府的「望鄉臺」上，索望著自己被索命小鬼用鐵鏈牽拽而來的陽間家園。

他在心理上強烈地排斥那一座城市的存在。他完全不能理解，在一座很難看到一條政治標語，幾乎觸目都是經濟口號和商業廣告的城市裡，人們怎麼竟生活得那般無所謂似乎又那般的習以為常?倘整個中國都已變得像那一座城市一樣了，那麼他也完全不能接受中國的現實。

在他想來，一個國家政治內容少，那就像空氣中的氧成分稀薄一樣的呀！

怎麼普遍的人們會不感到缺「氧」呢?

不整天呼吸政治這一種「氧」，人們的頭腦又為什麼而進行思考呢?在頭腦嚴重缺「氧」的情況之下，人的頭腦又何談進行有意義的、積極的、嚴肅的思考呢?人的頭腦倘不用來思考政治，那麼人豈不是像動物一樣，只須長著一顆頭就夠了，而不需要有頭腦這麼高級的東西了麼?

紅衛兵「長征隊」之隊長的頭腦，對「政治」一詞及其所代表的範疇時時處處的迫切需要，是「文革」開始以後才形成的心理現象。「文革」前他是全校出名的「走白專道路」的學生。「走白專道路」也就是不關心政治。所以「文革」一開始，他不得不明智地要求自己——得比全校乃至全縣一切學生都更加關心政治，也得表現出比別人們高漲十倍百倍的政治熱忱。唯此才能在政治面貌方面爭得和別人一樣的資格。

他最初只想爭取到那樣一種資格罷了，並不敢奢望再多獲得一點兒什麼。然而出乎他意料的是，政治儘管對別的某些人很殘酷，對他這個解放前小業主的兒子卻似乎特別的慷慨和寵愛。他的口才使他不久便當上了縣「紅代會」的常委。而且，他的家庭小業主的成分，也由縣「紅代會」重新派人調查，重新劃定為「貧農」了。多好的成分啊！與工人階級平起平坐的成分啊！解放以後，他的父母因了「小業主」這一成分，人前矮三分，整天低三下四地過日子。可現在簡簡單單地就改過來了！既然他已經是縣「紅代會」的常委了，那麼他的家庭成分當然應該是貧農而非小業主。

事後他知道是省城一位「造反派」大首領指示必須那麼做的。因為他是全縣第一個公開刷出標語支持對方所率領的「造反派」奪省委的權的。他那樣做僅僅是憑著一種像對考題一樣的敏感反應及時地表現「革命」而已，本不存在什麼非分之目的。而對方竟派了一名曾是省委中層幹部的「聯絡員」，秘密來到在省裡不起眼的小縣城尋找到他，單獨與他會談了一番。

那「聯絡員」三十六、七歲，曾是前省委的一位處長，與李建國任縣長的父親同級。兩個人會談的全過程，心理上都是那麼的不自然。在縣「紅代會」常委趙衛東這一方，坐在對面的不但是一位成年人，而且是他在當時那個年齡所見到的身分和地位最高的一個人；在對方，他是全省最大的一派「造反派」的首領所重視的一名紅衛兵小將。他前途無量，不定哪一天便會平步青雲，扶搖直上，成為省裡叱吒風雲舉足輕重的一位大權在握的政治人物。所以他對那「聯絡員」誠惶誠恐，顯得受寵若驚；而那「聯絡員」也對他恭敬有加，顯得有意巴結。

那「聯絡員」告訴他，省委已被奪權，原班人馬皆成永世不得翻身的「走資派」，命自己秘密前來的人，不久將成為新省委的第一、二把手。還告訴他，未來新省委的第一或第二把手，希望他再有一些突出的政治表現，以作將來接管新縣委大權，並進而到省城去為新省委擔當重任的資本。

「聯絡員」離去後，由「白專道路的典型」而紅衛兵而「紅代會」常委，因是「紅代會」常委了，便由「小業主」的兒子而「貧農」的兒子的高三學生，徹夜難眠。他從而一百八十度地轉變了對政治的態度。他想政治可真像一雙釘鞋啊，若被一般的人穿了，不要說跑了，就是走一般的路，比如柏油馬路、鋪磚人行道、土路和山路，那也將是多麼的不舒服多麼的累腳的事啊！而且肯定會腳踝跌跟頭磨出雙腳泡的吧？但若被不一般的人穿了，情況卻是多麼的不同哇！只要是走在一條絕對正確的跑道上，即使不跑，即使只是裝出堅定不移地走下去的樣子，竟也會有意想不到的人生驚喜在各個轉彎處向人招手！

斯夜這高三的紅衛兵更加認為自己是不一般的個人了。既然自己是不一般的個人了，為什麼不索性大膽地穿上政治這雙釘鞋，以不一般的姿態走出自己不一般的人生呢？被將要成為新省委的第一或第二把手的人所看重，難道還不證明自己是不一般的人麼？由此從前一向聞政治二字忐忑不安，「文革」開始以後對政治不得不表現積極活躍的他，打算全心全意地緊緊擁抱政治了。怎樣才能再有一些突出的政治表現，積累配擔當重任的政治資本呢？抄家打人構織政治罪名進行政治迫害那類事，是他的天性所不願幹的。他本質上畢竟非是惡人。他既驚喜於「天降大任於斯人」也，又挺信服惡有惡報的民間傳言。

左思右想，終於形成了也要長征一次的念頭。當年的紅軍因長征而一舉威名天下揚，彪炳史征；紅衛兵之長征，不也等於是「文革」中的英雄好漢了麼？他越思越想越覺自己的念頭英明，越感到頭腦裡產生如此英明的念頭的自己不是一般的個人。便再也躺不住，爬起來穿戴整齊，豪邁地大聲朗誦毛澤東詩詞〈長征〉，使他的父母聞而驚駭……

他組織的長征之所以是秘密的，乃因他唯恐小小的縣城產生太多的紅衛兵英雄好漢。紅衛兵英雄好漢太多了，自己的政治資本的分量不就減輕了麼？而肖冬雲之所以成了長征小分隊的一員，乃因他對她的暗戀。他希望她也能沾一點兒自己的政治光，使她的父母再沾一點兒女兒的政治光，早日從政治另冊上除名。肖冬梅之所以成了長征小分隊的一員，乃因姐姐的什麼事兒瞞得過父母瞞不過她。李建國之所以成了長征小分隊的一員，乃因肖冬梅雖然談不上多麼喜歡他，但他卻幾乎是她唯一的男生朋友。像許多花季少女一樣，一個自己不太喜歡卻也不太討厭、但非常喜歡自己，肯被自己呼來斥去的男生朋友，是她心理上所需要的。在人前她對他特別冷淡，帶搭不理的。那也是一種虛榮。朦朧模糊的性虛榮。能使她比較容易地獲得某種滿足。在人後她有時也對他挺溫柔的，樂於將自己的一些秘密透露給他，以抵消自己在人前對他的冷淡。而李建國這名帶頭起勁兒地大造自己「走資派」縣長父親的反的紅衛兵，一聽說有長征這等繼往開來的大事件在秘密策劃著，那還能不踴躍要求參加麼？他是向趙衛東遞交了「血」書的。不過那「血」是用紅墨水製造的，他的真誠當時使趙衛東極受感動。

趙衛東之所以也批准了李建國加入長征小分隊，不僅由於極受感動，也還由於良心使然。他想若自己將來接管了新縣委大權，那麼李建國的父親李縣長就只能永遠地靠邊站了。他心底裡其實同意全鄉大多數民眾對李縣長的看法——基本上是一位熱忱為人民服務的好縣長，但縣一級幹部都被打翻在地了，竟僅留下一位縣長是好縣長，革命也沒法兒向民眾解釋呀！

「革命不是請客吃飯，不是作文章，不是繪畫繡花，不能那樣雅致，那樣溫良恭儉讓」嘛！只要是為了革命的大局，虧待了一位好縣長就虧待了一位好縣長吧！虧待了一位好縣長，給予他的兒子一種獲得政治光榮的機會，不也算挺對得起他了麼？尚未接管新縣，委大權的這一名高三紅衛兵縣「紅代會」常委，當年認為自己很是具有些政治韜略了。

他一旦緊緊擁抱政治，一旦義無反顧地往腳上穿了政治的釘鞋，他的一切思維就越發地政治化起來了。確切地說，是越發地「文革」方式起來了。最初體現為主觀服從客觀，逐漸的體現為客觀完全地主導主觀了。也就是說他的頭腦中再沒有一丁點兒高三學生從前的和自己的一般思想痕跡、一般思維特徵了，百分之百地是「文革」方式了。他思維不再像從前似的時有困惑和時不自信了。他覺得全盤接受「文革」的也就是當時的狂熱思想和狂熱思維方式，判斷起現實中的一切人和事來，一下子變成簡單明確的事了。用「革命」的、「不革命」的和「反革命」的三把尺子來分人分事，論人論事，對於他比用「代入法」解一元一次方程還容易。進而認為走政治人生比走「白專」道路容易多了。

他們這支紅衛兵長征小分隊，每到一地，尤其是那些偏僻山村，既不但被待為貴客，而且往往被奉若神明。毛主席的紅衛兵呀！不歡迎他們還歡迎誰呢？怎麼可以不心悅誠服地接受他們的「文革」指導，聆聽他們的政治說教呢？而每到一地，他也帶頭宣傳「文革」的偉大必要性，慷慨激昂地號召當地村民，擦亮雙眼，密切關注少則幾十戶多則百多戶人家之間的「階級鬥爭新動向」。當那些村民也相互揭發和批鬥甚至分成勢不兩立的「陣線」了，他們便帶上他們認為是「革命」的群眾送給他們的雞蛋、紅薯白薯、乾糧鹹菜和水，高唱著「造反有理」的歌又踏上長征之路了。

他們的「革命」事蹟，他全都樁樁件件地記在日記本上。當作「備忘錄」妥善保存。他甚至獨自想像過，他的日記，也許有一天會成為縣文史館的寶貴「革命文物」。

然而這一切今天突然都沒了意義！

僅僅因為他們的生命所不曾經歷的三十幾年的時間，就變成了荒唐似的歷史！

那麼一場史無前例的，轟轟烈烈的，沖決堤壩一瀉千里的紅色狂瀾般的「無產階級文化大革命」，怎麼可能在三十幾年後的中國沒留下一點兒痕跡似的呢？

它又怎麼會是荒唐的呢？

當年千千萬萬的紅衛兵們到哪裡去了？

不可能被後來反對「文革」的人一批批消滅了吧？

看不出中國三十幾年中經歷了大清洗大屠殺的什麼跡象。

那麼千千萬萬的紅衛兵當然還存在著了？

他們怎麼能夠容忍他們也像自己一樣被視為不可理喻愚頑可笑的人呢？

難道他們就沒有為捍衛自己們的正確進行過任何鬥爭麼？

毛主席不是說階級鬥爭路線鬥爭一言以蔽之政治鬥爭「過七、八年來一次，規律基本如此」麼？

三十幾年是四個七、八年啊，他們不搞政治運動他們都幹了些什麼呢？不搞政治運動對於中國而言難道還有別的更重要的事值得搞的麼？或者他們也搞過，但復辟了的「走資派」們的勢力太強大，他們一次次的都失敗了？

也許他們中有人轉入「地下」了？

也許他們中有人上山打游擊了？

在中國，哪一座山頭是紅衛兵們佔據的紅色根據地呢？

從公路拐向「療養院」岔道的路口，傳來各種車輛雜亂的喇叭聲。那兒一輛拖吊車的車斗掉在路旁的溝裡，而車頭橫在公路上，造成了堵塞。

一陣陣汽車喇叭聲攪得趙衛東更加心煩意亂。

其實，在他和他的三名紅衛兵戰友間，他自己第一個明白時代發生了巨變，而他們四個所熟悉的中國已變成了一頁翻過去的歷史上的中國。只要不是白癡，這一點明擺著。但是他不清楚自己們怎麼就被那巨變的過程擱置在一旁了。聽了喬博士的講解，他終於解惑。

然而，他絕對地不相信他的生命正面臨著什麼危害。儘管他恐慌到了極點。

他因發現不到適合自己存在的空間而恐慌，哪怕是小小的條件低劣的空間。他覺得自己「歷險」過的那一座城市裡不會有適合自己存在的空間。他與它格格不入。它也顯然排斥他。那麼這個叫「療養院」的地方就適合自己存在了麼？倘中國竟為自己保留了這麼一處占地頗大，環境不錯的地方，那倒是自己的幸運了。院子裡有幾十株粗壯的楊樹，在其間踱步和思考綽綽有餘；沿內牆栽種的各種花開得也正美豔，足以賞心悅目；還有籃球場單雙桿，可供鍛煉身體。更主要的，這裡有他曾打算終生緊緊擁抱住的政治的元素。

但「療養院」不是療養院啊！這裡呈現的政治元素全是假的呀！正如《西遊記》裡的假西天不是西天。若離開此地自己可該到哪裡去呢？就算自己寧願留在這不真實的地方，又憑什麼資格像寄生蟲似的生活？他覺得自己好比一撮毛，被從一張皮上抖落了。而那張皮不再是從前的皮了，它改變毛色了，並且連每一個毛孔的生理狀態也改變了。他附著不上去了。即使勉強附著上去，他的毛根也扎不進那張皮現在的毛孔裡去了。而他又尋找不到另一張皮可以附著可將毛根扎進毛孔，通過吸收皮下血液滋潤自己的色澤和柔韌度。

是的，他首先因此而恐慌。這一點也是他最大的恐慌。其次他恐慌於他可能失去他的三名戰友。確切地說，他恐慌於他可能失去他的同類。不，不是可能，失去幾乎是肯定的了。既然他不相信自己會說死即死，當然也不相信他的三名同類會那樣。他並不因將會在生命關係上失去他們而恐慌，乃因將會在政治依存關係上失去他們而恐慌。只有三名戰友啊，只有三個同類啊，失去一個就少了三分之一啊！

肖冬梅不是已經等於失去了麼？才短短的四十幾小時裡，她就被院牆外的現實「洗腦」了，似乎與長征小分隊這個曾何等緊密團結的政治集體話不投機半句多了！而且敢於公然反駁、搶白和頂撞他這位「思想核心」了！而且還認了一位於姐姐！而且到與那位於姐姐難捨難分的了！他竟恨恨地想，她果真醜陋地死去才好！既然不再是自己的同類，既然背叛了自己，那麼他又何必浪費自己的感情關心她的死活？他一路上之所以像關心小妹妹一樣關心她，乃因那是政治關係的要求、責任和義務。非政治關係的責任和義務，也配再是責任和義務麼？也值得再是自己對自己的要求麼？

李建國分明的也靠不住了。瞧他嚇成那種歇斯底里的樣子吧！顯然，只要給他一粒小小的藥丸，對他說：「懺悔吧！懺悔了，這粒藥丸就能保你的命！」那麼他準會激動萬分，不但懺悔，而且大罵「文革」和紅衛兵是罪惡橫行！

肖冬雲呢，這個他暗戀的初三女生呀，這個他唯一認為可以也值得在政治關係所確定的感情之外，再多給予些俗常的男女感情的姑娘，她怎麼竟容忍別的男人將雙手放在她肩上？怎麼竟容忍別的男人用那麼溫柔的目光望著她，用那麼溫柔的語調和她說話？甚而竟容忍對方擁抱了她吻了她？

他在走廊裡看到那一幕時，他的唇剎時火燒火燎地疼痛起來。從他那個方向，只能望到肖冬雲的背影。他見她被喬博士擁抱時，雙臂軟軟地下垂著。她的頭向後微仰，但那並不意味著是躲閃對方的吻，而似乎是主動地翹起下巴，以便將整個臉龐奉獻給對方。她那種姿態的背影，使他認為喬博士吻了她的唇！

所以，他感到自己的唇火燒火燎地疼痛……

她為什麼那般的順從呢？

為什麼不推開對方呢？

為什麼不狠狠地搧對方兩記耳光呢？

啪！啪！左右開弓，響亮的兩記耳光——那才是他應該看到的情形應該聽到的聲音啊！

如果說關於中國現在怎樣怎樣了，關於當年的紅衛兵們現在怎樣怎樣了，是他頭腦中的主要思想，那只不過曾是而已。是他被關在公安分局的小黑屋子裡，一段段背毛主席語錄和一遍遍唱「抬頭望見北斗星」時的想法。

此刻他頭腦裡沒那些想法了。

此刻他想的是——如果中國沒給自己留下一處適合自己生存的空間，自己將怎麼辦？如果三名戰友也就是三個同類，一個一個地背叛自己離自己而去，自己將怎麼辦？三人中頂數肖冬雲的背叛性質嚴峻，那意味著他將同時失去愛情。

他從未懷疑過他對肖冬雲的暗戀會結出甜美的愛情之果。恰恰相反，他自信得很。他的私密的個人想像，絕大部分是與她聯繫在一起的——他們公開相愛了，以後她會變得怎樣；他成了她丈夫以後，她會變得怎樣；婚後的她留怎樣的髮式會使他覺得更好看；經常穿怎樣的衣服會使他更喜歡？等等，等等。

他遲遲未向她傾吐暗戀之情與勇氣無關。其實他認為她的心房早已接納了他，而他也早已在精神上佔有了她。他只不過感到自己對她宣佈「我愛你」這句話的時機還沒成熟，也可以說前提條件還不具備——因為她的父母還被雙雙劃在政治的另冊裡，而這一點會妨礙他的政治人生。

可現在，連他從前的私密的想像也似乎成了歷史。當然他仍有進行從前那一種想像的權力，但是從前那一種想像會順理成章地變為現實的鏈條，似乎已發生了斷裂……

現在他有了一個最明確的敵人那就是喬博士；他認為對方已經明擺著是他的情敵。起碼蓄意成為他的情敵。因而他也同時懷著強烈的政治敵意妒恨對方。如果對方不是他的情敵，他未必非視對方為政敵不可。喬博士從不談政治，他連對方頭腦中究竟有沒有或可叫做「政治思想」的思想都根本不曉得。但是對方既已經明擺著是他的情敵了，那麼對方頭腦中肯定存在著某種最最反動的政治思想無疑。這種典型的當年紅衛兵們的邏輯暗示他，如果他要捍衛住他的愛，那麼他必須在政治方面與對方勢不兩立。即使對方莫明其妙也不是他的責任，只要他自己不莫明其妙就行。

他在心裡對自己說——趙衛東呀趙衛東，你只能而且必須在政治思想方面爭取比對方明顯高大，因為對方在學歷方面已是你根本無法與之相比的！

他媽的中國從什麼時候起開始設博士學位了呢？

怎麼好事都讓後來的中國人趕上了呢？

對於趙衛東這名三十幾年前曾一心走「白專道路」而被「文革」鏟斷了此路的高三學生，博士學位不但是別人腦後爍爍耀眼的光環，而且是令他無比憤慨的。他恨恨地想，如果自己也有毛澤東那麼偉大的號召力，那麼一定要發動第二次「文化大革命」，或名曰別的什麼革命運動，而且首先不從文化方面首先從教育方面「轟開」缺口，將一概的博士們和正讀著博士的，以及一心準備成為博士的男男女女統統打翻在地劃入另冊，叫他們在中國永無出頭之日。男的都發配到邊疆和農村去苦力的幹活，女的都留在城市裡掃馬路或掏廁所……如果他瞭解到「文革」「革」到後來對大小知識份子幾乎就是這麼幹的，他一定會因「英雄所見略同」而高傲而更加覺得自己不一般的……

那一天夕陽在西邊的天空上滯留的時間很長，彷彿不甘輕意地落下去。它一天裡最後的光像老年人表達愛的方式，溫柔而矜持，照在楊樹們肥大的葉子上，使那些由於肥大而似乎慵懶的，甚至不情願在習習微風中多搖動一下的葉子，看去油亮油亮的。若是黑色的，那麼如同從前的女人抹了頭油之後梳得板板的頭髮。

趙衛東站立得累了，便將身子往毛主席像的像座上靠去。這一靠不打緊，竟將整座毛主席像靠得一晃。他因之一驚，立刻伸張開雙臂扶抱。不留神腳下被一道繩索一絆，扶抱變成了撲抱，結果將整座毛主席像撲倒，他自己也隨之倒下，身子壓在毛主席像上。原來那毛主席像是在他們到來之前，臨時請兩名雕刻石獅子的工匠加緊趕製的。用的是最廉價的材料——硬泡沫塊。一塊塊粘起，雕成後塗了兩遍銅粉，又進行了一番必要的做舊處理，看去像經過風雨的銅像。倘無一尊毛主席像，恐他們四名三十幾年前的紅衛兵「造反有理」。

但是在二〇〇一年，莫說在那一城市，就是在那一省份也尋找不到一尊毛主席的高大銅像了。用銅現鑄或用石現雕是肯定來不及了，也實在沒有那麼認真的必要。於是「老院長」決定用硬泡沫塊趕製，此決定使那件事變得容易多了。但泡沫塊畢竟太輕了，怕立得不穩，所以將底座用土埋了一部分。使之看去像是銅重壓陷下去的。在趙衛東們擅自「逃」出「療養院」的前一天，李建國曾鄭重指出，毛主席像座必須完全呈現在地面以上，否則會使人聯想到「埋」這個字，是對毛主席他老人家的大不敬。「老院長」豈敢不嚴肅對待，趕緊派人找來附近農村的兩名民工另想穩固的辦法。接著就發生了紅衛兵們失蹤的事件，人們一時顧不上兩名民工在做的活兒了。兩名民工只對對付付地往地裡釘了一截樁，拉了一道繩索，便逕自而去。趙衛東正是被那道繩索絆倒的。他和毛主席的像一倒，繩索將那截木樁從地下扯出來了。

幸而毛主席的像不是銅的，沒傷著他。弄倒了毛主席的像，他感到非常的罪過。雙手一擁，沒想到非常容易地就擁起來了。本能地四下裡看，見院子裡沒人，罪過不至於被當場指證，那一顆惴惴的心才算安定了。

「嗨，那個人！」

他循聲望去，見院門外一個穿背心的光頭男人，將一支手臂從鐵柵之間伸入院子指著他。那隻手滿是油污。他望著對方一時發愣。

「跟你說話呢小哥們，請把那只鍬遞出來，借我們使一下行不行？使完保證還！」

一把鍬就插在毛主席像後的草坪邊，是兩名民工插在那兒的。

趙衛東扭頭看了一眼那把鍬，再回轉頭瞪望院門鐵柵後那光頭男人，不動地方。

「哥們兒，小哥們兒千萬給個方便，幫個忙……」

他還是不動地方。

「哥們兒，請吸支煙！」

對方用另一隻油污的手從褲兜裡掏出了盒煙，也從鐵柵之間伸向他。於是，那人的兩支手臂就隔著鐵柵都伸到院子裡了，像乞丐哀哀行乞似的。

紅衛兵趙衛東仍不動地方。

「哥們兒，全給你了，接著！」

油污的手將那盒煙拋向了他。他沒接。煙盒落在他腳旁，扁而皺，顯然內中煙剩不了幾支了。

「你這人怎麼這樣啊！我已經低三下四說了多少句好話了呀！」

那人的語氣和表情變得憤憤然了。

趙衛東緩緩抬起一隻腳，朝煙盒狠狠踏下去。踏住了，使勁兒往地裡碾……

「嗨，你他媽王八蛋！不借鍬把煙還給我！還糟蹋我的煙幹什麼？」

他將那煙盒碾得爛碎，轉身走向那把鍬，拔出來，雙手橫操著，冷笑著，一步步向院門走去……

「哥們兒，我道歉。剛才我是一時來氣，就算罵我自己了！」

禿頭男人雙手伸得更長，也訕笑起來，一心以為馬上就會接鍬在手了。然而隨著趙衛東一步步接近他，他看清楚趙衛東臉上的笑不是好笑了。不但是冷笑，而且分明的懷有著令他不解的敵意，甚至是惡意。他謹慎地將他的兩隻手臂縮到鐵柵外去了。

此時趙衛東也一步步走到了院門前。他猛舉起鍬，朝那人的光頭拍了下去。

隨著鐵與鐵拍擊發出的響聲，光頭男人往後跳開了。若無鐵柵隔著，光頭男人不死亦殘。

他跺著雙腳，怒不可遏地大罵起來。

紅衛兵趙衛東則依舊的滿臉冷笑，一次次揮鍬拍在鐵柵上。

他滿心企圖通過毀壞什麼進行發洩的強烈欲念！

鍬頭哨啷一聲斷了，掉在地上。

他繼續用鍬柄擊打鐵柵，直至累了才住手，在光頭男人的謾罵聲中，呼呼喘息。

光頭男人的謾罵，從堵塞的道路那兒，招引來了七、八個男人。他們都是司機，都等著排除堵塞等得沒了耐性。禿頭男人一向他們說了自己借鍬的遭遇，那些司機也一個個捋胳膊挽袖子，在院門外叫罵不休起來。

趙衛東棄了鍬柄，若無其事地轉身就走。剛走幾步，站住了——他看見肖冬雲和喬博士在樓口那兒。肖冬雲的身子緊偎在喬博士懷裡，頭扭向著他，目光充滿悸怕地望著他。而喬博士，雙臂攬抱著肖冬雲，也望著他。只不過目光中沒有悸怕，有的是嫌惡。喬博士彷彿隨時準備迎他而走，擋住他的去路，不使他接近肖冬雲似的。

在院外司機們的叫罵聲中，雙方久久地對望著。不，那不僅是對望，更是心理的對峙。三十幾年前的高三紅衛兵和三十幾年後的博士導師之間的心理對峙。

司機們不但在院外叫罵，還往院中扔石頭。

一塊石頭擊中趙衛東後腦，他雙手反捂著後腦蹲下了。

「衛東！」

肖冬雲終於克服了對他的悸怕，朝他跑過去。沒等她跑到他跟前，他又猝然站了起來，瞪著她低聲說：「可恥的叛徒。」

她只得站住，苦口婆心地說：「衛東，別在胡鬧了！再胡鬧下去對我們四個有什麼益處呢？我們都年紀輕輕的，我們都希望活下去不是麼？除了我們四個，這院子裡的別人，都是我們的救命恩人啊！沒有他們的努力，我們能活轉來麼？雖然僥倖地被發現了，那還不是四具冷僵三十幾年的殭屍嗎？」

肖冬雲又流淚了……

趙衛東卻並沒聽她說些什麼。他在看自己雙手，他雙手上沾了血。

肖冬雲又鼓起勇氣走上前，從兜裡掏出手絹，打算替他包紮。

趙衛東雙掌一推，肖冬雲連退數步，還是沒能站穩，跌坐於地。

不止。

她一手撐地，張了張嘴想說什麼，卻什麼話也沒說出來。她淚眼汪汪地望著他，滿腹苦衷地搖頭

喬博士也快步走過來了，一邊走一邊躲避著仍往院子裡扔的石塊。他走到肖冬雲跟前，扶起她，將她掩在身後，儘量用平靜的語調對趙衛東說：「還想挨一石頭麼？快進樓去找護士處理傷口！」

趙衛東卻冷笑著說：「這只不過是一點兒小亂子，你就怕了？你怕我不怕，亂只能亂了階級敵人！『四海翻騰雲水怒，五洲震盪風雷激』的革命局面還會重新到來的！」

他話沒說完，臉上已啪地挨了一記耳光。明明是肖冬雲搧了他一耳光，他卻用一隻沾血的手捂著一邊臉一時懵懂地呆瞪著喬博士。

喬博士對肖冬雲責備地說：「冬雲，你這是幹什麼？他頭上還有傷啊！」

趙衛東這才明白，搧他耳光的不是喬博士，而是他三名紅衛兵戰友中最親愛的一名戰友，而是他深深暗戀著的人兒。要正視這一點，對他而言，比接受現在的年代已經是二〇〇一年還痛苦還茫然。

他不禁地問肖冬雲：「是你搧了我一耳光？真是你搧了我一耳光？而不是他？」

肖冬雲顫著雙唇不知說什麼好。

「而且，你不但允許他將雙手拍在你肩上，不但允許他擁抱你，吻你，還允許他叫你冬雲了？」

喬博士不得不以聲明般莊嚴的口吻說：「趙衛東，你多心了。希望你能以較正常的心理想某些事。」

肖冬雲也忽然大聲說：「你以為你是誰？是我的上帝？你我的關係，不過是三十幾年前同校初中

女生和高中男生的關係，不過外加一層關係都是三十幾年前的紅衛兵，一起長征一起遭遇了雪崩！但現在已經是二〇〇一年了。我們的關係和中國的『文革』運動一樣，早已成為歷史了！你什麼時候能頭腦清醒，徹底明白這一點？」

輪到趙衛東顫著雙唇不知說什麼好了。他刹時淚盈滿眶。他覺得肖冬雲的話語像刀子，一句一下，將他的心切碎了。而肖冬雲說罷，一轉身跑入樓裡去了……

喬博士安慰道：「你別生她氣。你們之間，難道不比我們之間更容易溝通麼？你應該主動找她……」

趙衛東口中咬牙切齒地吐出一個字是：「滾！」

此時，有一名司機翻過院門跳進院裡，接著將院門打開了——於是司機們一擁而入，吵吵嚷嚷地朝趙衛東圍來。看樣子他們要教訓他一頓……

喬博士挺身上前，橫身雙臂加以阻攔，並厲聲喝道：「站住！你們也不先問問這是什麼地方！此地豈容你們撒野放肆！」

司機們倒真的被鎮住了。一時的你望我，我望你，皆噤聲不再敢造次妄動。

「老院長」率著一隊不同年齡男男女女的「白大褂」自樓內匆匆而出——此事最終以和解了結。司機們不僅得到了工具，還得到了人力支持。「老院長」自掏腰包，給了那名光頭司機一百元賠他半盒煙。他說他耳朵可能被震聾了，於是又為他檢查了耳朵，開了診斷，確保他的耳朵沒問題。

趙衛東卻在交涉過程中獨自回房間去了。

9

四名活轉來的紅衛兵都住單間。一則房間多的是。二則在最初的時日裡，也就是在他們都必經的昏迷階段，由於他們各自不同的狀況，需要極為細心的，二十四小時不間斷的分別觀察和分別護理。所以，住單間的「待遇」便繼續下來了，沒有什麼改變的必要。

趙衛東進了自己的房間，見李建國順條筆直地躺在他的床上。李建國立即明智地坐了起來，關心地問：「你打針了沒有？」

趙衛東不理他，接了一杯純淨涼水，一飲而盡。

李建國一時覺得被冷淡得怪沒意思的，就挺識趣地起身往外走。走到門口站住了。猶猶豫豫地轉過身，又問：「我怎麼你了，你連我也不理？跟我來的什麼勁兒呀？」

趙衛東仍不理他，也順條筆直地往床上一躺，兩眼呆瞪天花板。

李建國嘟噥：「你不理我，我還偏不走了。」嘟噥著，就當然而然地坐到一只沙發上去了。

房間裡沒電視，沒電話，只有單人床、一對沙發、三十幾年前木製的老式衣架和書架。書架上擺著小型的毛主席石膏胸像、選集、以及一些三十幾年前的報刊。刊是從資料館借來的，報是請印刷廠專為他們按三十幾年前的幾份大報的內容板式重新印刷的。總之，三十幾年前不該有的東西都沒有，該有的一般都有了。至於熱水器，那是今天才增加的。既然真相已經說明，假戲不必再演下去，省得仍指派一個人專為他們燒熱水了。

李建國第三次發問：「你怎麼就忍心不打聽一下肖冬梅的情況呢？」

肖冬梅的不良反應已經得到了有效的控制，這使李建國和肖冬雲的情緒都大為好轉，起碼對各自面臨的生死問題樂觀了些。再加「老院長」和喬博士又分別推心置腹地與他倆談了一番話，使他倆的思想方式更現實了。

趙衛東繼續裝聾作啞。

李建國終於火了，大聲嚷：「趙衛東你死了？沒死你給我聽好！三十幾年前我李建國尊敬你，不僅因為你是咱們紅衛兵長征小分隊的隊長，還因為你是縣『紅代會』的常委！而我，是縣裡頭號『走資派』的兒子！實話告訴你，我尊敬你那是違心的，形勢所迫的，不得已裝的！為的是向你們紅衛兵靠近，混進你們的組織裡，取得你們的信任，或者能對解放我爸爸起點什麼積極作用？否則你一名當年連團員都不是的高三生，有什麼特別值得我尊敬的地方？我剛入校，『文革』還沒開始那會兒，你見了我這個縣長的兒子，難道沒一副巴結的討厭模樣，搭搭訕訕地主動套過近乎嗎？現在已經是二〇〇一年了，『文革』早成為歷史了！中國大變樣了！剛才『老院長』告訴我，連『右派』們都一律平反了！連地富成分都取消了！那麼咱們之間的關係已經平等了！我這個『走資派』的兒子已不足什麼『黑五類』子女了！你『紅代會』大常委的政治資本也等於是臭狗屎了！連我們三個初中生都不難明白的道理，你這名高中生怎麼偏不明白？」

趙衛東聽著聽著坐起來了。

三十幾年前，當他剛升入高三，李建國當由小學生而中學生時，他這個「小業主」的兒子，對李建國這個縣長的兒子，確乎是心存巴結之念的。這是一個不爭的事實，不是李建國的誹謗。而當他成為『紅代會』的常委以後，情況反過來了，李建國開始巴結他了。這也是一個事實。對李建國的巴結，他是進行過政治分析的。他之分析的結論，與李建國自己三十幾年後的今天所「坦白」的，完全一致。但，兩個事實，經由李建國的口，大聲嚷嚷地說道出來，還是使他感到萬分的震驚。

在人和人之間，某些虛偽關係不撕破，人和人之間還可靠另外的關係維持表面的親和甚至親愛。而一旦撕破，就會使雙方陷入僵冷。就會使雙方都覺得，連另外幾重關係，哪怕是雙方都企圖維持住的關係，也會變得虛偽了，變得彷彿利刃劃膚一樣皮開肉綻怵目驚心了。此時，雙方都會感到心裡疼痛。區別在於，僅僅在於，主動撕破關係給對方看的一方，可能並不尷尬，反而快感。而對方卻會在心裡疼痛的同時，尷尬得幾乎無地自容。

李建國正是那麼地快感著。三十幾年前，他多想像今天這樣對趙衛東大聲嚷嚷地說出剛才那番話啁！但三十幾年前他哪敢？今天都二〇〇一年了，他怕什麼呢？他覺得他不但被在岷山的雪下埋了三十幾年，連他撕破虛偽扒開真相給趙衛東看的勇氣，也被粗暴地壓制了三十幾年似的。他覺得再不說出那番話，他的勇氣就會由於長期憋在心裡而變質了。

他覺得自己好傻——「文革」成為歷史了對自己有什麼不好？中國大變樣了對自己有什麼不好？城市裡到處吃喝玩樂的地方了對自己有什麼不好？如果自己真能順利度過眼前面臨的生死關，當年的同代人都四十多歲五十來歲了，而自己卻仍是一名初二男生對自己有什麼不好！這一切加在一起對自己多好哇！可自己卻仍傻兮兮地跟著趙衛東的感覺對抗二〇〇一年的中國！是的，是的，他對抗那一座城市裡的現實，對抗二〇〇一年，很大程度上是為了表演給趙衛東看的。是為了給趙衛東這麼一種深刻的印象——在政治上他是絕對可以信賴的。

然而，現在他急切地要擺脫趙衛東對他的思想的左右；急切地想要瞭解今天的中國；急切地想要瞭解二〇〇一年；急切地想要知道，在自己們死了的三十幾年中，是他祖國的這一個國家經歷了怎樣的一些事件怎樣的一些轉折？

他的話不但使趙衛東尷尬極了，也憎恨極了。尷尬和憎恨摻兌成的那一種震驚，如同液體毒藥迅速地流在他的血管裡，並通過血管注入他的每一臟器。他覺得他的身體內部在處處燃燒；他似乎能聽到燃燒的滋滋聲，似乎能感到煙和腥焦味兒一陣陣從胃裡從肺裡直衝向口鼻。彷彿毒藥就下在他剛剛喝的那一杯水裡；彷彿是李建國誘騙他喝的；彷彿李建國只不過在反反覆覆地說著同一句話：我下的毒，我下的毒，我下的毒……

他頭腦裡只剩下了一個意識——開始了！眾叛親離開始了！先是一記耳光，然後是毒藥。

「你究竟真不明白還是裝不明白？你看你剛才，多習慣地就接出了一杯涼水呀！那是什麼水？那不是自來水！那是純淨水！那東西叫純淨水器！一按紅色的龍頭出熱水，一按藍色的龍頭出涼水，你看一眼想當然地就明白了是不是？可其實你第一次見識到了純淨水器，第一次喝了一杯純淨水！三十幾年前有那東西嗎？你享受著二十一世紀的成果，你卻偏要與二十一世紀對抗到底似的，你怎麼回事？我們有何功德？你有何功德？配被高幹似的對待著？再看這些報，是專為我們印刷的！要花錢的！誰欠我們的債還不起，必得如此討好我們麼？你知道為了使我們活過來，為了使我們繼續活下去，已經花了多少錢了？『老院長』扳著手指頭向我算了一筆賬，一百萬都不止了！接下去還要花多少錢沒法兒估計！」

李建國的這一番話，簡直等於在訓斥了。每一句都像一枚釘子，一枚接一枚「射」入趙衛東耳中，洞穿耳膜，釘入頭腦。如果將趙衛東的頭腦比作一塊木板，那麼它上面是已經被釘子釘滿了。

趙衛東表現得異常靜。他離床開了門。

李建國奇怪地問：「你開門幹什麼？」

趙衛東說：「讓那些自稱為我們服務，自稱為我們花了一百萬都不止的人們聽聽。你多麼激動地充當他們的口舌啊！這證明你已經是他們的人了。他們不但應該信任你，還應該向你頒獎章。我不敞開門也讓他們聽到，你不是邀功無據了麼？」

李建國一下子跳起，衝到趙衛東跟前，反指著自己心窩，臉紅脖子粗地說：「我不是為了討好他們！我是為了你別再糊塗下去。」

趙衛東以小學生在課堂上提問那種口吻問：「我糊塗不糊塗，是我個人的事，與你有何相干？」

李建國誨人不倦地說：「雖然我們不再是紅衛兵戰友了，但我們畢竟還是老鄉，而且是同命運的人！」

趙衛東冷冷一笑：「我，你，無論我們過去和現在，談得上什麼同命運？」

李建國也冷冷一笑：「起碼我們現在是同命運！都只不過是殭屍復活。說得好聽點兒，都只不過是『文革』的活化石！」

「你說完了？」

「今天到此為止。」

「那麼，滾吧。」

「別忘了，這個房間並不是你家……」

「滾！」

李建國悻悻而去……

李建國氣呼呼地走到自己房間門前，手已搭在門把手上了，卻不立刻推門進屋。

他因不被理解而特別委屈，一轉身又去找肖冬雲。

肖冬雲仍獨自在房間裡落淚。李建國問她怎麼了？她就將看見趙衛東揮舞鐵鍬朝鐵柵欄門發洩，以及自己如何搧了趙衛東一耳光的事，抽抽泣泣地說了一遍。李建國便將自己剛在趙衛東房間裡勸了些什麼話，以及趙衛東竟用「滾」字下逐客令的經過，也細述了一遍，末了問：「他是不是……」

肖冬雲抬起淚眼望他，靜待他說下去。

「他是不是……是不是那個那個……神經錯亂了呀？」

李建國本欲說「瘋了」，但又不願那麼說。吞吐之間，終於想起「瘋了」的另一種較好的說法。

「胡說！再不許這麼說他。」

肖冬雲當即對趙衛東的正面形像予以嚴肅的維護。

「那他是怎麼回事？」

「……」

「我勸他那些話有什麼不對麼？」

「你那是勸人往明白處想的話麼？我要是他，你對我說那些話，我也用『滾』字往外趕你！」

「就算我的話說得太坦率了，那總比搧他耳光強吧？」

「所以我正後悔呢。」

聽肖冬雲這麼說，李建國也多少有點後悔了。

二人相對著默默無言地坐了一會兒，肖冬雲長歎口氣，自言自語似地又說：「也許，他真的有理由蔑視我們？」

李建國聽得不大明白，低聲「請教」：「他指誰？我們是我們四個，還是我倆？」

肖冬雲又歎口氣，心存內疚地說：「他除了指衛東，還能指誰呢？我們當然首先指的是我倆，也可以包括上我妹妹。」

李建國板起臉問：「他憑什麼？憑什麼輕蔑我們？」

「與他比起來，我們是多麼輕意地就放棄了信仰啊！」

「信仰？什麼信仰？」

「就是我們在『文革』中幾乎天天發誓的那種信仰啊！刀山敢上，火海敢闖，頭可斷，血可流，

『三忠於』、『四無限』，『文革』中我們不是幾乎天天這麼發誓的麼？發誓時還熱淚盈眶，還寫血書……可現在呢，不須上刀山；不須下火海；不須斷頭；不須流血……我們只不過好比睡了一長覺，一睜眼時代變了，我們就思想落後了似的趕快跟著變。別人認為我們當時荒唐，我們也馬上覺得自己當年可笑。捫心自問，我們又是怎麼回事兒呢？他就不像我們，他起碼還表現得是一個堅持信仰的人。僅就這一點而言，你總得承認他比我們可敬幾分吧？」

由於肖冬雲說到了「血書」二字，李建國的臉紅了一陣。

他也學趙衛東的口吻問：「你說完了？」

肖冬雲點頭。

「呸！」

李建國的唾沫濺了肖冬雲滿臉。

「當年那也叫信仰？」

「……」

「我問你，別人把你媽媽的頭髮剪成鬼髮了，往你爸爸臉上潑墨汁，狠踢他腿彎逼他跪下，你看著時，內心裡真的擁護那種革命嗎？」

「你倒是回答呀！」

「我……」

「我什麼我？你們姐倆其實和我李建國沒什麼區別的！心裡在恨恨地想——他媽的，不怕你們鬧的歡，就等將來拉清單！凡是呸過我父母，凌辱過我父母，打罵過我父母的人，我將來都要一一替我父母算總賬！」

肖冬雲被誣衊似的叫起來：「你胡說，那不是我們姐妹的想法！純粹是你個人的想法！我們當年的想法和你的想法根本不一樣！」

「不一樣？怎麼不一樣？說出來聽聽嘛！」

「我們姐妹想，想……我們的父母，肯定是有罪過的，要不『文革』不會革到他們頭上……」

「可你們父母第一天被批鬥時，你們姐倆在家裡相抱著哭作一團過，我到你家去安慰過你們，你能否認有過這件事麼？那又怎麼解釋？」

肖冬雲忽然往床上一撲，嗚嗚痛哭。

李建國頓時慌了，坐到床邊，輕輕推著她肩，變換了一種賠罪似的語調說：「你哭什麼呀你哭什麼呀？我只不過是和你討論討論嘛，這也不能算是欺負你吧？」

肖冬雲邊哭邊叫嚷：「你走你走你走！滾！滾……」

李建國也像肖冬雲剛才那樣，長長地歎了口氣。接著，又長長地歎了第二口氣。

他不勝憂傷地自言自語：「你還哭，我就不走。唉，還動不動就互稱戰友呢，才由殭屍變成活人不久，就倆倆的話不投機半句多了。再過些日子，還不誰瞧著誰都不順眼了呀。現在的人們也是的，何必多此一舉把我們全都救活呢？倒莫如讓我們還在岷山上做殭屍，也省得你煩我惱的了……」

肖冬雲猛抬起頭嚷：「你才是殭屍呢！你願意再做殭屍，自己回到岷山上去！沒人攔你！」

嚷罷，複埋下臉哭。

李建國苦笑道：「我一個人回去多孤獨啊，要回去，也得動員冬梅陪我一起回去……」

肖冬雲又猛地抬起了頭……沒等她口中說出什麼話，或對李建國怎樣，門一開，喬博士一腳邁了進來。喬博士見他倆那種情形，一怔，之後連說：「對不起對不起，事急忘了敲門了……」

隨著喬博士關門退出，肖冬雲由伏在床上而坐在床上了。

喬博士在門外輕輕敲門。

肖冬雲趕緊掏出手絹擦淚，而李建國則去開門。

喬博士重新進屋後，也不坐，連連又說：「我有失禮貌了，請原諒，請原諒……」

肖冬雲大不自然，扭頭一旁，不吭聲。

喬博士站在門口，望著李建國說：「你欺負冬雲了吧？」

李建國也大不自然起來，訕笑道：「我沒欺負她。我欺負她幹嘛呀？我剛才只不過和她討論問題來著。」

喬博士也笑道：「既然是討論問題，而一方哭了，那就證明另一方的態度值得反省了。關係親密的人之間，討論問題更要心平氣和。」

李建國覺得喬博士誤會了什麼，澄清地說：「我和她沒什麼特殊的親密關係。我和她妹妹是一對兒，而她和趙衛東是一對兒。」說完還看著肖冬雲問，「是這樣吧！」

肖冬雲不但大不自然，而且大窘了。她怎麼說都不妥，狠狠瞪了李建國一眼，面紅耳赤起來。

李建國又說：「你臉紅什麼呀！都二〇〇一年了，誰喜歡誰，誰愛誰有什麼不能公開的呀？我不澄清一下，讓博士心裡誤會著，就對啦？」

喬博士又笑了。他說：「其實是你誤會了。我沒誤會。我知道你喜歡冬梅，趙衛東喜歡冬雲。我說的親密關係，指的是你們一塊兒長征的關係，不是指你們誰喜歡誰的關係。」

喬博士說這番話時，肖冬雲抬頭看了他一眼。她本想偷看他一眼的，不料他的目光也正望著她，她臉更紅了，頭也垂得更低了。不知為什麼，她心跳加快了。她自然是每每暗自承認，她和趙衛東之間，是存在著一種特殊的親密關係的。即使不一塊兒長征，那關係也是明明存在否認不了的。但畢竟是第一次有人把他們之間的關係當著她的面，用「一對兒」、「喜歡」、「愛」這種她覺得禁諱的詞說出來。她尤其不願喬博士認為她和趙衛東是一對兒，並認為她喜歡他愛他。不僅因為他的某些言行和表現使她大感牽連性的恥辱，似乎也還因為別的。還因為別的什麼呢？她自己對自己一時尚不能分析清楚，何況她不覺得有什麼分析清楚的必要，她本能地認為有些事還是模糊著好。至於李建國和妹妹的關係，照李建國的說法，彷彿他和她的妹妹已經是一種大人之間的戀愛關係了！一個才初一，一個才初二，虧他說得出口！何況他李建國憑哪方面配和自己的妹妹是一對呢？如果不是喬博士在房間裡，她定會搧李建國幾個大嘴巴子。

她暗問自己：肖冬雲啊肖冬雲，你可究竟是怎麼了呢？從前你是一個多麼好性情的初三女生啊！別人成心氣你，故意逗你惱火起來，都是不容易做到的事，現在你怎麼動輒想啐人想罵人想搧人耳光呢？你的兩名當年的紅衛兵戰友，怎麼竟成了最惹你心煩的人了呢？他倆在長征途中是多麼關懷你和妹妹，多麼照顧你和妹妹呀？怎麼他倆的每一句話你似乎都不愛聽了呢？你其實是動輒想啐他倆想罵他倆想搧他倆的耳光呀！難道在你看來他倆竟是一無是處的兩個人了麼？那麼你自己在別人心目中，比如在喬博士心目中，就不是和他倆一樣的人了麼？喬博士……你為什麼在乎你在喬博士心目中是怎樣的人呢？

肖冬雲不禁呆呆地坐著，低垂著頭，陷入了自己對自己的迷惘與困惑。因為喬博士在，僅僅因為他在，她竟打算一直不抬頭了。

喬博士說他剛才去了趙衛東的房間，親自請趙衛東去打預防針。而趙衛東閉著眼睛仰躺在床，似睡非睡的，根本不理睬他。

李建國說：「我也剛從他房間出來。他肯定正生我的氣。」

喬博士就問為什麼。

李建國再次將自己對趙衛東說過的一番話重複了一遍。

喬博士連連搖頭道：「你不對，你不對。你怎麼可以說那些話呢？那樣說多破壞你們之間的感情啊！」

李建國只得連連認錯：「好好好，算我不對。算我不對。」

喬博士又望著肖冬雲試探地問：「冬雲，我的想法是，你看你能不能去勸勸他呢？他不聽我的，但也許會聽你的話吧？」

肖冬雲終於抬起頭，望著喬博士為難地說：「他肯定也生我的氣。我在院子裡搧了他一耳光，這您是看見的呀。」

喬博士說：「是啊是啊，我當然看見了。你那樣對待他，也太衝動了。對親愛者，尤其要有雅量……」

肖冬雲的臉倏地一下子又紅了。她打斷喬博士的話，低聲而態度明確地說：「我不是他的親愛者，他也不是我的。」

李建國口中「友邦驚詫」地「咦」了一聲，瞇起眼瞧著肖冬雲大搖其頭，那意思是進行著無言的譴責——這就不夠實事求是了。

肖冬雲隨著他那一聲「咦」，迅速將頭朝他扭過去，目光很是嚴厲地瞪著他，顯然在用目光進行警告：你「咦」什麼？我在和別人說話的時候，尤其我在說我和趙衛東的關係時，你少插嘴！

李建國識趣地低下了頭。

肖冬雲隨即又將目光望向喬博士，彷彿也在用目光對喬博士說：沒有調查研究就沒有發言權。在原則問題上，我可不是一個態度曖昧的人！

那時的她嗔而不怒，羞而不窘，儘管臉紅著，但紅得並不尷尬。目光坦坦率率的，臉也紅得煞是好看。

喬博士迎著她的目光微笑了一下。他歉意地說：「既然你表示反對，那麼我承認我用詞不當，收回我的話。不過，我還是希望你能去勸勸他。我對你們兩個都講了打那種預防針的重要性，你們兩個也都打了。如果他不打，對他意味著什麼，你們兩個都清楚。」

肖冬雲又低下了頭。

喬博士接著說：「你有考慮之後再決定的權力，但我的責任要求我必須等著你的答覆。而且，只能容你考慮五分鐘。」

博士說完，就抬起手腕低下頭，看手錶。

畢竟事關趙衛東的生命。李建國聽「老院長」講了，那種預防針是對付一種腐蝕人的肉體的兇惡病毒。它們進入血液，藥力對它們還能起殺滅的作用。而它們一旦進入人腦，藥力就拿它們沒辦法了。它們會在一小時內裂變為千萬，將人的大腦噬食得千瘡百孔。那麼人只有一個下場了——成為植物人。

李建國雖然是縣長的兒子，也沒有一塊手錶的。他曾為他們四個從家裡偷出過一隻叫「馬蹄錶」的鬧鐘。其實就是錶殼之上有自行車鈴那種雙鈴的鬧鐘，響起來特別擾耳。但在長征路上遺忘在一個村子的一戶老鄉家了。所以他望著喬博士的臉，一手按著自己的脈搏判斷時間。

一會兒，他說：「過了一分鐘了。」

而喬博士眼望著手錶說：「一分半了。」

又一會兒，他問：「過了兩分半了吧？」

喬博士說：「已經過了三分鐘了。」

李建國大為急躁，猛地站起來，一邊往外走一邊說：「肖冬雲，你如果不去，你就等於見死不救了。趙衛東要真成了植物人，我也會替他恨你的。」

李建國賭氣而去後，喬博士不看手錶了，抬頭看著肖冬雲了。

他以請求的口吻低聲說：「好姑娘，我知道你是特別仁愛的，也知道你是特別懂事的。別再嘔小孩兒氣了。快去吧，啊……」

肖冬雲並非在嘔氣。她實在是覺得為難。在院子裡搧了趙衛東一耳光，這事兒過去還不到一小時，她覺得簡直沒勇氣面對他，也不知出現在他面前後該怎麼勸他，萬一他更加輕蔑地對待自己，自己可如何是好呢？但博士的催促，不容她再顧慮下去了。從前她覺得趙衛東一開口對她說話，她就被催眠了似的。甚至今天上午他的話語對她還有那樣的魔力。但此時情況變了，似乎博士一開口對她說話，她就被催眠了。她覺得博士的話語，才是她所熟悉「文革」中又漸忘了的一種話語。一種在異國聽到了久違的鄉音似的話語。一種屬於人類的話語。博士除了在講解他們的命運時，對她所說的話語，句句都像糖水滴進乾渴的口中。

其實博士並沒有企圖通過自己的話語向她表明自己是一個溫柔多情的男人，他基本上是以很平常的語調和她說話。只不過有時為了安慰她，必須把話說得溫柔一些罷了。在博士，那一種溫柔是責任，是義務，是起碼的道義的要求。而在肖冬雲，他的話語彷彿是天堂之國的語言。使她聽了有一種受感動的感覺。因為，自從「文革」一開始，另一種話語成了時代的主流話語。它一出自「造反派」們之口即咄咄逼人，強硬得具有明顯的霸悍的意味兒。在一般情況下也是冷漠的，目空一切的。在不一般的情況下，則便是呵斥的，氣勢洶洶的了。相對應的，產生了另一種話語。它是卑怯的，忐忑不安的，甚至是驚慌失措的，低聲下氣的。更甚至是罪人認罪式的。它是普遍的「文革」之革命對象們的話語。他們明智地那樣說話，他們的日子就好過一點兒。他們若逞一時之勇不那樣說話，那麼他們所淪的境地就更悲慘了。

即使在革命「造反派」們之間，以及紅衛兵們之間，只他們所配的話語，亦即第三種話語，也是表演性的，戲劇臺詞式的。起碼不是自然的。是刻意的，甚至是矯揉造作的，裝腔作勢的。彷彿彼此那樣說話，乃是一種語言特權。好比十七、十八世紀的歐洲，只有貴族才配才有資格說法語，那怕說得語法蹩腳，也是一種身分的榮耀，成份問題，政治立場，劃清界線或者「同流合污」。使夫妻之間、父母子女之間，親戚朋友之間，兄弟姐妹之間，乃至同校同班同學之間，以及街坊鄰里之間，都不能再操他們出生以後所慣用的日常語調說話了。

是的，喬博士的話語，對肖冬雲而言，確乎是一種久違了的，更喜歡聽的話語。相比之下，趙衛東的話語怎能不失去魔力呢？她一想到就在今天中午，趙衛東還曾以從前那種話語關心自己的靈魂，就不能不因自己對他的話語的入迷而暗羞。

多麼裝腔作勢的話語啊，自己怎麼竟會對那麼一種話語入迷呢？

但是，她又不免的內疚——才幾個小時過去，自己與自己所一度暗暗崇拜的、也明知暗戀著自己的人之間，竟彼此嫌惡起來了。不，不，不是彼此嫌惡起來了。他並沒有嫌惡自己，他只不過是妒火中燒。而是自己嫌惡起他來了。連他的話語都不能再忍受了……

這麼快的感情的背叛，難道是道德的麼？她又不由得在內心裡審問著自己了。

喬博士的手臂不橫貼在胸前了。那自然意味著五分鐘過去了。他腳步無聲地走到她跟前，又一次將雙手輕輕按在她肩上。而她扭向一旁的頭轉正了，不但抬起，而且微微地後仰著了。她知道那樣他們的目光是會注視在一起的。她忽然非常渴望那樣。非常渴望被他注視著眼睛，聽他用溫柔的語調說話。哪怕是告訴她，關於她命運的無法改變的劫數。

「考慮好了麼？」

她本想說「我去」的，卻沒說，點了點頭。不吱聲是為了聽他對自己多說一句話。

「那麼，去，還是不去？」

「……」

「即使你還是不去，我也不會對你不滿的。確實，你剛剛搧了他一耳光，你有理由在乎自己面對他時的感覺。」

「……」

「只是，連你都不去勸他，我會很失望的。那麼誰勸他，他還聽呢？他不打那種預防針不是等於不想活了麼？」

她終於開口說：「李建國認為趙衛東精神錯亂了。我不許李建國再背後這麼議論他，可我心裡，也……也不由得這麼想……」

喬博士慢言慢語地說：「我可以保證他的神精並沒有錯亂。你禁止李建國是對的。精神錯亂四個字是不可以隨便往別人頭上安的。」略作沉吟，又說，「面對毫無心理準備的現實，每個人的思想狀態是不同的。受教育越高的人，思想轉變過程往往越痛苦，越長。他是高三生，他在『文革』中的思想陷入的激情投入自然比你們三個要深要多。即使三十幾年後的今天，中國也仍有某些人的思想固定在三十幾年前的『文革』時期。只不過絕大多數人的思想跟著時代了，適應著時代了，沒有他們聚合思想的空間了，所以他們明智地沉默著了……」

這一點是肖冬雲怎麼也想不到的。

她忍不住問：「真的？」

喬博士說：「真的。以後我們可以找時間長談。談『文革』、談現在、談政治、談愛情、談毛澤東、談蔣介石，談誰談什麼事都行。但這會兒，我們必須解決如何讓趙衛東打預防針的問題。」

「博士，您再允許我發問一次。」

「此時此刻的最後一次。」

「談蔣介石也可以？」

「我不是說過了麼？當然可以。比如我就認為，蔣介石和孫中山、毛澤東一樣，也是中國近代史上的重要人物。沒有他打著孫中山『三民主義』的旗號統令割據八方的各路軍閥，中國共產黨要建立中華人民共和國是會更有難度的。」

肖冬雲聽得瞪大了眼睛。她又忍不住貿然地問：「博士，您是黨員麼？」

喬博士平淡地說：「我永遠不會加入任何黨派。儘管各民主黨派，包括共產黨，都熱情地動員我加入過。我對政治不感興趣。我最討厭政治企圖滲透各個領域的現象。」

「可你……你已經在發表危險的政治言論了……」

「發表政治言論是我的權利和自由。誰企圖因此而把危險強加在我身上，那我是要和誰鬥爭到底的。不管是誰。」

肖冬雲的眼睛瞪得更大了。

「我覺得，你其實已經答應了我的請求，是麼？」博士的語調又溫柔起來了。

「是的。我心裡早就決定去了……不管他怎麼對待我……」

於是，博士的雙手從她肩上放下了……

於是，她站起來了。

「真懂事。」博士的口吻，聽來像誇獎小女孩似的。

肖冬雲心理獲得滿足地微笑了。她緩緩走到門口，不由得回頭望博士。那一種目光，如同第一天入託的孩子回顧爸爸媽媽。

博士鼓勵地說：「我就在你房間裡等結果。」

肖冬雲輕輕敲了幾次趙衛東房間的門，房間裡無人似的靜。她一推，門沒插，被推開了。但推開的程度並不大，僅能容她側身而入。她也不將門再推開些，就那麼閃進房間去了。

趙衛東在床上平躺著，全身筆直。他雙手疊放於胸，彷彿偉人們死後被擺佈成的樣子。閉著眼，但顯然非是在安詳地養神，而是在剪不斷、理還亂地左思右想著什麼。因為他眉峰之間，擰擠出了一條很深的豎紋。

肖冬雲小聲說：「是我。」

趙衛東一動不動地說：「把門插上。」

她困惑。然而想到「任務」，猶猶豫豫地把門插上了。

她站在門口又小聲說：「衛東，我……我首先向你道歉……」

趙衛東仍一動不動。

「我不該搧你一耳光。」

「……」

「喬博士批評我了。他批評我對你太缺乏理解。我覺得他比我，也比建國更能體會你的思想痛苦……」

「……」

「喬博士還……還讓我來勸你打預防針……」

趙衛東一直不動，也不開口。

肖冬雲站在門口，一時陷於無話可說的窘況。

那一種使她極為尷尬的沉默持續了幾分鐘後，她倍感受辱了。她懷著一種又遭到輕蔑的委屈心情，輕輕拉開門插，拉開門，想要離開了。

趙衛東聽到了她拉開門插拉開門的輕微響聲。他終於開口了。他以冰冷的語調說：「那麼，是你那位喬博士派你來的了？」

肖冬雲的一肩本已閃出門了。她聽了他的話，反而不打算離開了。她一肩門裡，一肩門外，也以冰冷的語調說：「你的話是什麼意思？」

「你應該明白。你臉紅了是吧？」

「我不明白。我也沒臉紅。」

「你來勸我打針，居然僅僅因為是他給你的任務。」

「你大錯特錯了。是他為了你的命請求我。我很奇怪他比你自己還覺得你的一條命值得寶貴對待，而你自己似乎視死如歸。」

「人固有一死。」

「你諱疾忌醫而死，既不光榮也不英雄。比鴻毛還輕。」

「不成功，便成仁。我是為堅持主義而死的。即使今人嘲笑我，但我相信，總有一天，後人會高度讚美我捨身成仁的品格。」

「你要成的什麼功？又能成的什麼仁？你真像你自詡的那樣堅持過什麼主義麼？」

肖冬雲的語調，不由得帶出了嘲諷的意味。

「我究竟怎樣，至少還值得分析。可你們，背叛革命誓言就像扔掉一雙舊鞋換上一雙新鞋。你們連值得分析一下都不配。純粹是可憐的苟活者，行屍走肉。」

「你這話除了指我和李建國，難道也包括我妹妹麼？她才多大？才十六歲不到！你能要求她怎樣？也為了當年那些狂熱的話，對自己的生命和你取同樣愚頑的態度？」

「劉胡蘭大義凜然躺倒在鍘刀下，也才十六歲不到。」

「你……」

肖冬雲從門口幾步跨到了床邊，目光向下斜投在趙衛東臉上，低聲然而清楚地說：「衛東，面對現實吧。不要再偽裝了。在長征途中，我偷看過你的日記。這是不道德的事。我一直想向你坦白這件事，沒想到三十幾年後才有機會……」

趙衛東的眼睛睜開了。他緩緩坐起了。

「你的日記告訴我，你當年投身『文革』的激情也不是多麼純潔。你渴望擁有權力對不對？你在政治上野心勃勃對不對？你一心想取代李建國的父親成為一縣之長對不對？你還想乘著『文革』運動的東風，被省城的『造反派』們接到省城去共圖政治人生對不對？」

趙衛東的屁股緩緩離開了床。他不動聲色地走到門口去，將門關嚴，並且插上了。

肖冬雲繼續說：「你用不著關門，更不必插門。我想沒有人會來。我這麼低聲說話，也沒有誰會聽到。我覺得與你比起來，我自己當年投身『文革』洪流的動機倒是純潔得多，沒你那麼多政治投機的成分。我當年百分之百地相信『文革』是為了使中國不變修……」

趙衛東從門口走到了肖冬雲跟前，面對面地凝視她。

而她也不眨眼地凝視著他。

「把你心裡想的話都說出來。」

他的臉色已白得發青。

「說就說。你的日記還告訴我，包括你對我的特殊感情，那也是不怎麼純潔的。因為我的父母還是『黑幫』，你就處處在人前偽裝出和我僅僅是紅衛兵戰友關係的樣子。當我的心需要一點兒安慰時，你連句有感情色彩的話都不曾對我說過。只不過擅於對我講一套一套的政治大道理，好像你是我的政治導師。我們在長征路上又都做了些什麼事呢？還記得我們最後經過的那一個小山村麼？儘管窮，卻是多寧靜的一個小山村啊！僅僅因為房東家大叔夜間偷偷到生產隊的地裡刨了一籃紅薯，而且是為了蒸熟帶給我們路上吃的，你就第二天發動全村人批鬥他，還命李建國揪住他頭髮往後擰他胳膊……結果呢？結果我們還沒離開村，他上吊了。路上我妹妹感到罪過地哭了，我也流淚了。你就在山路邊批判我們的什麼『泛人性』表現……三十幾年前我一向認為你在大方向上是對的，一次次說服自己與你的思想保持一致。直到今天中午，我仍對你懷有最後的崇拜，覺得你還是我尊敬的偶像……可……可當喬博士他們對我妹妹進行搶救時，你說了句什麼話？你從旁說——『以紅衛兵的身分而死是她的光榮，用不著你們搶救她的生命』！你這算什麼話？你憑什麼代表她決定她的生死？你怎麼不理解理解我這個姐姐的心情？你下午的表現，又是多麼惡劣！喬博士他們做什麼應該被我們敵視的事了？他們不就是全心全意地想使我們健康地活下去麼？」

肖冬雲雙用捂面，低下頭泣不成聲了。

「抬起頭。」

她聽到趙衛東冰冷冰冷的聲音，彷彿發自於濕漉漉陰森森的洞穴裡。

然而，她抬起了頭。

「把雙手放下。」

她將雙手放下了，淚眼漣漣地看著他。

她說：「衛東，算算看，我們的同代人全都四、五十歲了，而我們卻還處於青春時期，這其實是我們的幸運啊！繼續活下去有什麼不好？又有什麼不對？反正我希望活下去。如果能活下去一點兒也不會覺得我是苟活。聽我勸，打針……」

她的話還沒說完，臉上已挨了狠狠一記耳光，搧得她身子向一邊傾斜。

「這一記耳光抵消你在院子裡搧我那一記耳光。」

趙衛東一副咬牙切齒的表情。

緊接著她另邊臉上又挨了狠狠一記耳光，搧得她的身子向相反的方向傾斜。

肖冬雲並沒再用手捂臉。她的上身緩緩由傾斜而恢復正直，以自己的目光抵住趙衛東兇惡的目光。她的目光裡既無懼怕，也無愕異。有的僅只是嫌惡。血順著她沒抿嚴的嘴角流出來。那時刻她看著他的樣子，像看一件以前從沒看清而現在終於看清了的東西。似乎那東西一經看清，就由美觀而變形為醜陋了。

趙衛東又咬牙切齒地說：「這一記耳光是為了懲罰你偷看我的日記！」

肖冬雲將一口混和了血的唾沫啐在他臉上。

他也不擦，突然緊緊地擁抱住她。他的雙臂，將她的雙臂攔腰箍住。如同一副大鉗子，將她那麼鉗住了。他的臉是那麼地湊近著她的臉，之間僅能容一指切過。血唾沫從他鼻樑上和眼皮上往下淌……

他說：「既然你那位喬博士擁抱了你，那麼我更有理由擁抱你！」

肖冬雲並不掙扎。即使她的手臂沒被箍住，她也不打算掙扎反抗。這不意味著她甘心情願任其擺佈。她更想在不掙扎不反抗的情況下得出一種結論——看他對待她，與她遭遇過的那個偽善的壞男人，與那個難用好人壞人來說清的司機有什麼不同。

趙衛東又說：「既然你那位喬博士吻了你，那麼我更有理由吻你！」

說罷，便用自己的嘴向肖冬雲的嘴逼抵過去。可憐這三十幾年前的高三學生，雖然語文學的不錯，成績與其他幾門功課的成績一樣優秀；雖然也每在小說尤其外國小說中讀到過「吻」這個字，但對「吻」的理解卻是相當教條的。事實上，他以及整整他那一代高中生們，並不是在語文課堂上學到「吻」這個字的。儘管按照「吻」這個字的筆劃，無論怎麼在初中的語文課堂上也作為生字學到了。

在建國以後從小學一年級到初中三年級的語文課文中，「吻」這個筆劃簡單的字竟是不曾出現過的。彷彿這是一個諱莫如深的絕不可以公開教學的字，而只能靠學生自己通過課外閱讀去認識它。直至高二，「吻」這個字才「名流遲至」般地出現在一篇課文中。但也不是作為一個單字動詞出現的。而是組成「口吻」這個雙字詞出現的。老師在課堂上的解釋是——可以理解為語調，但又不同於語調，而指一種特殊人物關係規定前提之下的特殊語氣。比如上級與下級說話的語氣；將軍與士兵說話的語氣；尊者與卑者說話的語氣；長者與幼者說話的語氣等等。

而學生時代是何等敏感的時代啊！他們既然從小說的情愛描寫段落中讀到了「吻」這個筆劃簡單

竟不曾在課堂上學過的字，自然便會懷著有新奇發現似的怦怦心情查字典。三十幾年前，普遍的學生字典上如此解釋「吻」這個彷彿不光彩的字——人與人之間表示愛意的親密舉動，以唇輕觸對方的唇或面頰，是西方人之間的一種親密方式。所以當年的他們，又都單純地以為，「吻」是與「親嘴」不同的，是親密程度次於「親嘴」的一種方式。

肖冬雲自然也是從小說中認識「吻」這個字的。自然也曾為加深對這個字的理解而翻過學生字典，自然也那麼以為。

所以，對喬博士文質彬彬的吻，她並不特別本能地反感。相反，以她當時的心情，自己需要別人對自己的親密舉動。因為那可對她當時的心情有所撫慰，何況她對喬博士有好印象。

所以，當趙衛東說「我更有理由吻你」時，她是準備由他一吻的。不就是像喬博士那樣對自己麼？不就是「以唇輕觸對方的唇或面頰」麼？如果由他一吻之後，他便同意打那種預防針了，那又何必非反抗他不可呢？都挨了他兩記狠狠的耳光了，還在乎自己的唇或面頰被他的唇「輕觸」一下麼？既然「輕觸」面頰也等於是「吻」，那麼她打算由他「輕觸」的是面頰，而不是自己的唇。在她的意識裡，少女的唇是比少女的面頰聖潔許多倍的。沒有誰傳播給她這一種意識，純粹是她很本能的一種意識。

而在趙衛東，他說的雖然是「吻」，單方面急切要實行的，卻並非三十幾年前的學生字典上的唇與唇或唇與面頰的「輕觸」。他單方面急切要實行的乃是直接的「親嘴」，也就是「深吻」和「熱吻」。在他上午長久地握過她的手之後，他心裡便產生了渴望有機會和她親嘴的衝動。此衝動一經由握手而牽連產生，被想像反覆加工著，使他的意識承受著難以忍受的煎熬。那是極為強烈的欲念，絕不是「輕觸」二字所能削弱的。所以當他在走廊裡望見喬博士與肖冬雲「親嘴」，他妒火中燒的程度彷彿胸腔內部全部焦糊了。

當他的嘴向肖冬雲的嘴逼抵過去，當肖冬雲一扭頭，以犧牲自己臉頰來掩護自己唇的聖潔性的那一時刻，趙衛東心裡又陡然升騰起一股怒火。先前的妒火加上現在的怒火再加長久而艱難地壓抑，終於壓抑不住的渴望親嘴的衝動，使他的五官看去是明顯地扭曲著了。他那張本挺周正的臉上的表情，如同被拿在人手裡的骨頭一給一縮地惹激了的狗臉的表情了。無論多麼招人愛的狗臉，那種情況下的樣子也不可愛也不好看了，總是要給人以齜牙咧嘴的印象的。

肖冬雲覺得，他似乎是要咬她。當然她立刻就明白，只犧牲面頰給他是不行的了。她那麼的不情願以自己聖潔的唇滿足他。她的手臂被他的手臂箍住，反抗已成徒勞之事。她只有將頭躲避地扭來扭去。而他的目的不能輕易達到，則更惱羞成怒了。一個在他那方面天經地義理直氣壯的邏輯，演變為一種口號式的決心——那博士都可以，我怎麼就不可以？我更可以！我更有權利！生死難料了，我還有什麼顧忌的？

他緊摟住她猛一轉身，她的背朝向著床了。順勢一倒，將她壓倒在床上了。她的頭一挨床，不那麼容易扭來扭去了。

她有些被他壓得喘不過氣來了，臉紅得就要滲血似的。

而他虎視眈眈地說：「你是我的！我的！不是任何人的！更不是那個姓喬的傢伙的！是我把你帶

出一個小縣城進行長征的！否則你現在也五十來歲了，是半老太婆了！所以連你的命都應該是屬於我的！」

在他那方面，這個邏輯確乎是能夠成立的。

她一時不知該用怎樣的話語才能一舉擊散他的邏輯，使之崩潰。

而他一宣佈完他的權力，便霸道地將他的嘴親壓在她的嘴上了，正如他的身體傾壓在她的身體上一樣。

她只有緊咬牙關，不使他的舌突破「封鎖」伸入她的口中。她想他的舌一定如扁平的肉蟲一樣，一旦突破「封鎖」入己口中，她會噁心得將胃裡的東西全部噴射出來的……

他的牙弄傷了她的唇。

他臉上沾了她的唇血，又將她的唇血搞到了她臉上……

那一時刻，這名三十幾年前的，高三的紅衛兵，縣「紅代會」的常委，紅衛兵長征小分隊的隊長，實際上等於是在對自己的一名長征小分隊隊員，一名女紅衛兵戰友，一名三十幾年前的初三女生進行了強暴……

她默默流淚不止。

半小時後，肖冬雲回到了自己的房間。

她的樣子使喬博士大吃一驚。

他問：「他把你怎麼了？」

肖冬雲答非所問：「他昏過去了……」

她說完，撲在床上痛哭起來……

幾分鐘後，喬博士、「老院長」，還有一名護士，匆匆趕到了趙衛東的房間。

趙衛東果然昏在地上——在他自己不能限制住自己的衝動的情況下，肖冬雲不得不「幫助」了他。「幫助」的方式是——掙脫一隻手，從床頭櫃上抓起一只瓷杯，往他後腦上使勁給了一下。

他的頭被細緻地檢查了，居然一點兒都沒破。

他被往床上抬時，「哼」了一聲。

喬博士問「老院長」：「您看他沒事兒吧？」

「老院長」沒好氣地說：「不過被只瓷杯砸了一下，能有什麼事兒？嚴重到家了是輕微腦震盪。咎由自取！」

護士彎腰撿地上的杯片時，李建國出現了。

李建國嚷嚷著問：「他怎麼了？他怎麼了？他怎麼一臉血？」

「老院長」對他大吼：「安靜！」

喬博士說：「別替他擔什麼心。他哪兒也沒出血，他臉上是肖冬雲唇上出的血。」

「那……怎麼會弄到他臉上了呢？」李建國哪裡忍得住不再問啊！

護士直起腰，也沒好氣地說：「要明白你就去問你那女紅衛兵戰友！幸虧你們各個房間裡還有三十幾年前的瓷杯，要是一個房間發你們一袋紙杯，你那女紅衛兵戰友就……」

喬博士制止道：「別說那麼多了。你快去照我的吩咐做——找一個帶吸管兒的飲料瓶，灌一瓶涼開水，要兌蜜，蜜有鎮靜作用。再搗碎一片安眠藥放在瓶裡……」

護士捧著杯片離去後，從肖冬雲的房間又傳來她的哭聲。李建國像出生後即將第一次打針的小孩子聽到另一個小孩子在注射室裡哭，一副屏息斂氣而又大災臨頭般的古怪模樣。他對肖冬雲的哭聲應該說早就習以為常了。按照三十幾年前的中國好女孩兒的標準來要求，肖冬雲被父母培養得幾乎近於完美。父母希望她是一個榜樣，處處值得她的妹妹學習。所以她在自己的成長過程中，每情願或不情願地委曲求全。而這也就使她幾乎近於完美的同時有了愛哭鼻子抹淚的缺陷。長征路上她沒少哭過，妹妹腳上起了泡她哭；李建國走累了尋開心惡作劇她哭；被毛蟲或其他沒見過的蟲子嚇著了也哭；內心裡不同意趙衛東的什麼主張，表面上又得堅定不移地支持以維護他的隊長權威，她還背地裡哭過。倘事實證明趙衛東是對的，她會因自己的表裡不一而慚愧得哭；倘事實證明趙衛東錯了，她會因他的權威受損而替他慚愧得哭……

但這一次肖冬雲的哭聲那麼的不同以往。以往她從沒大聲哭過。正如她無論在多麼饑餓的情況下，吃東西從不發出嘬嘴咂舌之音。當著人的面眼圈一紅，一扭身，雙手一捂臉，發出極輕微的幾聲抽泣，最嚴重再連帶著跺兩下腳，那就算是哭了；背著人，也不過是蹲在什麼牆角旮旯，雙膝並聳，兩支手臂橫擔膝上，額抵手臂，忍住沒忍住地嗚嗚兩聲罷了。這一次她的哭聲很響。聽來那是一種完全超出了她自制極限的哭。一種蒙受了奇恥大辱的哭，一種對某事物的理想態度遭到徹底摧毀的哭。

總之，她的哭聲使李建國極度不安。他想，即使喬博士或「老院長」明確又冷漠地告訴她，她最長再活幾天，她也不會如此大聲地慟哭啊！她這麼哭就根本不是她肖冬雲了啊！

李建國看看喬博士，看看「老院長」——二人都陰沉著臉躲避他的目光，他似乎猜到了在肖冬雲和趙衛東之間發生的是一件性質很醜的事，又似乎實難理解為什麼竟會導致一個大哭一個血臉乎拉昏著的難堪局面。

他想，你們倆是雙方有意的一對兒嘛！當我李建國雙眼厚一點兒也看不出來麼？我心裡早有數了！可你們雙方有意的一對兒，為什麼會把關係搞到這種地步？趙衛東趙衛東，肖冬雲她是為你好來勸你打針的呀！正是你倆和解進而相互溫存的機會呀！我李建國一直尋找機會也能對肖冬梅溫存一番都沒尋找到呀！你可究竟是怎麼糟蹋了你的大好機會的呢？你趙衛東明明比我李建國更善於籠絡女孩子的心嘛！

他一轉身衝出趙衛東的房間，直奔肖冬雲的房間而去。

他決心打破沙鍋問到底……

護士沒將杯片撿盡。當喬博士彎下腰仔細地撿那些碎小的瓷片時，「老院長」以鬧情緒的語氣問：「你還怕扎了他的腳麼？」

喬博士二指捏起他所發現的又一瓷片，放在另一隻手的手心，抬頭看著「老院長」說：「萬一他晚上赤腳下地，扎了腳總歸是不好的。」

「老院長」哼一聲，又道：「別撿了。他不是幼兒，我們也不是托兒所阿姨！」

喬博士直起腰笑笑，不再說什麼。他從白大褂兜裡掏出一片紙，默默將一手心瓷片包了，丟入紙簍。

「老院長」幾個字一頓地說：「我認為就此事，我們有很大的必要開一次會。討論討論和反省反省，我們對他們，尤其這個趙衛東的一味兒遷就，是否正確。」

喬博士沉吟幾秒鐘，又淡淡一笑，同意地說：「那就開一次吧。」

「老院長」彷彿單等著他能這麼說。一聽他說完，轉身便走。

喬博士補充道：「討論討論倒也未嘗不可。但是我覺得，我們也沒太多值得反省的地方……」

「老院長」站住在門前，轉臉看他，一臉難以掩飾的慍怒和對博士的話心存異議的表情。

「我的意思是，也別把會議氣氛搞得過於嚴峻罷了……」

喬博士帶有重申意味地解釋了一句。

半小時後，這名義上的「療養院」的一干人等，聚齊在會議室了。雇時雇的打掃衛生的女工和做飯的大師傅也到了。人們在聚齊之前，全都對一男一女兩名紅衛兵之間所發生的事有所瞭解了。只不過在奔相走告的過程中，某些細節與事實大有出入了。「老院長」還沒宣佈開會，大家便交頭接耳，悄議紛紛了。

「老院長」將會議議題一說，頓時一片肅靜，一個個反而都不出聲了。這些人中的一半年齡在四十歲以上。都是「文革」的中老年見證人。有的自己們在「文革」中受到過衝擊；有的親友們被打人過「另冊」；最幸運，也在「幹校」接受過「思想改造」，皆對「文革」時代有不堪回首之感。而「文革」留給他們的最深刻也最野蠻的記憶，便是運動初期紅衛兵們的種種無法無天，對別人迫害成癮的劣跡。現在，由他們來救四名三十幾年前的「貨真價實」的紅衛兵的命，已然是歷史對現實開的一個不懷好意的大玩笑了，已然充分體現著自己們寬宏大量不計前嫌從善如流的人道主義胸襟了。

為著減緩三十幾年後的今天的現實對四名紅衛兵的心理承受力的衝擊，演戲似的裝扮成三十幾年前的所謂「革命造反派」，又戴袖標又戴像章的，這他們也以人道主義第一個人滑稽感覺第二的原則，顧全大局地服從了。還要要自己們毫無牢騷地奉陪著「早請示」、「晚彙報」、一日三餐三敬三祝，睡前「鬥私批修」，這自己們也都很投入地做到了。但是動輒被是他們兒子輩甚至孫子輩的四名紅衛兵，一開口一段一段地用語錄耳提面命地教誨，和以唯我獨革的神氣教訓著，實在是大傷他們自尊的事啊！

「我先發言！」一位中年男人將一冊三十幾年前的《紅旗》啪地往桌上一摔，憋悶久矣地說：「今天這會早就該開了！我們早就該反省反省了！我認為我們對他們的態度，已經等於是寵慣了！我們為什麼要如此寵慣他們？他們又憑什麼心安理得似的受我們的寵慣？他們是人民英雄國家功臣時代偶像？不是的嘛！不過是四名不可理喻的紅衛兵嘛！」

有人打斷那位腦神經科專家的話，插言道：「你就不必強調他們的不可理喻了。當年他們不是幾乎都這樣嘛！我只不過覺得，他們彷彿受著上帝的保佑。既然三十幾年後他們還能奇蹟般地活轉來；那麼足以證明是上帝的安排。我到這裡來是為上帝效勞的，所以即使在偽裝謙恭的時候，心裡邊想著的也是上帝，並不認為自己是在甘當紅衛兵的奴僕。」

說這番話的是一位病理分析專家，英國皇家醫學院的中國籍名譽教授。一個「文革」結束後，宗教信仰的自由剛一恢復便加入了基督教的女人。

腦神經科專家瞥了她一眼，略帶嘲意地說：「可惜我們中只有你一個人是上帝的虔誠信徒啊！所以，你不可以用基督徒的標準來勸解我們。勸解也沒用。」他話鋒陡然一轉，又大聲說，「諸位請不要再打斷我的話，允許我把話說完啊！我認為，要反省，我們尊敬的院長先生首先應該好好反省！我來報到你接待我時怎麼說的？你一邊親自往我衣袖上戴袖標，一邊說：『戴上戴上，他們還是四個孩子嘛！就當他們是我們的親兒女吧。我們要像三十年前的一些京劇演員演好樣板戲一樣，演好我們的角色！』你是不是這麼說的？每個人來報到時你都說過類似的話吧？否則他們能被寵慣得快騎到我們頭上了麼？」

「老院長」氣不打一處來地說：「我正反省著吶！」

腦神經科專家最後說：「我認為我們也要來個造反有理！造他們的反！把在我們這裡被顛倒了的歷史重新顛倒過來！」

他的話立刻受到了熱烈的掌聲的擁護。

「老院長」舉起一隻手說：「我反戈一擊，殺回馬槍！堅決支持把在我們這裡被顛倒了的歷史重新顛倒過來！」

他的樣子十分莊嚴。使聽了他的話覺得好笑的人強忍不笑，怕笑起來他不高興。

「我說兩句。我本不想說什麼的。有什麼好說的呢？」

第二個正式要求發言的是某凍傷研究所的所長。他似乎打算站起來說，但欠了欠身，又將胖大的身軀陷坐於沙發了。

「老院長」指著他予以鼓勵：「請說請說！怎麼想怎麼說。不扣帽子不打棍子不搞黑記錄……」不成想他的話惹惱了凍傷研究所所長。後者激頭掰臉地說：「誰還敢搞那一套，我在國外報刊上罵他個狗血噴頭！誰還想搞那一套誰是他媽婊子養的！」

「老院長」表情一陣不自然，攤開雙手聳肩道：「您這是從何說起呢！我是哪種思想的人你還不清楚麼？」

凍傷研究所所長努力了兩番，終於成功地將胖大的身軀從沙發上站立起來了。他走到會議室中央，環視人們，目光最後落在「老院長」臉上：「別誤會嘛！你是哪種思想的人我當然很清楚。咱倆是諍友關係，我能指桑罵槐地攻擊你麼？讓我告訴大家也沒什麼吧？諸位，我所瞭解的他，國際思想方面是一位和平主義者，社會思想方面是一位人道主義者，政治思想方面，基本上是一個反動的人。『文革』前因為販賣美國式的民主被打成了右派，『文革』中再受二茬罪被打斷了一條腿。現在呢，他還是主張中國實行美國式的民主……」

「遠啦，遠啦，離題萬里啦！」

「老院長」忸怩不安起來，窘紅了臉提醒凍傷研究所所長。

「咱們這次會議也只許有一個中心麼？行，行，一個就一個。怎麼都行。哎，我說中心是什麼來著？」凍傷研究所所長將求助的目光望向「老院長」。

「討論，反省。主要是反省。」

有人及時替「老院長」回答他。

「又反省？反省什麼？」

畢竟是和「老院長」同輩的人了。七十六、七歲了，耳背了，剛才沒聽清。

「反省我們對四個小狗崽子的態度問題……」

又有不甘寂寞的人替「老院長」回答著。「狗崽子」三字一經被說出，意味著許多座心理火山就要開始噴發了。

「反省我們對他們的態度？我們對他們的態度有什麼可反省的？我看我們這些七十多歲的人，在他們面前低三下四點頭哈腰的都快變成孫子啦！」

「我們可比不上現在的孫子們！現在的孫子們活的多開心，爺爺嬌奶奶愛的！我認為我們都快變成〈茶館〉裡的王掌櫃了！而他們簡直像……」

「對對，比得好！你說明白了我的意思。總之我在這個院子裡越來越感到屈辱了，彷彿自己又回到了三十幾年前……」

「畢竟比三十幾年前強吧？三十幾年前你隔三差五地就被批鬥一次。而在這個院子裡，前天你還戴著『革命造反派』的袖標啊！」

「那也感到屈辱，因為我自己討厭戴。再說戴著也心虛，似乎總覺得自己實際上仍被劃在『另冊』

裡，只不過是混入『革命造反派』的隊伍裡的。好幾次夢裡被挖了出來，醒後驚一身冷汗。諸位，三十幾年前……」

於是，凍傷研究所所長講起了自己一家三十幾年前的悲慘遭遇——父親因是從美國輾轉香港回國的醫學教授，被批鬥致死；母親因臺灣有親屬而被誣為特務，死在牢中；自己被發配到勞改農場，十餘年遠離專業；妻子與之離婚，改嫁給了別人……

那是一番真正的控訴。可以說是字字血、聲聲淚。他講到心碎處，老淚滂沱，泣不成聲。

會議由他之後，變成了控訴會，憶苦思甜的會，聲討紅衛兵的會。「文革」和紅衛兵的受害者們，彼此同情著。相向唏噓著。連「老院長」也忘了開會的初衷不是那些，大動其容地講起自己當年的悲慘遭遇來。

實事求是地說，他們皆可敬長者，絕非習慣了一味兒靠咀嚼傷疤活著的人。他們也都是自己專業領域的權威人物，佼佼人物。平時他們是不願提「文革」談「文革」的，甚至不願回憶。誰願回憶噩夢呢？何況他們是些最缺少時間的人，時間和精力都被專業壟斷了。但在這個名義上是「療養院」的地方，在這個天天能看見四名「貨真價實」的紅衛兵在眼面前無所事事地晃來晃去，並且還得以極虔誠的一絲一毫也疏忽不得的態度為拯救四名紅衛兵進行「戰鬥」的地方，他們的心理難免會因四名紅衛兵的表現而漸漸發生變化。和初來乍到時很不一樣了。

世上的許多事都是有規律的。倘是一件壯美之事，哪怕早已成為歷史，參與或相關的人，任什麼時候都會大聲說：「那件事中有我！」而且當然的引以為豪，引以為榮。根本沒參與或毫不相關的人，往往也會編造了參與的經歷和相關的謊言，自吹自擂，沽名釣譽。倘是一場人為的災難，那麼幾乎一切的責任人，就都要不遺餘力地替自己進行巧舌如簧的辯護了。比如當過法西斯納粹副統帥的戈林，比如東條英機，比如王、張、江、姚「四人幫」。他們連被推上被告席了，都是不肯老老實實地低頭認罪的。那是一定要裝出無害甚而有益的、被冤枉了很值得同情的樣子。

「二戰」（**第二次世界大戰**）是人類歷史上多麼空前的一場災難啊！

關於「二戰」，全世界出了多少文學作品，影視作品，戲劇和回憶錄啊！但主要是英雄們的事蹟，和後人們客觀性的研究、總結、評論。德國卻至今還沒出現過這樣一部書，或某人面對採訪鏡頭這樣說——我在某集中營親手殺害過猶太人，我的雙手曾沾滿罪惡的血。是的，他們才不會這樣呢？他們要隱姓埋名，搖身一變，似乎成了與「二戰」血腥虐猶罪惡毫不相關的人。但是成千上萬的猶太人和別國的人民，非是希特勒靠自己的一雙手一批一批殺害的。那是一部瘋狂開動的殺人機器的暴行。有多少人充當了那殺人機器的部件啊！他們逃避被指認出來的可能，惶惶不安正如猶太人當年逃避他們的追捕和迫害。於是空前的一場災難，只能以極少數人的被公審而劃上歷史的句號。

日軍在中國犯下的滔天罪行也是如此劃上歷史的句號的。

「文革」不可能不是這樣。

主要責任人基本上都已死光了，主要罪犯都已被執行判決了。中國共產黨的黨史上，比較客觀地寫入了對偉人毛澤東「三七開」的一筆。紅衛兵們當年的種種暴戾行徑，照例由幾名他們當年風雲一時威風八面的「領袖」一攬子認罪了。

但是受過迫害的人何止百千萬呢？

倘再包括受政治歧視的人，那將是多麼巨大的一個數字呢？

某些當年的紅衛兵，雖然不曾是什麼「領袖」，甚至也不曾是什麼小頭目，但他們揮起皮帶抽人比虐待狂抽馴良無比的牲口還兇狠；他們亂剪別人的頭髮就像打草的孩子用鐮刀削路邊的草梢玩兒；他們往別人臉上塗抹墨汁甚至大便，就像沒有衛生習慣的人擤過鼻涕往隨便的什麼東西上揩手指；他們打人罵人別出心裁地凌辱人挖空心思折磨人，就像別人們只不過是蟲子；他們深更半夜闖入別人家裡兇神惡煞般喝五吆六、想摔就摔、想砸就砸，那時別人的家就連公共廁所都不如了，別人們就連替他們打掃廁所的人都不配是了……

那一切一切，都是當年受迫害受傷害之人說出來寫出來的。或者是見證人們的紀實。

卻只有極少極少極少極少極少的紅衛兵像樣地懺悔過。有人懺悔，那也是因為當年的自己並不兇惡。實際上，等於是在替當年兇惡的劣跡斑斑的同類們懺悔。所以，那樣的懺悔並沒有什麼懺悔的真正意義。

應該懺悔的都到哪裡去了呢？

他們當然都還存活著。倘話題議及「文革」或紅衛兵，他們也興許以過來人的資格和見證人的口吻，慷慨激昂譴責一番。

於是，事情變成了這樣——暴戾的事件那麼多那麼多那麼多，卻似乎沒有幾個具體的人幹過。

於是，事情變成了這樣——假設一名用皮帶抽過別人往別人臉上塗過墨汁亂剪過別人的頭髮抄過別人的家的紅衛兵，站在對方面前，他自己不說，對方是難以認出他的。因為三十幾年的時間，早已改變了他的容貌，使他徹底地變了一個人了。他的身分還極可能使對方心懷敬意，他的接人待物還極可能大獲對方好感。倘他們共同參加一個涉及紅衛兵話題的座談會或研討會，他的發言還極可能使對方覺得深刻頻頻點頭報以掌聲。

而對於在今天這次會上先後發言的人們，情況不同了——首先他們皆受害者，此點無可爭議；其次「貨真價實」的紅衛兵就在這裡！二男二女，一共四名！

該四名紅衛兵，不但「貨真價實」，而且「紅」果稀存！而且既已復活，彷彿又唯我獨革，老子天下第一起來了！雖說兩名女紅衛兵不是太討厭，但那兩名男紅衛兵多麼的看著叫人氣不打一處來啊！

於是回憶式的，以「紅衛兵」三字籠統而言的控訴，漸漸演化成對現在時的具體人具體表現的憤慨聲討了。

於是聲討的火焰一再高漲，最終接近著口誅了。

彷彿三十幾年前千千萬萬的紅衛兵們樁樁件件的劣跡，終於是有了確鑿無疑的元兇了。

然而會場中還有另外一些人啊！他們的年齡，或比喬博士小幾歲，或比喬博士大幾歲，但平均年齡不超過三十五、六歲。他們學歷很高，皆畢業於名牌大學。幾位博士，半數碩士。有的「文革」前後才出生，記事時「文革」大勢已日薄西山。有的「文革」結束了才出生，童年和少年都是在中國的好光景中長大的。他們的父母，普遍比剛才發過言的長者們歲數小，「文革」時期皆中年人，輪不上是「走資派」或「黑幫分子」什麼的。即或受過些委屈，相比於直接受迫害者，那簡直就可以說不足論道了。故他們本身對「文革」所持的否定態度，雖徹底卻終究不過是間接的、理念的。幾乎完全沒有過什麼直接的切實的感受。所以長者們控訴，他們這些小字輩也只有洗耳恭聽。儘量保持同情的肅然而已。即使聽到「文革」的荒唐處，暗覺可笑，一個個也是強自忍著的。

任何悲苦的大事件一旦變作歷史，在時間的流程中和代與代的隔膜體會中，往往都接近著是「故事」了。雖然紀實，但畢竟是屬於從前的，上代人的不幸。正如「樣板戲」是某些上代人大為反感的，而在下代人聽來，只不過是「現代京劇」，甚至還頗欣賞。

控訴和聲討完畢的長者們，開始將期待的目光投向他們這些小字輩了。他們總得逐個說點什麼了，包括他們中不太愛發言的。既沒有回憶「文革」的年齡資本，那麼也只能就現在的四名具體的活生生的紅衛兵發言了。

他們很實事求是地說，比較起來，二紅衛兵姐妹，給他們的印象並不多麼的惡劣。為使他們活下去，他們是寧願做些努力的。他們說，儘管那個李建國挺二百五似的，但他二百五也是他那個時代造成的呀。他們說，從前的中國人，一代代的，挺二百五的多的是呀！現在的中學生高中生群體裡，就沒有挺二百五的了麼？還有挺混的呢！他們還難能可貴地承認，李建國也有怪可愛的一面。比如他經常主動幹點兒活，掃院子啦，澆花鋤草啦，拖走廊啦，幫臨時女工清潔廁所啦，到廚房去幫大師傅摘菜刷刷碗啦……

他們這麼評論時，臨時女工附和道：「是的是的，起初他還主動要求幫我洗床單吶。我說有洗衣機，不用他。他說中國人怎麼可以用資本主義國家的人才用的洗衣機呢？那還不使勤勞的中國人變懶了麼？」

大師傅也附和道：「那孩子挺仔細的，幫我摘來時，不好的菜葉都捨不得扔。將來是個會過的人。」

於是紅衛兵李建國彷彿是「可以教育好」的紅衛兵了。

但是連小字輩們，對趙衛東的印象也非常不好。他們說「極左」於他本是自然而然的事，也沒什麼大不了的。如果四名紅衛兵連他算上都不「左」，他們倒奇怪了。他們說他們難以容忍的是他的「唯我獨革」。他們說思想「極左」的人，也有對自己要求同樣「極左」的。說他如果那樣，也算「左」得使人沒法兒挑剔，敬而遠之就是了。說他們覺得，他只對別人「左」，對自己是不「左」的。比如還沒買純淨水器時，有次他們中一人告訴他水房有開水了，他卻說：「告訴我幹什麼？告訴該給我房間送開水那個女人嘛！」問他：「你連開水都不親自打了，養尊處優來了？」他竟大言不慚地回答：「別把我當一般人對待，我是縣『紅代會』常委！」

「老院長」憤然道：「聽聽，這叫什麼屁話？擺起從前那種並不光榮的資格來了！」

他們還說，他們都覺得他有點兒陰。

「老院長」又道：「對，對，我也覺得那小子有點兒陰。」

但是談到兩小時前他和肖冬雲之間發生的事兒，他們卻沒長者們看的那麼嚴重了。他們認為不值得以那麼一件事兒來對他說長道短。歸根結底，那是他和她之間的感情過節。

「否！那是非禮！」

「老院長」又憤然起來了，語勢也有點兒像老紅衛兵了。

「豈止是非禮，明明是強暴行徑！應該把他揪來，開他的現場批鬥會！」

「我們要堅決抵制強暴事件！要刷出這樣的大標語來！」

「還要出一期專題壁報！」

幾位可敬長者也都像「老院長」一樣憤然起來。

在這個名義上是「療養院」的地方，在這個有四名「貨真價實」的紅衛兵存在著的地方，在這次專為討論和反省對四名紅衛兵的態度問題的會議上，不知為什麼，當年深受「紅禍」苦難的人們自己，話語方式也都有點兒紅衛兵特徵了。

但是小字輩們在兩名紅衛兵之間的男女問題上，尤其顯得不以為然而又心平氣和。他們說究竟定性為非禮還是定性為強暴，那也不能由咱們在這兒定，得由公安局來定才具有法律的結論性。難道應該報案請公安局的人來麼？當事人肖冬雲不報案，咱們報案不是等於侵權代替麼？何況公安局的人即使來了，也不會先聽咱們的看法啊，也得先聽肖冬雲自己怎麼講啊！她只不過剛才在哭嘛。沒一邊哭一邊嚷：我被非禮啦，我被強暴啦，誰主持公道呀！若她自己並無尋求法律保護的要求，咱們的正義衝動不是多此一舉麼？

「老院長」反駁道：「別忘了她是一名三十幾年前的女紅衛兵，哪有我們今天這麼強的法制意識！應該有人啟發她，告訴她，她是可以報案的！喬博士，這個任務就教給你吧！」

喬博士怔了一下，低問：「為什麼偏偏交給我呢？」

不知為什麼，他的表情看去有幾分憂鬱似的。

「老院長」說：「她挺願意接近你的嘛，這大家都看得出來的啊！別推委了，就你吧，就你吧！」

喬博士幽幽地淡淡地一笑，不再說什麼。也不知是接受了那項特殊的任務，還是根本不予考慮。

小字輩們接著發言。他們中有人說，標語是不可以刷的，專題壁報更不可以出。說那樣一來，不是減少了，反而是增加了這個地方的「文革」氣氛。說以大標語和黑板報的方式，對沒有被剝奪公民權的人實行口誅筆伐也是違法的。咱們三十幾年後的中國人，既然法律意識比三十幾年前的紅衛兵強，就不應該給他們做壞榜樣。

喬博士頻頻點頭。

喬博士自己並沒想到，在這次全體會議上，由於他的表態舉足輕重，老者們和小字輩們，都希望他能站在自己們的理念原則上看問題和發言。他的頻頻點頭，使小字輩們覺得是一種沉默的支持，自然也引起了幾位老者的不滿。

腦神經科專家問：「小喬，你點頭代表些什麼意思呢？」

喬博士回答：「沒太多意思，贊成剛才的發言而已。」

凍傷研究所所長緊接著說：「喬博士當然不會和我們太保持一致囉！他多幸運啊，身上連一道從前時代的淺淺擦痕都沒留下過。」

室內便靜了片刻。

在那一種使人人覺得意味深長的靜中，喬博士緩緩開口，莊重而言：「如果時代留在人身上的擦痕是可見的，那麼我脫下衣服，你們看到的將是傷疤累累的身體。土改時期，我的家族中有六口人被鎮壓了，因為我的家族三代是地主。我被鎮壓的最小的叔叔才二十歲。他唯一的罪行，就是在被繳獲的某大學的『三青團』發展名單上有他的名字。我父親和我母親還沒認識的時候，我就在基因學的原理方面被劃入另冊了。『文革』時期，我母親在當成牢房的磚窯裡生下了我。就像『洪湖赤衛隊』裡韓英唱的，北風呼呼地吹，一床破被似漁網，我娘把兒緊緊摟在胸口上。我在縣中讀初一的大哥，在受了紅衛兵的凌辱後臥軌自殺了。我的小哥取消階級成份劃分以後才娶妻成家……」

更靜了。一時無稍動者。

喬博士停頓了幾秒鐘，接說：「趙衛東現在的表現，正是他較真實的表現，所以我並不多麼嫌惡他的現在。但如果他三十幾年前幹下了壞事種種，那麼我會向他聲明——我參與救他是出於對科學的興趣，而不是為他配再活下去。可他們連自己是什麼省份的人都回憶不起來，我們目前也不清楚，又從何瞭解他們的從前呢？我認為『紅衛兵』三個字是一回事，具體的一個紅衛兵是另一回事。正如『蛇』這個字是一回事，具體的一條蛇是另一回事……」

「老院長」皺眉道：「你的話太哲學了吧？我沒聽明白。我看這樣吧，咱們乾脆舉手表決吧！」

於是，以少數服從多數的原則，通過了一項旨在針對紅衛兵趙衛東的決議，那就是——對其採取保守人道主義的態度。那就是——該服的藥一定給你，但吃不吃在你自己。你偷偷扔了，也沒人管你。該打針了通知你，該體檢了也不排除你，但你拒絕，那是你自己的選擇，誰也不再為你自己的選擇著急上火的……

會開到那時，天已快黑了。

趙衛東和肖冬雲都沒出現在食堂裡，只有李建國獨自去打飯。他顯出著在人前抬不起頭的樣子，打了飯也沒在食堂吃，端著匆匆的就走了。彷彿不是趙衛東對肖冬雲怎樣了，而是他似的。

他偷聽了會議。

他心裡既因會上還有人替自己說好話而心存無限感激；也因今人們對紅衛兵的控訴和聲討而無地自容；更替趙衛東憂心忡忡。畢竟的，同類相憐啊……

他也替肖冬雲打了份飯，意欲陪著她吃。或許反過來說更恰當，是希望有個人陪著自己吃那頓晚飯。他內心裡感到空前的孤獨，覺得像一名被開除了學籍的小學生似的。其實他最希望能陪著他吃那頓晚飯的人不是肖冬雲，而是肖冬梅。如果能陪著他吃那頓晚飯的人是肖冬梅，即使她什麼話都不說，甚至也不看他，甚至將背朝著他，只不過在同一時空各吃各的，他便會獲得莫大的安慰，滿足極了。但肖冬梅根本不可能陪著他吃那頓晚飯，因為她正被罩在一個巨型的有玻璃罩的醫療器械裡，像躺在水晶棺裡一樣，處於冬眠狀態。

是的，他內心裡確乎感到空前的孤獨。

他並不想對誰訴說什麼。即使肖冬梅能陪他吃那頓晚飯，他同樣覺得無話可說。唯希望有人陪他吃那頓晚飯而已。哪怕是他默默吃著，對方默默看著他吃。

他端著兩份飯走到肖冬雲房間門前，用腳試探了一下，門未關。用肩膀抵開門，斜身而入，見肖冬雲閉著眼睛，蜷著腿，臉側枕在枕上，似乎睡著了。他放下兩份飯，輕輕走到床邊，又見肖冬雲臉上的淚痕還沒乾。

「你吃不吃飯？」

「……」

「我把飯給你打來了。」

「……」

「不管在什麼情況下，我們總是該吃飯的吧？」

「……」

肖冬雲的眼睫毛都沒眨一下。

他沒法判斷她是真睡著了，還是假裝睡著了。他只得從床邊退開，坐在一把椅子上，拿起筷子端起碗。他吃了一口米飯，夾了一筷子菜，不禁的扭頭又向床上的肖冬雲看去，而她自然還是那樣子。他就不想吃那口菜了，更沒心思吃第二口飯了。他將菜放回盤子，接著放下筷子放下碗，起身悄悄地離開了肖冬雲的房間。而肖冬雲並沒睡，聽著門關上，她眼睛睜開了一下，隨即閉上。於是一大滴淚，從她眼角溢出，又淌在她淚痕未乾的臉頰上了。

李建國回到自己房間，插上門，仰面朝天往床上一躺，心裡一陣自哀自憐，雙手捂臉，也無聲地哭了……

10

是夜，「老院長」睡得比往天早。

全體工作人員正確解決了如何對待紅衛兵趙衛東的態度問題，在他，如同英明的政治家的一項英明的提案，獲得了半數以上的，也就是合法的支持。更如同解決了什麼心頭隱患似的。總之他頭一挨枕，沒多一會兒便酣然入睡了。

半夜他被一陣急促的敲門聲驚醒，雙肘撐床，欠起身問：「誰？」

「我……」

他聽出是趙衛東的聲音。不由得從枕下摸出手錶看，已是一點三十五分了。

雖然，明明聽出是趙衛東的聲音，他還是補問了一句：「你是誰？」

「趙……趙衛東……」

「什麼事？」

「……」

「說話。」

「救救我……」

「救救你？你怎麼了？」

「我……我呼吸困難……我感到窒息，我快要憋死了！求求您立刻給我打那一種針！否則，我想，我會死在您門外的！」

輪到「老院長」不說話了。

「給我打那種針吧！給我打那種針吧！您不能見死不救啊！」

「老院長」認為他的情況肯定沒他自己說的那麼嚴重。一個因為感到窒息快要憋死了的人會怎麼說話，「老院長」是具有起碼的辨聽經驗的。那樣的人怎麼會把話說得那麼快，而且每句都說得那麼完整，字字不間斷呢？

於是他這麼回答：「放心吧，你不會死的。起碼今天夜裡不會……」

「可是我覺得我會！我覺得我立刻就要死了！我的雙腿已經軟了！我的兩條手臂在不停地抖！救我一命，行行好，發發慈悲救我一命吧！」

「老院長」坐起在床上了。他朝門外大聲喝吼：「回去睡覺！胡鬧！你不會死的！」

而紅衛兵趙衛東在門外更急切地哀求：「我知道給我打那種針我就不會死了！我不想死！我想活！我強烈要求給我打那種針！給我打那種針！給我打那種針……」

「老院長」又喝吼：「明天！」

「我現在就要求打！我現在就要求打！現在！現在！我不明天才打！」

紅衛兵趙衛東開始從外邊使勁推門，分明的，企圖破門而入。

「老院長」頓起疑心了。由疑心而生惕心了。他認為趙衛東是在耍陰謀企圖騙他開門了，認為趙衛東顯然的是懷著惡意而來的了……

他抓起電話，往喬博士的房間撥通了電話。

喬博士查醫學資料來著，剛躺下不久。喬博士抓起電話，立刻聽出了是「老院長」的聲音，詫然地問有什麼事兒？

「老院長」以挖苦的語調說：「我的人道主義哲學家，勞您大駕，親自起身到我的門前去偵察一下，看看那個表現最惡劣，而您仍主張以大慈大悲的心腸對待的紅衛兵在我門外幹什麼呢？」

「趙衛東？」

「不錯，正是他。」

「他……深更半夜的，難道他想去進行報復，想去傷害您不成？」

「他說他強烈要求打那種預防針！可我覺得是他的藉口，我覺得他的目的肯定正像你說得那樣。我想像得出他是怎麼一種表情兇惡的樣子。我看他是企圖破門而入了……」

「那您快別說了！快放下電話，我立刻就到！」

「沒事兒！別慌。慌什麼？我雖然老了，卻也不怕他。我已經把衣服架子移到我床邊來了。他若真破門而入，我就將衣服架子當武器，用帶尖兒的頂端，一傢伙扎他個半死不活！」

「老院長」的話卻是說給他自己聽的了，因為博士已掛上了電話。

他真的又勇敢又不安起來——應該囑咐博士多喚醒幾個人一同前來的呀！

於是又一一往別的房間撥電話，將自己門外的「敵情」通告給年輕的同志們，命他們快快援助博士，以防博士遭到不測。

喬博士住最後一排平房，年輕些的男性工作人員都住平房。四名「工作對象」及六十歲以上的和女性工作人員們才住樓內。所以他要趕到「老院長」房間的門外，那是必須穿過院子的。那一個深夜沒有月亮。整幢大樓的窗子全黑著。博士一邊穿過院子心裡一邊想，不對呀，「老院長」房間的窗子為什麼也是黑的呢？難道那個趙衛東已經破門而入了麼？難道一場較量已經閃電般的結束了麼？難道……他不敢繼續往下想了，眼前浮現出「老院長」受到暴力傷害後倒在血泊中的可怕情形，不由得打了一陣寒顫，覺得心裡發怵，毛髮倒豎。他放慢了腳步，用目光四下尋找可以當作武器的物件。一時無所發現，也便顧不得自身之安危，赤手空拳地又加快了腳步。

喬博士進了樓，一邁數級登上三層。見紅衛兵趙衛東的身影，果在幽暗的走廊的中段，「老院長」房間的門口。但趙衛東顯然並沒什麼暴力企圖。他背靠「老院長」的房門坐在地上，兩條腿向前筆直地伸著。

喬博士一顆懸著的心鎮定下來了，他腳步輕輕地走過去。然而，趙衛東還是聽到了他的腳步聲，向他轉過了頭。

喬博士又覺得心裡發怵，駐足不前了。

趙衛東卻立刻收回雙腿，騰地站了起來。並且望定他，向他走過來。

喬博士低聲喝問：「趙衛東，你想幹什麼？」

趙衛東也不回答，徑直走到了喬博士跟前。喬博士雖然心裡發怵，卻並未後退。一步也沒後退。他貼牆站立，暗中防範地攥緊了雙拳。

喬博士從趙衛東臉上看到的不是兇惡，而是絕望，而是恐懼。

趙衛東說：「博士，救救我！」

喬博士從他的語調中聽出了一線渺茫的希望的意味兒。

「你怎麼了?我看你也沒怎麼啊！」

「我要死了！我就要死了！他不肯救我。不肯給我打那種針！你救救我吧！你可得發揚點兒人道主義精神啊！」

紅衛兵趙衛東說著，跪了下去，緊緊抱住了喬博士雙腿。恰在此際，那些年輕的工作者們衝上樓來。他們個個手中握著或鐵或木的棍棒，他們人人滿肚子的氣。對於紅衛兵趙衛東，他們雖然是嫌惡的，但是畢竟沒有什麼直接的宿怨。所以呢，原本不像在「文革」中受過紅衛兵虐待的老者們那麼耿耿於懷，那麼同仇敵愾似的。可誰被電話深更半夜地搞醒誰不生氣呢?

他們都這麼想——多恨人啊！下午的會上還替他爭取人權來著，到了半夜他卻敢對「老院長」的房間進行襲擊！這樣的傢伙哪兒還值得同情啊！看來還是「老院長」們的主張對，蛇就是蛇，狼就是狼呀！讓東郭先生和憐蛇的農夫那種慈悲見鬼去吧！見他緊緊抱住喬博士雙腿，他們也不知怎麼一回於事兒，認定了他是打算傷害喬博士。於是齊發一聲喊，棍棒齊舉地衝將過來……

趙衛東見狀，嚇得將頭扎入博士的兩腿之間。

喬博士大叫：「都別激動，誰也不許碰他一下！」

而這時，走廊裡住著人的房間的門都開了。「老院長」從房間裡走了出來。住在二層的人也都奔上了三層。趙衛東的樣子使人們大惑不解，爭相詢問「老院長」或喬博士究竟怎麼回事兒？

而趙衛東的頭仍扎在喬博士的兩腿間。他全身抖成一團，口中不停地說：「救救我！救救我……」

喬博士望著「老院長」，徵求地問：「他的要求也不是什麼過分的要求，就滿足他吧？」「那是誰都可以做的事，你看著辦吧！」虛驚一場的「老院長」，因為自己的草木皆兵，臉上一時有點兒掛不住似的，打鼻孔裡重重地哼出一聲，猝轉身回房間去了。

喬博士就吩咐自己的助手：「你帶他去打針。就是白天給另外兩個注射過的A二藥劑。」

他的助手將木棍遞向別人，順從點頭。

趙衛東卻不肯起身。他堅持非要喬博士親自為他打那種針不可。正如生命垂危的病人，將活的希望寄託於權威醫生。

只有一類權威在「文革」中是不曾被真正打倒的，那就是權威醫生。即使他們剛剛被當成「牛鬼蛇神」批鬥過，一披上白大褂，在病人心目中，轉瞬又是權威了。哪怕那病人曾往他臉上潑過墨。

紅衛兵趙衛東的可憐樣子，再次證明了活著之對於尋常的人，是比一切革命的道理都偉大得多的「硬道理」。

喬博士並未因而鄙視他，扶起他，答應了他的要求。

為了喬博士的安全，助手一使眼色，幾個人尾隨著喬博士和趙衛東向注射室走去。

剩下的人們中，有一個指著趙衛東蹲過的地方問：「那兒怎麼回事兒？地毯怎麼濕了一大片？」

有人回答：「我看，那是尿。」

「尿？」

「對。他怕死怕得尿褲子了。」

「他剛才表現出的，是典型的心理恐懼症狀。」

「唉，那他白天又是何苦的呢？」

肖冬雲和李建國那時站立在三層的樓梯口，走廊裡發生的一切他倆都看到了。在人們的議論聲中，他倆呆若木雞，誰也不瞧對方一眼，彷彿身旁根本沒有另一個同類的存在。

在他倆心中，連紅衛兵三個字最後所包含的一點點或許還值得回憶一下的成分，徹底的變質了。如同自己們的肉體也部分地變質了。他倆呆若木雞。誰也不瞧對方一眼。

肖冬梅從玻璃罩下出來，已是九天以後了。對於她，那似乎是又死了一次又活了一次。而九天相對於三十四年，差不多等於一天和一秒的關係。「二進宮」並沒使她的身體產生特別異常的反應，那有玻璃罩的東西也不是什麼了不起的高科技。裡邊和外邊的區別，也只不過是空氣的潔度而已。玻璃罩裡邊的空氣是絕對衛生的，而且氧成分的比例對於她的肺及腦是最適當的。同時一根導管向她的血液中輸送著專為她研製的藥劑。

她醒來時是早晨八點鐘左右。當然的，她已經在玻璃罩外，已經躺在自己那個房間的床上了。陽光滿室，很明媚的一個早晨。在她的床頭櫃上，還擺著一隻此前不曾有過的花瓶。花瓶裡插著一簇花。不是玫瑰、鬱金香、康乃馨之類的花，而是從院子裡剪的草花——掃帚梅、菊、雞冠花之類。還有一盤金燦燦的、來不及結籽的向日葵。雜插一處，倒也煞是好看。

她一睜開眼睛，最先見到的是「老院長」。他坐在她床邊的一把椅子上看書。

她禮貌地說：「您早。」

「老院長」的目光離開書，望向她，慈愛地微笑了。

雖然她也是紅衛兵，他卻漸漸地開始喜歡她了。

「你早，女孩兒！」「老院長」合上了書。

她問：「我怎麼了？」

他說：「你沒怎麼呀。」

「真的？」

「真的。」

「對我撒謊可不對。」她的口吻，聽來像大人在對小孩子說話。

「我沒撒謊。」「老院長」不禁又慈祥地微笑了。

「那……您為什麼坐在我床邊呢？」

「不可以嗎？」

「當然可以。不過，一覺醒來，見您坐在我床邊，我就不免的犯尋思了……」

「尋思什麼，女孩兒？」

「我喜歡您叫我女孩兒。」

「回答我的話嘛。」

「我尋思……我尋思……我是不是又發生了什麼不對勁兒的情況，給你們添新的麻煩了？」

「沒有，女孩兒；你只不過一覺醒來罷了。而我坐在你床邊，是因為……是因為……想等著你醒來，和你聊聊天罷了。」

「您？想和我聊天？這太使我高興了。其實我也想和您聊天。但是覺得您太嚴肅了，怕惹您厭煩。」

肖冬梅坐了起來，這才一扭頭瞧見花，頓時一臉爛熳：「呀，多美的一簇花！您替我剪來的吧？」

「老院長」默默點頭。一條紀律已經傳達——誰也不許告訴她，她又死過去了一次。而這條紀律對於她的三名紅衛兵戰友，尤其是必須嚴格遵守的。

「您看的什麼書？」

「小說。」

「您也看小說？」

「偶爾看。假如別人向我談論時下的一部小說多麼多麼好，我便會擠出時間翻翻。沒人說好也沒人說壞的小說，我是不看的。」

「那麼這一部小說呢？」

「既有人說好得很，也有人說壞得很。」
「您認為呢？」
「我贊同後一種看法。或許後一種看法是錯誤的，但我寧肯贊同錯誤的看法。」
「能借給我看看麼？」
「老院長」剛才隨手將小說放在花瓶旁邊了。肖冬梅的手剛觸到書，「老院長」已搶先將書拿在手中了。
他說：「不能。」
「為什麼？」
「因為，如果我有一個才十五、六歲的女兒，我絕不允許她接觸這種內容的書，所以對你也一樣。」
「我明白了。」
三十幾年前的初一女生，不覺地臉就紅了。她正準備無拘無束地流露一番的好心情，如同正準備張開的貝的殼，受到了驚嚇而一下子又閉上了。她有些嗒然若失也有些不知所措似的，將臉轉向窗子，在明媚的陽光中瞇起了眼睛。
她自言自語地說：「這陽光照得人真幸福，活著多好哇！」
「老院長」不失時機地教誨道：「所以，應該珍惜自己的生命。」
肖冬梅緩緩將臉轉向了「老院長」，拖長語調說：「我很珍惜自己的生命呀！」她那種成心拖長的語調，包含著相當明顯的，對長輩的教誨表示謝絕的意味兒。其實，她更想說的是：您怎麼知道我不珍惜自己的生命？如果您不是這麼以為的，您的話不是有點兒多此一舉麼？

「老院長」從她的語調中敏感到了什麼，也自言自語似的說：「某些人啊，一老了，就不怎麼可愛了。比如我吧，動不動就教誨下一代。而有些道理其實是起碼的道理，又有誰不懂得呢？」

肖冬梅卻又情緒索然地躺倒下去了。她不看著「老院長」了，望著天花板了，近乎賭氣地說：「我就是一個不懂得那些其實是起碼的道理的女孩兒！」

「老院長」說：「我們女孩兒可不是那樣的女孩兒。我們女孩兒可懂事啦！」

肖冬梅說：「您別誇我。您誇我也不是誠懇的。」

「老院長」蒙受了不白之冤似地說：「我是誠懇地誇你的嘛！」

肖冬梅說：「您就不是誠懇的！誠懇不誠懇我聽得出來。」

「老院長」說：「不講理，不講理。你這是不講理嘛！」

肖冬梅說：「不打自招了吧？剛虛偽地誇了別人兩句，轉瞬間就暴露成見了吧？」

「老院長」大叫起來：「我？我虛偽？」

肖冬梅也提高了嗓門兒：「我？我不講理？」

於是二人都不甘示弱地較量起目光來。彼此望著，都噗哧笑了。

肖冬梅說：「您千萬別生氣啊，我逗您玩兒呢！」

「老院長」嘟噥：「我是你可以逗著玩兒的麼？再犯這種錯誤，一定嚴懲不貸！」

「那，怎麼嚴懲呢？」肖冬梅又坐了起來，在被單下弓起雙膝，兩肘支在膝上，雙手捧著下頦，一副洗耳恭聽的模樣。這六十年代的初中女生，確乎的，非常渴望與面前這位二〇〇一年的長者交流。但她一時又找不到一個可能是共同話題的話題。她不願放棄此刻這種好機會，也就只有緊緊地抓住著。像小貓得著一個線團，用爪子撥來撥去，不在乎線團被撓得亂七八糟，只怕線團被人奪去了。從此地「逃」出去過以後，尤其是受了「大姐」胡雪玫的影響以後，在城市裡刷過夜以後，再回到這個地處郊區的院子來，她是十二分的不情願的。她感到非常的寂寞，覺得百無聊賴。她已經不想和自己的紅衛兵戰友（包括姐姐）說什麼了。所謂話不投機半句多，也不回憶三十幾年前的事兒了。因為靠那種回憶已根本無法消除內心的寂寞，她要知道關於今天的中國的一切新鮮事兒。正如貓兒一旦吃過活蹦亂跳的魚，對魚骨刺就無興趣了。

如果現實中激動人心的事物太多太多，人就不肯再回頭看過去了。對於少男少女們，這尤其是一個普遍的規律。

肖冬梅又說：「怎麼嚴懲呢？」

她唯恐「老院長」覺得和她說話沒意思，應付她幾句起身便走。九天如一夜。好比迷信的說法——三十幾年前的事，似乎是她的「前世」經歷了，被新的記憶一遮蓋，變得古老又模糊了。而那新的記憶，自然便是她在城市裡的短暫經歷。她迫切希望在繼續下去的談話中，「老院長」能向她大談今日之事。

「老院長」脫口道：「怎麼嚴懲？方式多了。餓你三天，看你還逃走不逃走！」

「老院長」對於紅衛兵肖冬梅的漸漸喜歡，並非由於她長得像他的什麼人。不，完全不是這樣的。她不像他花季年齡時期的女兒，也不像他妻子的少女時期。他漸漸地喜歡她了，僅僅因為在「文革」後的二十餘年中，他再就很少接觸她這種年齡的下一代。他覺得她似乎是他生的。那有玻璃罩的醫療器，彷彿就是他孕她的子宮。而三十幾年的一段歷史，乃是連接著她的臍帶。

對於地球上的生物而言，這無疑是最漫長的懷孕期。她前後兩次在玻璃罩裡度過了不少個日日夜夜。在那些日日夜夜裡，他曾無數次守護在玻璃罩外，關注著她呼吸的有無。連她睫毛的眨動，都在他的密切關注之下。就算她只不過是魚缸裡的一條魚吧，倘一旦由自己千方百計地救活，那也會對之產生感情的呀。何況她是一個花季少女！

他的話音剛落，肖冬梅立刻大叫：「我餓！我要吃飯！」

「好，你等著，我為你服務！」「老院長」說罷起身，心甘情願地走了出去。

他忘了帶走那本因內容過分色情而遭禁的書。門剛一關上，肖冬梅急速地將那本書塞到自己枕下了。

「老院長」並沒給她端來一份多麼像樣的早餐。無非一小杯牛奶，兩片餅乾。

肖冬梅噘著嘴嘟噥：「就這點兒呀？」

「老院長」說：「你的胃還很弱，不能進行負擔太重的消化。」

「我的胃不弱！在大姐家裡，我一次能吃比這多四、五份的東西！」肖冬梅表示不滿。

「別跟我提你那位大姐！從今天起，你的飯量由我控制！」「老院長」的口吻嚴肅得不容商量。

肖冬梅吃著喝著的時候，「老院長」就為她讀一份帶來的晨報。

他讀道：「朝韓雙方，又進行高層會晤……」

肖冬梅口嚼著餅乾評論道：「好！」

他抬頭問：「你一點兒都不驚訝？」

肖冬梅不假思索地說：「人家在為統一進行和談，我驚訝個什麼勁兒呢？」

「老院長」愣了愣，繼續讀：「美國總統就朝韓高層會晤接受記者採訪……」

「有照片麼？」

「什麼照片？」

「現在的美國總統的。」

「有啊。」

「讓我認識認識他……」

紅衛兵肖冬梅接過報紙，端詳地看了會兒，又發表一字之評道：「酷！」

於是「老院長」又愣了。

在那個上午，三十幾年前的初一女紅衛兵，與二〇〇一年的中國科學院院士，氣氛很是輕鬆地交談了兩個多小時。不，用「交談」一詞，未免的太鄭重了。事實上是東一句西一句地閒聊了兩個多小時。不，用「閒聊」一詞，也是不太準確的。因為兩個得空有閒的人，倘若義氣相投，那是往往越聊越熱乎的。而他們聊得卻並不怎麼熱乎。或者這麼說，那一種輕鬆的氣氛，實際上是一種鬆懈的情形。明明鬆懈而又勉強為續，輕鬆的下面也就有著幾分的滯重了。

好比兩個曾是鄰居的，多年不見的老太婆，其中一個某日忽然成了另一個家的不速之客。親親熱熱的吧，從前又沒有值得那樣的感情基礎。不親熱吧，又似乎對不大起曾是鄰居的特殊關係。而不聊夠一定長度的時間，雙方內心裡便會覺得是冷淡。儘管熱乎是難求的，冷淡的氣氛卻更是雙方都不願出現的。所以東一句西一句的，說的儘是些多一句不嫌多，少一句不嫌少的話。

其實那情形連閒聊也算不上的，只能算閒扯。對的，他們是閒扯了兩個多小時。他們心裡，原本都是有著與對方交談的渴望的。交談的渴望所以變成了不冷不淡的閒扯，雙方都是要負一定的責任的。因為他們雙方都是有動機的，那動機又都未免的太「個人主義」了。在紅衛兵肖冬梅這方面，渴望從對方口中聽到的是關於中國今天的種種新奇之事。她的潛念裡，有種儘快與今天完全「接軌」的熱情在湧動，在高漲。「老院長」的話一不談今天，她聽得就沒勁了。在「老院長」那方面，渴望從她口中聽到的，恰恰相反，是對發生在中國的，三十幾年前的那一場政治災難，有所反省有所懺悔的話語。

怎麼說她也曾是一名紅衛兵啊!現在她已經明白她是在二〇〇一年了呀!那麼她不是應該有所反省有所懺悔的麼?三十幾年間，除了在他獲得「平反」的檔中，有那麼一行幾句鉛印的歉意性的文字，再就沒任何人對他表示過歉意。更沒任何人在他面前懺悔過。他聽到得最多的是譴責和控訴。彷彿沒有誰不是受害者。彷彿那場史無前例的曾經聲勢浩大的政治災難，是千千萬萬外星人直接參與了才成為災難的。彷彿外星人們早已回到外星去了。

即使他在談到三十幾年間中國發生的種種大事件時，目的也是非常之明確的，為的是啟發眼前這一名三十幾年前的初一女紅衛兵，使她能結合著認識到她當年的錯誤。然而紅衛兵肖冬梅口中就是一句反省的話懺悔的話都不說。看去她的樣子也不是成心地偏不說，而是頭腦裡根本就沒有該反省該懺悔的那麼一根弦。只有一次二人的交談碰撞出了火花。那就是他在談到克林頓與卡斯楚的「世紀握手」時，紅衛兵肖冬梅很是懷舊地唱起了曾在中國流行一時的古巴歌曲「美麗的哈瓦那」：

美麗的哈瓦那，
那裡是我的家，
明媚的陽光照進屋，
門前開紅花，
可恨那美國強盜，
他們侵略了它，
殺害了我親愛的爸爸和媽媽……

肖冬梅唱得挺有感情，挺動聽。

那首歌「老院長」也是熟悉的，便也情不自禁地跟著哼唱。唱著唱著，覺著不大對勁，晃了晃頭，暗中擰了自己一下，幾乎順勢漂回從前的思維，才又猛跑回二〇〇一年的現實中來。

肖冬梅唱完，一時沉默，彷彿她是一位古巴少女，哈瓦那是她自己的家鄉，而且仍被「美帝國主義」侵略著似的。

「老院長」怕惹她思鄉，趕緊沒話找話地問了一句：「你想知道關於蘇聯的事兒嗎？」

肖冬梅眼神兒迷惘地搖搖頭。

「老院長」一時沒其他的話可說，便不管她感興趣不感興趣，一味兒的自說白話：「蘇聯已經是歷史了。再談它得說前蘇聯了，它解體了！」

他想，要是她真思鄉起來，哭著鬧著立刻要回家，並且使她的三名紅衛兵戰友也都哭著鬧著要回家，剛剛穩定下來的局面，不是就又被破壞了麼？

肖冬梅問：「解體怎麼回事兒？」

純粹是出於禮貌的一問。

「解體就是由一國變成幾國了呀。」

「那不就是分裂了麼？」

「解體和分裂不同。解體是和平方式的。」

「好。」

「好？」

「和平方式的還不好麼？」

「它解體後的俄羅斯總統現在是普丁……」

「……」

「普丁之前是葉爾欽……」

「……」

「前蘇聯的最後一屆領導人是戈巴契夫。他接的是契爾年科的班，他在他的任期內實行了總統制。其後訪問中國，受到了我們中國很熱烈的歡迎。回國後不久便被圍困在克里姆林宮，是葉爾欽率一支軍隊解救了他。兩人親密擁抱後，葉爾欽迫他辭職……」，

紅衛兵肖冬梅一手掩口打了個哈欠。

「老院長」就不說下去了。

肖冬梅趕緊表白道：「對不起，我不是故意的。」

她覺有失禮貌，很窘的樣子。其實她是故意的，起碼有那麼幾分是故意的。當然也不無倦意。剛從九天休克般的狀態活轉來，身體各方面的系統都未免是嬌弱的，但絕不至於倦到在一位可敬長者與自己說話時面對面打哈欠的程度。打哈欠的主要原因，是由於前蘇聯的一切事引不起她絲毫的興趣。她希望趕快換一個有意思的話題。何況，枕下還有一本對方不肯借給她看的書呢！她一覺得話題沒意思，好奇心就轉移到那本書上去了。三十幾年前，她和姐姐看什麼書這種事兒，父母也是要嚴加管限的。她和姐姐都知道那類書無非是怎樣的內容。她們從不偷看，好奇心雖有，卻沒多大。然而枕下那一本書，可是今天的中國作家寫的呀！這使她每想到它一次，好奇心就增長一倍。

「老院長」低聲說：「沒什麼。」

他說完這句話，竟也有點兒窘起來。彷彿有失禮貌的一方是自己似的。他暗自覺得，「沒什麼」三個字，恰恰證明了他挺在乎她的哈欠似的。並且，他是那麼的奇怪——這三十幾年前的小女紅衛兵，倘對「現代修正主義」不復存在了，以及怎樣解體了的過程都不追問究竟，不感興趣到了當面打哈欠的地步，那麼她到底對這世界上三十幾年中發生了的什麼事感興趣呢？

兩人相互歉意地笑笑，一時無話。

「老院長」交談的熱情降溫了，進而索然了。肖冬梅看出了這一點。

她說：「再講講吧。您剛才講到那個葉什麼解救了那個戈什麼……」

其實，她交談的熱情也降溫了，也覺得索然了。所以她說完違心的話後，臉紅了。她感到怪對不住眼面前這一位可敬長者的交談熱情的。她暗暗譴責自己——三十幾年前，「美帝」和「蘇修」，可是中國的兩大敵人啊！其中之一如今不復存在了，你怎麼都不想聽聽它是怎麼解體的呢？何況「老院長」他講的多簡明，一點兒都不囉嗦！你卻被枕頭底下那一本自己不該看的書吸去了魂似的，你已變得多麼的不可救藥了啊！

即使她不臉紅，「老院長」也看出了她是怎麼回事兒。

他起身道：「我看你還沒睡夠。再睡一會兒吧！充足的睡眠，能使你的身體儘快的健康起來。」

這話正中肖冬梅下懷，她裝出特別乖特別服從的模樣點了點頭。

「老院長」走到門口站住了，轉身回望著她說：「我沒忘了什麼東西吧？」

肖冬梅眨眨眼睛，肯定地回答：「沒有呀。」

他尋思著又說：「我怎麼覺得忘了什麼東西呢？」

肖冬梅煞有介事地這兒瞧瞧，那兒望望，還掀起被單抖了抖，然後調皮地說：「您就是有什麼東西忘在我這兒了，我還能昧下麼？」

「老院長」笑了：「我可沒那麼想。」

他剛一出門，肖冬梅就光著腳跳到地上，三步兩步跑去將門插上了。她沒立刻就回到床上。她站在床邊，拿起枕頭拍得更鬆軟些，先豎著放了，預備靠著。緊接著改變了主意，認為還是枕著舒服，便又平放了。頭一挨枕，一隻手就同時伸向枕下，摸出了那一本彷彿偷來的書。那書的封面上，赫然印著兩行黑體字是——「連年走紅作家；驚世駭俗之著。」「走紅」一詞，她已經明白是什麼意思了。流落於城市的那兩天裡，她聽別人在談論「大姐」時說過「走紅」一詞。只不過前邊加上一個字是「曾」……

「從星期五的下午，我無時無刻不在想像自己和他瘋狂做愛。想像他持久的、強姦我似的蠻幹，帶給我一次比一次痛快的高潮。我想像著我自己怎樣在他之下尖叫、咬他……這一種想像使我沉迷不能自拔……」

那小說便是這樣開篇的。

三十幾年前的初一小女紅衛兵，頓時看得血脈賁張，全身火熱，連呼吸也不由自主地屏住了。

她更加放不下那一本小說了。

11

整個上午，另外三名紅衛兵也沒出過各自的房門。

他們處於「洗腦」階段。這是救護他們活下來，並使他們成為新人的一個必不可少的步驟。如果不能使他們成為新人，也就是與二〇〇一年的時代主流思想合拍的人；或者反過來說，如果不能從他們的頭腦中洗滌掉三十幾年前的紅衛兵思想，那麼「療養院」裡他們以外的每一個人，就都會不同程度地認為，自己們的人道主義責任和義務其實只完成了一半。嚴格地要求，甚至也可以說是失敗了。好比雖救活了人的命，被救活的人卻成了精神病患者、白癡，甚至也許會對社會有危害的人。當然身負責任和義務的人們並不那麼的天真，並不認為在短短的九天或再多一些的天數裡，自己們能通過什麼有效的方式，使他們的「中國病人」們的頭腦煥然一新，完全沒有了三十幾年前的紅衛兵思想。不，他們並不這麼幼稚。所採取的也非是強迫的方式。他們只不過為另外三名紅衛兵的房間重新配備了電視機、影碟錄放影機、書刊畫冊，以及全國各地十幾種大報小報。還有電腦。

開了一次核心成員會議。會上討論得很熱烈，甚至時時發生激烈的爭辯。

有人說為他們每人的房間裡配備一臺電視機不算過分，但還要配備影碟錄放影機的話，則就未免太那個了吧？

「老院長」倒顯得特別開通。他說錄放影機那東西不是降價了麼？便宜的不才幾百元麼？該花的那就得花。只要我們能做到，就應使他們儘快地熟悉新事物。

反對者說，那不是也得替他們收集一批影碟了麼？

支持「老院長」的人說影碟更便宜了，盜版的十元錢能買三、四盤。

反對者又說，盜版影碟裡內容污七八糟的太多了，總不能為他們成立一個審查小組吧？

「老院長」不愛聽了，也不耐煩了。一錘定音地說：「別爭了。我親自審查。」

支持他的人不失時機地進言道：「其實，也應該讓他們從電視裡看到香港臺。天線設備好解決，包在我身上了！」

「老院長」也不徵求別人的看法了，「官僚主義」地批准道：「當然！香港已經回歸了麼！那就由你去解決！」

配備電腦的提議尤其遭到反對。

有人說他們會操作麼？難道要為他們先開幾次電腦操作常識講座不成？

提議者說那有什麼呀？操作說明書一份份地給他們了，保證他們半天就能操作，一天就能打字，一天半就能成線民了！

反對者連連搖頭，網上多少垃圾呀，對現今的中國毫無免疫力的三名三十幾年前的青少年，要是一下子從網上學壞了可咋辦？

提議者就據理力爭，要是上網對於他們都成了可怕的事兒，那他們將來怎麼辦？自殺？還是再由我們來幫他們安樂死？免疫力，免疫力，不接觸「疫」，「免疫力」又從何談起呢？

「老院長」又拍板道：「電腦，給！上網的自由，給！五花八門，三教九流，只要不是黃色的、反動的，都讓他們見識見識嘛！對於今天的中國，好的方面，我們就堅持說好。不好的方面，也沒必要為當局藏著蓋著！好或不好，暫由他們自己去感受、去鑒別、去下結論嘛！總之要讓他們儘快瞭解三十幾年間中國和世界的巨大變化！」

他的話獲得了他的支持者們的一陣掌聲。而他的支持者們，當然皆是中青年人。散會後，他們一邊往外走，一邊議論，說他的表現可愛極了。說沒想到他的思想竟如此開明。而他的老字輩的同仁們，卻都說他的頭腦「熱發昏」了。說他莫名其妙，完全被年輕人們所左右了。有的居然扯住他，不讓他走，質問他是否有討好中青年人的私心雜念？否則為什麼對中青年人們的提議一味支持？

而他振振有詞地回答：「誰對我支持誰。」

其實，質問他的那一種私心雜念，他確乎是有的。在第一次全體會議之後，特別是在趙衛東深更半夜「滋擾」他的事件發生之後，一些關於他的胸懷問題的竊議傳到了他耳中。他是個事事要求自己體現長者風範的人。身為長者，胸懷問題受到懷疑，不能不引起他的自我反省。既有竊議，必有腹誹，他再這麼一想，就為自己一向接近完美的形象深感憂慮了。所以他的態度和立場，難免的在這第二次「核心成員」會議上向中青年們傾斜。矯枉往往過正，一傾斜就幾乎徹底倒向了中青年們一邊。

那些中青年「核心成員」們，提議或表態時的想法倒是很單純的。他們比較一致地認為，不管三名三十幾年前的人是不是紅衛兵，總之首先是中國人，讓對方們先享受點兒中國「改革開放」的一般成果，肯定是有益無害的。

於是，趙衛東們九天裡可有事兒幹了。平均下來，各自每天至少看三、四盤碟。除了看碟還看電視哪！於是各自房間裡的電視機，每天至少有十五、六小時是開著的。即使在他們翻報刊時，也是開著的。好比八十年代初某些中國家庭的大男人們，一旦憑票或走後門買了一臺電視機，雖然只不過是黑白的九寸的，卻立刻就迷戀上了，一看就非看到螢屏上出現雪花為止。電腦對於他們來說更是妙不可言的東西了。上網費已替他們交了，說明書已發給他們了，他們又都不是笨蛋，那麼闖「聊天室」還有何難呢？

「老院長」並沒多麼負責任地審查影碟，其中有些從始到終是色情內容的。那當然是他們都反覆看的。肖冬雲也不例外。色情內容的東西之所以厲害，正在於它是能在最短的時間內消滅人的原始羞恥感的東西。色情內容的影碟使李建國和趙衛東之間又說話了，因為他們各自要看到另一盤同樣內容的東西。為了交換，李建國鼓起勇氣，不怕再次被趕出門，主動來到了趙衛東的房間。趙衛東當時也正看一盤影碟，見他進門，立刻就按遙控器將電視關了。他冷冷地瞪著李建國。李建國訕訕地從懷中取出一盤影碟，討好地說：「這盤我剛看過。怕他們收回去，你想看也看不到了，所以給你送來。」趙衛東還是瞪著他不開口。李建國只好放下盤走。才走到門口，聽趙衛東低聲說：「等等。」他剛一轉身，趙衛東已將一盤影碟拋向他了。他雙手準確地接過，如獲至寶，會心一笑。回到自己的房間放了一看，果然是期望中的內容。從此，這一種交換，使他倆不計前嫌了。

李建國有時也到肖冬雲的房間裡去交換影碟。有次他正逢肖冬雲在一邊看著一邊流淚。他問她好看麼？她說：「不好看我能流淚麼？」他說：「那好看的標準就是讓人流淚囉？」

「去去去！」她揮了揮手，不願再搭理他。

他卻不走，交抱雙臂，站在她背後也看。看了幾分鐘，螢幕上便出現了男女做愛的情形。肖冬雲看得專注，以為他已經走了，不料聽到他在背後說：「現在的中國人真有福氣……」

他的話剛一出口，她全身僵住了。雖已明知他沒走，卻哪裡好意思回頭呢！想立刻就將錄放影機關了，遙控器又不在手邊。

而螢幕上的一對兒美國男女赤裸裸地做愛不止。

李建國又說：「這要是在三十幾年前，那咱倆就全完了！那我就得乾脆犧牲自己，承認是我勾引你和我一塊兒看的了……」

肖冬雲這才有所反應，猛站起來，轉身指著他厲斥：「你流氓！」

李建國被罵得懵懂，眨著眼睛嘟噥：「我怎麼了呀？你看，我不過也站在你背後看一會兒，我怎麼就流氓了呢？」

「那你……那你為什麼悄沒聲兒地站在我背後？」肖冬雲臉紅得像櫻桃，眼淚都快羞出來了。

「我不悄沒聲的，那我反應該手舞足蹈，大吼大叫的呀？我有毛病呀？」

肖冬雲哪裡容他辯白，從床上抓起枕頭打他。而他，一邊躲閃一邊仍說：「你這叫惱羞成怒，有什麼呀？有什麼呀？不就是現如今的中國人都看得夠夠的了，不稀罕再看了，十元錢買二、三盤的東西，你在聚精會神地看，我也沾光看了一會兒麼？」

「反正你流氓！」

肖冬雲一直將他打出房間才罷手。並且，還是羞得哭了一鼻子。

那一盤影碟是「廊橋遺夢」……

那件事以後，肖冬雲再看影碟時，便也插門了。遙控器也不離手了。一旦聽到敲門聲，甚至聽到走廊裡有腳步聲向門口走來，先自神經過敏地關了錄放影機。因為她根本無法判斷，自己正在看著的某盤影碟裡，會不會又出現男女赤裸裸做愛的情形。然而此種擔心，一點兒也未消滅她看影碟的興趣。即使出現了做愛情形，她也還是批准自己看的。並不自己對自己下禁令。她用枕頭打李建國時，李建國一邊躲閃一邊說的話，竟然對她發生了巨大的影響——可不麼，有什麼呀？如今的中國人都看得夠夠的東西，我剛剛才開始看還明擺著虧了呢！

她如此一想，就幾乎能以一種天經地義的，彌補損失般的心理看著了。

是的，是這樣的——無論是她，還是李建國和趙衛東，一旦接觸了一點兒二十一世紀的皮毛事物，都不免的同時具有了兩種相互矛盾的心理——一方面都覺得是世界上最幸運的人，三十幾年前的自己的同代人們，往小了說也五十來歲的年齡了，而自己才不到二十歲，等於白賺了三十幾年似的呀！另一方面，又都覺得虧得很。三十幾年間這世界和中國出了多少新鮮東西啊！可自己才剛剛接觸，又彷彿少活了三十幾年似的。至於三十幾年間這世界和中國究竟發生了些什麼重大事件，他們各自倒是不大關心了。尤其不大關心的是戰爭事件和政治事件。

是的。事實正是這樣——從三十幾年前的中國巨大的政治子宮裡誕生出來的他們，一旦被三十幾年後的時代的皮毛事物所吸引，相比之下，政治以及一切與政治有關的事件，就似乎顯得那麼的沒意思了。他們的同代人們，由被異化成的政治動物再恢復到社會的自然人，經歷了三十幾年的漫長的「轉型期」，尚不能較完全地擺脫政治基因造成的種類痕跡，他們卻在短短的幾天內就基本完成了「轉型」。雖也伴隨著相應的痛苦，但那痛苦的時日異乎尋常地短。他們更像是本世紀的新生嬰兒，剛滿月就開始依偎本世紀這位奶娘懷抱了。至於三十幾年前的經歷，倒變得像胎中的夢幻記憶一樣似有似無了。

在電腦操作方面，無論是李建國和肖冬雲，還是他和趙衛東之間，卻從來也沒交流過一個字的經驗。而肖冬雲和趙衛東之間，其實九天內根本沒說過話。有時去食堂打飯不期然地碰見了，只不過相互地點點頭而已。趙衛東即使對肖冬雲點頭，表情也是那麼的冷。倘她情緒好，則會高姿態地對他微微一笑。而他卻並不以微笑回報微笑。彷彿她是一個卑鄙小人，極端可恨地暗算過他或出賣過他似的。三人在電腦操作方面的諱莫如深，好比學習成績不分上下的三名優等生，在考試前不相互探討解題方法一樣。好學生們一向都那樣。誰主動探討，似乎意味著誰企圖從別人那兒獲得啟發，藉以彌補自己智商的不足。

「外面的世界很精彩，外面的世界很無奈」。「療養院」外面的人們，都在為生存或為證明個人價值，而在不同的能力層面上進行著激烈的有時甚至慘烈的競爭。而「療養院」內的人，具體說是四名三十幾年前的紅衛兵，相比之下活得就近乎著幸福了。但人是多麼匪夷所思的動物啊！在生存危機的陰影的籠罩之下，倘能活下去便是共同的也是唯一的願望了。一旦從生存危機的陰影之下邁出，哪怕剛剛邁出一步，相互間就開始暗萌爭強好勝，比高比低的意識了。彷彿這所謂的「療養院」是一處學府，彷彿要從趙衛東、李建國和肖冬雲三人中錄取一名電腦專業的碩士生或博士生似的。也不知為什麼，反正三人背地裡鑽研，較著勁兒都一心想高出另外兩人一頭。

有天吃午飯時，肖冬雲去得晚了點兒。打了飯正往回走，聽到李建國叫了她一聲。她循聲望去，見李建國和趙衛東二人坐在一張桌子的對面。她不知那一天他倆為什麼都在食堂吃起來了。她本不想走過去的，又覺得李建國既已叫自己了，並且趙衛東也坐在那兒，不走過去實在是不好。於是衝著他倆，主要是衝著李建國微微一笑，走過去坐在了他倆之間。從前那種類似戰友的關係是不復存在了。那已是一種消亡了的關係，而不是一種可以修復的關係了。恰如皂泡，越大，越飄得高，越容易在空氣的壓力下破滅。

李建國說：「剛才我倆在談網上文學。」

肖冬雲隨口搭言地說：「我認真看過幾篇，都挺有意思的。」

李建國就又說：「對現在的中國，我的感覺漸漸變好了。而且越來越好！網上作家這一新生事物，多麼的值得為之歡呼啊！」

肖冬雲說：「是啊，是啊，在三十幾年前，純粹是幻想……」

不料趙衛東突然生起氣來，瞪著李建國低聲說：「我警告你，你那是侵權行為！經歷是我們共同擁有的無形資產，誰授權你可以用來炒作的？再說怎麼輪也輪不到你！」

他一說完，將菜盤往飯碗上一扣，佛然而去。

肖冬雲一頭霧水。

報刊、影碟、電視、電腦，僅僅這些現在時的皮毛事物，便在短短的幾天裡大大豐富著他們的日常用語了。總之他們在說話方面，都已經開始變得有點兒新人，甚至新新人類的意思了。

李建國望著趙衛東的背影，把筷子往桌上一拍，也憤憤然道：「耍的什麼大牌呀！誰不清楚誰的歷史面貌怎麼的呀？要說共同擁有的無形資產，那也有我的原始股份！我炒作我那一股，關他屁事啦？輪不到我？那就只能是他的特權啦？」

肖冬雲低下頭說：「小聲點兒行不行？別招得別人都往咱們這邊兒看。你倆又因為什麼事兒不快了？」

李建國便告訴肖冬雲，他只不過將他們四人的奇特經歷，以紀實小說的形式在網上連載。懷著喜悅的心情透露給趙衛東了，趙衛東一聽，不但不分享他的喜悅，反而沉著臉指責他沽名釣譽，還指責他暗中搶先的結果，只能是將無與倫比的真實素材徹底糟踏了。

「你？發表網上小說了？」

肖冬雲頓時顯出了萬分驚詫的表情。她極想裝出由衷地分享他的喜悅，並且對他刮目相看的樣子，然而怎麼也裝不出來。她覺得內心裡失落落的，彷彿同是淪落人，對方卻一下手就抓中了彩，並且是大彩。

「你怎麼也那樣的一副表情？」

李建國敏感起來，語氣中流露些微的不滿。

肖冬雲掩飾地微笑了一下：「我的表情怎麼了？難道不是替你高興的表情？」

李建國嘟噥：「高興不高興，你自己心裡清楚。」

肖冬雲以攻為守地說：「別以小人之心度君子之腹啊！我是你想像的那種人麼？已經發表幾篇了？」

李建國的臉這才明朗起來，既謙虛又不無得意地說：「才三篇，每篇才兩千多字，剛及格的中學生作文水準而已，才寫到咱們邁出長征第一步……」

「你自己既沒主頁，又沒加入網站，怎麼在網上發表的呢？」

肖冬雲刨根問底。

「我在聊天室結識了一位叫『隱身人』的網客，挺投機的。我把我的念頭一向那網客公開，他就熱情地向各網站推薦我。最後我就選擇了一家印象好的網站與他們開始合作了……」

肖冬雲心不在焉似的問了並且暗暗記住了那家網站的名稱，又陪著李建國吃了幾口飯，便找藉口端了盤子碗先自匆匆地回到房間去了。她一放下手裡的東西，轉身就將門插上了。接著就在電腦前坐下，心情迫切地開了機，以飛快的速度搜索李建國說的那一家網路公司。

那是一家網上表現特別活躍的公司。不得了，李建國的紀實小說引起了網上轟動。因為他在「自我介紹」中這麼寫的：「我——李建國，三十幾年前的初三紅衛兵。家鄉縣城焦裕祿式的縣長的兒子。我在長征路上被岷山的雪崩掩埋了三十幾年。現在我活過來了！喝令二十一世紀鳴鑼開道，我來啦！我下面公開的一切經歷都是真的。」他居然還在網上注明了「療養院」的地址，歡迎對他的「紀實小說」的紀實性持懷疑態度的人前來調查、瞭解、核實。

但總體而言，他等於是將自己當成一塊骨頭拋給網上的一群餓狗了。而且不是那種被剔得光溜溜的骨頭，是帶著許多血淋淋的肉的骨頭。那一群網上的狗們，也不僅餓，顯然還很惡。那一時期網上沒什麼熱鬧可湊。沒有北方人和南方人的對罵，也沒有什麼關於明星的緋聞和造謠。一名紅衛兵的死而復生，成為網上焦點是自然而然的。如同一具吸血鬼殭屍公開的亮相。有人斷定他是狂想症患者；有人咒罵他企圖為業已成了歷史的「文革」時代招魂；有人對他的現實真身究竟是男是女表現出病態的興趣，彷彿如果他確乎是男的，某些女人都打算約會他進而考慮嫁給他；而他若竟是女的，且容貌不差的話，某些男人意欲引之為「紅顏知己」似的。有一個男人在網上對李建國大獻殷勤，親愛的話語讀來肉麻。那男人不知根據什麼首先斷定李建國是女性，接著厚顏無恥地聲明自己正處在離婚冷戰時期。而離婚的原因，又據其說是由於根本沒有任何「共同語言」。

「苦啊！那靈魂深處的孤獨和寂寞呀，它像絞套緊緊勒住我精神的脖頸呀！但是現在，我看到我活下去的希望像曙光一般布開在我命運的地平線上了！不管你取一個多麼男性的化名，我敏感的直覺，仍嗅出了你那化名所散發出的鮮奶般的女性荷爾蒙的氣味兒！你正是我夢裡擁抱不放的另一半呀！共同的經歷決定了我們會有無限多的共同語言！三十幾年的時間造成的年齡差距，又怎麼能將我們同代人早已一體化的精神撕開？快把你的手從網上伸向我，讓我們牽著手走下網路，讓我們精神的一體化促成我們人生的一體化……」

默默讀著呈現在電腦上的這一段文字，肖冬雲直覺得胃裡一陣陣翻騰欲嘔。就好比看到一個五十來歲的男人，企圖誘拐一名比自己小三十幾歲的芳齡小女子。她原本只不過認為網上有些內容很無聊，說得嚴重些也不過就是低俗。現在她開始認為網上有些內容很猥褻了。覺得那個男人要麼患有精神病，要麼是在網上發情手淫。然而李建國本人似乎並沒有看明白這一點。不，說他沒有看明白這一點是不準確的。也許說他其實正在利用這一點才對。因為他在他後來的「紀實」中，文字竟漸漸的女性化了。而且在寫到自己時，竟出現了這樣的文字——「我因自己的花容月貌，在那個紅色的時代常常感到莫須有的罪過。也許我並不秀麗且溫柔，那個紅色的時代反而會更認同我這一名中學女紅衛兵的吧？是的，它格外偏愛的女紅衛兵不是我這樣的……」

肖冬雲終於看得反感，起身去找李建國。李建國也正在擺弄電腦。她一言不發地將他推開，雙手嘮哩啪啦地按了一通鍵盤，調出了他的「紀實」，指著自己剛剛看過那一段文字問：「這是怎麼回事兒？」

李建國裝糊塗，反問：「有錯字？不通順？」

肖冬雲生氣了，批評道：「寫作是一件嚴肅的事。嚴肅的事就應該嚴肅對待！你明明是男的，為什麼要成心在網上給人以女性的印象？」

李建國就不以為然地笑。在肖冬雲看來，他的笑也近乎著厚顏無恥。這使她聯想到了在報上讀到過的一篇關於上網的小雜文，文中有句話是——「網上的全部人際哲學總共兩條：第一條是『我是流氓我怕誰』？第二條是『別以為我看不出你也是流氓』！」

肖冬雲又說：「你的做法是在褻瀆我們共同的經歷！」

李建國反駁道：「我們的共同經歷是什麼偉大的經歷光榮的經歷麼？不可以褻瀆的麼？我褻瀆了誰又能把我怎麼樣呢？」

肖冬雲就被搶白得一時張了幾張嘴說不出話來。

李建國見她下不了臺，心裡不落忍，就又和顏悅色地向她坦白，他的後幾篇「紀實」並不是他寫的，是網站請人替他往下續的。

「那你就同意他們利用你的名字胡編亂造？」

「這你不懂，他們懂。他們說紀實那也是允許虛構的。虛構才能使紀實顯得更真實。」

肖冬雲困惑得直眨眼睛。在她聽來，分明的，李建國的話是一句邏輯上很說不通的話。像中學生所造的病句。「虛構才能使紀實顯得更真實」——這算一句什麼話呢？然而他已經先就特別強調地說了——「這你不懂，他們懂。」並且說得那麼的肯定。如同說的是真理。竟使她不敢再正面批評了。萬一自己真的不懂呢？萬一「虛構才能使紀實顯得更真實」這句聽來邏輯上很說不通的話，真的反而包含著什麼邏輯上的高明性呢？比起現而今的中國人，自己畢竟的少活了三十幾年呀！在自己少活的三十幾年間，中國人對於「虛」與「實」間的邏輯關係，興許有了更深刻的一種什麼認識吧？

「那，那你允許別人連你的性別都成心改變了總歸是不太好的吧？」

她的話與其說是在批評，不如說是在討教了。

「不太好？這你又不懂，咱們今天的中國人懂。他們說好得很。他們說簡直好極了。他們說如今只有四十五歲以上的人的頭腦，才會對『文革』啦『紅衛兵』啦什麼的做出點兒小小不言的反應。而這些人中的女人，除了當個一官半職的，全都下崗了或者快下崗了。那她們還有經濟條件買電腦還有心情上網麼？可四十五歲以上的男人們就不同了，正是在各自人生的游泳池裡起勁兒地撲騰吶！正在累的時候。所以要到網上去散心。那是他們解乏的方式。和泡澡泡茶館泡酒館是一樣上癮的。所以，他們認為我必須像女的，起碼我的網上形象必須像女的。他們認為，我，一名死而復生的紅衛兵，起碼得給他們一種人妖似的印象。那才能通過我將線民粘在網上。好比蜘蛛網將蒼蠅蛾子什麼的粘住一樣。人妖你明白是什麼東西麼？」

李建國彷彿一位老師在給肖冬雲補課。

肖冬雲卻對他的一番話不得要領。有一點她似乎是明白的。那就是，李建國所說的「他們」，不但指為他敞開門戶的網站的人，彷彿還指一概的現在的中國人。她想，多奇怪呀！才僅僅三十幾年的隔膜，只不過歷史長河間的一瞬，竟使自己們談起現在的同胞，儼然的像是在談外國人了。「他們」，這在語法上是絲毫也沒錯的，可聽起來怎麼有種特別生分的感覺呢？

她搖頭道：「我不懂人妖究竟是什麼東西。」

她說的是實話。雖然，「人妖」的歷史已將近一個世紀了；雖然，她從報刊上、電視裡和網上，已吸收了大量的新事物，如同木炭吸引一切顏色一切成分的水液一樣。那一種吸收之迫切可用「饑不擇食」一詞形容。但「人妖」二字，確乎是她陌生的。

李建國用一根手指撓著臉腮予以解釋：「人妖嘛，我剛才用詞不當。人妖是不可以叫做東西的。人妖其實不是什麼妖，仍是人。起初是男人。成長到少年，做一次手術，割去了生殖器，再服一個時期的雌性激素，就是使你們女人顯示女人味兒的那一種人體成分，結果就變得像女人了。比你們女人還像女人。有些人妖比你們女人對男人還具有吸引力。那是一種往往比性吸引力還強的性感……」

李建國說此番話時，肖冬雲的臉不禁一陣陣紅。什麼「性感」了，「性吸引力」了。尤其是「生殖器」！三十幾年前，若男人當著一個她這種年齡的中學女生說，那就絕對是流氓行徑了。無論怎麼解釋都是。若一個女人當著一個她這種年齡的中學女生說，那就絕對是墮落教唆了。可李建國竟滿不在乎地對她說，彷彿家庭主婦們在說蘿蔔白菜之類的事兒。她想，變得和「他們」，也就是現在的中國同胞們一樣，其實又是多麼的簡單啊！首先的一條，只要自行地減少，甚或徹底根除人心裡的羞恥感，那麼在最基本的方面也就快接近著了吧？比如李建國，他不是已然的有點兒「現代」了麼？

她心裡雖然暗暗承認李建國比自己的「進步」快，嘴上還是忍不住有所保留地說：「你張口『他們』如何如何，閉口『他們』怎樣怎樣，自己就沒有一點兒獨立思考獨立判斷了麼？」

不料李建國如此反問：「三十幾年前我們又何曾獨立思考獨立判斷過？獨立思考固然好，獨立判斷固然好，但再好也不過是一種感覺上的好。人總不能光靠自我感覺活著。那不成阿Q了麼？讓我也問你一問，你認為我們和現在的中國人之間，最大的區別在什麼方面？」

肖冬雲便也以攻為守地反問：「那你認為呢？」

李建國以權威分析家的口吻回答：「三十幾年前的中國人，頭腦中太沒有實惠的觀念。明明什麼實惠也沒得到，卻極端可笑地把不實惠當實惠。比如我們吧，一被尊作『革命小將』，就不知道天高地厚了，怎麼著似乎都覺得不足以證明自己的無限忠心。而現在的中國人，那是太善於從實惠不實惠的個人立場思考問題了！誰敢說這就不是一種獨立思考的能力呢？比如現在的我吧，如果有誰再號召什麼，想鼓動我李某參加麼？那好，給我實惠。不給我實惠，玩蛋去！」
「只要給你實惠，誰號召什麼你都參加？」
「你怎麼總成心跟我抬槓似的？殺人放火的勾當我當然不會參加啦！可能損害我個人利益的事我也堅決不參加。當了一回紅衛兵我還不懂得總結一點兒經驗教訓麼？一撈不到實惠，二還可能損害個人利益，那種事兒我幹嘛參加？我傻呀？即使我從前傻，現在還一直傻著嗎？」
「反正聽你的話，我總覺得你像是被『他們』收買了。」
肖冬雲將「他們」二字說出著重的意味兒。
「你怎麼知道？」
分明的，李建國問得挺心虛。
「那麼你果然是被『他們』收買了？」
「別用『收買』這麼難聽的詞行不行？我和他們那是互利性的合作。」
「『他們』給你什麼實惠？」
肖冬雲仍將「他們」二字說出著重的意味兒。
「錢。」
與她相反，李建國的聲音變低了。
「錢？」

「對，錢。」

肖冬雲瞇起眼注視著李建國，一時目光複雜地沉默了。因為要不是李建國口中說出了「錢」字，她簡直已忘記了世界上還有錢這種東西。也簡直已忘記了，任何人在任何時候，只要活在這個世界上，那都是離不開錢的。三十幾年前，當他們四名紅衛兵悄悄離開家鄉那座小縣城那一天，她身上帶著錢的。總共二十三元伍角。那也不是她一個人的錢。是他們四人合在一起的錢。李建國出的那一份最多，拾元；她和妹妹各伍元；趙衛東三元伍角。他家裡生活最困難。他是偷偷將家裡一隻傳了三代的銅壺賣了，才湊足三元伍角的。二十三元伍角，當年是一筆數目不小的錢，差幾角就是一名一級技工一個月的工資了。那些錢被她用別針別在內衣兜裡。怕丟了，一路宿睡幾乎沒脫過內衣。「長征」途中也幾乎沒花過。沿途吃老鄉的，喝老鄉的，犯不著花，也捨不得花。

她聯想到了自己在城裡坐計程車的遭遇——那名計程車司機對她遞給他的三元多錢是多麼的嗤之以鼻啊！

而一回到「療養院」這個地方，錢似乎對她又變得一點兒用處也沒有了。這個地方對他們周到得連牙刷牙膏都提供，完全沒有了花錢的必要呀！

「難道我們會永遠在這裡貴族似的住下去？」

經李建國這麼一問，她頓時重新意識到了錢的重要性。

「難道我們離開這裡的時候，還指望有誰發給我們每人一大筆錢不成？」

「……」

「現在的中國人是這麼說錢的——金錢雖然不是萬能的，但沒錢是萬萬不能的。」

「……」

「說得多深刻呀！這話都成了至理明言了！報刊、小品、電影電視劇說來說去的，你就沒關注到？」

肖冬雲搖頭。她複雜的目光中，開始流露出無法掩飾的憂慮了。

「那你對於現在的中國，整天都關注什麼了？」

「我……我關注現在的中國人怎麼對待愛情……」

「哈！哈！愛情？咱們現在的中國人不談純潔的愛情，主張即興擁有，及時行樂！」

「得啦得啦！」肖冬雲心煩意亂地皺眉揮手，打斷了李建國的話，然後小聲說：「現在我也不想跟你談愛情。」

李建國愣了愣，以順應的口吻說：「那隨你想談什麼，我就陪你談什麼吧！」

肖冬雲難於啟齒似的張了幾次嘴，才終於問出一句話是：「他們究竟給了你多少錢？」

李建國支支吾吾，扭扭捏捏地不肯實話實說。

肖冬雲表情變得嚴肅了，又問出一句話是：「好幾百吧？」

李建國還是不肯吐露。

「我想，我是有權利知道的。趙衛東他說的沒錯，那是我們共同的經歷。」

李建國就斜眼看起她來。

「你那麼怪模怪樣地看著我幹什麼？我再聲明一次，那是我們共同的經歷。」

「你從前說到他，可從不連名帶姓一併說。你從前說到他，哪一次不是親親愛愛地只叫他衛東？」

李建國所答非所問。

「你別想轉移話題！」肖冬雲的雙眉，由皺著而豎著而擰著了。

「好，那我就告訴你。可你不許嫉妒。我們之間，你要是嫉妒我，那多令人難過呢！」

「快說！」

「其實他們也沒給我多少錢。他們花一萬元買了我的經歷……」

「我們的！」

「對，對，姑且說是我們的……」

「不是姑且，原本是我們共有的！」

「對，對，總之他們出了一萬元。再就是，如果能替他多吸引一名網客上他們的網，每人再給我五元錢。現在網站之間爭奪網客上網的戰爭很激烈，他們有點兒不惜投入成本了……」

「別囉嗦。那……吸引了多少？」

「相對於咱們中國的總人口而言，不算多，才吸引了五千多網客……他們的網站前一時期幾乎垮了，等於是我救了他們，所以他們挺感激我的。」

「那……你……你已經……名下擁有三萬五千多元了？」

肖冬雲企圖以特別平淡的語調問，可連她自己都聽出來了，她的語調儘管平靜，可是幾乎每一個字都帶著——即使不是妒意，也是醋意。

「你不問我，我也打算告訴你和冬梅的……」

「你……你不顯山不露水的，就和我們三個不一樣了。」

「別這麼說，有什麼不一樣了呢？」

「就是不一樣了！你自私自利！」

李建國又愣了愣。那樣子，顯然是因肖冬雲說他「自私自利」而委屈而傷心了。他也瞇著眼睛看起肖冬雲來。兩個人就像一對兒相互懷疑有外遇的夫妻，誰要再拋出一份證據，便會同時翻臉鬧離婚似的。僵持了片刻，李建國首先作出了「談判解決」的表示。

他放鬆了臉上的肌肉，以一種特別親近的口吻笑道：「咱倆這是幹什麼呢？衝著我和你妹妹的關係，咱倆之間有什麼事兒不可以好好商量呢？」

「你和我妹妹有什麼關係？你別扯上我妹妹！」

肖冬雲嘴上儘管強硬，畢竟的，有些難為情了。她在心裡暗暗譴責自己：肖冬雲啊肖冬雲，你可真是的啊！你怎麼一聽說他名下有了三萬五千元錢，就如同他偷了你自己的錢似的，要不依不饒似的呢？

李建國又笑道：「我和冬梅究竟有沒有什麼關係，我比你清楚，她也比你清楚。不過咱們這會兒先不談這個。不就是三萬五千元惹你不高興了麼？那咱們就先談這三萬五千元錢。其實我打算過了。我能一個人獨吞麼？能沒有冬梅的份兒麼？能沒有你的份兒麼？那家網站還承諾，積極與國外聯繫，如果被美國的什麼影視公司買去了版權，那我就又有一大筆美金了。美金也保證有你和冬梅的份呀！咱們活過來了，是一幸事。可難道你沒得出結論？現在的中國，明擺著是一個嫌貧愛富的中國呀！誰窮誰就等於是賤民呀！如果咱們成了現在的中國的賤民，那咱們死而復生還是幸事麼？那還莫如一直冰凍在岷山的深雪下呢？你說是不是？」

李建國說著說著，起初那一種油滑的笑，漸漸的就從臉上化出了，語調也越說越凝重了。而肖冬雲，則不由得英雄所見略同地頻頻點頭。既然他說那三萬五千元中有她和她妹妹的份兒，不管多少，總之已使她的心理獲得了一定的平衡。她甚至自歎弗如起來，不再認為李建國自私自利，而覺得他是那麼的高瞻遠矚了。

「這兒的這些人，自然都是對我們有恩的人。他們救活了我們，我們應該永遠感激他們。但他們沒有義務對我們的人生負以後終生的責任啊！現在的中國對我們也不會負那麼一種責任。這一點是明擺著的，我說的對不對？」

肖冬雲又頻頻點頭。

「你當我在網上被人詛咒，被人辱罵，我心裡就舒服啊！你當我看到自己在網上的形象不男不女，人妖似的，我就感到光榮啊？咱們四人之間，不，我才不替趙衛東瞎犯愁呢！我、你、冬梅，咱們三人之間，我不下地獄，誰下地獄？我不拍賣自己，誰拍賣自己？我不犧牲自己，誰犧牲自己？犧牲了我一個，換來了我們三個的實惠，捫心自問，我無怨無悔，我是何等的心甘情願義不容辭！」

李建國竟聲色悲壯起來！其實，此前他根本就沒像他現在說的這麼無私又崇高似的打算過。他只不過是臨時的編著說，專撿能使肖冬雲深受感動的話編著說。編著說著，說著編著，竟彷彿由煞有介事而確有其事了。竟首先完全徹底地將自己騙了，使自己深受感動了。他眼淚汪汪的了。

聽了他的剖腹式自白，肖冬雲能不深受感動麼？她目光一刻都沒離開地望著他，也眼淚汪汪的了。她不禁柔聲細語地說：「建國你可千萬別生我的氣。我剛才太誤解你了，是我不對，我請求你的原諒……」

於是兩個相望著笑了。

之後肖冬雲問李建國，倘那一家網路公司利用了他一番，並不兌現承諾呢？李建國說不會的。說他已要求對方們在合同文本上簽了字，並在網上公開了。而且，他已下載了一份保留著了。見她仍有點兒不放心，李建國就找出合同給她看。她對合同之類，自然是外行的。三十幾年前從未見識過。越是外行，就越比內行看的還認真，並且小聲地反覆地讀著某些條款，咀嚼著那些對她來說非常陌生因而似乎非常可疑的合同文本專用詞語，怕是陷阱。彷彿李建國和她是合同雙方了。彷彿自己稍一疏忽必將受騙上當。

李建國見她未免太認真了，催促道：「行了行了，別看起來沒完了。我都仔細研究過多遍了，沒什麼問題的。」

肖冬雲這才作罷，以長輩般的欣慰的目光望著李建國，誇獎地說：「你成熟了。」

李建國受到誇獎，自然是很高興的。他亦謙虛亦自負地說：「我可是覺得我還嫩得很啊！不過我一點兒都不怕。」

肖冬雲又聽糊塗了，就問：「不怕什麼？」

李建國以慷慨悲歌似的語調回答：「不怕現在！你也不要怕。咱們要丟掉包袱，輕裝上陣，後來者勇！」

肖冬雲還是不明白他的話什麼意思，又問：「我們已經是一無所有的人了，哪兒還有什麼包袱可丟的呢？」

李建國耐心地指點迷津：「有！有！什麼關心政治啊，什麼關心國家大事啊，什麼國家的前途啦命運啦，這都是咱們頭腦裡的思想包袱啊！其實，咱們哪兒懂那些高級的遊戲！咱們的小肩膀哪兒擔得起那些沉重的使命！我看今天的中國，還有些人自命不凡地憂國憂民著。網上就有那麼一批人。我漸漸地發現他們可能都是些活得太閒在的人。有個詞怎麼形容這樣的一些人來著？對了，叫坐而論道。什麼事兒都幹不成的人，就會一廂情願地想幹救國救民的大事兒了。想當年，一停課，咱們這一代初中高中尤其大學的學生，不就徹底的沒事兒幹了麼？一旦徹底的沒事兒幹了，不就一窩蜂地『造反有理』了麼？還覺得是在幹著一場決定中國命運和前途的大事兒！現在咱們千萬可都別傻了！現在咱們的使命那就是拯救咱們自己。如果咱們還不覺悟到這一點，沒誰替咱們擔的什麼道義！」

「這兒的人們，老院長啊，喬博士啊，不都在為拯救咱們而努力麼？」

「嗨，你呀你呀，我說了半天，你怎麼還沒開竅呢？他們拯救的只不過是咱們的生命！我看得出來，在這方面他們已經成功了。難道你沒發現，這幾天他們所有人臉上的表情都變得很輕鬆了麼？那咱們也就大可不必因自己的生死問題而愁眉不展的了！咱們要開始拯救的，是咱們自己的人生。生命和人生，那是多麼不同的兩回事兒啊！拯救咱們的人生，指望不上老院長和喬博士他們！像「國際歌」裡唱的，不靠神仙皇帝。要創造咱們自己的幸福，全靠咱們自己。說白了、說透了、說穿了，你聽清楚，那就是——他媽的現在的中國人怎麼在現在的中國撈實惠，咱們也怎麼個撈法！他們已經撈到了多少，咱們也要撈到多少！後來者勇！後來者居上！後來者只爭朝夕！這就是我，一名死而復生的三十幾年前的紅衛兵的自白！只要誰給我實惠，我這人的軀體，甘願從狗的洞子爬出！」

李建國說時，肖冬雲照例地頻頻點頭。但聽到最後一句，皺起眉大搖其頭了。

李建國情知自己只圖一時嘴上痛快，收不住舌轡，一順口說了她難以接受並有損自己形象的話，趕緊往回找補：「最後三句是玩笑，純粹是玩笑，純粹是玩笑。」

之後二人又聊了幾句可說可不說的話，肖冬雲就懷著相當複雜的心情回自己房間去了。

她既沒心思看電視，看影碟，也沒心思翻報刊，擺弄電腦了。她陷入了長久的沉思。今後幹什麼，怎麼掙錢怎麼活，這個問題，一經被李建國提出，便像磨盤一樣壓在她心頭了。根本不想似乎已不可能。想又想不出個結果。越想樂觀越少，悲觀的情緒像烏雲一樣四面八方地湧來。忽而就想到了妹妹，呀，呀，妹妹不是昨天夜裡脫險了麼？肖冬雲啊肖冬雲，一上午都過去了，你不去看妹妹一眼，卻先是滿腹對李建國名利雙收的妒意，後又滿腦子的錢字打轉，與錢字糾纏不清。彷彿你並沒有一個妹妹！彷彿你的妹妹她不是剛從生死線上轉移下來！你多麼的可恥呀你！

她習慣性地，本能地譴責起自己來。

12

肖冬梅還在看那一本書。

聽到敲門聲，她以為是「老院長」終於想起了那本書，來找了。她立刻將書合上，塞於枕下，任敲門聲間斷地持續了一會，才裝出懶洋洋的聲音問：「誰呀？」彷彿正在酣睡著，被敲門聲擾醒了。問得不但懶洋洋的，還顯然有幾分不悅似的。

肖冬雲在門外說：「小妹，是我。」

雖然她只比妹妹大兩歲，卻一向以長姐的身分視妹妹為未成年人。叫「小妹」也叫得特別的作大。

肖冬梅卻說：「幹什麼呀姐？有事兒啊？」

肖冬雲在門外說：「沒事兒，看看你。」

肖冬梅說：「人家睡得正香，你把人家敲醒了！我好好兒的吶，你不用看了吧！」

她的心思在那本書上，巴不得姐姐快離開，繼續看。那本書裡關於性愛的一大段一大段赤裸裸的描寫，已將這少女的心智迷亂得一塌糊塗。縱然發生地震了，或望見了窗外有原子彈爆炸的蘑菇雲升起，也不能使她丟下那一本書不顧而起身逃竄。

「我看看你，你都煩了？快給我開門！」

肖冬雲不由得加重手勁兒又敲了幾下門。肖冬梅只得開了門。姐姐剛一進來，她就面對姐姐伸了個大懶腰，並打了個長長的哈欠。接著，雙手往姐姐肩上一搭，身子軟軟地往姐姐懷裡一依，撒嬌道：「看吧看吧，可勁看吧！我是孫悟空怎麼的？一天不看就可能變了呀？」

肖冬雲扶著她走到床前，她往床上一撲，嘟噥道：「煩人勁兒的。也不管人睏成什麼樣兒，就非把人家敲醒不可！」

在她的意識裡，因為沒有已經過去了九天的時間痕跡，覺得只不過和姐姐一個晚上沒見著，自然是無法理解姐姐對自己那份兒愛心的。

肖冬雲也不便說破，只得將錯就錯，順水推舟地問：「這都下午了，你午飯也不吃，還老貓戀鍋臺似的偎在床上，那你昨夜不睡幹什麼來著？」

肖冬雲這麼一問，肖冬梅自己也奇怪起來，她自言自語：「是呀，哎，姐，我怎麼對昨天夜裡沒一點兒印象呢？」

肖冬雲唯恐她認真想，想出不妙的結果，趕緊說：「沒印象就沒印象吧！除了失眠的人，除了是做夢，誰會對自己一夜怎麼過的有什麼印象呢？我來只不過是想問問你，你感覺好麼？」

肖冬梅一翻身，仰躺著，同時將被單往身上一扯，不滿現狀地說：「那要看指的哪方面了！」

肖冬雲無限親愛地望著妹妹：「還能指哪方面？小妹你身體沒什麼不舒服的吧？」

肖冬梅眨眨眼睛：「我從沒感覺自己的身體這麼好過！」

肖冬雲笑道：「這我就放心了！」

不料肖冬梅卻說：「就是整天被圈在這地方實在太憋悶的慌了，還想跑！」

肖冬雲嚴肅地追問：「跑？往那兒跑？」

肖冬梅誠實地說：「往城市裡跑唄！城市裡多有意思啊！」

肖冬雲不禁歎氣道：「我明白了。你是想你城市裡那位大姐了對吧？可我是你的親姐姐呀！她能比我更愛護你麼？只不過帶你在城市裡各處玩了兩天，你就覺著只有她最親了？你就連我來看看你都煩得不行了？」

肖冬梅猛一側身，賭氣道：「不跟你說了，你專會將人往偏處想！」

肖冬雲在她被單外的胳膊上擰了一把：「你要敢再跑，我就不認你這妹妹了！咱們什麼時候可以離開此地，那要經老院長和喬博士點頭才行！」

「那我憋悶怎麼辦？」

「學我，跟人聊天兒！」

「跟誰？跟你？你總在我面前小老師似的，我躲你都不知往哪兒躲呢！跟咱們那位可敬的隊長大人？實話告訴你，我已經沒法兒忍受他了！我覺得他那個人領袖欲十足！」

肖冬雲又歎了口氣，惆悵地說：「也別那麼評論他。背後講別人的壞話是不好的。不喜歡他的時候，就想想他的長處。畢竟他帶領著咱們走過了那麼漫長的路，也實心實意地關懷過咱們……」

「他關懷你那是因為愛你！他關懷我那還不是衝著你？他對我們的關懷那是動機很不純的！」

「我打你！」肖冬雲舉起了手臂……

肖冬梅又猛一側身仰躺著了，滿腔道義衝動地說：「一路上他怎麼就不關懷關懷建國呢？好像建國處處做得都不對，對也不對。在幾件事上，我認為建國才是對的！錯了的是他趙衛東！可就因為他是咱們的核心，咱們誰都不敢指出他錯了。把他慣得像一位小小的偉大領袖了！告訴你吧姐，我早就替建國氣不忿了！如果不是怕落個分裂主義的罪名，我和建國都想按照自己的路線長征了！我看出他很希望只你一個人陪著他長征呢！美女陪英雄，那他多麼的稱心如意呀！」

肖冬雲的手臂僵在了空中。半天才緩緩落在被單上，並順勢握住了肖冬梅被單外的那隻手，責愛參半地說：「小妹，你呀你呀，你怎麼在城市裡丟了兩天，回來就變得如此尖酸刻薄了呢？既然你和我這個姐姐沒什麼可聊的，又覺得趙衛東他已經不配和你聊了，那麼，起碼還有一個李建國，是和你多少有點兒共同語言的吧？憋悶了你就該找他聊聊呀！我看他是挺善於哄你開心逗你樂的……」

「他？」

肖冬梅一撇嘴，並從姐姐的握持中抽出了自己的手。

「他又哪點兒惹你瞧不起了？你看你這副高傲的樣子！」

「我一點兒都不高傲。我也不是瞧不起他。只不過我從來都沒喜歡過他……」

「不誠實！你剛剛還替他抱不平的！」

「那就證明我喜歡他麼？那證明了我對人對事的正直！心情好的時候，聽他那種人東拉西扯的還行。心裡憋悶了，和他那種人單獨待在一起更煩了！」

肖冬梅也惆悵地歎了一口氣。

當姐姐的沉默地望了妹妹片刻，以公而論之的口吻低聲說：「他現在成熟多了。」

「他？在城市裡砸玻璃，繁華的街上喊三十幾年前的紅衛兵話語，昨天剛被公安局送回來就會成熟多了？姐你當著我誇他是什麼意思嘛！」

肖冬雲猶豫一陣，遂將李建國已學會了電腦，並在網上發表紀實作品，引起怎樣怎樣的反響，簡略而又不失欽佩地「通報」給了妹妹。

肖冬梅聽著聽著坐了起來，等姐姐說完，表示出了極大的懷疑：「他……才半天多的工夫，那他可真神啦！」

由於時間在她頭腦中造成的誤差，使她根本無法相信。

肖冬雲肯定地說：「真的。」

肖冬梅注視了姐姐一會兒，似乎從姐姐臉上破譯出了什麼，一語道破地說：「姐，你對他刮目相看，那準是因為他還另做了什麼引起你好感的事吧？」

肖冬雲沉吟不語。

「姐，講給我聽聽嘛！」

肖冬梅不由得央求姐姐。

於是當姐姐的，便將李建國名下已有了三萬五千元錢的事，也乾脆說了。當然的，也說了他多麼慷慨無私，聲明那錢有她們姐倆的份兒。還說了他關於自己拯救自己的那番話。李建國那番話，經過她的修正加工，去其糟粕，取其精華，變成了一番充滿人生的樂觀，有志氣而又昂揚向上的話。

肖冬梅直聽得神情漸肅，也像姐姐聽李建國說時那樣，點頭不已。

「不管我們以後的人生如何，不管他最終能不能獲得那三萬五千元錢，總之他對我們姐妹的一份兒心是讓我感動的。我們還不曾考慮的種種問題，他不但考慮了，而且把我們的命運和他自己的命運連在一起進行考慮了，僅僅這幾點，還不夠讓你重新看待他的麼？」

肖冬梅的內心，也著實的大受感動起來。

她說：「姐，你那位趙衛東就不會這樣。他一事當先，總是先為自己的得失考慮周到了，再看人下菜碟，附帶考慮考慮和他有特殊關係的人的利益……」

肖冬雲嗔道：「你看你，又背後貶低別人了！」

肖冬梅卻問：「建國他現在幹什麼呢？」

肖冬雲說：「也許還在電腦桌前吧。」

肖冬梅就從身上扯去被單下了地，一邊穿鞋一邊說：「什麼時候你們人人屋裡都有電腦了？單單我沒有可不行！我現在就跟建國學電腦去！」

言罷，人已飄出了門。

經肖冬梅忽左忽右，忽躺忽坐的，枕頭可就移了位了，那本書就從枕下露出一角了。門一關，當姐姐的回過頭來，目光又落在床上時，發現了那本書。她知道妹妹喜歡看書。這是一本什麼內容的書呢？

她從枕下抽出了那本書，第一頁還沒看完，臉上一陣發燒，倏地合上了。

竟看這種書！從哪兒搞的？

手中的書彷彿變成了一面魔鏡，彷彿只要再翻開看，哪怕再看幾行，書中就會伸出一雙藍色的妖手，將她猛拽入書中去，使她這個人的血肉之軀也化作一行行猥淫的鉛字似的。

於是她明白了妹妹為什麼不情願給她開門；明白了妹妹其實在她來之前一直躺在床上看那本書；明白了妹妹說有多睏是騙她的……

小小的個女孩兒看這種書！心思不邪才怪了呢！

她頓感一種被蒙蔽的惱怒。

然而，她還是又翻開了那本書。彷彿自己首先中了邪了，被鬼使神差所驅使著。

我得知道這一本書的內容究竟猥淫到什麼程度！我怎麼可以連自己未成年的妹妹在偷看一本內容多麼壞的書都不清楚？

她一邊看，一邊在心裡對自己這麼說。由於有了極為正當的理由，繼續看下去竟被自己的羞恥感所允許了，墮落感也漸漸的不那麼強烈了，只有臉一陣陣的發燒，血管裡的血一陣陣沸湧著了……

才看幾頁，有人敲門。

她以為是妹妹回來了，急將書又塞到枕下。之後想到，是妹妹回來了還敲門麼？那麼肯定是別人了，於是因自己的慌亂更加臉紅了。

敲門聲又響起來。

她雙手捂在心口窩，深深呼吸了幾口氣，強自鎮定下來，覺得臉上也不怎麼發燒了，才儘量以一種平靜的聲音說：「請進，門沒關著。」

推開門的是「老院長」。

他進了屋，奇怪地問：「怎麼是你？」

她說：「九天沒見著妹妹了，我來看看她。」

「老院長」仍以研究的目光望著她。她意識到，那一定是由於自己未免的太正襟危坐了，便將一條手臂搭在椅背上，斜了身子，坐得隨便了些。

「老院長」又問：「你妹妹呢？」

她說：「找李建國聊天去了。」

「老院長」一邊東瞧西望，一邊說：「我怕她寂寞，上午已經陪她聊了好一會了。可我現在記憶太差了，將一本書忘在她這兒了。當時怎麼想也沒想起來，剛才在辦公室突然想起來了。她沒跟你提我忘在這兒一本書麼？」

她搖頭道：「沒有呀！」

「老院長」就說：「那我去李建國屋裡找她。」

明明的知道書在枕下卻不相告，她心裡不免的生出自責來。倘妹妹害怕自己偷看的行為敗露，矢口否認，自己又不便當面戳穿，搞得妹妹難堪，「老院長」不是又白來找了一次麼？而尤其不妥的是，那本書不是還會在妹妹的枕下壓？妹妹豈不是還會看它麼？

「您何必去找她呢！既然您想起來是忘在她這兒了，那麼一定就在她這兒。我幫您找！」

她說著，從床尾將被單往床頭一扯，蓋住了枕頭，彷彿是要看看被單下有沒有的樣子，其實是防止「老院長」自己找，一掀枕頭發現了。

被單下自然是沒有的。

「老院長」站在床邊，瞧著她似乎若有所思。似乎已感到了她對那本書的反應有些異常。

「您看看壁櫥底層的抽屜裡有沒有。我妹妹她最愛將東西往壁櫥放了……」

趁「老院長」轉身，她迅速從枕下抽出那本書，順手掖入床頭和床頭櫃之間的縫隙了。

「老院長」轉身說：「沒有。真怪！」

而她說：「我想，我已經找到了。」於是她將床頭櫃挪開一角，蹲下身拿起了那本書。

「老院長」說：「正是！」

她掏出手絹擦了擦弄在書上的灰塵，將書遞給了他。

「老院長」接書在手，心安意定地說：「有些書是不適合你妹妹那種年齡的女孩子看的。這本就是。如果是由於我忘在她這兒的，而她看了，那我會感到罪過的。」

她問：「那麼我呢？如果是我看了呢？」

「老院長」又以研究的目光注視了她片刻，態度十分認真地搖頭道：「如果你是我女兒，我也不許你看。」

而她固執地說：「但是您沒有正面回答我的問題呀。我希望您坦率地回答我——如果我看了，您將怎麼對待我？」

「我不是說了嘛，如果你是我女兒……」

「那麼就當我是您女兒好了……」

「你已經翻看了這本書？」

「沒，沒看。真的沒看！我只不過是要和你討論一下這個問題。您會訓罵我麼？」

「老院長」搖頭。

「那麼，是要打我了？」

「老院長」笑了：「那是幹什麼呢？我既不會罵你，也不會打你。如果你主動和我談那本書，我是會開誠佈公地談一談我的評價的。如果你不好意思，或根本不願和我談，而我已覺得那本書對你的心理產生了不良的影響，那麼我會建議你的母親先看看那本書，然後在你不反感的情況下，以平等的方式和你談一談，就像母親和兒童談牙齒保健，談口腔衛生，談成長所必須經歷的諸事一樣……」

「老院長」忽然緘口不言了。

肖冬雲低聲說：「您真好。」想了想，又問：「可我還有一個問題，既然某些書明明不好，那為什麼在咱們的國家，現在竟允許出版了呢？」

「文學方面出版方面的事，我也說不清楚。其實，就我想來，簡單地用一個『好』字或一個『壞』字來評論一本書，未見得是多麼明智的。中國現在有許多從前沒有過的現象，有些現象非常的醜陋，甚至醜惡、邪惡，你們以後不但要面對，而且還要適應啊！」

「老院長」看了一眼手錶，用戴錶的手拍了拍那一本書的封皮，邁著他那種給人以特別莊嚴特別穩重之印象的步子，目光直視著房門走去。彷彿他是一位君王，只要房門一開，他將面對千萬人向他歡呼萬歲的情形似的。他走到門前，手已握到門把手了，卻並沒立刻拉開門。他沉思了一下，語調特別凝重地說：「孩子，請記住我的話——這個國家，有些方面比從前好多了，可有些方面也比從前還糟！衝著它好的那些方面，我願做它的僕人，滿腔熱忱地為它服務；可要是衝著它比從前還糟的那些方面，我有時恨不得和你們當年一樣，來他媽一場『造反有理』！孩子，它好的那些方面，你們在以後的一年裡就差不多會全都看到。可是要瞭解它比從前還糟的方面，那一年的時間是肯定不夠的。不必為它比從前好的方面多麼歡欣，不要相信那些關於個人功績的屁話。因為它比從前還好只不過是符合時代發展規律的。而它比從前還糟的方面，卻完全是因為某些人一直還在逆時代潮流行事。」

他說完，他就走出去了。

他的話使肖冬雲又長久地陷入了沉思。對於她，「老院長」的話似乎太深刻了。她不太明白他的話是什麼意思。所以才長久地沉思，想悟個明白。

但終究還是沒明白。當她和她的紅衛兵戰友們企圖對抗今天的時候，「老院長」們所扮演的，似乎是受時代差遣，並且立下了軍令狀不辱使命的勸降者的角色；而當他們不但表示願意向今天妥協，甚至五體投地打算徹底的無條件的臣服於今天的時候，「老院長」們又似乎替他們憂心忡忡起來，彷彿今天的中國陷阱四布，他們隨時有誤墜機關的危難，而那結局必成為勸降者們洗刷不掉的罪責。

她不明白這是為什麼？

她覺得「老院長」也罷，喬博士也罷，拯救了他們生命的其他每一個人也罷，分明的出於著一種對他們的善意，都有些甚至都有許多想囑咐給他們聽的話，卻又不知究竟受到著哪種原因的約束，不可以坦率地囑咐給他們聽。好比他們四個是從別的學校才調入某校的外來生，而對方們是「老」學生，在熱情地向他們介紹本校多麼多麼值得自豪的同時，卻又明知道著關於本校的許多陰暗面諱莫如深。

忽然門又開了，「老院長」探進頭說：「孩子，有一個原本屬於我的任務，我就交給你來替我完成吧！不是給了你們不少影碟麼？其中有些可能純粹是垃圾，而對於你們簡直可能意味著是毒品。你的任務是都在影碟機上過一遍，將是垃圾的篩出來交給我……」

「可……可我按照……什麼樣的原則呢？」

「就按照你自己的認為吧。如果遭到了反對，就說是我授權你為臨時審查官的！」

門關上後，她又陷入了沉思。

她從「老院長」的臉上看出，他交給她的任務，並非他沒有時間親自做的事，而是他有時間也不願做的事。她感到了一種被信任的滿足，也因而產生了一種心理壓力。如果她敷衍塞責，那麼顯然就辜負了「老院長」的信任；而如果她認真執行，李建國和趙衛東又將會怎麼看自己呢？

她竟後悔沒找個什麼藉口委拒了。

她又有點兒心煩意亂了……

13

肖冬梅被李建國迷住了。

李建國正興致勃勃地講一個劇本構思。內容自然是關於他們死而復生的經歷的。肖冬梅不時插一兩句，充實情節貢獻細節。

「高，高，實在是高！」

李建國一次次用以上六字大加讚賞。那是電影「地道戰」中偽軍頭目極盡巴結諂媚之能事的一句臺詞。「地道戰」自然是他倆都看過數遍的。李建國每一說，肖冬梅的臉就笑成了一朵花。

「你嚴肅點兒好不好？電影劇本能這麼嘻嘻哈哈地創作出來麼？」

「我怎麼不嚴肅了？我這個劇本如果真能拍成電影，你的功勞大大的！」

「那你怎麼謝我呢？」肖冬梅莊重起來，問得毫不吞吐。

「算咱倆合作怎麼樣？稿費平分！」

「那，誰的名字在前，誰的名字在後呢？」

「這……當然是你的名字在前，我的名字在後！」

李建國虔誠之至。

肖冬梅臉上的莊重複又化作了嫵媚的微笑。

她狡黠又調皮地說：「那你讓我怎麼才能相信你的話呢？」

李建國受了侮辱般地叫起來：「難道我還會騙你不成？我什麼時候騙過你？你總不至於要求我給你寫下份字據吧？」

肖冬梅就又莊重起來，一本正經地說：「你是沒騙過我。但這件事兒不同以往啊，關係到大名大利呢！我可不能掉以輕心。我也不會要求你寫下份什麼字據。我們拉勾吧！」

她說罷，向李建國伸出了小指。她的小手兒是那麼的白。「冰凍」了三十幾年，又在玻璃罩下罩了九天，原本就膚白肌嫩的她，是越發顯得如玉天成，吹彈可破似的了。她的小指微微的彎曲著，樣子煞是美妙，直把個李建國看得呆了！他夢裡多少次握過她的手親過她的手啊！九天前他還以「革命」的名義，將她姐姐的手想像成她的手強行「佔有」過吶！

他的心激動得怦怦亂跳。

他一步跨到她跟前，剛一坐在她對面，同時就用自己的小手指緊緊勾住了她的小手指。

兩個人的小手指一勾在一起，各自的表情都那麼的不自然了。在肖冬梅，不過是逗著玩兒的事。而在李建國，卻是正中下懷，機不可失。

她覺得他的眼睛裡似乎有什麼東西在燃燒著，烤得自己的臉也熱乎乎的。她本能地想縮回那隻手，但已晚了。李建國勾住她的小手指不放鬆，哪裡容她再把手縮回去！

然而她一點兒都沒反感。

那一時刻，她覺得李建國十分的可愛了。是姐姐對他的誇獎在她心理上預先起了鋪墊作用，也有他自身的變化使她感到驚奇的原因。她暗想，多讓人高興啊！他說起話來滔滔不絕了，彷彿他已是一位研究今天的中國專家了！而且他沒出屋就已經掙到了三萬五千元錢！而且他開始創作電影劇本了！以後他也許會前程似錦的吧？今天的中國可真了不起呀，它怎麼把一個只在它的影子裡遠遠地感受了它幾天氣息的人，說變就給變了呢？

她瞧著他的臉，目光不禁地柔情脈脈的了。自己的臉也因一種莫名其妙的羞澀而緋紅了。

她竟忘了拉勾是要說話的。

她不開口，李建國自然也不開口。他樂得就那麼樣很近地端詳她、欣賞她，並且被她柔情脈脈地瞧著。只不過他實在缺乏膽量造次，怕惹她翻臉，破壞了那一時刻的似夢非夢的情形。

不料肖冬雲推開門一步邁了進來。二人嚇了一跳，勾在一起的小手指趕緊分開。一時都紅了臉不好意思極了。

肖冬雲說：「對不起，我忘了敲門。」她看看李建國，看看妹妹，他倆不知所措的樣子使她不由得又嚴肅地問了一句：「你們幹什麼吶？」

李建國從床邊站起身，走開去，難為情得不知說什麼好。

而肖冬梅瞪了姐姐一眼，不悅地說：「姐你怎麼這樣啊！我睡著，你非把我敲醒。我前腳到這兒，你後腳又跟來了。你看著我啊？」

當姐姐的含而不露地問：「你一上午是在睡懶覺麼？」

肖冬梅心虛起來，低頭不語了。

肖冬雲又教訓道：「你倆都給我聽著，晚上九點以後，互相不許串門兒！」

李建國低聲問：「誰的規定？」

肖冬雲嚴厲地說：「我的！」

肖冬梅不滿地叫道：「姐你來的什麼勁啊？」

肖冬雲更加嚴厲地說：「別對我叫！既然是我妹妹，就得聽我的！」

「你……你整個兒一個趙衛東！」肖冬梅一氣之下，起身走了……

肖冬雲又對李建國說：「我的話你別往心裡去。我不是對你，我是對她。她讓我生氣了。」

李建國聽得不明不白，也不便問，沉默而已。

肖冬雲將「老院長」授權給自己的任務作了聲明後，就開始這兒那兒搜李建國屋裡的影碟。

李建國抱臂旁觀，苦笑道：「猜我聯想到什麼了？」

肖冬雲扭頭看他，他又說：「聯想到咱們『文革』中抄別人的家來了。」

肖冬雲冷冷地說：「你愛聯想到什麼聯想到什麼。是『老院長』交待給我的任務，有意見向他提去。」

李建國無奈地說：「那我還敢有什麼意見啊！」趁肖冬雲不注意，機智地藏起了兩盤。

肖冬雲搜罷影碟，又翻畫刊，挑出了幾冊，指著說：「這都是垃圾！看了對你沒什麼好處。」

「只衝著封面上的幾條標題，你就能斷定內容是垃圾？」

李建國頗有抗議的意思。

肖冬雲卻說：「我認為是，就是。」

那一時刻，連她自己也覺得，彷彿又回到了三十幾年前，又是紅衛兵了。並且，似乎體驗到了理直氣壯地抄別人的家的那份兒快感。「文革」中她的家被抄過，她卻從沒參與抄過別人的家。也不太能理解為什麼某些紅衛兵一聽說有抄家行動了就興高采烈，摩拳擦掌。現在，她忽然能理解了。

她將畫刊放在下邊，影碟放在上面，抱起來往外走時，見李建國以一種受了冤屈的孩子似的目光望著自己，歉意地一笑，剖白地說：「其實我並不願意充當這種角色，尤其是對和我同命運的人。」

李建國無所謂地說：「我怎麼覺得你挺願意的呢？」

她並不反唇相譏，一聲不吭地走到了門口。

李建國在她背後又說：「審查官大人，如果你在審查的過程中，自己被垃圾污染了呢？」

她平靜地回答：「老院長既然授權於我，那麼證明他對我的免疫力有充分的信賴。」

說完，騰出一隻手拉開門，頭也不回地去了……

她來到趙衛東房間裡時，萬萬不料妹妹也在。肖冬梅已在李建國房間裡對電腦產生了極大的興趣。自己房間裡還沒有，所以也不管趙衛東歡迎不歡迎，而且克服了自己對他的成見，只圖能過過癮。趙衛東拿她沒辦法，違心地讓位給她去擺弄。

她一邊向趙衛東請教，一邊將李建國創作劇本的事講給他聽。

趙衛東不聽則罷，一聽之下，怒火中燒。他想，李建國李建國，你成心和我作對是怎麼著？我趙衛東正打算將我們寶貴的經歷寫成本暢銷書，卻被你搶先在網上給糟踏了！那也就算了。誰叫我當初把你也從家鄉帶出來了呢？可我這兒剛打算寫電影劇本，你竟又搶先了！難道你是成心惹我恨你麼？尤其是，肖冬梅講給他聽的開頭，一些情節和一些細節，使他不得不暗自承認，都挺精彩的，比自己頭腦裡的構思更接近著電影。

聽肖冬梅講時，他眼前會浮現一幅幅運動著的畫面。倘那畫面中高擎旗幟，滿懷英雄主義豪情的主角是自己（他認為當然應該是自己！他認為若非自己就等於篡改了歷史！三十幾年前的事還不算歷史麼？），那麼他的妒恨也許小些。可竟不是自己。聽肖冬梅的講述，倒像是李建國！而且取了個組合式的名字李東方！這他媽的算是個什麼名字！難道僅僅一個「東」字，就足以意味著對他在四人中不可取代的歷史作用的含糊承認了麼？

但李建國這小子的頭腦裡，怎麼會憑空就誕生出了比自己高明的創作才能了呢？三十幾年前他在學校裡算個什麼玩藝兒啊？從沒見他顯示過創作才能呀！不可思議，不可思議啊！趙衛東內心裡漸聚成團的妒恨，一言以蔽之，那就是「既生瑜何生亮」的怨天咒地！

肖冬梅背對著他，注意力全在電腦螢幕上了，哪裡發現他已氣得臉色紫青。

她一邊練習著拼音打字一邊問：「哎，你覺得他的電影感覺怎麼樣？」

趙衛東冷冷地回答：「不怎麼樣？」

肖冬梅終於回頭看他了：「不怎麼樣？我認為挺好的。我相信他一定能寫成，也一定能被拍成。

你臉色怎麼……你沒事兒吧？」

趙衛東竭力克制著妒恨，不使呈現在臉上。他以一種語重心長的口吻說：「我的臉色怎麼樣並不重要。重要的是，你應該轉告他——他根本不具備創作的才能。他那是玩鬧。茶餘飯後瞎編了自得其樂是無妨的，要是竟有什麼癡心妄想，那就可笑極了。他連電影劇本最基本常識還不懂呢？」

「那麼你是懂得囉？」

肖冬梅的話語不無譏意。

「我嘛，懂得也不多。但是我若寫，那是肯定比他寫得好的。我再說一遍，你應該勸勸他，別動不動就心血來潮，把我們共同擁有的一段寶貴經歷，變著花樣全糟踏了。那一段寶貴的經歷，對於今天一無所有的我們，也是一種寶貴的財富啊！」

趙衛東無意中說出的最後一句話，道出了他心內的私密之念。他畢竟是一名老高二學生，連李建國都考慮到的切身問題，他當然也是考慮到了的。他認為那「寶貴的財富」，其所有權應該百分之百地屬於他一個人。儘管在說到時，照例用「我們」一詞。他覺得即使百分之百地屬於他一個人，也是難以保障他以後的人生的。他感到那筆自己正策劃著如何更有效益地支配的財富，無疑是被李建國這一名當年的紅衛兵戰友肆意地掠奪了！

肖冬梅雖然已對趙衛東有成見了，但是畢竟還沒把他看得太透。她只不過覺得對李建國寫電影劇本這件事，他自高又自大罷了。

她不以為然地問：「那麼只有由你來寫才不算糟踏了？」

趙衛東聽出她話中有話，張張嘴，一時不知說句什麼話好。

而正在這時，肖冬雲敲他房間的門了。

趙衛東小聲叮囑肖冬梅：「如果是李建國，不許當著我的面，把我對他劇本的評價說給他聽！」

他開了門，見是肖冬雲，愣住。

肖冬梅也沒料到是姐姐來了。她倏地從電腦前站起，衝著姐姐揮舞著手臂大聲嚷嚷：「噢，天啊天啊，真叫人受不了啦！我到哪兒你跟到哪兒，姐你究竟還給不給我點兒自由！」

當姐姐的厲聲道：「住口！我來和你無關！」

肖冬梅拔腿而去。

趙衛東瞪著肖冬雲說：「我好像並沒請你來。」

肖冬雲不失尊嚴地板著臉說：「我來是執行公務。老院長授權我，要對給我們看的影碟進行一番審查。」

「什……麼？」

趙衛東脖子上的一條筋凸起來了。

肖冬雲不動聲色地將她的話重複了一遍。

趙衛東被肖冬雲那種女警般的表情，那種公事公辦似的口吻，尤其被「審查」二字所刺激，便彷彿遭到了當面的羞辱一樣。對李建國的妒恨已成胸中塊壘，再加上肖冬雲施加的激惱，使他感到忍無可忍了。感到所有的人既不但沆瀣一氣地與他做對，而且還分明的是在輪番對他進行挑釁了。

他的嘴猛地張大了，卻一個字也沒說出來。

肖冬雲替他說道：「你想對我說滾是不是？」

趙衛東恨恨地回答：「是的。」

肖冬雲仍一臉嚴肅地說：「我收了你這裡的影碟就走。老院長是為我們好，你何必氣成那樣？」說完，也像在李建國房間裡的做法，這兒那兒，一一發現並歸攏影碟。

趙衛東看著看著，一下子抱起了電腦。

肖冬雲及時地瞪著他說：「那可是這兒的公物，很貴的東西，想想你摔壞了哪兒來的錢賠？」

趙衛東的頭腦中，幾天來也在盤桓著一個錢字。甚至可以說，他正為錢字愁得夜不能眠。一名高二學生，在今天的中國能找到什麼體面的工作？繼續讀書，考大學，四年讀下來也是需要一大筆學費的呀！他是越考慮得多心裡越惶惶然。在三十幾年後傳媒發達的這一個時代，只要一臺電視機，只要三天的時間，就足以使他對中國瞭解不少方面。而這種瞭解對他形成的巨大的壓迫，使他當年的自負徹底被粉碎了。使他心生出活著比死還不情願的恐懼。

他放下電腦，雙手抱頭蹲下去了。

肖冬雲收齊了影碟，帶著幾冊雜誌和畫刊往外走時，不無憐憫地說：「你怎麼變得如此神經質了？我只不過來做老院長交待我做的事，就值得你這樣？」

「滾！」他終於將剛才沒說出口的字低吼了出來。

如果「老院長」將交待肖冬雲做的事鄭重地交待給他，那麼這一天他也許會以一種較為良好的心情度過。可「老院長」偏偏授權於肖冬雲了。而這在他，竟也構成了極為嚴重的傷害。

肖冬雲走後，他由於妒恨和感到被傷害，痛苦得胃疼起來……

肖冬梅回到自己的房間，無所是事事，便酣睡了一覺。醒來後探手枕下一摸，沒摸到那本書，不由一詫。就躺著靜靜地想可能被誰拿去了，得出結論肯定還是物歸原主了。又一想那以後可怎麼好意思見到「老院長」的面呢？於是一陣自羞。

那會兒已經到了吃晚飯的時候了，頓覺腹中空空，食欲難耐。她匆匆洗了把臉走向食堂，一路所見之人皆友善地和她打招呼。使她感到每個人都那麼的可親。最怕碰見的「老院長」，結果還是碰見了。

「老院長」問：「下午沒睡一覺。」

她說：「睡了呀，睡得可香呢！」

「老院長」又說：「那本書，我後來在你的房間找到了。」

她故作糊塗地眨眨眼：「哪本書啊？」

「老院長」意味深長地說：「你呀。」只說了這麼兩個字，再就什麼都沒說，逕自而去。

她呆望著「老院長」背影，臉上又紅了一陣……

也碰見了趙衛東。

他兇惡惡地說：「我正要找你算賬！你把我儲存在電腦裡的回憶錄搞得無影無蹤！」

她一笑，逃之夭夭。

卻沒碰見姐姐和李建國。李建國是她想碰見的，想碰見是因為想知道劇本的進展情況。姐姐卻是她不願碰見的，因為她已經無法對姐姐的管教裝出虛心接受的樣子了。

端著飯菜回到自己的房間，狼吞虎嚥吃個精光。打了幾個飽嗝，不知何故，一陣睏意又撲面而來。其實是由於她那胃裡九天內並沒消化過什麼實在內容，一經吃飽，蠕動量陡增，血液就向胃裡集中，頭腦缺氧的原因。

昏昏沉沉的，竟又睡了三、四個小時。再醒來時，天已黑了。房間裡既無電視，更無電腦，連份報刊也沒有，精精神神的，好生的心煩！

於是又離開自己的房間，走到了李建國的房間。那李建國自是熱情有加，殷勤相待。又是讓座，又是獻茶。

她坐下後說：「一人一個房間有什麼好，連個交談的人都沒有，憋悶死了！」

李建國同病相憐地說：「我也是啊！」

她又說：「老院長他們也沒誰講過，咱們什麼時候可以離開這裡，咱們以後該怎麼辦呢？」

李建國歎口氣，搖搖頭。

兩人一時都覺惆悵、茫然，相對無話。

她忍受不了那一種使人憂緒重重的靜默，提議道：「看電視吧，你為什麼不打開電視？」

李建國說：「我剛才自己已經搜索了一遍，沒什麼好看的節目。」

「那就給我放一盤影碟看！」

李建國又歎口氣道：「影碟都被你姐姐搜去了，她成了審查官了！」遂將「老院長」授權於肖冬雲的事講了一遍。

「為什麼你們三個都有的，我卻一概沒有呢？我現在就找『老院長』要去！」

肖冬梅說著就往起站，李建國趕緊將她扯坐了下去。他說哪能單單沒有她的呢！只不過昨夜見她睡得很香，都主張暫時別往她房間裡搬。

「真的？」

「真的！我當時也那麼主張的呀！」

「你討厭勁兒的！那我現在一點兒睏意都沒有，這一夜可怎麼挨過？」

「我不是因為心疼你嘛！」

「用不著你心疼！」

「那咱倆就繼續談你那個劇本！」

「你現在去找老院長要這要那，顯得你多麼的不懂事啊！」

「可我……我覺得我現在思維遲鈍……」

「那不行！那也得談！反正我不想睡，你也別打算睡成！」

李建國神秘兮兮地往床上一躺，一滾，從床那邊下了地，手中變戲法似的變出了一碟影碟。

「你撒謊！你剛才還說都被我姐姐搜去了。」

李建國得意地說：「我是誰？哪怕她眼瞅著的情況之下，我藏起幾盤影碟還不容易啊？」

於是肖冬梅興奮起來，連叫：「快看！快看！快看……」

李建國噓了一聲，為難似的說：「但，我是不能放給你看的呀！」

肖冬梅急切地問為什麼？

李建國說還能為什麼呢？內容是「少兒不宜」的啊！

肖冬梅還沒聽說過「少兒不宜」四字，卻本能地猜到了，內容肯定和自己偷看了的那一本書有相同之處。

她不好意思說那自己也很想看，噘嘴嘟噥：「我是少兒呀？憑什麼你們都可以看，只我要看就不宜了呢？」

李建國試探地說：「你若真的很想看，那你就把門插了。免得正看時，被你姐姐那位審查官出其不意地來了撞個正著，又使我也受你牽連挨一頓訓！」

肖冬梅斜視了他幾秒鐘，又扭頭望了房門一眼，竟一聲不響地站起，以一副大義凜然的模樣向房門走去。李建國誤解了，覺得她欲離去，心中後悔不已。不料她輕輕地無聲地將門插上了。走回來複又端坐下去，久經世故似的說：「在我大姐那兒，我什麼沒見識過呀！你放。」

「就是開車送你回來那個時髦女人？」李建國口供記錄員似的，明明知道，仍問。

肖冬梅點點頭。

李建國說：「那我也還是不能放給你看。」

肖冬梅單眉一挑，幾乎是瞧不起地問：「你到底怕什麼？如今的中國，人是充分自由的，這一點你認識到了沒有？」

李建國又說：「我怕的什麼勁兒呀？不過，是你要看，不是我要看。所以只能由我教你怎麼放，你自己放給你自己看。否則，我到時候洗刷不清楚。」

其實，他是在玩欲擒故縱的伎倆。

肖冬梅不知是計。即使看透了他的伎倆，由於被激，那會兒也還是要堅持看的。

她一撇嘴：「不打自招，你還是心有所怕嘛！我才不用你教我。我在我大姐家早學會了怎麼放。拿來！」

她向李建國伸出了一隻手。

李建國則立刻將影碟遞在她手裡，動作比手術室裡的助理醫生遞止血鉗還快。

肖冬梅接過影碟，也不看看片名，極為熟練地放出了音像。

她說：「關燈。」

李建國啪嗒將燈關了。

她說：「窗簾也拉上。」

李建國嘩地將窗簾拉上了。

她說：「你不許看！你肯定看過了。」

李建國被不公正地判了刑似的，申述道：「看過了就不可以陪你再看一遍了？不許我看，那我在這黑漆漆的房間裡還能幹什麼別的事兒嗎？」

肖冬梅斬釘截鐵地說：「就是不許你看！你老老實實睡覺吧！」

「我睡不著。」

李建國回答得特不情願。

「睡不著閉眼躺著！」

肖冬梅寸步不讓。

「真不講理！」

「再說一遍！」

「好，好，我服從，我無條件地服從還不行嘛！」

李建國在黑暗中走到床邊，仰面朝天躺下去了。

那盤影碟情節進展緩慢，前邊十幾分鐘拖遝分散，像是一部毫無水準的生活片，看得肖冬梅索然起來，接連嘟噥了幾句「沒意思」。

李建國就說：「耐心點，接下去保證你目瞪口呆。西方的精神垃圾在中國如此存在，不兩個文明一起抓行麼！」

肖冬梅低喝：「你閉嘴！」

就在那時，螢幕上出現了第一組性愛畫面。

紅衛兵肖冬梅不由得心跳加快，血液倒循，臉上發燒。

然而，她並沒有像第一次在「大姐」家看到那樣驚慌失措起來。恰恰相反，那正是她想要看的。怎麼的就非常想要看，連她自己也懵懂不清。她在心裡反覆對自己說：我不是兒童，我不是兒童……

李建國感到她已是看得屏息斂氣起來了，因而自己也躺得一動不動，儘量不發出什麼聲音。

性愛的畫面一組緊接一組——沒有事故線索，沒有事件，沒有矛盾衝突，只有不同場合，不同環境之下的性挑逗和性愛。

那的確是一部在地下管道大批複製的外國垃圾片。而且是一部三級垃圾片。

肖冬梅感覺到了兩條手臂從背後攬向自己胸前——一條手臂由左腰際斜伸上來，另一條手臂由右肩那兒進行冒犯。

然而她沒拒絕它們。

兩隻手似乎受到了慫恿，她的第一顆衣扣被解開了，它們探入衣內了。

它們探入到她的乳罩下邊去了。乳罩是「大姐」給她的。她還沒戴習慣。

她全身被電擊似的一陣顫慄。

她扭轉頭，微微張開嘴，期待著吮到什麼似的。

李建國那青澀青年貪婪無比的唇吻到她的唇上時，她反倒覺得自己的心似乎被他整個兒吸了去，她感到自己身體裡的血液也一下子被他吸盡了似的。於是她綿軟地向後，偎在他懷裡了。

李建國乾脆將她抱起，轉身和她一起倒在床上了。

影碟依然在放著。

兩名當年的紅衛兵，兩個青春時期的男體女體，片刻之後便赤裸裸地緊緊摟抱著了。

在突飛猛進發展著的中國正式與世界全面接軌之前；在他們還根本沒有看清三十幾年後的中國滄海桑田的宏大景觀之前；在他們之間的關係變得既熟悉又陌生的時候，他們的肉體首先發生了「第一次親密接觸」。

而促成這一種「親密接觸」的原因，表面看是由於一盤外國的三級垃圾片影碟，實際上又不是這樣，起碼不完全是由於那盤影碟。

正如「改革開放」之初不少中國人與世界的「親密接觸」，表面看是由於某些足以使收入低微的中國人覺得稀罕的西方廉價物，諸如絲襪、襯衣、運動鞋、太陽鏡、喇叭褲……而實際上並非如此。實際上深層的原因乃是由於封閉久矣的普遍的中國人，面對欣欣向榮的世界所產生的自卑心理。

國與國之間的接觸，一國與世界之間所取的一向姿態的改變，大抵是從最高級的方面開始的——政治、外交、經濟、科技……等等。

而人與人之間的接觸，一人與他或她的國之間所取的一向姿態的改變，卻大抵是從最日常的方面開始的。兩個性情相投的人的關係自然就容易要好起來；某人之生活狀況穩定又滿足，便自然對自己國家的現實持寬容的態度。即使予以批評也不至於偏激。

但被長久拋出了時代發展軌道的人，倘年齡上又只不過是中學生，倘時間又達三十幾年，一旦面對三十幾年後的時代，與它之間的「親密接觸」，卻幾乎只能從最低級處開始。好比三十幾年沒回家了的孩子，如果三十幾年後仍是孩子，那麼不管他或她的家發生了多麼巨大的變化，是否仍在原先的城市原先的街區，所最關心的，大抵是那家是否為自己保存了原先的玩具，是否提供了新的玩具。一旦抓到手的新玩具，那種終於回家了的感覺才會更真切。

對於三十幾年前的紅衛兵肖冬梅，回到三十幾年後的中國這個「家」，接受它比別人們料想的要容易得多。她覺得這個「家」提供給她的「新玩具」太多了！雖然她只不過剛進入這個「家」的「門廳」。在她眼裡，一切三十幾年前沒接觸過的好奇事物，無不具有新的玩具性。包括那本從前沒看過的販賣色情內容的書，包括那一盤外國的三級垃圾片影碟，包括她和她從前的「戰友」李建國之間發生了的性關係，也只不過是「玩兒」。

她這麼認為，並不意味著她是一個壞女孩兒。當然的她從前是一個好女孩兒，現在也根本沒有變壞。她和李建國之間發生了不該發生的事，恰恰證明她的單純。好比一個從無性的星球來的外星女孩兒，幾次見到地球人做愛，覺得是奧妙無窮的兩人遊戲，便也效仿著與「對家」玩兒。

她所曾處過的三十幾年前的中國時代，使她在性常識方面空白得接近著是一個從無性的星球來的外星女孩兒。她對性的全部理解是「可恥」兩個字。她認為男人和女人之所以結婚僅僅是由於相愛，而相愛是一件和性無關的事。她認為生孩子是因為男人和女人，包括丈夫和妻子做了那件「可恥」的事，因而引出女人一方痛苦的結果。她認為一個懷孕了的女人所以還有臉走在街上出現在人前，不過是表示公開懺悔的行為。她認為一戶人家有了孩子所以還慶賀一番，那是別人們通過道喜的方式對那家的丈夫和妻子表示公開的寬恕。她認為好丈夫是斷不會和自己的妻子於那種「可恥」的勾當的。她認為好妻子是斷不會自己生出一個孩子的。她認為好人家的孩子都是從醫院裡抱回來的，她和姐姐當然也是爸爸媽媽從醫院裡抱回來的，而醫院裡的孩子都是天使送到人間的。

這一套關於人類的性愛的知識，是一位在她家裡做過保姆的信仰上帝的女人講給她聽的。那時她才六、七歲，有天忽然向保姆提出了自己怎樣來到人家的問題。那女人在她的刨根問底之下，將以上「知識」講故事似的講給她聽。一直到上了中學她始終對自己頭腦中接受了的「知識」深信不疑。有一次她曾發現了父母在一起親密的情形，還僅僅是親密的情形，非是做愛的情形，她便彷彿在自己家裡窺見了醜事，單獨跑到無人處哭了一鼻子。這件「醜事」她連姐姐也沒告訴過，怕姐姐比她還感到蒙羞。以後一個多月裡，她對爸爸媽媽一反常態特別冷漠，使爸爸媽媽難猜她是怎麼了。即使在「文革」中，即使日日夜夜有那麼多激烈的政治事件衝擊著她的視聽，也有那麼多似乎比真理更是真理的「革命」信條被塞入她的頭腦，她頭腦中那一套關於愛和性的「知識」，卻不但絲毫也沒遭擯除，原封不動地佔有著意識空間，而且還悄悄地鞏固了。這乃因為，在「文革」，所謂男女關係亦即性的關係，即使在普遍又普通的中國人中，也構成著重大又骯髒的事件，彷彿間接地證明了她原有的意識的絕對正確。

其後果是，當她今天感到自己受了騙時，她開始產生一種差不多是玩世不恭的心理。以及一種企圖對誰進行報復的心理。她既要自己否定自己頭腦中那一套關於愛和性的愚昧，那麼最直接了當的方式當然是自己來體驗。正應了那一句話，「想知道梨子的味道，最好親口嘗一嘗。」

當李建國以為自己計得事逞時，其實她也是那麼以為的。

當李建國感到那「梨子」的「味道」好極了，她也是那麼感到的。

所不同的是，當李建國在心裡對自己說：顧不了那麼多了，今天老子豁出去了這句話時；她在心裡對自己說的是：我不這樣，我怎麼能知道這樣是何等的快活！

她甚至發自內心地感激那二本書，感激那一盤影碟。

這三十幾年前的，單純如一頁白紙的初一女生，是將影碟和影碟單放機兩種最日常的當代事物，視為人類科技最新最高級的成果來迫不及待的享受著了。也難怪的，她雖在「大姐」家學會了熟練地開機和關機，但卻還沒有放過一盤影碟看。實際上連那兩天裡她也是不自由的。幾乎每時每刻都有「大姐」在身旁。「大姐」沒給過她放一盤影碟自己看的時間。她也是將與她當年的男紅衛兵戰友飽嘗禁果，當成是三十幾年後的中國人像呼吸的權利一樣，人人擁有的最大權力和最高自由來迫不及待地享受著了。總之她在以上兩方面都是那麼的迫不及待。她認為唯其如此，才能儘快地脫胎換骨，只爭朝夕地分分鐘都不浪費地變成當代中國人之一員。

而且，自從她復活以後，竟漸漸地滋生了一種自縱自寵的心理。如同一個走失了三十幾年終於又回到家裡，而且一歲也沒增長的孩子。她認為她之所以走失了不是她的過錯，甚至也不是一場雪崩造成的，完完全全是因為母親對她照看得不周，完完全全是母親沒有盡到應盡的責任。而她所心懷責怪的母親，當然非是那個由於她的失憶徹底忘記了的生她養她的母親，是時代。是的，她確實認為是時代將她丟失了。那麼她現在「回家」了，那麼她還不應該受到嬌寵麼？她也感受到了「老院長」等今天的別人們，對她無微不至的關懷和呵護幾近於嬌寵。但僅僅這樣還不夠，還不足以消弭地心底的委屈和人生損失感。所以她還要自己寵自己。

而一切不但被寵且自寵著的人，都是會任性地自我放縱的。

她也是在天經地義理所當然地自我放縱一番的心理支配之下，以一種快哉也乎的玩兒似的狀態飽嘗禁果的。

黎明時分她才潛回自己的房間。

成年人每用「再一再二不可再三」這句話告誡自己。但是對於飽嘗禁果這種事兒，對於她這樣的花季少女，一經飽嘗過之後，「再一再二不可再三」這句話是很難起到自我告誡的作用的。那無異於自己對自己說的廢話。

第二天夜裡她又溜往李建國的房間去了。

第三天夜裡她自然也充分利用了。

第四天夜裡，當他們玩過他們的遊戲之後，通體汗淋淋的他摟抱著通體汗淋淋的她，憂不勝憂地說：「我想，我們應該適可而止了。」

她不高興地問：「你厭煩我了？你敢！」

他說：「不是的呀！我怎麼會厭煩你呢？但我們這樣子次數多了，你會懷孕的呀！也許現在中止都晚了，你已經懷孕了！」

她繼續問：「那又怎樣？」

「那……那你就會生孩子的呀！」

「那又怎樣？我正打算做個小母親！」

「你……」
李建國用一支胳膊撐起上身，目光有些愕駭地俯視著她，像瞧著一個可愛且可怕的小妖精。
他說：「什麼叫那又怎樣？」
她說：「今天這不是像吃飯喝水一樣的事兒了麼？」
他說：「當然，當然，從前也是的。可……可你別忘了你的年齡呀！在今天，你也還是初中女生的年齡啊！」
「那又怎樣？」她問得天真無邪。
「天啊，又來了！不許再說那又怎樣！」李建國幾乎要怒吼了。
「你生的什麼氣呀？今天像我這樣年齡的女孩子，不是都可以隨便地像我這樣麼？」
「你！你怎麼知道是這樣？」
「你又怎麼知道不是這樣？三十幾年了，什麼事兒沒在變？」
「天啊！天啊……」
於是他告訴她，她根本想錯了，三十幾年間，中國確有許多事發生了巨大的變化，但唯獨一名初中女生懷孕生孩子這種事兒，仍和三十幾年前一樣，起碼是人人都認為最好不發生的事兒。對於當事人雙方，尤其女方，也仍是一件不光彩的事兒。對這種事兒的看法，不但今天的中國人的態度和三十幾年前差不了太多，世界的態度在這一點上也根本沒什麼改變！
「真的？」

「難道我是在騙你不成？」

「那你怎麼不早告訴我？」

「這……這……這……」

「你這這這個什麼勁兒！」

「這一點還用得著我告訴你，你才會知道？」

「你又根據什麼認為，不用你告訴，我也應該一定會知道？」

李建國竟被問得一下子啞口無言了。

「你明明知道，而我一點兒不知道！你有責任事先告訴我，可你事先什麼都不對我說！你卑鄙！你無恥！你利用我的無知！」

「這這這……我只在城市裡待了一個夜晚，而且是在拘留所度過的！你在城市裡整整比我多待了一個夜晚又一個半白天，而且你還認了一位『大姐』，我當然以為你對今天的中國比我瞭解的更詳細些……」

「你狡辯！」肖冬梅怕了，急了，後悔了，哭了。

她對她的遊戲「對家」又是咬又是掐，怎麼著也不解恨了。

而他猛一翻身，一隻手捂住她嘴，不使她哭出聲；另一隻手不停地愛撫她，還得不厭其煩地說著哄她的話，愛她的話，「心肝兒寶貝兒」之類的話，「我有罪，我該死」之類的話——只為使她重新平靜下來。

卻談何容易！

那時那刻，三十幾年前的青澀的只圖一番番快活而不計嚴重後果的小破初中男生，終於領教了什麼叫「沒有免費的午餐」這一句美國話——是他從網上看到並且記住在心裡的。

雖然他「吃」的只不過是四頓「夜宵」。

第二天上午九點多鐘，肖冬梅去向「老院長」請假。她可憐兮兮地央求允許她再到城市裡去玩，否則她覺得自己會憋悶出病來的。她說她在電話裡通知了她的「大姐」來接她，而「大姐」的車已開到院門前了。

「老院長」問她眼睛為什麼那般紅腫，是害眼病了還是哭了一夜？她坦率地承認她哭了一夜。「老院長」驚訝地「噢」了一聲，追問她為什麼？受了什麼委屈？誰欺負她了？儘管他清楚，在他的權威所「統治」的這一處地盤內，絕對不會有人欺負她，但還是態度相當認真地那麼追問。彷彿只要她說出一個名字，他立刻就會替她大興討伐之師似的。實際上他更清楚，他的同事們包括他自己，對她都是何等的關愛。喜歡她就像喜歡一隻品種稀有的小貓小狗，或一隻小鳥一株花草，怎麼會有誰惹她哭一夜呢？果而如此，那豈不是就該算一樁事件了麼？她偽裝出一副特別誠實的模樣，說既不是害眼病，也不是有誰欺負了自己，而是憋悶得哭了一夜。說著，眼淚汪汪地又要哭起來。

「別哭別哭，孩子千萬別哭，我就看不得小姑娘哭！那你徵得你姐的同意了麼？」「老院長」就像跟自己的孫女或外孫女說話似的，語調慈祥。

她說當然了，否則大姐會一放下電話就開車趕來麼？

「老院長」又說：「我指的是你的親姐呀！你向我請假到城市裡去，總得告訴你姐吧？」

她說她沒告訴，也不想告訴。倘告訴了，姐一定是阻止的。

「老院長」走到窗前去，朝院門那兒一望，果見一輛白色的轎車已停在那兒。

「這……你背著你姐，我若批了你假，不太合適啊！」

「老院長」搓著雙手為難起來。

「那我不管！反正你就是得批准我離開幾天！」

她說得非常任性，並且又眼淚汪汪的了。

喬博士就在那時走進了「老院長」的辦公室，見一老一少正鬧彆扭似的情形，笑問他們之間發生了什麼不快？聽「老院長」將自己的為難表述了一番，喬博士替她擔起保來，說太能理解她的要求了，說讓她到城市裡去玩玩吧！說肖冬雲那兒，他可以替她去告訴的。如果當姐姐的埋怨什麼，他攬過責任就是了。

「謝謝博士！」話音未落，她已像隻松鼠竄出籠子似的，轉眼不見了。

「老院長」對喬博士嗔怪地說：「你呀，做好人的機會都讓你搶去了！總算輪到我一次，你又橫插一杠子。好人又是你了！」

喬博士笑道：「誰叫你賣關子呢！記住這次教訓吧。現在是什麼時代呀？一切機會都是轉瞬即逝的，要抓住得及時。做好人的機會也如此。否則，被別人搶去了，那就只能自認倒楣囉！」

肖冬梅一坐入車裡，「大姐」便傾斜過身子將她摟抱住了，感情熱辣辣地連說：「寶貝兒寶貝兒，大姐想死你了！沒有你的日子，誰都難使我開心起來呀！」

同時，她臉上被一陣同樣熱辣辣的親吻所「攻擊」。

「大姐」那會兒視她如完璧歸趙，只顧親愛她了，竟沒看出她眼睛不對勁兒。而她亦如整整拖了一個月甚或一年那麼久的孩子，終於的盼到了媽媽來接自己回家，內心裡一陣陣地波湧著母子親情般的溫柔和溫暖。

在二〇〇一年，在仍是少女的三十幾年前的初一女生，與過了「走紅期」，內心倍感失落，亦倍感世態炎涼的女模特兒之間那一種相互親愛，具有著顯然而又飽滿的相互慰藉的成分。在紅衛兵肖冬梅這方面，「大姐」似乎便是二〇〇一年，便是新世紀和新紀元，便是新中國的新城市，便是現代感和現代生活本身，便是以上一切最人性化的綜合實體。依偎之則等於依偎向自己隨即開始的新人生。

在「大姐」胡雪玫那方面，需要她更意味著對一種確信十分可靠的真誠的需要。它將不至於被利用，尤其不至於被背叛。最主要的一點是，它不但十分可靠，而且它的性質是由她來決定的。倘自己希望它在對方那兒永遠是以低姿態，亦即永遠深懷感激的姿態來體現，那麼她絲毫也不懷疑，它必將永遠是那樣的，不會變化，更不會變質。是的，在現實中「現代」得累了，也「前衛」得索然的胡雪玫，別提多麼需要這一種東西了。她的生活內容有此需要；她的內心也有此需要。

她帶著她的「寶貝兒」回到家裡，才發現「寶貝兒」的眼睛紅腫著。

「呀，寶貝兒，你眼睛怎麼了？哭過？在那鬼地方誰欺負你了？別怕，只管說！什麼事兒都有我給你做主哪！」

胡雪玫雙手叉腰看著肖冬梅，那話說得像一位以除暴安良為己任的女俠。

肖冬梅哇地可就放聲哭開了。

「別哭別哭好寶貝兒，你要把我的心哭碎呀？你看你哭的心疼人勁兒的！我不是說了麼，什麼事兒都有我給你做主哪！」

胡雪玫趕緊將她摟在懷中，掏出自己噴灑了香水兒的手絹替她拭淚，擦鼻涕。

依偎在「大姐」懷裡，斷斷續續的，又羞又恨的，肖冬梅將與自己的紅衛兵戰友李建國做下的事兒，老老實實地和盤托出了。

而胡雪玫已輕輕推開她，架著二郎腿坐在沙發上了。

「原來如此……」

胡雪玫望著肖冬梅，像望著自己養過的一隻小金絲雀的嘴，漸漸長出了鷹的尖鉤。

「大姐，反正你得替我想辦法！」

肖冬梅跺了幾下腳，彷彿李建國不姓李而姓胡，是胡雪玫一個專門拈花惹草招蜂引蝶的弟弟。而她是來此討一種私下了結的公道的。

「那個李什麼……」

「李建國。」

「你一直喜歡他？」

「才不吶，我一直是討厭他的！」

「那你……」

「怪我姐！那天中午我姐到我房間，當著我面盡誇他。下午我到他房間裡去，不知怎麼，一時覺得他也挺可愛似的了……」

於是那胡雪玫崔夫人審鶯鶯似的，板著張化妝得有幾分冷豔的臉，細問端詳起來。只差手裡沒根藤條什麼的，若有就接近著拷問的架勢了。

其實，她心裡卻更加覺得她的「寶貝兒」簡直好玩極了。一強忍著笑佯作嚴厲之狀，為的是能從「寶貝兒」口中審出有意思的情節和細節。見肖冬梅那副招供似的又羞又無奈又無地自容的可憐模樣，她是快活得要命。

她很久沒這麼快活了。

肖冬梅「病急求醫」，哪裡還顧得上什麼羞不羞的，被審一句，即招一句。

「一共幾次了？」

「才四次。」

「好一個『才四次』！接連著四個夜裡麼？」

「嗯。」

「都是你溜到他房間去？」

「嗯。」
「知道別人們將會怎麼看這樣的事兒麼？」
「不知道。」
「好一個『不知道』！這叫你主動委身。明白麼？」
「不明白。」
「好一個『不明白』！意思就是，也怪不得那個李什麼的。他是乾柴，你是火。你去點人家，人家哪有不著的道理！」
「大姐我不想聽這些教誨！」
肖冬梅急了，又跺腳，又揮手。
「那你想聽什麼？」
胡雪玫的笑就快忍不住了。
「辦法！大姐我要聽的是辦法嘛！」
「事到臨頭，你才找我，電話裡還說是多麼多麼的想念我！我有什麼辦法啊？我敢斷定寶貝兒你已經懷孕了。處女地嘛，播種的成活率高。有時候一次就夠你做小母親的了。那就在我這兒長住吧！我會請高明的醫生在家裡為你接生的。我也會心甘情願侍候你月子。」
肖冬梅叫了起來：「我不！」
胡雪玫幾乎是幸災樂禍地說：「已經種上了，接下來懷孕生孩子的事兒是自然而然的，依不得你了呀！當然，還有打胎一種選擇，可那得做刮宮手術啊！」

於是她開始講解刮宮手術，以平靜的事不關己高高掛起的語調，句句誇張著那手術的痛苦。

「我不！我不……」

肖冬梅雙手捂身，孩子似的哭鬧起來。她甚至抓起東西要摔。可每抓起一次，胡雪玫都好言相告，說那東西多麼貴。

肖冬梅最後抓起了一盒餐巾紙。

胡雪玫說：「那個可以。那個不貴。摔吧寶貝兒，我理解你此刻的心情。」

於是肖冬梅將那盒餐巾紙摔在地上，狠狠地踏、碾……

胡雪玫終於忍不住哈哈大笑，直笑得躺倒在沙發上。顯然是嫌沙發不足以滾著笑。於是轉移到了床上去，雙手捂著肚子，痛快地滾著笑。直笑得勾曲了身子蜷了腿，直笑得岔了氣兒。

肖冬梅一時被笑傻了。

胡雪玫笑夠了，起身找出一瓶藥，倒在肖冬梅手心一粒，命她含在口中。之後接了杯水遞給她的「寶貝兒」，再命她的「寶貝兒」服下那粒藥。

「寶貝兒」肖冬梅服下藥後，「大姐」胡雪玫捂著心口皺著眉，說不但笑得肚子疼，連心口也笑疼了。

「寶貝兒」就不安地問：「大姐你是不是笑糊塗了呀？那粒藥是該你自己服的吧？」

「大姐」白了她一眼道：「我服它幹什麼？那也不是管心口痛的。」

她告訴她的「寶貝兒」，剛才審她，是成心逗她玩兒呢。現在，她既服了那粒藥，她的憂煩就煙消雲散了，不必擔心自己會懷孕了。說那粒藥，是進口的，在性事發生以後一個星期內都有百分百的避孕奇效。

「你騙我！」

「我騙你幹什麼?不信自己看說明！」

肖冬梅認真看了藥盒上與英文對應著的中文說明，仍半信半疑。

她說：「大姐，為了保險起見，我再吃一粒？」

胡雪玫一把將藥盒奪了過去：「你給我省著吧！」

肖冬梅終於轉憂為喜，破涕成笑；她覺著彷彿是將一扇在心頭壓了一夜的巨大磨盤輕輕鬆鬆地掀掉了，情不自禁地高呼：「大姐萬歲！大姐萬歲！」

胡雪玫笑道：「喊我萬歲幹什麼?那藥又不是我發明的。」

肖冬梅就不好意思起來。

胡雪玫想了想，一臉正經地問：「寶貝兒，談談獲得第二次生命的感受，從前好，還是現在好?」

肖冬梅神情無比莊重地回答：「大姐這還用問呀?當然現在好了!從前，哪有這麼高級的藥啊，而且只要服那麼小小的一粒兒!現在真是好極了大姐！」

「看來，我得把這藥藏了。落你手裡，你不定又會主動委身哪一個破男孩兒了！」

胡雪玫說罷，又忍不住笑起來……

肖冬梅離開「療養院」的當天下午，「療養院」大門外先後來了十二、三個人。從二十多歲到六十來歲，年齡不等。有男有女。報刊、電臺電視臺的記者；各類公司的總經理、董事長、總裁的助理、「全權代表」，以及幾個身分不明，甚至看去身分頗為可疑的人。

形形色色的車輛在大門外停了兩排。可謂「盛況空前」，破壞了「老院長」們自從進駐此地以後的寧寂。

他派人去問，得到的彙報是——「都是找死而復生的紅衛兵」的。

「那些人怎麼會知道這裡有紅衛兵，而且知道是死而復生的紅衛兵？」

「他們從網上知道的。」

「從網上知道的？難道我們在網上發表過公告麼？」

「我們當然是沒有那樣做的啊！但李建國在網上連載了什麼紀實，還不等於是發表了公告啊？」

「這個混蛋！」

「老院長」連連拍桌子，一時氣得不知說什麼好。

而大門外傳來了十二、三個人扯著嗓子的齊呼：

「我們要新聞自由！」

「還我事實真相！」

「李建國出來！」

「大黑」和「二黑」被呼喊聲激怒，張牙舞爪，咆哮如獸。彷彿隨時會將拴著它們的粗鐵鏈掙斷似的。

「老院長」佇立窗前朝院門那兒望了片刻，回頭又問怎麼還有一個外國佬？

「那是美國『華盛頓郵報』的一位老記者。」

「都鬍子一大把的人了，而且還是美國人，跟著瞎起什麼哄啊！」

「院長同志，我只能這麼回答您——記者都是敏感的的動物。越老新聞觸角越敏感。我們做的，在二十一世紀的第一年具有轟動全世界的新聞性啊！比克隆……」

「住口！」「老院長」大光其火：「你，包括所有的人，再也不許談什麼新聞性！更不許談什麼克隆不克隆的！告訴那些討厭的傢伙，這兒沒有新聞，沒有什麼秘密的事，沒有叫李建國的人，更沒有什麼死而復生的紅衛兵！」

「我已經對他們那麼聲明過了，可他們都不相信我的話。」

「可他們又根據什麼對李建國在網上的紀實信以為真，不當成是瘋人的瘋話？」

「所以他們來這兒要事實真相嘛！」

「得啦，別囉嗦了，這裡的什麼情況都得我親自出面處理麼？你蠢呀！」

一向對年輕的成員們溫良如慈的「老院長」，竟生氣地罵起人來。他大步騰騰地離了辦公室，決定「老將出馬」，並要「旗開得勝」。

「華盛頓郵報」的那位鬍子一大把的老記者，是門外十二、三個人中年紀最長的。他倒表現得特別斯文儒雅，不呼不喊的。只不過一隻手放在胸前的照相機上，目光密切關注著院內，時刻準備抓拍什麼而已。與他相比，最為亢奮的是一名二十多歲，滿臉青春疙瘩的女記者。呼喊顯然是她煽動起來的。她在十二、三人中比比劃劃，哇哇啦啦，嗓音尖厲刺耳，唯恐天下不亂似的。她使「老院長」聯想起了一種舊時對某些唯恐天下不亂的女人的說法——「女光棍」。

她見「老院長」走來，第一個將手臂從院門鐵條間隙伸入，染了銀灰色指甲油的手拿著一個小紅證，以發情期的雌喜鵲那種喧賓奪主的聲音高叫：「我是ＸＸ報的記者，這是我的記者證。我有權要求你回答如下問題……」

他瞥了她的手一眼，冷冷地說：「我沒聽說過你的報。」停頓了一下又問：「你這麼亢奮幹什麼？」

問得她一愣。

這時幾乎院門外所有人的手臂都伸入進來，每隻手上都拿著證件。

「我是電臺的……」

話筒也伸入進來了。

「我們是電視臺的……」

攝像機鏡頭對準了「老院長」，他聽到了磁帶轉動的滋滋聲。他想不通浪費磁帶拍他有什麼意義和價值。而那位美國佬，亦不失時機地在抓拍。

「請問您是這裡的負責人麼？我們是ＸＸ文化藝術公司的，我們老總派我來與紅衛兵李建國談簽訂影視版權合同的事兒……」

「我們是XX集團公司的。我們是一家中外合資的糖酒業公司。李建國他不會有糖尿病吧？他愛吃糖吧？他喜歡喝酒麼？洋酒還是國產酒？一次能喝多少？請回答！請務必回答！要不讓我見他！我們要聘他做公司的形象大使，酬金很高的！」

「嘿！嘿！老先生，往我這兒看！咱是私企的！咱們雙方合作一把怎麼樣？我們搞了一個策劃，如果那個李建國答應配合我們搞一次全國性的巡迴促銷活動……對了，我們的新產品是……一百萬！您別走，一百萬啊！」

「老院長」想走也走不了啦，衣服被拽住了。不過拽住他衣服不放的不是「私企」的手，而是那「女光棍」的手。她指甲上的銀灰色在陽光下反著光，看去像一隻五指全戴了閃亮的不銹鋼義爪的爪子。

「老院長」嫌惡地用自己的手使勁兒打落了她的手。

「哎，你怎麼敢打記者？大家都看到了吧？他打了我了！他打了記者了！」

「老院長」瞪了她片刻，將一口唾沫啐在她滿是青春疙瘩的臉上。

他說：「人的唾沫，對你臉上那種醜陋的疙瘩有止癢作用。這兒連三流明星都沒有。你該到哪兒發情就到哪兒去。」

「你……老傢伙你侮辱了記者人格！」

「老院長」已不再理睬她。

他掃視著院門外形形色色，目的不同，身分不同的人說：「這個地方，其實是一處保密的愛滋病醫療中心。」

他說得鄭重而嚴肅，再加上他的年齡，不由院門外的人們不信他幾分。

於是一條條手臂小心翼翼地縮回去了。縮回去時，都竭力避免碰到左邊或右邊的鐵條。

那時刻，李建國也站在自己房間的窗前望著這兒。他想，看來自己是要挨一頓斥罵了，不免提心吊膽；趙衛東也站在自己房間的窗前望著這兒，他心裡恨極了。恨那些人，以及每個人意味著的種種機會，是衝著李建國這個名字來的，而不是衝著他的名字來的。

肖冬雲卻因連續幾夜失眠，午飯後服了兩片安眠藥，睡得很沉，人呼狗叫一概沒聽到。

喬博士們也在關注著事態，但都不便出面。「老院長」一旦親自出馬，那麼他是不歡迎別人助威的。有時他也喜歡一逞「長阪坡救阿斗」或「千里走單騎」式的個人英雄主義，大家總得明智地照顧他一次情緒。

「老院長」見院門外大多數人似有去意，不願再作糾纏，轉身大步往回走。

那名女記者卻又煽動了幾個男女，合力抬了一截枯樹撞院門。那幾個男女中，一個男的有精神病，要和李建國戰友合計著怎樣「喚起工農千百萬，同心幹！」；一個女的在網上與李建國吊過一通膀子，想像著當年長征過的紅衛兵，必是英姿颯爽的紅色王子，是來親贈定情信物的；還有一個自稱「大師」，練氣功練得走火入魔的中年男人，說李建國之所以復活了全靠他發的功，是來面授天機的；還有二男一女，哪兒有熱鬧專愛往哪兒湊的閒男痞女而已。我們都知道的，如今不但痞子多了，痞女

「老院長」一怒之下，親自鬆開了項套，給了「大黑」和「二黑」自由。於是兩條黑豹也似的猛犬，箭似的狂吠著直向院門撲去，這才嚇退耍「女光棍」威風的小報記者和受她煽動的不三不四的幾個男女。

「老院長」沒回自己辦公室，而是去到了李建國的房間。進門便斥罵，直罵得李建國的頭耷拉在胸前，連口大氣兒都不敢出。

正斥罵不休著，喬博士來了。

喬博士說：「算了算了，老院長您又何必生這麼大氣呢？也不是發生了什麼嚴重的事件，引起了什麼嚴重的後果。」

「老院長」遷怒道：「還不嚴重？還怎麼算嚴重？我們今後還會有寧日麼？」

喬博士說：「我們也該告別這裡了。」

「哪兒去？我們抬腳走了，把他們撇在這裡？博士你近來怎麼了？怎麼盡說些不加思考的話？」

「老院長」將目光轉向李建國，看樣子又要繼續「擊鼓罵曹」。

喬博士將他扯到一旁，附耳悄語：「消消氣。告訴您個好消息——從網上替他們找到了家鄉！」

「老院長」半天才「啊」出一聲，慍怒的表情漸漸變作孩子似的笑臉……

14

肖冬梅又被「大姐」送了回來。

她彷彿是童話裡那個小女孩兒，心被凍成了冰，溶化需要過程。二〇〇一年的城市彷彿是一盆炭火，也彷彿是她久違了的樂園。她不願回來，正如童話裡那個小女孩兒一旦置身在夏季的原野，便再也不願回到白雪女王囚禁她的冰宮殿。

「老院長」在電話裡命令她必須按時趕回。

她快快地問：「為什麼？難道我是一個兵？而您是長官？」

「老院長」說：「當然不是那樣的。我們要開聯歡會。缺了你怎麼成？」

而她說：「沒勁兒。缺我缺我吧！祝你們聯歡的好。」

她一說完就將電話放下了。

胡雪玫從旁批評道：「我怎麼覺得人家話還沒說完，你這邊就不耐煩了似的？多不禮貌啊！」

她說：「是麼？有話則長，無話則短，我沒覺得我不禮貌。」緊接著說：「大姐你今天帶我去哪兒玩兒？」

胡雪玫還沒來得及回答，電話又響了。仍是「老院長」打來的。他語氣嚴厲地要求胡雪玫將肖冬梅按時送回，遲一分鐘都不行。否則，她永遠也別想再見到肖冬梅了。

她說：「等等，我讓她接。」

而「老院長」那端，卻將電話掛斷了。

胡雪玫無奈，只得從命。

所以肖冬梅是噘著嘴回來的。

聯歡會開了一個多小時就結束了。氣氛一點兒都不活躍。幸而主持聯歡的是喬博士。他挺善於營造歡樂，歌也唱得不錯。氣氛稍一沉悶，他就主動獻歌。一會兒唱老歌，一會兒唱新歌。肖冬雲、李建國、趙衛東都經他反覆動員唱了歌。只肖冬梅無論他怎麼動員，別人們怎麼鼓掌就是不肯唱。事實上，她一直噘著嘴滿臉不悅地坐在角落。「大姐」那一天原本是要帶她參觀水族館的，她因她和「大姐」的計畫被打亂了而極不開心。對於她，參加這種聯歡會，怎麼會比參觀水族館有意思呢？何況，「大姐」還答應她，參觀完了水族館再直接到體育館去，在那兒可以射擊、射箭、玩保齡球，游泳和學健美操……她已經三十幾年沒游過泳了啊！趙衛東代表他們讀了一封感謝信。她和姐姐和李建國經過一致的表決，將代表他們的資格鄭重其事地授予趙衛東。他虛情假義地拒絕了一番。其實他們都看得出來，他明明是巴望重新獲得那一種資格的。他將感謝信寫得很熱烈，朗讀得也心潮澎湃似的。比他所預期的掌聲還要長久的掌聲，使他又暫時恢復了以往的自信。一首「八角樓的燈光」，也唱得底氣十足感情充沛。如果說他們是作為客人一方，那麼作為主人一方的喬博士們，倒顯然是為聯歡進行了準備的。不但有人唱歌，還有人說相聲、演雙簧、變戲法。總體而言，更像是主人一方在為客人一方義演。

聯歡會結束後，喬博士請他們四人先不要走。他將他們帶到了會議室，「老院長」和幾位核心也跟了去。各自落座後，主持人的角色由「老院長」取代了喬博士。

肖冬梅嘟噥：「還要開什麼會呀？」

而姐姐狠狠地瞪了她一眼。

「老院長」也朝她望了一眼，目光是複雜得沒法兒分析的。

他語調極為凝重地說：「孩子們，現在我向你們宣佈——我們已經知道你們的家鄉是哪一個省哪一個縣了……」

四名三十幾年前的紅衛兵你看我，我看你，似乎一時都沒聽明白他的話是什麼意思。

家鄉對於他們，也是家的所在地呀！也是母校的所在地呀！也是有爸爸媽媽生活在那兒的一個縣城呀！

在他們失憶了的頭腦中，家鄉有時是具體的，具體而又模糊。像拍在過期膠捲上的景物。若朝著陽光，或許還能猜辨出拍的是什麼。倘洗印到相紙上，結果卻只不過是一紙的黑白混沌罷了。陽光乃是他們的人性本能。它只在觸景生情觸物傷心之際，才將他們因失憶而近乎幽暗的頭腦照亮一瞬。而復活以後的每一天裡的更多的時候，家鄉對於他們只不過是兩個漢字，一種概念。

那種情況下他們彷彿都是沒有家鄉的人，彷彿是由一坑水所誕生的水中蟲。不，對於水中蟲，誕生它們的那一坑水，也意味著是生於斯也將亡於斯的家鄉啊！不，不，他們簡直是從大氣中誕生的一樣。好比雪花，好比雨滴，好比冰雹，在某一季節某一種氣象條件下，他們就自然而然地誕生了。意識裡幾乎沒有什麼可叫做懷念的情愫。彷彿也不是由父母所生養的，彷彿不曉得父母二字與各自有什麼相干。

「老院長」對他們的宣佈，如同一柄斧，一下子劈裂了他們失憶的頭腦，或一柄鑿，一下子將他們失憶的頭腦鑿出了一個孔。於是人性的「陽光」由外部而不再是由心靈內部照射著他們的意識了。於是家鄉竟不再是兩個漢字一種概念了，似乎是與他們發生過很密切的聯繫的地方了。並由此朦朧地感受到了對爸爸媽媽、童年和少年、母校和老師，以及種種模糊記憶的親近。

他們各自的眼睛都不由得睜大了。他們的目光也都複雜得沒法兒分析。

「老院長」又說：「是的，孩子們，我們已經知道你們的家鄉是哪一個省哪一個縣了，你們不久就能夠還鄉了……」

他還想多說幾句什麼，但分明的又覺得說什麼都顯得多餘了。

於是他退開去緩緩坐下了。

於是有誰拉上了窗簾。

於是投影屏上映出了一座中國三十幾年前的，偏遠省份某山區縣城的面貌。它給人以土氣而萎靡不振的印象。街道狹窄，兩旁的房舍舊陋不堪，有的甚至東倒西歪。它使人聯想到魯迅許多年以後所見到的「閏土」。

「這是我們的縣城！」

首先指著投影螢幕叫起來的是肖冬梅。她居然離開座位，走到前邊去，湊得極近地看。彷彿只有那樣看，才能看得更清楚似的。而其實不然。

投影螢幕上的畫面每隔幾分鐘變換一次。喬博士特有分寸地把握著時間。當畫面沒被認出時，他是絕不會變換它。當它正引起驚喜和興奮，也不會。只有當他覺得一幅畫面已成功地對四名失憶者的記憶達到了連續擊活的效果，並且他們的記憶在渴求著新的刺激了，他才變換它。

「瞧，這不是我們縣城那家照相館麼？我們都在那兒照過像的吧？」肖冬梅又叫起來。

而姐姐肖冬雲大聲說：「小妹你躲開，別擋住我們視線！」

而李建國也忍不住叫道：「你安靜點兒，又不是你一個人的家鄉！」

當畫面一變，李建國竟也情緒失控地站起，激動地指著高叫：「那是縣委！看旁邊那幢小樓，我家不是就住在二層麼？難道你們都沒認出來？」

投影屏上所呈現的，皆那一座縣城的文史資料館按請求寄來的老照片。

「咱們縣一中！」肖冬雲的聲音在那一種情況之下，一向文靜的她也不禁地一反常態了。

「姐，這是爸爸呀！」肖冬梅又走到了投影屏前，踮起腳，伸手撫摸著「爸爸」的臉，望著呈現在投影屏上的爸爸的照片，肖冬雲頓時淚如泉湧，嗚咽而泣。

投影屏上始終沒出現與趙衛東有親密記憶關係的畫面。因為他家當年住在縣城邊兒，縣文史資料館沒保存那一條小街的老照片。

燈亮了。窗簾拉開了。

肖冬雲姐妹和李建國都流淌著淚水，只有趙衛東顯得異常平靜。

他問：「我們的家鄉現在還是那樣麼？」

喬博士告訴他，呈現在投影屏上的全都是三十幾年前，甚至更早年代的照片。如今，那縣城肯定已經舊貌換新顏了。變化究竟有多大，到時候他們最有發言權。

「什麼時候？」

「你們回去的時候啊。」

「我們怎麼回去？」

「由民政系統的同志陪你們回去。我們對你們的責任已經可以告一段落了。還剩下一部分經費，不但夠你們回家鄉，還夠你們全國各地觀光一番。那筆錢，是社會各界關愛你們的人和各方為你們捐的。我們都認為我們一分錢也不能截留，全都應該屬於你們。」

「老院長」回答得由衷，坦蕩而又光明磊落。

趙衛東仍問：「還有一個問題，也許是我所提出的最後一個問題——那就是，是不是一旦把我們送回去，就讓我們待在那兒了，不再管我們的什麼事兒了？」

「老院長」沉吟了一下，低聲反問：「你指的是哪些事呢？」

而李建國按捺不住地嚷道：「這算問的什麼！先回答我的問題——我父母如今活得怎麼樣了？」

肖冬梅立刻表態：「同意！這也正是我想首先知道的！」說罷，回頭問姐姐：「是吧！姐？」

「老院長」也似乎不想正面回答趙衛東的話。起碼是不打算在當時的情況之下立即正面回答。從喬博士告訴他當年的紅衛兵們的家鄉找到了以後，欣慰之餘，他內心便繼而替他們感到憂傷了。而喬博士接著向他彙報的情況，使他的心理又開始承受著一種壓力了。聯歡會是他主張舉行的，他希望通過歡樂的氣氛沖淡必將接踵而來的大悲哀。現在他意識到他對聯歡會的效果預期過高了。

他將暗示的目光望向了喬博士。

於是喬博士說：「那麼，就由我來宣佈關於你們的父母們的情況吧。我是不情願用『宣佈』這一詞的。因為聽起來彷彿冷冰冰的。而我一時又想不到另外一個更適合的詞。事實上，這是我所充當的最有難度的角色。我卻一籌莫展，只有向你們讀這一頁從你們的家鄉電傳來的紙上的文字。這上面是這樣寫的：

李建國——父親在一九七〇年，因不堪忍受莫須有之政治罪名下的迫害，自殺身亡。母親於一九八四年病故於縣民政局辦的養老院。哥哥李建宇，現任縣電力局局長。

肖冬雲，肖冬梅——父親在一九七一年，因不堪忍受反覆批鬥和人格凌辱，精神分裂，長年淪落街頭，死於車禍。母親今尚在世，收住於縣民政局辦的養老院，但已於多年前患老年癡呆症。經認真訪尋，認為二姐妹在本縣已無直系親人。

趙衛東——父病故於一九八六年；次年母親病故。一姐一弟仍在本縣。姐目前失業在家；弟以擺攤為生。

喬博士讀罷，室內寂靜異常。

他又說：「由我來讀這頁紙，我感到十分遺憾。但我覺得，仍有必要告訴你們這一點：你們家鄉的有關部門，為協助我們瞭解你們的父母及親人現在的情況，做了大量細緻的訪詢工作。他們對他們所提供的情況的準確性，是鄭重地做了保證的……」

突然的，肖冬雲肖冬梅幾乎同時放聲慟哭。

緊接著李建國也爸呀媽呀地哀嚎起來。

「老院長」沒勸他們中的誰。他不知該怎麼勸。他默默地離開了會議室。

另外幾位「核心」人物也垂下目光相繼離去。

喬博士走到肖冬雲身旁，將一隻手輕輕按在她肩上，真摯地勸道：「三十幾年了，人世滄桑，節哀吧，啊。當姐姐的，得比妹妹剛強些，對不？」

見肖冬雲一邊哭一邊點了下頭，他也離去了。

只趙衛東沒哭，甚至也沒流淚。他兩眼定定地望著雪白的投影屏，彷彿是瞎子，什麼都不曾看到過；彷彿是聾子，什麼都不曾聽到過；也彷彿是啞巴，什麼都不曾問過；還彷彿仍是一個失憶人，什麼都不曾回想起來。

然而，進入會議室以後，拿在他手裡的一個又大又圓的桔子，確乎是被他攥扁了。桔汁順著他的指縫，一滴又一滴，無聲地滴落在紅色的地毯上。

那一時刻，他內心究竟想些什麼，沒人能比較清楚地知道。因為他不曾說過，那成了只有他自己知道的秘密。

四名三十幾年前的紅衛兵，開始了在全中國各大城市的旅遊觀光。他們最先到達的是天津。在天津逗留了兩天，乘一輛中巴沿高速公路到達北京。北京是他們的一個夢。天安門廣場曾是他們的精神聖地，曾是他們一心朝拜的紅色的「耶路撒冷」。他們在北京觀光了一個星期。故宮、頤和園、圓明園、香山、長城，總之該去的地方都去了。對於他們，北京少了一道他們最為熟知的革命風景。那就是天安門城樓對面，廣場兩側「馬恩列斯」的巨幅畫像，和那句一百年來影響世界的著名口號標語——「全世界無產者聯合起來」——這使他們都不免覺得懸掛在天安門城樓上的毛主席畫像有些孤獨。在他們心目中，「馬恩列斯」的畫像，以及那口號標語，以及歷史博物館、人民大會堂和人民英雄紀念碑，共同組成著首都北京的標識。

但對於他們，北京也多了些新的事物。首先自然便是毛主席紀念堂。陪行的民政部門的同志，安排他們瞻仰了毛主席遺容。其次便是一幢幢目不暇接的摩天大廈。他們還在某娛樂城看了一場俄羅斯風情的舞蹈演出。而開演後才知道並非他們以為的什麼民族舞蹈，而是幾乎全裸的高大又苗條的前蘇美女們的豔舞。不過並不低俗。追燈搖曳，紅光紫氣，流霞溢彩。美女們的豔舞熱烈、神秘、性感、魅力四射、迷幻旖旎。

兩名陪看的民政部門的同志頓覺不安，認為帶他們看這類演出是自己們犯的一個嚴重錯誤。交頭接耳討論了半天，打算帶他們離去。最後統一了態度，決定順其自然，既來之，則安之，何必太過自責。這一決定顯然是明智的。因為四名三十幾年前的紅衛兵一個個看得目不轉睛，如醉如癡。比周圍觀眾鼓掌鼓得更起勁兒。此種情況之下硬將他們拖拽走，似乎也太缺乏理解了。

在工人體育場，兩名帶隊者陪他們看了一位大陸當紅女歌星的專場演唱。肖冬雲得知每張票要二佰元，主張不要看了。她不便說票價貴，只說自己們不能太奢侈，什麼都看。而兩名帶隊者笑了，告訴他們其實也不算貴。說要是想到了下崗工人自然就會覺得奢侈，又說有時候最好就別去想。說前兩年，一名是歌星的臺灣小女生於來北京舉行專場演出，頭等票價高達二仟元吶！而連演三場；場場爆滿，總共售出了六萬多張票。肖冬雲姐妹和李建國直聽得瞠目結舌，如聽外星之事。緩過神來以後，接票時也就心安理得天經地義了。從此口中再未說過「奢侈」二字。

趙衛東對兩名帶隊者一路上的一切安排，都持沒有態度的態度。彷彿是一位啞巴君王。彷彿一切高級的待遇，對自己而言，都談不上什麼奢侈或不奢侈，都是不必庸人自擾的事。只享受沒商量。而在兩名帶隊者方面，不但相互之間每每意見相左，各自內心裡也常常矛盾。他們既希望使趙衛東們多看看三十幾年來中國的巨大變化，多瞭解多接觸三十幾年來尤其近幾年來的新事物，又顧慮不少；怕在自己們的安排之下，使趙衛東們看到了不該看到的，接觸和瞭解了不該接觸不該瞭解的。

趙衛東在四人中年齡大兩歲，他們自然就將他對待為四人中的代表人物，委決不下之時，自然也要首先徵求他的意見。而他似乎早已有了一定之規，以沒有態度的態度相應付。如果說，在「療養院」裡，他還很在乎他在四人中的代表資格和特殊地位是否如三十幾年前一樣鞏固，一樣不可取代，並且更在乎是否被悄悄篡權了；那麼自從離開「療養院」那一天起，他顯然已決心徹底放棄自己在四人中的代表資格和特殊地位了。

他做這一決定究竟又是緣於怎樣的想法，也沒有任何人清楚。只有一點，肖冬雲姐妹和李建國和兩名帶隊者是看出來了的——他那樣對他是絕對有好處的。因為他只要心安理得充聾作啞地接受別人的周到安排和服務就行了。

肖冬梅對水族館的濃厚興趣，在北京獲得了最大滿足。到了天津，相比之下，她覺得「大姐」家所在的那一座城市，原來算不得多麼的繁華。那一座城市的那一條步行街，也不過就是一條禁止車輛通行的街道而已了。到了北京，她就簡直覺得那一座比自己的家鄉縣城大十幾倍的城市，只不過是一座毫無特色可言的中等城市罷了。

離開北京以後的路線是西安、南京、上海、杭州、廣州、深圳、重慶、成都……

這路線是喬博士、「老院長」及兩位民政部門的同志共同制定的。

因為到了西安當然也就意味著離延安很近了。而延安既是當年紅軍二萬五千里長征的目的地，也是三十幾年前的四名紅衛兵的長征的目的地啊！

他們自然去了延安，並且在寶塔前留了影。那些日子延安多雨，延河水很濁，所以他們都沒有像在路上打算的那樣，撲進延河痛痛快快地游泳。他們只不過在延河邊上象徵性地洗了洗他們的腳，以畫上他們夭折於三十幾年前的「長征」的句號。他們所住的招待所當天供水系統出了故障，他們晚上沒洗成熱水澡，而他們早已都習慣了每天晚上洗熱水澡。

沒洗成已是一個大問題了。第二天當兩名帶隊者說要去參觀革命聖地的處處窯洞，趙衛東頭疼，李建國鬧肚子。四人中出了兩名病號，那一安排最終取消。兩名帶隊者看出了他倆的心其實在西安，而非延安，順其願說——既然不能參觀了，待在延安也就沒多大意思了，莫如回西安吧！

他們都說是英明的決定。

於是第二天上午就返西安。一路上趙衛東的頭也不疼了，李建國也沒嚷著停車找地方拉稀。

家鄉一旦沒了父母沒了親人，甚至也沒了是自己家的房子，家鄉二字在人心裡所能喚起的親情，以及種種人性反應，也就減少一半了，甚至一多半了。

對於趙衛東們，情況正是這樣。否則，他們是會強烈地要求乘飛機直抵家鄉所在的省份的。現在，他們的心理恰恰相反。不，肖冬雲姐妹倆與趙衛東和李建國的心理還有所不同。因為她們蒼老了的母親還活著。儘管已經癡呆了，她們還是希望早一天見到母親，但她們又不便聲明自己們的願望。確切地說，是不願影響趙衛東和李建國旅遊觀光的興致。她們都清楚，如此這般有人陪行，有人一路為之安排食宿的事，在四人以後十年的人生中，甚至以後的一生中，都未必再能有第二次了。趙衛東和李建國更清楚這一點。所以他們都希望中國更大更大，主要城市更多更多，而回家鄉的路線更長更長。

李建國和他的哥哥從小感情特好。但既然哥哥已是電力局長了，既然兩名帶隊者告訴他，電力業被叫做「電老虎」，是很有錢的行業，電力局長在哪兒都是坐當地最好的小汽車的局長，他也就對哥哥沒了什麼牽掛，覺得早一天見到晚一天見到都沒區別了。

趙衛東的姐姐不是親姐姐，是繼母所生。他的母親是帶著那個姐姐改嫁給他的父親的。他當時已兩歲。之後有了他的弟弟。在父親、母親、姐姐和弟弟之間，他一直認為只有父親才與他有血緣關係。這當然也是一個事實。那麼既然父親已不在了，他就認為自己實際上沒有親人了。他從沒覺得他的弟弟值得他親。正如他的姐姐從沒覺得他值得她親。

事實上這一行人不只六個。而是七個。第七個是胡雪玫。以上那些大城市，胡雪玫當然早就去過。有的城市還不止去過一次。但以前去，或是受邀請演出，或是湊成個「班子」走穴。經濟效益第一，沒有什麼第二。錢一到手，抬腳就走。完全不是旅遊的性質，更談不上觀光的雅興。現在，錢是掙了一些了。只要不追求豪華的生活，這輩子是夠花了。何況，邀請少了，走穴的好年景不再了，於是寂寞之時，每思忖著應該全國各地轉轉了。旅行社組織的團體旅遊，她是連想也不想的。跟隨些陌生男女，來也匆匆去也匆匆的，那是不能遂她的願的。結二三良伴成行自己好，但有幾個人能與她一樣，不必每天上班，時間全由自己支配呢？

肖冬梅在電話裡話語依依不捨地向她告別後，她在電話那端吃吃直笑。

肖冬梅說：「人家心裡難受，你還笑！」

她說：「你要告別就告別呀？」

肖冬梅說：「那又能怎麼樣呢？」

她說：「我跟去！」

肖冬梅說：「肯定不行的呀，帶隊的人不會為你出路費啊！」

她說：「誰要他們出路費！」

於是她就自費跟隨著了。

她當然是衝著肖冬梅才做這一決定的。起初，她還擺譜。肖冬梅們坐硬臥車廂，她坐軟臥；肖冬梅們住普通賓館，她則住三星以上的。後來就覺得沒意思了。那算怎麼一回事兒呢？長途跟蹤的密探似的！於是也坐硬臥車廂了，也住普通賓館了，乘飛機也不非訂頭等艙的票了。於是一路上有更多的時間更多的機會與肖冬梅在一起了。倆人似乎總有說不完的話，嘀嘀咕咕又神神秘秘的。肖冬雲見她與妹妹之間感情確實已深，也就只有隨她倆親近了。每到一地，照例是肖冬雲和妹妹住一個房間。但實際上，更多的晚上是肖冬梅住到胡雪玫的房間裡去了。肖冬雲呢，索性對妹妹採取無為而治的寬容態度。一路上有胡雪玫關照，肖冬梅從未丟失過東西，肖冬雲倒也樂得不操心了。

民政部門的那位女同志姓張，肖冬雲們都稱她「張阿姨」。「張阿姨」對胡雪玫曾挺排斥，說得嚴重一點兒曾挺防範。似乎胡雪攻心懷叵測，一路跟隨定有不可告人之目的。幾天觀察下來，覺得她並不像自己懷疑的那樣，也就漸漸接受她是一名編外成員的現實了。

民政部門那位男同志姓郝，肖冬雲們都稱他「郝叔叔」。「郝叔叔」五十多歲了，是當年下過鄉的老高三，恢復高考後考上了大學，業已熬成一位處長了，是「張阿姨」的頂頭上司。他倒挺喜歡與胡雪玫近乎的，得著機會就主動搭搭訕訕地聊。而胡雪玫，投其所好，一口一句「郝處長」恭恭敬敬地叫著，哄得他一路上開開心心的，每對她說：「能有幸認識你真是緣分，真是緣分！」胡雪玫則必說：「哪裡哪裡，我認識郝處長您才是緣分吶！」她說得特虔誠。而肖冬梅看在眼裡，心中暗笑。她知道她的「大姐」那純粹是虛與委蛇，逢場作戲。

一行人中幸虧多了胡雪玫。否則一路上不定多彆扭。李建國與趙衛東之間，已有點兒話不投機半句多了。肖冬雲與趙衛東之間，也根本不能恢復從前那種一唱一和，你對我好，我對你更好的關係了。趙衛東是絕對不跟她主動說話的了，彷彿她是不止一次使他戴過綠帽子的不貞的前妻。而肖冬雲，顯然的總試圖修補兩人之間的關係，但她的良好願望卻每一次都被他的冷若冰霜徹底抵消。於是她也不怎麼愛搭理他了。

李建國與肖冬梅之間呢，他心中有「病」，連她看他一眼，他都惴惴不安地趕緊低下頭去，哪裡還敢多和她說什麼呢？趁只有兩人單獨在一起的當兒，他每做賊心虛地問：「你沒事兒吧？」肖冬梅便狠狠瞪他一眼，頓生氣惱地說：「你以為你沒事兒我就會也沒事啊？我這方面事兒大了，你等著瞧吧！」結果李建國就會無地自容，躲開唯恐不及。那麼只剩下他和肖冬雲之間還有些話可說了。但只要四個人同在一起，他也不敢和肖冬雲長話短說，怕趙衛東醋意大發。肖冬雲亦有同樣的顧慮，因而每當李建國與自己說了幾句話，她就暗傳眼色制止他。

四名三十幾年前曾同甘共苦過的紅衛兵，三十幾年後關係無奈地複雜化了。每個人的內心裡甚至都覺得，關係不但複雜化了，而且，簡直還庸俗化了，連較為正常的關係都不可求了。

這麼一種破敗了的關係，雖引起過「張阿姨」和「郝處長」的疑惑，但畢竟還不足以成為他們所重視的事。他們以為四名紅衛兵各自的性格就那樣兒。

「張阿姨」曾問肖冬雲：「哎，你們當年一塊兒長征時，互相之間話就不多呀？」

肖冬雲想了想，肯定地回答：「是的。」

她忍不住又問：「那，你們當年……怎麼會商量著一起長征呢？」

肖冬雲又想了想，避實就虛地回答：「一言難盡。」

李建國為了使肖冬雲的話聽起來不是掩飾，歎口氣附和道：「對。張阿姨，那真是一言難盡啊！」

而「郝叔叔」這時以教導的口吻說：「好旅伴是不對他人以往的經歷刨根問底的。」

「張阿姨」白了他一眼，從此再不問肖冬雲「一言難盡」的問題。

胡雪玫一經改變了她的策略，一經與六個人同吃同住同行止了，局面就大為不同了。她是性格何等活躍之人！哪怕一個小時的沉默氣氛，對她也彷彿是一種極不人道的虐待。她一路心情好的沒法比，唱歌、講笑話，自嘲，調侃別人。熟了以後，連「張阿姨」和「郝叔叔」也難以倖免不遭她的俏言諧語的侵犯。

「張阿姨」是莊重婦女，自知不是對手，無聲微笑而已。「郝叔叔」卻分明的很喜歡被她調侃，雖也不是對手，竟不甘拜下風，而且唇槍舌劍之間，自得著屬於自己那一份兒樂趣。往往一副雖敗猶勇，雖敗猶榮的樣子。但是胡雪玫從不調侃趙衛東。她倒不是懼他。她會懼他麼？是不喜歡他，因而不屑於。她調侃起來最沒顧忌的是李建國和肖冬梅。他們倒也願意和她貧嘴，為的是從她那兒學到「新新話語」。

即使在乘火車時，胡雪玫也是一個善於活躍周邊氣氛的人兒。她就像一種叫「藍精靈」的熱帶魚，只要有它存在著，同魚缸的別種魚，包括最喜歡獨處的魚，都會受之影響處於經常又活潑的游動狀態。這對魚的健康是有益的，因而「藍精靈」又被叫做「教練魚」。

胡雪玫與「藍精靈」的區別有兩點——「藍精靈」通體閃爍神秘的藍色的鱗光，而她在衣著方面喜歡搶目的暖色；「藍精靈」當「教練」是本能的；而她與人們打成一片是有前提的。那前提是她自己情緒好，並且覺得面對的人們配。一路上她沒有情緒不好過，所以她每在很短的時間裡就與周圍形形色色的陌生的男人女人們談笑風生起來了。人自己情緒好，便會覺得別人可親。一路上她常被推選為乘客代表。連列車員、列車長和乘警，也都對她有深刻的印象。

肖冬梅特愛聽她與周圍的人們海闊天空地聊。無論什麼話題她都能與人聊得起來。肖冬梅覺得聽她與人聊天簡直受益匪淺，甚至有茅塞頓開之感。總之她對她的「大姐」是越發的親愛和崇敬了。那種崇敬幾乎到了崇拜的地步。

「大姐」也每與人大談國際國內的政治。談起國內政治來，每尖酸刻薄，出言驚人，妙語如珠。在別人們會意的笑聲中，肖冬梅卻左顧右盼，內心不安，替「大姐」擔慮重重。人們自然也會對他們七人組成的這一小團體發生興趣。

胡雪玫則自稱是一位教育強國的實踐者，一位省級重點私立中學的校長。她說肖冬梅們都是她的得意學生，新近舉行的各科全國競賽中的獲獎者，她率學生們去領獎。她說「張阿姨」是教數學的老師，說「郝叔叔」是教物理的老師。這一被她說得比真話更真的謊言，在第一次說時，便獲得了一行人充分的默認。甚至還默認得心悅誠服。兩位帶隊者尤其認為是一個智慧的謊言。它的智慧性在於，要麼做實話實說的回答，而這必然引起一片驚異；要麼欺騙，而在所有他們的頭腦能想出來的謊言中，此謊言最完美，最符和一行人假擬關係的可信因素。

所以從那以後，肖冬梅們不再稱兩位帶隊者「張阿姨」和「郝叔叔」了，而稱他們「張老師」和「郝老師」了。六人也一律稱胡雪玫「胡校長」了。此智慧的經典的謊言，在一次次對好奇心強的探問者說過之後，連他們自己也都有點信以為真了……自然的，趙衛東照例除外。因為他照例對此謊言持一種沒有態度的態度。但即使是他，也不得不遵守共同的默契，倘有話對兩位帶隊者或胡雪玫說，亦以「老師」、「校長」相稱，不敢破壞假擬關係的完美性。

在上海至杭州的列車上，在胡雪玫又對中國發表了幾番語不驚人死不休似的見解後，在胡雪玫去兩節車廂之間吸煙，肖冬梅跟了去的時候，她問她的「大姐」：「大姐，你對中國的現實很不滿麼？」

胡雪玫一怔，反問：「不滿？我幹嘛要對中國的現實不滿？這現實又不曾虧待過我，特別適合我這種人，我順應它還只怕來不及呢！」

肖冬梅又吞吞吐吐地問：「那你，為什麼……」

「為什麼抨擊它？」胡雪玫用舌尖從口中點出一串煙圈，自問自答：「政治不過就是一個話題嘛，像藝術、體育、股市、彩票、蘿蔔、白菜、愛滋病是話題一樣，誰都有權利說三道四的。而你要一味兒地歌頌什麼，顯得你是個肉麻的人。你要抨擊什麼，才會顯得你有思想、深刻。這一點幾乎是規律。因為沒有一種現實是沒有醜陋面和陰暗面的。而我希望給人以有思想的印象。」

她說完，微笑地注視著肖冬梅，似乎在用目光問：我的回答還坦率吧？

肖冬梅沉思半晌，又問：「大姐，那今天中國現實的醜陋面和陰暗面都是什麼呀？」

胡雪玫表情嚴肅了，以「三娘教子」的口吻說：「不要太長的時間，半年之後你自己的眼睛就會有所發現。不過我這會兒就告訴你一句——發現了也不要大驚小怪，更不要失望。而要習以為常。再漂亮的美人兒，解剖了也難看。現實也是這麼回事兒。」

夜晚，車廂裡熄了燈以後，胡雪玫以「乘客代表」的身分大聲宣佈：「有手機的朋友，請將手機關了。更不要通話，以免影響別人安睡。」

但是不久，這兒那兒就響起了手機聲。

肖冬梅和她睡在對面下鋪。肖冬梅小聲說：「大姐，他們怎麼一點兒也不把你的話當成回事兒？」

胡雪玫說：「在這節車廂裡，我算個什麼東西？別人幹嘛非把我的話當成回事兒？我是別人，也不當成回事兒。我才不在乎別人當不當成回事兒呢！」隔了一會兒，她又說：「我那麼宣佈一下，因為我是乘客代表，裝也要裝出點兒有責任感的樣子啊。我宣佈完了，我的責任就象徵性地盡到了，可以問心無愧地睡我的了。」

然而兩人其實都無睏意。

聽著前後左右男男女女在用手機唧唧喳喳地通話，胡雪玫講解員似的，壓低聲音告訴肖冬梅：那個男人在托關係巴望升官；那個女人在教自己的女兒運用什麼計謀才能從一位大款那兒套出錢來；另一個男人剛與自己的妻子通過話，報了平安之後又在與情婦卿卿我我；而另一個女人在向一位局長「彙報工作」，「彙報」了幾句就不說與工作有關的事了，只不斷地嬌聲兒嗲氣兒地說「討厭」、「討厭」，還一陣陣吃吃地笑個不停。

肖冬梅小聲問：「大姐，這就是現實的醜陋面兒吧？」

胡雪玫壓低聲音回答：「這算什麼醜陋面兒啊！一點兒也不醜陋。」

「那……是陰暗面兒？」

「也不是陰暗面兒。」

「那……我……到底該怎麼認為呢？」

胡雪玫伸過一隻手，在肖冬梅臉上撫摸了一下，帶著笑音說：「這都是正常的生活現象嘛。仔細想想，生活多有意思，多好玩啊！沒了這些人，沒了這些事，現實豈不是太沒勁兒了麼？睡吧寶貝兒，你總不能希望自己在短短的日子裡什麼都明白了吧！」

但是那一夜肖冬梅失眠了。

因為其實並沒有什麼思想，只不過活得比較狡黠的胡雪玫一路上隨便說的許多話，在她聽來，都未免的太有思想太深刻了。深刻得她根本無法領悟，越是要領悟明白越是糊塗。

她對「大姐」動輒叫自己「寶貝兒」，已經不再反感，而變得非常樂意地認可了。

由於胡雪玫的「加盟」，受益最大的還不是肖冬梅，而是李建國。

自從肖冬梅被胡雪玫接走，李建國就沒睡過一夜安穩覺。彷彿一個做案犯科的壞人，提心吊膽於哪一天法網恢恢從頭上罩下來。

他曾問肖冬雲：「冬梅為什麼突然又到她那位『大姐』那兒去了呢？」

肖冬雲的回答是：「我哪兒知道。我都快不是她姐了！」

「她臨走沒跟你說什麼吧？」

「連告訴我一下都沒有。」

「她……你……你沒覺得她有什麼反常吧？」

肖冬雲被問煩了，就沒好氣地說：「我覺得她很反常！」

結果他做賊心虛地不敢再問。

他怕肖冬梅找個藉口離開「療養院」，為的是可以在外邊的什麼地方自殺。他幾次夢見肖冬梅自殺了，而他被公安機關帶去認屍，接著受審。

肖冬梅終於又回到了「療養院」，他才不再做那樣的夢。

但他又怕肖冬梅哪一天當眾嘔吐，之後當眾指著他說：「李建國使我懷了孕！」

這一種不安，成了他心口的痛。倘肖冬梅不拿好眼色看他，痛得就分外劇烈。而自從肖冬梅回到「療養院」，沒拿好眼色看過他一次。他心口的痛也就幾乎成了頑症。他一路上有時隨著胡雪玫引吭高歌，或聽胡雪玫講了一段什麼笑話以後過分誇張地哈哈大笑，那純粹是一種自療的方式，好比頸肩病人以疼麻的部位去抵磨樹杈。

有一天下了火車出站時，別人們走在前邊，胡雪玫叫住了他。

她板著臉問：「你怎麼一點兒禮貌都不懂？不替校長拎皮箱！」

他就默默替她拎起了皮箱。

她將一隻手袋也搭在他肩上了，自己空著手走在他身旁。

李建國說：「這不好吧校長？」

她白了他一眼，反問：「怎麼不好？」

李建國說：「自己拎著這只手袋，也累不著你。」

她說：「你怎麼知道累不著我？給你機會為我服點兒務，是瞧得起你。我怎麼不給趙衛東這種機會？不喜歡他！」

李建國說：「校長，那你也別喜歡我得啦！還是一碗水端平，也賜給趙衛東一次為您服點兒務的機會吧！」

她站住了，瞪著他說：「別跟我耍貧嘴，你對我的寶貝兒幹了些什麼，當我不知道？她原原本本地告訴我了！」

李建國也不由得站住，臉頓時白了，腦門兒上出了一片大汗珠兒。

她笑了，又說：「不過你也不必惴惴不安的。我已經給她吃過事後避孕的藥了。跟事前吃一樣萬無一失。你也不必一路上再偷偷打量她的肚子了，她的肚子絕對不會大起來的。我是看你擔驚受怕怪可憐的，才給你也吃一顆定心丸兒……」

李建國感激之情難說難表，臉色由白轉紅，嘿嘿傻笑不已。

那之後，他才真正地「旅途快樂」起來。並且，任勞任怨地充當胡雪玫的僕從……

15

半個多月以後，確切地說，是在第十八天接近中午的時分，一行七人終於到達了四名紅衛兵三十幾年前離開的那一座縣城。

之前，縣裡的，不，市裡的領導，專門為此事召開了一次常委擴大會議，並請幾位政協委員、人大代表以及幾位名流賢達共同商討之——那縣城現已改成了地級市。規模拓展了十幾倍，人口已近百萬了。市長和市委書記認為，這麼一檔子事兒降臨本市，市裡任何方面都不做出一點兒反應，置若罔聞，也不行啊！可該以什麼樣的姿態做出反應，又拿不準原則性。所以想聽聽各方面的意見。

有人自然首先想到了一定要與「上邊」保持一致，不可自行其是，於是問省裡是否有指示。

市委書記說：「指示省裡是有的。不過太含糊了，只一句話——酌情靈活對待。」

於是有人說，態度已經包含在這句話裡了嘛，以平常心對待就是了嘛！

於是有人說，什麼叫「以平常心對待」呀！這話就不含糊？含糊得等於沒說。有兄弟省民政部門的同志帶隊，一位還是處長，沒人出面接待成何體統？

有人建議由本市民政局長出面接待，市長和市委書記哪一位可以陪著吃頓接風飯。

此建議無人反對，當即採納，記錄在案。

又有人建議應該舉行個歡迎儀式。

立刻有人強烈反對——對紅衛兵，歡的什麼迎啊？他們還光榮啦？

於是有人反對反對者，說凡事頭腦都要靈活點兒嘛！說三十幾年前的人活了，又是四名紅衛兵，這也非是尋常事啊！總是要新聞公開的吧？多具轟動性的新聞啊！與本市發生了密不可分的關係，是本市的幸運啊！省裡不是也指示要「靈活對待」麼？利用這件事，合理炒作新聞，定能一舉大大提高本市的知名度啊！知名度提高了，不是也有利於發展旅遊業，有利於招商引資，有利於經濟文化的發展麼？發展不是硬道理麼？

於是有人提出，起碼應調查調查，四名紅衛兵三十幾年前「文革」中有什麼嚴重的劣跡沒有？若有，不但歡迎會不能開，恐怕還要借此事在宣傳上徹底批判「文革」，宣導「安定團結」。

政協委員中，有一位是三十幾年前一中的學生，現任校長。而且是趙衛東的同班同學。對肖冬雲姐妹和李建國也自言曾特別熟悉。他介紹情況說：肖冬雲姐妹倆是一中老校長的女兒，當年都是很可愛的女孩子，「文革」中不曾做過任何傷害別人的事。這一點他可以拿人格擔保。說李建國是三十幾年前老縣長的小兒子；「文革」中跟隨別的紅衛兵抄過幾次家，聽說還搧過當年的教育局長一耳光。但他那樣，顯然是由於父親成了「走資派」，因而急於證明自己的「革命性」。此外再沒聽說有什麼更為嚴重的劣跡。三十幾年過去了，原諒了吧！談到趙衛東，他反而話少了，出言謹慎了。眾人以為趙衛東一定是打砸搶分子了，要求他只管如實講，別有任何顧慮。如實講了，大家的意見才好統一嘛！

他說大家誤解了，趙衛東「文革」中並無打砸搶之惡劣行徑。他覺得不便說，乃因他與趙衛東當年有點兒情敵的關係，都是肖冬雲的暗戀者，都企圖俘虜她的芳心。他是怕評價之詞一個用得不當，有忌妒之嫌，授人以柄。

他說他對趙衛東的總體印象其實一句話就可以概括——一個善於將自己層層包纏起來的人。沒有朋友。對任何事從不發表看法。「文革」中不知為什麼特別活躍了，但也僅僅表現在思想言論上罷了。之後眾人又經過了一番討論、辯論，最終達成一致意見——歡迎！大張旗鼓地開動本市宣傳機器，不過要在「科技強國」方面做錦繡文章——複製羊算什麼呀？我們把三十幾年前的人都救活了，我們中國人已經站在生命科學的最前沿了呀！這是「改革開放」的偉大成果之一啊！

於是有一位詩人當即成詩。詩曰：

歡迎走失的孩子歸家，
咚咚鏗！
今天的孩子敲鑼又擊鼓。
大道昌兮，
國運盛兮，
連天空也祝賀以彩霞！

於是眾人鼓掌。

市長連道：「好，好，就用『歡迎走失的孩子歸家』一句做一幅歡迎大橫標！組織小學的中學的高中的學生夾道歡迎！要全市動員，為了『歡迎走失的孩子歸家』大搞一次全市衛生！要趕印精美的請柬，邀請本市的商企界人士和外省市投資人士做嘉賓！當然囉，還要從省城請幾位歌星來！願意前來的外省市包括北京的新聞界朋友，食宿費一律報銷。另外還要給補貼！總之，為了提高本市的知名度，一定要將此事的新聞性利用足！有一百分新聞性只利用到九十九分都不行！該花的錢，一定花！花在刀刃上的錢，不必心疼！」

於是當場批了拾萬元歡迎會籌備金。

然而一行七人到時，天空並無彩霞。沉鬱地陰霾著，而且刮三、四級風。市裡多處地方在施工，即刮三、四級風，便飛沙撲面了。許多夾道歡迎的孩子都瞇了眼。於是與上前獻花的小學生一道上前獻詩的詩人，不得不將「連天空也祝賀以彩霞」一句，腦筋急轉彎地改為「風兒送來了細沙／這是大地在表示它的驚訝」！

七人全都沒有想到會有歡迎的儀式在等待自己們。在車上互推了半天才下來。下來之後又互推一陣，誰都不肯走在前邊。七人中胡雪玫是見過類似的場面的。最終還是她大大方方地走在前邊接了花，並滿臉堆下禮節性的微笑，耐心地聽詩人朗讀他那首不知所云且又冗長的詩。幸而詩人手中的詩稿被風刮走了幾頁。他去追時，少先隊員們吹起了隊號，敲起了隊鼓，動靜鬧得特大。

接下來該市民政局長一一與七人握手，將他們陪上了主席臺。

再接著是市委的一位副書記代表市委領導講話，大意無非是勉勵今天的學生們努力學習，熱愛科學，長大都當科學家，使祖國成為科技強國。

隨之是商企界代表講話，不失時機地進行商品推銷。

最後是一行七人的代表講話。郝處長說毫無準備，推薦胡雪玫講幾句。胡雪玫覺得自己講名不正言不順，又推薦肖冬雲。肖冬雲認為資格理應讓給趙衛東。而趙衛東竟耍大牌地瞪著她說：「我不是傀儡，誰想利用就可以利用一下。」肖冬梅從旁聽了非常來氣，在胡雪玫眼色的慫恿之下，也不經張、郝二位同意，倏地站起來就大步走到了麥克風那兒，抓住麥克風不假思索地張口就說：「我叫肖冬梅，三十幾年前的紅衛兵，當年一中的校長是我父親。我覺得我對不起他。因為在他特別需要親人照顧的時候我沒在他身邊。我現在要為在另一個世界的父親唱一首歌……」

接著她就唱起了第二次到「大姐」家去跟著收音機學會的一首歌「父親」：

小時候，最疼你的那個男人是誰？
讓你騎在自己肩上的那個男人是誰？
有時候對你很嚴厲的那個男人是誰？
你摔倒了，鼓勵你自己爬起來的那個男人是誰？
歲月流失，往事如煙，記憶如水，

當肖冬雲望見「歡迎走失的孩子歸家」的橫標，心中頓湧一陣悲傷的溫馨。她沒有料到妹妹會「挺身而出」。當妹妹一提到父親，她刹時淚如泉湧。而當妹妹唱那首歌時，她已雙手掩面，無聲抽泣了。肖冬梅唱完，李建國有話忍不住要說。他對在「文革」中抄了別人家的事表示了懺悔。他在臺上當眾打了自己三記耳光。他說第一記耳光是替三十幾年前的教育局長打的；第二記耳光是替自己的父親教訓自己，因為父親已經不在人世了，不能教訓自己了；第三記是替自己打的，當年自己胡作非為，現在懂事了，理應和從前的自己當眾決裂。

於是當年那幾戶人家的男女老少紛紛上了臺，虔誠地表示對他的寬恕。當事人們皆已故去。他們的兒女也已五、六十歲。一位四十來歲的婦女說她對李建國印象很深。李建國問：「大嬸，那是為什麼？」

那婦女說：「你別叫我大嬸。你當年與一夥紅衛兵抄我家時，我才四歲，比你小十幾歲。我之所以對你印象很深，是因為你不但一腳踏扁了我的塑膠娃，還對我兇惡地吼：『記住你紅衛兵爺爺的大名——李建國！』所以直到今天我還牢記著你的姓名……」

這種當眾揭發自然使李建國狼狽不堪。幸而那時他的哥哥，大腹便便的電力局長一家三口走上了臺。哥哥的女兒已是二十四、五歲的大姑娘，大學畢業後在電力系統工作。她親親密密地叫了李建國一聲「叔」，之後端詳著他，終於忍俊不禁嘻嘻地笑將起來。

而哥哥摸著他的頭說：「好，好，回來了就好！你侄女從網上知道你已經掙了三萬五千多元錢，真有出息！不愧是我的弟弟，明天就把錢交給你嫂子保管著吧！讓她替你炒股。她炒股有經驗，只賺不賠！」

嫂子嗔道：「瞧你說起來就沒完。有些應該家去再說的話，何必在這種場合非急著說，也不分個家裡外頭！」隨即握住他的一隻手，以悲悲切切的語調又對他說：「兄弟呀，你可是受了苦啦！能回來就好。只當我和你哥多生了一個兒子，往後我們就拿你當兒子吧，嫂子我保證讓你活得快快樂樂的……」

他覺得那是他嫂子的女人看去未免太年輕了，似乎只比他的侄女大五、六歲。也覺得她對他的親，顯然的不那麼真誠可靠。

逮個空兒他把他心裡的奇怪講給胡雪玫聽了，胡雪玫說：「我也注意到這一點了。那女人肯定不是你哥哥的原妻。」

他這才恍然大悟，又逮個空兒，避開嫂子，將他哥哥扯到一旁悄問：「哥，我起先的嫂子死了麼？」

他哥窘態畢露地回答：「死倒沒死。不過……嗨，你問這個幹嘛？父母講親的不親的，嫂子還講這個麼？」

他固執地問：「那你是跟我起先的嫂子離婚了？爸媽要是還活著會怎麼看你？」

當哥的擺起局長的官員面孔道：「別剛見面就教訓我啊！輪不到你教訓我。」似乎自感話太冷了，又摸了他的頭一下，緩解地說：「我是位局長嘛！又是電力局長，樹大招風，當然吸引女人。可我一不能嫖，二不能養情婦，背後不知有多少雙眼睛盯著我，我敢那樣麼？所以呢，只能光明正大地離。放心，我把你原先的嫂子以後的生活安排得很好，要不你侄女也不肯仍認我這個爸呀！」

當臺上的秩序恢復了，該坐在臺上的重新都坐定了，民政局長在講話時，李建國覺出自己手心攥著東西。他緩緩張開五指，見是一個紙條。想了想，想起是侄女塞在他手裡的。扭轉身偷偷展開看，紙條上兩行字寫的是：

要高度警惕我後媽那個詭計多端又見錢眼開的女人，提防她把你的三萬五千元全騙去！炒股我比她行，信她信我你可要三思而行！

歡迎會結束以後，市長市委書記獲得的彙報可用四字概括：圓滿、成功！

圓滿倒也似乎可以說是圓滿的，後來場面有些失控，接近混亂無序的前提下，一沒學生散去，二沒壞人生非，三沒出什麼不測之事，怎的能不令組織者們感到圓滿呢！而即使混亂，男女老少的情緒，仍那麼無法形容地激動著，臺上唏噓，臺下抹淚；臺上表演擁抱，臺下熱烈鼓掌；臺上破涕為笑，臺下投擲花束，高潮宕起，配合得像彩排過一般，彷彿集體地被氣功大師所催眠，處於什麼氣功態的籠罩之中。尤其那些小學生，在風沙一陣陣鞭身掃面的情況下，保持隊形，肅立如兵，太難能可貴了啊！端的一次人人以大局為重的活動，又怎能不令組織者們感到成功呢？屈指算來，本市已久沒舉行過偌大場面的活動了，那一天本市人著實過了一把參與的癮。

市長和市委書記一高興，當晚雙雙出席接風宴會。在最高級的一家酒樓，樓上樓下擺了十幾桌。樓上是各方面領導和「歸家」的孩子及張、郝二同志及胡雪玫；樓下款待有功的組織人員。

李建國和哥哥一家被安排在一桌。除了哥哥、嫂子和侄女，還有嫂子方面的三伯四舅、七姑八姨。哥哥論資排輩了一番，說了幾句動感情的話，便帶頭豪飲，大快朵頤。

肖冬雲姐妹已無親人，由胡雪玫相陪，與父母當年的友好的後代們圍坐一桌。

趙衛東那一桌差不多都是一中當年的學生幹部，其內自然包括他當年的情敵。他望著對方老氣橫秋且已禿頂的樣子，想想自己仍在二十歲以裡，不禁倍感自慰，甚而幸災樂禍。暗說你死了的時候，我還會比你多活二十幾年呢！你就嫉妒我吧！又暗說，就你現如今這副其貌不揚的德性，肖冬雲雖然不愛我了，卻也不可能再愛你了呀！我沒得到的，你也根本得不到了，上帝沒收了我的機會，不也大大地捉弄了你一番麼？你認命吧！

於是一次次偷偷往杯裡斟礦泉水，一次次與對方碰杯，並總意味不良地說：「為青春常在，乾！」

張、郝二位，自然是與民政局長、市長市委書記同在一桌的。因為主客還不稔熟，交談都比較的謹慎，無非反覆說些官場上的禮儀性的話而已，故那邊廂的氣氛就矜持有餘，活躍不足。

中國人的宴餐，近年也像福建同胞們的善飲功夫茶一樣，東西南北中，到處比賽馬拉松式的持久的能耐了。一般是一個小時以後才漸入佳境，兩個小時後才原形畢露。按下前一個小時不表，單說後一個小時也快過去了那會兒。那會兒，無論男女，臉皆紅了，亦皆忘乎所以起來。酒已到量的，話開始多了。酒還沒喝足的，就挨著桌尋找對手。「一口悶」、「對嘴吹」、「圍點打圓」、「三英戰呂布」，五花八門的形式全來了。猜拳的猜拳，行令的行令。此桌「哥倆好」，彼桌「對螃蟹」。更有那好色的男人，借著幾分醉意，對惹自己心猿意馬的女人動手動腳，出言猥褻。也有那雌性大發的女人，施展出狂蜂浪蝶的本事，投合著打情罵俏……

肖冬雲姐妹那一桌，本是相對安生的。後來就似乎成了「兵家必奪」之地，些個紅了脖子紫了臉的男人，一撥一撥的相繼滋擾不休。倒都不是衝著肖冬雲姐妹來的。斯時她們彷彿真是被家長領來的孩子了，在那些男人們的意識裡已全沒了特殊的身分。他們都是衝著胡雪玫來的。

公平而論，胡雪玫並未成心挑逗他們注意自己的存在。但她的存在是一個客觀性的存在，而且她又不會隱身法，所以她就只能為自己的姿色頻頻迎戰。但胡雪玫是走南闖北慣了的江湖「大姐大」啊；早就培養出了飲酒如水的好酒量，又特有心計地預先服了一片解酒藥丸。所以一副大將風度，來者不拒，說乾就乾。結果三、四個男人被她乾倒在桌子底下了。最後她自己也撐持不住，抽身溜到廁所去吐了一回。

剛一歸座，樓下有醉漢闖上樓來，口口聲聲大叫「陽光底下人人都是平等的」！要當面質問市長市委書記：「為什麼樓上樓下把人分成了三六九等？」

市長市委書記倒也不尷尬。

市長望著那人寬容地笑。

市委書記無奈地搖頭道：「這個李秘書長啊，若少了他，他有意見。可若加上他，他回回都醉！」

於是招至身旁一人，悄悄吩咐：「把他哄回家去吧！要不，就乾脆把他灌得不省人事。那樣他也就安靜了！」

他舉起杯剛要勸郝處長酒，某桌上有女人突然放聲大哭，接著另一桌上有女人罵道：「臭婊子！還敢當著老娘的面兒吃醋？」

市委書記再也沒法兒不尷尬了。

而市長皺眉慍怒道：「怎麼回事兒？這成什麼樣子？」

於是有人趨前悄悄彙報，說沒什麼大不了的。說文化館的小王，見館長和自己老婆挺親暱地並肩而坐，心理上接受不了……

市長更生氣了：「人家和人家的老婆親暱，跟那個小王有何相干？」

市委書記插言道：「甭細說了，明白了。把小王也弄回家去，讓館長兩口子到樓下去，就說是我的指示！」

領命的人去執行了，市委書記對市長解釋：「馮館長不是和小王關係曖昧過一陣子嘛，你忘了，去年搞得風風雨雨的……」

於是市長替市委書記敬那一杯受到干擾的酒，並連說：「見笑，見笑！」

郝處長也司空見慣地笑道：「都一樣的，哪兒都一樣的。喝酒的場合，沒有醉態反而奇怪了！」

張同志趕緊附和郝處長的話：「那是，那是，可以理解。」

肖冬雲姐妹那一桌上，肖冬梅悄問胡雪玫：「大姐，這就是你說的醜陋面和陰暗面吧？」

胡雪玫搖頭。

肖冬梅大詫：「還……不是？」

胡雪玫附她耳道：「當然。這是生活呀！很好玩兒的生活現象不是麼？你皺眉幹什麼？你要學會當成白看的小品……」

肖冬雲姐妹其實都沒吃什麼。一道道菜在桌上碼成塔的情形使她們看著眼暈。喝五吆六的嘈雜聲使她們心慌、頭疼。哪兒還有胃口呢！

肖冬梅又悄對姐姐說：「姐，這會兒，我倒有點兒想『療養院』那個地方了。」

肖冬雲頗有同感地說：「我也是。」

李建國坐他哥哥的車走了。肖冬雲姐妹和趙衛東都是在家鄉沒了家的人，當夜住在賓館。胡雪玫緊挨著她倆的房間自費開了一間房。

第二天一早，有撥記者前來採訪。肖冬雲將記者們留給妹妹去對付，自己一心去看望她中學時的好同學劉小婉。

有人預先替她打聽清楚了住址，並有車將她送了去。

劉小婉家住在一幢舊樓裡。家家戶戶的門兩旁以及樓道兩側堆滿了破東爛西，證明著窮人連破爛都捨不得扔的規律。

肖冬雲敲了幾下門，一個女人心煩意亂的聲音在屋裡尖叫：「誰呀？」

肖冬雲在門外說：「我，你的中學同學肖冬雲啊！劉小婉，我來看你！」

「我記不得什麼肖冬雲了！用不著你來看！」屋裡，女人將什麼東西重重地放在案上，發出很響的一聲，將門外的肖冬雲嚇了一跳。

肖冬雲不知再說什麼好，又不甘心離去，猶豫一陣，只有接著敲門。

「討厭，找罵是不是？」

肖冬雲還敲門。

女人罵罵咧咧地將門開了一道縫，肖冬雲看到的是一張青黃浮腫的臉，蓬頭垢面的。

肖冬雲用一隻腳卡住門，不使女人再關上，望著那張青黃浮腫的臉說：「小婉，你真的不記得我了？」而她內心裡卻犯著嘀咕，難以判斷那女人究竟是不是劉小婉。

「我已經說過了，我不記得什麼肖冬雲！我怎麼會跟你同學過呢，笑話！」

肖冬雲終於可以得出結論，屋裡的女人正是劉小婉。

「小婉，小婉，你忘了，中學時，我是文藝委員，你是學習委員，我倆好成一個人似的！你還是我的入團介紹人吶！有一年夏天你家房子修房頂，你在我家住了一個多月……」

肖冬雲說得很快，唯恐劉小婉沒耐心聽完她的話。

然而劉小婉注視著她，漸漸地將門開大了一些。

肖冬雲可算進到了屋裡。那是個一居室。除了一張雙人床一張寫字桌和一張圓飯桌，幾乎再就難容它物。床上的被子還沒疊，大人孩子的衣服與褲子凌亂一床。劉小婉雙袖高捲，兩手和小臂水漉漉的，分明正在洗什麼。廚房的門和廁所的門對開著，腥膻味兒和黴臊味兒相混雜，充滿著空間。洗衣機在廁所裡發出拖拉機般的響聲。

劉小婉說：「你看，我沒洗臉沒梳頭的，真不好意思。」

肖冬雲說：「那有什麼呢！」她一時不知該往哪兒坐。

劉小婉又說：「現在我想起你來了。」

肖冬雲笑了笑，被想起來了，反而不知該說什麼了。

劉小婉用塊濕抹布將一把椅子骯髒的椅面胡亂擦了一下，淡淡地說：「那你坐吧！」

於是肖冬雲坐了下去。

劉小婉將地中央的一隻男人鞋踢向床底後，坐在肖冬雲對面的床沿上了。

一是五十來歲的、被狼狽的人生耗得疲憊不堪的下崗女工；一是十七、八歲的、死而復生的當年的女紅衛兵，兩個相差三十幾歲的初中同學關係的女人（如果肖冬雲也可稱作女人的話），默默地互相注視著，都覺她們之間其實已沒什麼共同的話語了。

肖冬雲臨來之前，設想了種種見面的情形，也設想到了這一種彼此無話可說的情形，最怕的也是這一種情形。

她並不怕被冷淡。如果劉小婉特別冷淡，她轉身便走就是了。

但劉小婉在想起她以後，對她的態度顯然不是冷淡。

劉小婉的目光裡有溫情，些微的一點點。就如同幾乎已經坍塌了的爐灶的爐膛裡，仍有些微的一點點柴火星兒還沒滅。

望著劉小婉那一張青黃浮腫的臉，以及同樣浮腫的雙手，肖冬雲心裡一陣被鹽殺般的難受，倍感那一種沉默的無情折磨。劉小婉的十指有三指纏著膠條，另外七指的指甲也皆凹癟龜裂，而且呈灰白色。

肖冬雲很想去握劉小婉的雙手。她努力克制住了衝動沒有那樣。她緩緩將臉轉向窗外，怕眼淚流下來。窗玻璃上蒙著厚厚的塵土，像是有色玻璃了。使照進屋的一束陽光，也如劉小婉的面色一樣青黃。

劉小婉說：「你別轉過臉去啊！來看我，卻不讓我好好看一看你呀？」

肖冬雲只得又將臉轉向了劉小婉，嘴在微笑，淚在眼眶裡轉。

劉小婉又說：「你一點兒沒變，還當年那樣。」

肖冬雲更加不知說什麼好。

又是一陣沉默。沉默中肖冬雲垂下了頭。

劉小婉自言自語：「我這大半輩子，簡直像夢似的。」

突然廁所裡的洗衣機發出了更大的響聲。

劉小婉趕緊起身衝向廁所——是洗衣機漏了，水流了一地，機筒在空轉。

肖冬雲一眼看見拖布，便操起來拖水。

劉小婉踢了洗衣機一腳：「這破玩藝兒！對不起，我可不能陪你多聊了。今天上午我必須把自己家這些衣服用手洗出來，因為下午要到好幾家去替別人洗衣服。」

肖冬雲就說：「我幫你洗！」

劉小婉拗不過她，只得由她幫著。二人一個搓，一個用水清洗，漸漸的也就都能找到些話說了。

劉小婉告訴肖冬雲，六八年她下鄉了。因為沒有門路，十一年後才返城。又因為她當年下鄉那個農村，後來只剩她一名知青了，又是女的，不嫁人根本沒法生活下去。所以二十五歲那年，違心嫁給了村裡一個比自己大八歲的男人。她很是後悔地說，她本是可以嫁一個比自己大一、二歲的男人的。甚至也有過機會嫁比自己小一、二歲的男人。但由於自己下不了決心，他們就都成了別人的丈夫。怕連那個比自己大八歲的男人也不屬於自己了，倉促地就嫁了。

她說她丈夫到現在還沒解決戶口問題，因而屬於城市裡的「黑人」，自然也從沒有過正式工作，目前在某建築工地打短工。

她說她返城之後倒是分到了一家國營塑膠廠。前幾年那廠子垮了，因而自己就失業了。靠街道介紹去別人家幹小時工，每月掙點兒錢。否則日子就沒法過了……

肖冬雲問到她的孩子，劉小婉說是女兒。說第一個是兒子，夭折了。說女兒才小學五年級，昨天參加歡迎會穿得太單薄，感冒了。今天上午丈夫帶女兒看病去了。

肖冬雲因自己也是被歡迎者暗覺內疚。

問到當年自己父母的遭遇，劉小婉歎口氣說：「你父親瘋了，你母親卻在『牛棚』裡關著，不許她照顧你父親。要不你父親哪至於被汽車撞死呢？」

幫著劉小婉洗完那些衣服，已近中午。劉小婉說該做午飯了。肖冬雲就說她也該走了。

「你不留下和我們一塊兒吃麼？」

「不了。」

「那我也不強留你了。我只不過熱些剩菜，和他們父女倆胡亂吃一頓……」

「那我走了……」

肖冬雲拉開門，正要往外邁步，聽劉小婉在她背後低聲說：「冬雲……」

她收回腳、關上門，剛一轉身，被劉小婉緊緊地緊緊地摟抱住了。

劉小婉哭了。

劉小婉哭著說：「冬雲啊冬雲，其實我怎麼會記不起來你呢？我是不願見你啊！你看我這算是什麼人生，過的什麼日子……」

肖冬雲也嗚嗚哭了。

她哭著說：「小婉，小婉，你別哭啊，哭得我心都快碎了！告訴我小婉，我能為你做什麼？告訴我啊，我多想為你做點兒什麼……」

劉小婉終於止住哭以後說：「那讓我們一家三口，今晚到你住的賓館房間去洗澡吧！你看我這家，沒法在家裡洗。花錢洗，又心疼那幾個錢……」

離開劉小婉家，肖冬雲一路都在回憶三十幾年前自己那個好同學——俊俏、活潑、愛寫詩，對人生充滿理想主義的憧憬。

她猛得悟到，在自己不曾經歷過的中國的三十幾年間，不被記載的最重要的事件之一，也許是許許多多普通人的人生也徹底給毀了。而這一點又肯定是和「文革」有關的。
劉小婉的臉和雙手於是浮現在她眼前。
她不禁打了個哆嗦。
她暗暗慶幸自己那一死，「死得其所」。
回到賓館，妹妹告訴她，兩位帶隊考慮到他們的實際需要，發給每人一千元錢，以供他們走親訪友買東西用。
妹妹占了便宜似的說：「這下咱倆合算啦，加起來兩千。」
她沉思了一會兒說：「把我那一千給我。」
妹妹嗔目道：「姐你要跟我鬧經濟獨立？」
她正色道：「別說廢話，我有用。」
妹妹見她特嚴肅，一聲不吭地點了一千元扔給她。
她也一聲不吭，一張張從床上撿起，總共十張百元鈔。
她第一次手裡拿著一千元錢。第二次見到百元鈔。第一次是在歷險於城裡那天，在計程車上，司機拿在手裡晃給她看的。
第一次她在受驚受怕的情況之下沒細看。
現在她可以細看了，如同第一次拿到身分證的人，細看印在上邊的自己的照片。

她想，不管那上邊印的是誰，它都只不過是錢啊！

進而想，看來自己以後的人生，也註定了將由錢來左右了吧？

三十幾年前，她的頭腦中，從沒產生過如此現實的想法。

現實得比１＋１＝２還簡單明白。

她又打了個哆嗦……

下午，姐妹倆去養老院看了她們八十多歲的老母親。

當她們一左一右噙淚叫媽時，癡呆了的老母親似乎竟認出了她們。因為老母親的眼角也溢出了一滴老淚。姐妹倆一直在老母親身旁侍守到晚……

劉小婉的丈夫沒來洗澡，不好意思來。只劉小婉領著女兒來了。小姑娘很瘦弱，看上去營養不良。

肖冬梅當年也是認識劉小婉的。但肖冬雲為了讓母女倆洗得無拘無束，還是預先將妹妹支到胡雪玫房間裡去了。

母女倆洗完澡出來，那小姑娘說：「媽，要是小姐姐一直住在這兒多好，那我們不是可以經常來洗澡了麼？」

劉小婉糾正道：「不許叫小姐姐，要叫阿姨。」

肖冬雲尋思應該給孩子買件什麼東西，就問她喜歡什麼？

小姑娘想了想，怯怯又悄悄地回答：「喜歡洗澡。喜歡在這樣的地方洗澡。」

肖冬雲便將那一千元往劉小婉手裡塞。

「什麼呀什麼呀？你怎麼給我錢？你哪兒來這麼多錢？這我可不能要，不能要不能要！」

劉小婉哪裡肯接。

肖冬雲懇切地說：「你拒絕，我可生氣了！」

劉小婉這才不再往她手裡塞還了。

肖冬雲又說：「也不知夠不夠買一臺洗衣機？如果夠，就買一臺吧！瞧你那雙手都啥樣了。你不心疼自己，我看了可心疼你……」

劉小婉一扭頭，落淚了……

兩位帶隊心很細，考慮到趙衛東的姐姐弟弟家境困難，給了他兩千元。

那天晚上，他在他的房間裡接待了他的弟弟。

他弟弟是自己前來的。

他弟弟，才五十歲不到的人，已老得像一個小老頭了。

他對他的弟弟又憐憫，又嫌惡。彷彿自己的一部分，完全是由於弟弟不爭氣，也變得徹底的沒了希望似的。

哥哥和弟弟之間只握了一下手，像兩個第一次見面的人，態度都淡淡的。在弟弟一方，是由於自卑；在他這一方，是由於沮喪。

弟弟使他沮喪加沮喪。

弟弟說，來時去找過姐姐，姐姐不願見他。

他說：「也好。」

弟弟又說，其實姐姐不願見他，不是因為對他半點兒感情都沒有，而是考慮的太多，怕他將來住到姐姐家去，成了姐姐的拖累。

他說：「我怎麼會。」

弟弟吭哧半晌，憋紅了臉又說，自己的家境也不好，那是照顧不了他這位哥哥的。

他說：「你也考慮的太多。」

於是哥哥弟弟之間，幾乎再就無話可談了。

弟弟起身告辭時，他給了弟弟一千元。

弟弟既未問他哪兒來的錢，也不拒絕，立刻就伸手接了。

他說——以外交通告似的口吻說：「以後，如果我混得好，會經常給你寄錢。如果你沒收到我寄的錢，那就證明我混得不好。那你也不必打聽我在哪兒，不必給我寫信，寫信要錢更是白寫。我也不會給你寫信。你就當我已經死在三十幾年前了，沒我這哥哥吧！」

弟弟說：「行。我聽你的。」

尾聲

肖冬雲決定留在「一中」繼續三十幾年前中斷的初中學業。

當年的縣「一中」，如今已是省重點校。它也完全不是從前的面貌了。連省城一些或有權或有錢並且對兒女寄予厚望的人家，都托關係走後門將孩子送到「一中」來。但是僅靠權或靠錢並不能遂心所願，予以「照顧」的分數從沒超過五分。

雖然肖冬雲是三十幾年前的老校長的女兒，對她還是進行了入學資格測驗。之後，現任校長，也就是當年和趙衛東一樣暗戀過她的高二男生，親自和她談了一次話。

他坦率地說：「你插初三看來是肯定不行的。那你很難跟得上。儘管你已經初中畢業了。如今的初中課程，比當年的初中課程深得多啊！跟初二你同意不同意？那也得從初二第一學期開始讀。」

她毫不猶豫地回答：「同意。只要學校接受我，從初一讀起也行！」

校長說：「好。你有這種態度就好。」

她如釋重負地笑了。

校長又說：「我們『一中』曾拒絕過一位省委副書記的孩子入校。」

肖冬雲莊嚴地說：「我保證像我當年一樣努力學習。」

第二天她就住校了。

她在校園裡走了一遭，除了一株老槐樹，什麼保留在記憶中的景物再也沒看到。

佇立老槐樹前，她在心裡說：「爸爸，我回到『一中』了！」

一陣輕風吹過，樹葉沙沙作響……

喬博士給她寫來了一封信，勉勵她不但要考大學，還應考研，並希望自己能有機會做她的導師。字裡行間，愛意綿綿。

對於喬博士，她是心存千言萬語的。然而她的回信卻極短。那簡直不能算是一封信，只能算是一句四字電文：一言為定。肖冬梅跟胡雪玫走了。

胡雪玫要將她培養成一名歌星。兩人正式簽了合同。而且由張、郝兩位同志做公證人。胡雪玫還主動預支了一筆錢給肖冬梅。

肖冬梅說：「跟大姐在一起，我需要錢幹什麼？」

胡雪玫說：「你不需要，你姐還不需要麼？」

肖冬梅說：「那我以後還你。」

胡雪玫說：「你當然得還了！親兄弟還明算賬呢！這是商業時代的規矩。」

於是肖冬梅將那筆錢存成一個卡，留給了姐姐。

肖冬雲接卡在手時說：「想不到我要由妹妹來供我讀書。」

肖冬梅不無愧疚地說：「那，咱們可憐的老媽媽就得由姐一人來疼愛了！」

肖冬雲說：「你放心，我每個星期都會去看母親的。」

肖冬梅就哭了……

肖冬雲勸她：「別哭。咱們姐妹倆的命運能這麼從頭開始，已經算是有貴人相助了。貴人就是胡大姐啊！你跟她走，姐也一百個放心。」

胡雪玫從旁笑道：「最終誰是誰的貴人下結論還早啊！但願你妹妹大紅大紫以後，不一腳把我蹬得遠遠的！」

肖冬梅跺了下腳，急替自己辯護：「人家才不會那樣呢！」

張、郝兩位帶隊，聽了姐妹倆對自己人生安排的彙報，亦覺欣然。

李建國成了哥哥的家庭成員後，住得很不開心。因為自己在哥哥一家三口眼裡竟是孩子。連侄女和侄女的對象，都把他當小弟弟看待。而且常拿他開心。

哥哥問他：「你可不能閒在家裡。說說，對自己的將來有什麼打算？」

他迷惘地說：「我怎麼該知道我有什麼打算呢？」

哥哥又問：「你這是回答麼？想工作還是想讀書？」

他考慮了半天，承認自己不是塊值得讀書深造的料。按現如今高考競爭的激烈程度，沒指望邁進大學的門。

「那你是想工作了？」他點了點頭。

「這不是難事。工作過幾天就會有！」

「幹什麼?」他的精神為之一振。

「到街道電業管理所去，收電費。」

「收電費?我……我不幹！」他一副受侮辱了的樣子。

「那就到哪一個社區去，當物業管理員。」

「工資多少?」

「每月四、五百吧。」

「才四、五百?」

「怎麼，你還嫌少啊?現而今，就你這樣的，能有份工作不錯了!沒我這位當電力局長的哥哥，你也許連口飯都吃不上!」

幾天的親熱勁兒一過，哥哥便動輒教訓他了。

「可我已經輕輕鬆鬆掙了三萬五!」

他也漸漸顯出是一個桀驁不馴的弟弟的本相了。

不待哥哥再開口，當嫂子的向他伸出了手：「三萬五?拿來呀!你在網上騙別人，別人騙你的事，還有臉當真啊?」

他便無話可說了。因為他從電腦上再也找不到許諾給他三萬五千元錢那個網站了。

他違心地去當了幾天物業管理員。什麼都不會，也就什麼都幹不了。一戶人家的馬桶不存水了，讓他去修修，結果他將馬桶弄碎了，還跑了人家一屋子水，被扣了三百多元工資。

幸虧人家那不是高級的進口馬桶。

趁著物業管理所負責人沒板起臉炒他，他明智地主動辭職了。

哥哥為此又訓了他一頓。而嫂子整天不給他好臉色看了。

忽一日省城有家房地產公司的老總親自來訪他，問他每月給他一千二百元他去不去？

這工資數他是滿意的，便問讓他去幹什麼？

對方說給他個副經理當當。

由於當物業管理員已經多少培養起了點兒自知之明，對現實的面孔也多少有所領教了，他不敢爽快答應。

「我……職位太高了，肯定當不好啊！」他寄人籬下，英雄氣短起來。

對方說不高，但也不能更高了。說要是招個一般員工，大學畢業生都隨便挑，還不找他了呢。

「那，讓我管哪些事啊？」

「什麼事兒也不用你管。我們公司客人多。來了客人，你唯一的工作是陪飯局……」

「可我，酒量不行啊。要行起來，那也得練。」

「不用你陪酒。我一介紹：『這位是我們副經理，三十幾年前被雪崩埋在岷山的紅衛兵長征隊隊員，現在又活了，而且活得很健康！』客人們當然就對你好奇是吧？於是呢，你就講你的傳奇經歷。講的越離譜越好……」

「就像編童話故事？」

「不，那不行。童話是講給孩子聽的。要像編科幻故事！」

「可我……這方面想像力恐怕也不行……」

「沒關係，我們會有人替你編。你沒事兒背熟就行！我們需要的是你這個人的傳奇色彩。你這個人的傳奇色彩，會使我們公司具有浪漫色彩。衝著這點，每月給你開一千二，你不虧，我們也值。幹不幹？一千五也行！」

「如果您真有誠意，那就一千五。」

「好！我是個痛快人，一千五定了！」

正所謂「山窮水盡疑無路，柳暗花明又一村」。實乃天不絕人，人無絕境。

幾天後李建國就到省城當副經理去了。那老總派了自己的專車和秘書——一輛黑色「大奔」（賓士）和一位漂亮女郎前來接他。

他從哥哥家走得趾高氣揚，躊躇滿志，一臉春風得意。

結果使他的哥哥嫂子對他刮目相看，雙雙跟出家門，追在車後喊：「電話！電話！你沒留下電話！」

現在，就是我在寫到他這會兒，他也許又在講——不，背他怎麼怎麼死而復生的傳奇了。據說他已經「練」出了三、四兩不醉的酒量了。而且少年發福，已有些大腹便便了。他老闆「文革」中當過紅衛兵頭頭，也算是與他有種特殊的「血緣」關係吧！他老闆一直對他挺好，拿他當個乾兒子似的。

還信任地分給了他一份陪飯以外的職權——監督公司裡那些年輕的女員工們的考勤情況，捎帶留心她們背後是否說老闆的壞話，並定期向老闆彙報。

趙衛東受聘於某市一家小報當記者。

儘管他花三百元買了一份大學新聞系畢業的假文憑，報社還是要求他送一篇文章去，看看他的文筆怎麼樣。

他送去了三篇，都是用詞兇猛，意欲置人於死地而後快的「大批判」式文章。

他對那種文風駕輕就熟，寫來全不費工夫。

一批孔子的名言——「三人行必有我師焉。擇其善者而從之，其不善者而改之。」

「三人行」怎麼會「必有我師」，還「焉」呢？

「三人行」一個是逃犯一個是賊第三個是小人的情況，大千世界裡沒少發生過嘛！

在此種情況下，談得上什麼是「善」，什麼又是「不善」呢？

相互所「擇」所「改」，不過是奸惡之間的伎倆傳授罷了！

引開去，兜回來，句句不離批判宗旨，揚揚灑灑寫了五千餘字。

經他那麼一批，不但孔子的那一句話荒謬絕倫，而且孔子本人也簡直滿腹糟糠，彷彿沒留下過一句哪怕稍微正確點兒的話了。

二批老子關於牙齒和舌的比喻——什麼柔軟的必長存於堅硬的？胡說八道啊！如此愚蠢無知的言

論，也配中國人代代相傳的麼？誰見過幾百年甚至幾千年前的人的舌？但是古人的骨頭卻一次次被挖掘出來了！還有古人的牙齒！再者說了，長存與否只不過是評價事物的標準之一，更重要的是看現實作用。倘誰被綁票了，他是靠舌舔開捆他的繩索呢？還是靠牙咬開？冷嘲熱諷尖酸刻薄加上惡狠狠的辱罵——於是老子在其筆下也只不過是中國思想史中濫竽充數的「老混混」了。

這一篇也洋洋灑灑地寫了五千餘字。

三批孟子的「溫故而知新」。

故就是故，新就是新。新故了以後才是故，故方新時不謂故。否則『陳糠爛穀子』就不是該揚棄之物了；否則「老生常談」這句話就沒有形容的意義了。溫故就一定能知新麼？數學家重新演算小學生的算術題，哪怕演算一輩子，又能有什麼進步？「溫故而知新」是反動的邏輯！反動就反動在——實際上阻撓著人的求新願望！在「改革開放」的今天，是一塊精神上的絆腳石！我們必須搬開絆腳石，必須將反動的「溫故而知新」論批倒、批透、批臭！再踏上千萬隻腳，叫孟子永世不得翻身！

主編看罷他的三篇文章，拍案贊曰：「好！妙！」

有人持異議，說這等文風，成問題吧？

主編說：「成什麼問題？目前缺的就是有趙衛東這種勇氣的人！和他這種『麻辣燙』而且兇惡的文章！本報多登一些這樣的文章，還愁發行量上不去，還愁廣告拉不上來麼？這個少有的人才我要定了！」

趙衛東正式報到那一天，主編在辦公室召見他，關上門單獨面授機宜，與他密談了兩個多小時。

主編說：「孔子啦、老子啦、孟子啦，死了千多年的人了，就放他們一馬吧。無論怎麼批，也調動不起今人的情緒！還是要拿今人開刀給今人看。這等於活人大解剖，給人以血淋淋的痛苦萬狀的感覺，那才過癮！」

主編給他列了一個單子，上排活人姓名二、三十。

主編最後說：「你就暫時先打擊這些人吧！找他們的書啦、文章啦、作品啦看看。憑你的才能，不批得他們體無完膚，一一全滅了他們才怪了呢！不過，你的文風還缺少一種大器。」

趙衛東虛心討教何為「大器」？怎樣才能「大器」得起來？

主編道：「快馬不用鞭催，響鼓不用重捶。你只要記住這麼一條就行了——寫時，心裡想，天下人其實都不配活著，天下書其實都不配存在，不，連寫也是不必寫，印也是不必印的！天生我才必有用！閃開！閃開！閃開！爺來了！好比天生一雙火眼金睛，刷！一掃，別人的外衣便都剝落了……」

趙衛東頓時對主編無限崇拜甚至無限熱愛起來，銘記於心，奉若寫作的金科玉律。

於是那報為他闢了一個專欄。

於是「黑馬」疾奔而出，趙衛東這個名字一時的大有風起雲湧電閃雷鳴，摧枯拉朽決勝萬千里之勢。

然而，竟無人應戰。無人應戰亦即意味著天下無敵。於是每有「高處不勝寒」，「孤獨求敗」之悲涼英雄心理產生。

然而，沒等他有什麼「孤獨求敗」的實際行動，那主編因貪污和嫖娼被撤了。

新任主編不欣賞他。說：「報紙靠那種文風撐版面，太邪性了。」

於是他被通知「另謀高就」。

那一天趙衛東別提有多悲觀了。

他剛恢復了的三十幾年前那一種自信，不想被摧毀得那麼快。「風掃殘雲如卷席」。

更令他悲觀的，是又遭到了失戀的一次無情打擊。

他狂妄而且得意的日子裡，一位比他大五歲的女記者，似乎對他很有那麼一點兒曖曖昧昧的意思。也幽會過。也上床過。他為她早早兒失了童貞。

而她曾安慰他：「二十來歲失了童貞，如今是時髦。」

他被「炒」了以後，就打電話給她，要住到她那兒去。

而她竟在電話那端冷冰冰地說：「當我這是盲流收容所啊？」

他說：「那我去取放在你那兒的文章。」

她說：「就是你請我保存那些？那些不三不四的垃圾也叫文章？我早扔了！看一篇解解悶兒還湊合，看兩第三篇就讓人想吐！」

「你！你混蛋！」

他在電話這一端罵起來。

「滾你媽的！」

她啪地掛了電話。

他出生以來第一次被一個女人像男人罵人那麼罵。

那一天秋雨霏霏。

他不知不覺走到了一條鐵道旁。

他鬼使神差地繼而走在兩條鐵軌之間。

一列火車開來，他迎著車頭走去……

他想到了死。想到了安娜的臥軌。三十幾年前他看過托爾斯泰那部世界名著。從此一接近鐵道就聯想到臥軌這一種恐怖的死法。而對於他，那部世界名著的內容和主題，彷彿便是自殺和臥軌這一種恐怖的死法。三十幾年前他認為，人，尤其一個女人之所以選擇恐怖的死法，純粹是出於對自己的命運的報復。臥軌意味著魚死網破式的同歸於盡，是人不惜自己的肉體被碾碎，而徹底破壞罩住自己的命運之網的決絕又悲壯的方式。

決絕又悲壯的意識的動力，於是也漸漸的在他的頭腦裡形成了。

那是一輛貨車。車頭是內燃機車式的，沒有犀牛角似的煙囪，也沒有蒸氣噴著。與將安娜的身體壓成兩截的那一種車頭不一樣。

這竟使他感到遺憾。

它在向他鳴笛……

而他繼續迎著他從容走去……

「嗨！你找死呀？」

兩陣笛聲之間，他聽到了有人在朝他喊。循聲望去，見喊話的是一個背著行李捲的男人，站在鐵道邊。

他古怪地一笑。

車頭巨獸般撲來……

忽然他被推下了路基，確切地說，是被誰摟抱著滾下了路基。一直滾到了麥田中。

一節節車廂呼嘯而過。

使他免於一死的正是那個背著行李捲的男人。他四十來歲。黑、瘦、身材矮小。行李捲浸在水坑裡。那男人雙臂朝後撐起上身，似乎有點兒懵懂地瞪著他說：「我救了你！是我救了你！要不你死定了！」

這是一個事實。

這事實使他惱火。

他正想說——我沒向你求救，對方卻朝他伸出了一隻比臉更黑更瘦的手：「給錢！」

「憑什麼？」

「嘿，你他媽還問憑什麼？因為老子救了你！給錢！給錢！給……」

對方仍伸著手，屁股一起一落地挪著，身體便接近了他。對方的手幾乎觸到他衣服了。

「我沒錢！」

他下意識到捂住了上衣兜。

「沒錢？媽的，救了你的命你不給錢？我看你是有錢不願給！」

他剛欲站起，對方卻兇猛地撲向了他，將他撲倒，順勢騎在他身上。

對方的雙手扼住了他脖子，扼得他幾乎窒息了過去。

「媽的，不給錢我掐死你！」

對方的嘴臉一時變得特別猙獰。

「兜裡……」

他害怕極了。

對方掏走了他的錢，站起，拍拍屁股，行李捲也不要了，揚長而去……

他被搶奪去了整整三千元錢。他最後一個月的工資，加幾筆稿費。

他站起來，呆呆地望著對方的背影，不明白自己剛才怎麼會怕那麼瘦那麼矮小的一個男人。那背影單薄得彷彿會被一陣大風刮上天……

他突然拔腿向那背影追去，從後攔腰抱起對方，用力將對方扔到了麥田裡。不待對方爬起，他已躍撲過去……

於是二人在麥田中翻滾搏鬥，滾倒了一片片剛成熟的麥子。對方哪裡搏鬥得過他，最終被他打得鼻青臉腫，嘴角流血。

他大獲全勝地站起身，重新將奪到手的錢揣入衣兜，正了正被對方扯壞的衣領，也揚長而去。

「你這人，恩將仇報……」

他又幾步跨回對方身邊，狠踢了對方幾腳。踢得對方嗷嗷叫……

他聽到對方在他背後哀哭：「我的行李呢？我的行李呢？」

又一趟列車從遠處馳來……

他沒再登上路基，站到鐵軌間。是一趟客車。望著一節節車廂從眼前閃過，他覺口中發黏。一啐，唾中有血。他自己的一顆牙也在搏鬥中被打鬆了。

那個救了他命又搶奪過他錢的男人，給了他一種啟示——死是容易的。對於自己這樣的人，活著卻註定了是不容易的。即使要奪回屬於自己的東西，那也要經過搏鬥。

可是除了三千元錢，還有什麼是曾經屬於自己的東西需要奪回來呢？除了奪這一種暴力的方式，另外還有沒有其他比較智慧的方式呢？

他徹底打消自殺的念頭，決心更能動地接近這個對他似乎無比冷漠的現實，並從中發現那一種可能存在的方式。

斯時雨住。

陰霾散盡，天空一派清明。接連數日不曾露臉的太陽，在黃昏時分，新新豔豔地亮相了。大而且圓。如一只注滿了血漿的氣球。紅彤彤沉甸甸的，欲墜不墜。將金色的麥田也映得泛著血光似的。

他舉目四望，這才看出，自己不知不覺間是走在通往「療養院」的郊區路上。「療養院」就在前邊了。鐵門旁高高豎著一塊牌，上面兩個大字是「招租」。

他懷著一種有些眷戀又避之唯恐不及的複雜心情，緩緩向城市的方向轉過身去……

國家圖書館預行編目資料

紅暈 / 梁曉聲著.-- 初版.-- 臺北市：
泰電電業，2006【民95】
面； 公分.--（梁曉聲；4）
ISBN 978-986-6996-11-5（平裝）

857.7 95012753

梁曉聲作品集 004

紅暈

作　　者／梁曉聲
系列主編／呂靜如
系列企劃／陳　紅
責任編輯／陳秀娟
行銷企劃／王鐘銘、吳佩珊
美術編輯／朱海絹

發行人／宋勝海
出版／泰電電業股份有限公司
地址／台北市中正區博愛路76號8樓
電話／(02)2381-1180
傳真／(02)2314-3621
劃撥帳號／1942-3543 泰電電業股份有限公司
網站／馥林鮮讀網 http://book.fullon.com.tw

總經銷／時報文化出版企業股份有限公司
電話／(02)2306-6842
地址／台北縣中和市連城路134巷16號
印刷／普林特斯資訊有限公司
本書繁體中文版由梁曉聲授權出版
■2006年11月初版
定價／280元

ISBN-13:978-986-6996-11-5
ISBN-10:986-6996-11-5

馥林文化

馥林文化